Patrick Grainville est né en 1947 à Villers (Normandie). En 1976, il a obtenu le prix Goncourt pour *Les Flamboyants*. Il est l'auteur de plus de vingt romans. En 2012, il s'est vu décerné le Grand Prix Paul-Morand de l'Académie française pour l'ensemble de son œuvre. Il a été élu à l'Académie française en 2018.

Patrick Grainville
De l'Académie française

LES YEUX DE MILOS

Éditions du Seuil

ISBN 978-2-7578-9275-6

Quand il naquit, Milos, comme tous les bébés du monde, était aveugle. Ses yeux semblaient encore englués dans l'océan du placenta maternel. Un paradis si profond qu'il ne nécessitait aucun regard, aucune curiosité, aucune question. Myriam, sa mère, déclarait pourtant avec aplomb qu'il la regardait. Loïc, le père, la corrigeait avec tendresse en lui expliquant que son fils ne la voyait pas mais tournait sa tête vers elle, vers son odeur. Cette histoire d'odeur, Myriam la connaissait mais elle lui semblait trop exclusivement animale. Et elle avait la conviction intime que son fils la regardait par miracle.

Pendant ses premières années, Milos posséda des yeux de couleur indéfinie, un peu bleutés comme ceux de sa mère. Mais vers les 10 ans une mutation s'opéra, et les iris du garçon devinrent plus bleus. En une année, ils changèrent profondément, le bleu s'épura, s'intensifia, si clair, si lumineux, qu'il happait l'attention, attirait sur Milos l'émerveillement. Celui-ci fut rapidement gêné par son regard extraordinaire. Le bleu de la beauté absolue et de la folie. Il était désormais l'objet d'une sidération si répétitive qu'elle faisait de lui une sorte de phénomène, oui, de monstre. Milos était précoce, déjà la préadolescence sourdait en lui, et il aurait tant aimé qu'on ne voie pas ces métamorphoses. Il désirait rester caché mais ses yeux le désignaient, l'exhibaient jusqu'à la honte. Myriam tentait de minimiser ce drame qu'elle attribuait à la timidité du jeune âge. Loïc en riait. Mais une scène bientôt expulsa violemment Milos de l'enfance et le précipita dans le cataclysme de la cruauté.

Il s'agissait d'une gamine d'Antibes, où la famille habitait. Elle avait coutume de jouer avec Milos. Elle était sa petite amoureuse. Milos était subjugué par ses impulsions, ses caprices et ses audaces. Mais il la redoutait un peu. Zoé adorait bander les yeux de ses camarades dans une sorte de colin-maillard de son cru. Milos se prêtait à cette volonté avec un mélange d'inquiétude et d'apaisement quand il sentait son regard sombrer dans la nuit et que la petite fille tournoyait autour de lui, le touchait, esquissait des gestes malicieux. Il avait un peu peur mais il était excité par cette présence d'un fantôme tourbillonnant, exigeant. Il entendait Zoé pousser ses rires de petite sorcière inventive. Il attendait.

Un jour, elle réunit autour de son ami les autres enfants qui partageaient le rite. Soudain, elle arracha avec violence le masque de Milos et, dans une attitude de voyeurisme si exaspéré qu'il s'en souviendrait toute sa vie, elle le regarda comme elle ne l'avait jamais fait, avec une expression de folie écarquillée, de frénésie. Tout son corps était tendu en avant, galvanisé, tandis qu'elle le sondait, le fouillait, le dévorait des yeux avec une boulimie hystérique. Une mimique vicieuse remplissait ses prunelles qu'elle dardait sur Milos comme sur une bête indicible. Ils étaient sur la plage, éloignés des adultes. Tout à coup, Zoé se pencha, saisit une poignée de sable crissant et la jeta au visage de Milos, en plein dans les yeux.

Loïc et Myriam rencontrèrent les parents de Zoé. Ces derniers réprouvèrent le geste de leur fille mais en minimisèrent la portée. Elle était si jeune ! Un mot malheureux échappa à Myriam, qui suggéra que Zoé était un peu perverse. Aussitôt les parents firent front devant ce qualificatif qu'ils trouvaient tout à fait inapproprié. On se quitta sur ce malentendu. Quelques jours après Zoé passa devant la maison de Milos en espérant qu'il l'apercevrait. En effet, il cueillait des fleurs dans le jardin avec sa mère et vit son amie. Zoé ralentit le pas et les regarda. Myriam entraîna son fils à l'intérieur de la maison. Il n'était pas question de se réconcilier avec cette fillette dangereuse qui risquait un jour de recommencer. Milos se retrouva derrière une baie vitrée par où il voyait la petite fille qui l'attendait. Il se sentit prisonnier de sa mère mais gardait un vif ressentiment envers Zoé. Toutefois l'attente têtue de cette dernière, sa perplexité, son expression d'incrédulité le troublaient, le tourmentaient. Il aurait voulu savoir s'expliquer avec elle. Mais il se sentait impuissant, incapable de trancher entre son amie et sa mère. Il resta ainsi embusqué derrière sa fenêtre tandis que la petite fille le scrutait, l'œil sombre, à travers la grille du jardin. Milos fut longtemps hanté par ce regard fixe et ténébreux qui semblait condamner sa lâcheté. Alors que c'était Zoé la coupable.

L'enfant commença de souffrir des yeux. Ce fut une série de symptômes inflammatoires qu'on attribua d'abord aux grains de sable. Myriam lui administrait en vain des gouttes de collyre, qu'il fallut arrêter car elles devenaient elles aussi irritantes à la longue. Finalement, Milos fut équipé de lunettes fumées qui dissimulaient l'éclat surnaturel de ses iris. Elles le protégeaient aussi d'une lumière dont il ne supportait plus l'agression.

C'était le soleil qui lui faisait mal, lui faisait peur. Le soleil sur les vagues éblouissantes de la Méditerranée immense. Il refusa d'aller à la plage. Sa mère pourtant essayait de l'emmener avec elle pour éviter une rupture radicale avec le monde extérieur. Mais derrière ses lunettes la mer était terne, comme émoussée, le ciel blanchi. C'était un monde aveuglé, désamorcé de son charme, de sa violence crue.

L'école se mua pour le garçon en supplice. Car il y croisait Zoé, qui gardait avec lui une distance stricte. Comme si une ligne invisible lui interdisait d'approcher – c'était sans doute un ordre de la famille et des maîtres. Cependant souvent, de loin, elle continuait de le scruter du même regard d'incompréhension noire telle une malédiction. Les autres enfants révélaient une pareille suspicion avec la lame de leurs yeux glissée par en dessous. On le changea d'école. Il fut placé dans le privé.

Milos devint un excellent élève. Un après-midi d'hiver, il neigea. Les flocons étaient rares à Antibes et les enfants en profitèrent pour jouer tout leur saoul dans la cour de récréation, improviser de longues glissades. Milos dérapa sur une plaque de neige verglacée et tomba. Sa chute décrocha les lunettes de ses yeux. Il était à genoux, plongé en plein désarroi. La fille qui partageait le jeu surprit l'émouvant, le merveilleux regard piégé comme en flagrant délit de rayonnement. Milos mesura l'impact du bleu précieux sur le visage de sa camarade. Une expression un peu ivre, un peu hagarde, l'envahissait. Elle semblait faire face à une apparition, au surgissement d'un animal, d'un joyau fabuleux. Mais elle se ressaisit vite et lui adressa un sourire d'une angélique douceur en lui tendant d'un air désarmé les lunettes tombées dans la neige. Elle s'appelait Marine et elle devint sa petite amoureuse.

Quelques années plus tard, Milos comprit que sa mère ne l'avait pas appelé ainsi par hasard. Elle ne l'avait pas prénommé Milos en raison de la consonance tchèque. Il devait reconstituer les faits au fil du temps. Sa mère se souvenait d'un séjour qu'elle avait accompli à la fin de son adolescence dans les Cyclades, en Crète et sur l'île de Milos. Ce fut un été absolu, dans le bleu extrême. Une joie dans une réverbération blanche dont elle ne savait plus si elle venait de l'éclat des maisons ou des plages éblouissantes. Il apprit bien plus tard, par des confidences et des fuites, qu'elle avait rencontré un homme fascinant sur une plage, en Crète. Mais peut-être avait-il magnifié cet amour sauvage et légendaire. Une sorte de rapt, comme celui d'Europe enlevée par Jupiter métamorphosé en taureau. Myriam avait cueilli des fleurs qu'elle avait offertes à l'inconnu qui lui souriait. Il l'avait caressée, portée dans ses bras, emmenée nager dans la mer. Ils étaient revenus sur le rivage, dans un bois de saules, au bord d'une source, elle s'était donnée et il l'avait prise sans la blesser. Puis ils avaient séjourné une semaine à Milos. Ainsi avait-elle échappé à la tragédie de la douleur initiatique. La Crète et Milos restaient dans sa mémoire un lieu sublime. Plus tard, ayant eu l'enfant avec Loïc, elle aurait presque songé à l'appeler Minos, à cause de la Crète dont ce dernier fut le roi et, surtout, parce qu'il était né d'Europe ravie par Jupiter transformé en taureau blanc. Mais la consonance infernale du nom l'en dissuada. Elle le transforma en Milos, du nom de cette île où son premier amant l'avait emmenée pour poursuivre leurs vacances amoureuses.

Jamais elle n'avait raconté à Loïc l'extase de la première fois. Car il était jaloux. Mais surtout il était impossible à Myriam de trouver les mots pour dire cette félicité étourdissante de ses 17 ans. Elle aurait eu l'impression de la corrompre, d'en perdre l'image. Même si, au fond, il ne s'agissait plus d'une représentation précise et concrète mais d'un souvenir un peu halluciné, d'une pureté où elle s'abîmait. La première fois que Milos crut saisir cette histoire d'île originelle, ce fut en surprenant une conversation intime entre sa mère et une amie.

Il entendit aussi Myriam évoquer le Minotaure, qu'elle reliait à Picasso, dont le château-musée était sis sur la corniche d'Antibes. Milos trouvait ce nom de peintre à la fois comique et mystérieux. Myriam l'admirait avec passion. Une autre fois, avec ses parents, ils passèrent le long de la même promenade qui dominait les murailles de la ville. Et, à côté du musée Picasso, ils regardèrent le dernier atelier de Nicolas de Staël, cette terrasse d'où il s'était jeté pour se tuer. Ils lui expliquèrent la chose avec le maximum de tact. Mais leurs mots ne parvinrent pas à réduire l'impact du fait brut. Alors Picasso et de Staël établirent dans son imaginaire une figure double, antagoniste et presque sacrée, inhérente à Antibes où il était né, au génie de la cité dont il ne savait s'il était bienfaisant ou secrètement maléfique. C'était une sorte d'envoûtement des possibles.

Marine, adolescente, adorait se baigner sur la plage de la Garoupe, à laquelle ils se rendaient à vélo. Ils savaient que c'était la plage préférée de Picasso, qui y venait avec Olga, au temps de leur amour intact. Le bleu de la masse océanique dansait sous le feu du soleil. Marine tenait la main de Milos et l'entraînait dans cette espèce de pèlerinage vers l'absolu. Il ne portait plus ses habituelles lunettes mais un masque de plongée à la transparence teintée qui continuait de dérober ses prunelles. Il enviait les autres qui jouissaient d'un contact direct avec l'espace illuminé, l'affrontaient avec une allégresse tranchante, une sorte de défi. Marine était peut-être tentée de l'inviter à abandonner le masque, Milos devinait parfois une intention s'esquisser dans son regard qui inclinait dans ce sens. Mais elle n'osait pas. Alors elle plongeait dans la mousse de l'écume, se trémoussait, bandait les muscles de ses reins, de son dos, nageait. Et Milos l'imitait, mais il lui semblait qu'il n'adhérait pas complètement à l'action. Il devait mimer sa joie avant de la ressentir et il ne l'éprouvait pas avec la plénitude que Marine manifestait.

Vers le soir, après avoir paressé sur le sable, quand la plage se vidait, ils rejoignaient une zone de rochers escarpés. Marine embrassait les lèvres de Milos en lui ôtant doucement ses lunettes. Chaque fois, pendant ce baiser, elle fermait les yeux pour rassurer Milos ou peut-être pour s'éviter à elle-même d'être confrontée à cette folie de regard pur, à son bleu tabou. Lui la contemplait, saisi par la beauté de son visage totalement offert, harmonieux, lissé comme dans la prière, en proie à la sainteté de l'amour.

Milos fit des cauchemars et fut atteint de crises de somnambulisme. Ses parents durent convenir que la crise n'était pas passée. Ils se résignèrent à le conduire chez une psychologue. La psy expliqua à Myriam et à Loïc que sa technique consistait par différents exercices à renforcer le moi de Milos. En effet, Milos devait apprendre à la regarder, petit à petit, en quittant ses lunettes. Sans dérober les yeux ni fuir. Il devait prendre le dessus, quitte à être agressif.

Milos ne l'était guère. Il sentait que la psy le poussait hors de ses gonds. Mais il ne cédait pas à cette injonction qui lui semblait factice. La psy disait aux parents qu'il y avait de la violence dans leur fils de 16 ans mais qu'elle ne sortait pas. Quand Milos parvenait à fixer de son regard la thérapeute, il percevait cette espèce d'expression qu'elle adoptait où elle essayait de voiler, d'effacer, la curiosité ressentie devant la beauté des yeux de son patient. Il notait ce qu'il y avait de forcé dans son attitude, son naturel un peu fabriqué.

Milos ne parlait jamais à Marine de la psy. Ils se déshabillaient et ils se caressaient. Ils n'allaient pas au-delà.

La pinède s'étendait devant eux, striée de troncs, ailée de branches longues et noires. L'air en était tout parfumé. Le T-shirt de Marine moulait sa poitrine en sueur. La serviette de bain lui fouettait les cuisses avec douceur. Il y eut un raidillon très escarpé qui tira sur leurs mollets. Du sommet d'une série de dunes, ils virent la mer gicler dans la vaste lumière. Bloc de bleu sans vapeur taillé dans le soleil. Marine se déshabilla complètement et courut vers l'eau sans regarder Milos. Il fut jaloux de sa liberté mais sa blessure était contrebalancée par le jeu leste et musclé des fesses de Marine qui aiguisaient son désir. Il se dévêtit, posa ses lunettes et sa serviette sur une écorce sèche et rejoignit son amie à toute vitesse. Elle avait traversé la vague d'un plongeon frontal et réapparaissait de l'autre côté dans une zone presque calme où l'on pouvait nager. Milos, moins aguerri, ne savait piquer droit dans le renflement houleux. Marine, rieuse, surgit dans un bouillonnement, lui passant le bras autour du cou. Ils nagèrent longtemps, tous deux, se saisissant, s'embrassant, se lâchant, tournoyant l'un autour de l'autre. Marine avec une rapidité de sirène disparut tout à coup. Milos sentit le corps fluide le long de ses jambes. Il les écarta pour laisser passer la fusée de muscles. Il oscilla sous la poussée. Elle émergea, ses cheveux gluants lui faisaient un casque garçonnier. Elle dévora les lèvres de son ami en le regardant de façon éperdue.

Ils quittèrent le rivage, s'allongèrent au soleil en se caressant. Puis, main dans la main, ils gagnèrent les dunes, prirent leurs serviettes et dévalèrent vers la forêt. Ils trouvèrent une niche fraîche, ombreuse, que la brise balayait, répandant tous les sucs, les ferments des aiguilles et de la résine des pins. Marine avait étendu sa serviette et pressait Milos contre sa poitrine et son ventre avec une passion tendre, une intensité qui transfiguraient son visage. Elle fermait les yeux avec langueur. Milos se fourra dans l'écartement des cuisses, s'aidant de la main, s'agitant, s'essoufflant soudain, cœur battant. Il sentit la résistance, insista, aveuglé, dans une espèce de ruade résolue. Et cela céda, entra. Il éprouva alors un sentiment de liberté, de soulagement ivre, exécuta plusieurs mouvements avides, insista. Mais Marine se crispa. Ses yeux s'ouvrirent et Milos fut frappé par le regard indicible de son amie. Il s'affaissa de côté, poignardé par ce regard écarquillé qui le scrutait, l'interrogeait, le cherchait, semblait ne plus le reconnaître. Une stupeur avait envahi les yeux de Marine qui se ressaisit aussitôt, affectant un petit sourire pauvre et tendre.

Le sang coulait le long de sa cuisse. Elle l'essuyait avec sa serviette qu'elle comprimait contre son sexe. Milos était terrorisé. La forêt et la plage qu'ils avaient choisie étaient éloignées de tout. Ils entreprirent la traversée du retour sur un sentier qui n'en finissait pas, accablés par la chaleur, sans la moindre goutte à boire. Marine gardait la serviette coincée entre ses cuisses, ce qui brisait sa marche d'animal blessé, vacillant. Milos pleurait. Il leur semblait errer, condamnés par une malédiction qui les broyait. Milos avait honte et se sentait coupable. Marine bégayait que ce n'était pas de sa faute, que ce n'était pas grave, que c'était normal. La forêt brûlait autour d'eux ses parfums violents. Puis, quand ils rejoignirent la route, une stridence les submergea, la frénésie de toutes les cigales criblant l'espace de leur volume sonore, conjurées pour les harceler.

Les parents de Marine étaient absents. Ils filèrent dans la maison vide jusqu'à la chambre. Marine tamponna encore un peu et enleva la serviette, Milos vit la partie spongieuse tachée de sang. L'effroi s'engouffra dans sa poitrine, il était stupéfié de remords. Marine, étendue sur le lit, semblait dolente. Des cyclistes passèrent dans la rue en poussant des exclamations et des rires. Ils se taisaient. Ils entendaient le bruissement des insectes. L'été les enveloppait de son paroxysme indifférent. La maison était comme morte. Marine murmura que c'était fini et Milos entendit la phrase comme la rupture irréparable de leur amour tué par le bleu cruel de la mer, par la forêt toute-puissante, et par sa faute qui lui fouillait les entrailles.

Ils restèrent deux semaines sans pouvoir se voir ni se parler. Sans répondre à ceux qui s'en étonnaient avec discrétion. La mère de Milos tenta de l'aider mais il se braqua avec une telle brutalité qu'elle battit en retraite. Le papa de Marine l'adorait. Il l'avait vue pleurer. Il entra dans sa chambre, s'assit à côté d'elle, lui prit la main en gardant le silence. Elle s'appuya gentiment contre son épaule mais ne réussit pas à dire ce qui la faisait souffrir.

Quand la psy l'invita à s'installer dans le fauteuil de leur face-à-face, il sentit monter en lui un flot de haine. Il n'aimait pas la tête, l'expression, l'attitude qu'elle adoptait, où il y avait quelque chose de professionnel, de mécanique, de distrait, qu'elle masquait par la relative douceur de sa voix. Elle recommença les exercices stéréotypés, sûre de sa pratique, de sa science du comportement, du conditionnement. Il devait la regarder dans les yeux sans vaciller en l'écoutant parler ou en lui parlant. Elle tentait de lisser, de normaliser la situation, comme si de rien n'était. Milos rentrerait ainsi dans le rang, les yeux découverts, les yeux nus, affrontés à la violence du monde. Il subirait de nouvelles agressions, verbales ou physiques. Sa beauté lui rallierait les cœurs mais lui vaudrait le ressentiment, la calomnie, le rejet, la rage. Il rejoindrait la cohorte de tous les êtres composant avec l'amour et le fiel.

Alors il ne baissa pas les yeux mais les détourna, saisi de dégoût. Elle lui commanda avec une tranquille assurance de la regarder. Dans une brutale volte-face, il lui lança :

– Vous me faites chier !

Il vit la surprise, le sursaut, dans les yeux de la thérapeute. Ce mélange d'hostilité et de jouissance secrète. Était-ce cela justement qu'elle avait voulu obtenir, cette révolte, ce passage à l'acte, ce réflexe de domination ? Ou bien était-elle quand même prise à revers dans le train-train des séances qui auraient dû progresser par degrés mais sans esclandre ?

Elle lui apparaissait comme une petite femme frisottée, rouge à lèvres vif, assez coquette, assez bien conservée, la cinquantaine dépassée. Têtue, infatuée de sa méthode, autoritaire, cérébrale. Une tête de vieille petite fille qui réglait il ne savait quels comptes, elle aussi, avec son enfance, quel passif crapoteux, intime, résolu par un tour de force de la volonté. Ancrée, verrouillée.

Elle laissa passer un moment, puis déclara :

– Je sais que c'est difficile.

Malgré l'espèce de douceur artificielle de sa voix, elle persistait, elle réclamait son regard, son visage, sa peau, qu'elle voulait soumettre à la loi. En ce bas monde, on ne se défile pas. Elle le lui avait fait comprendre plusieurs fois.

– Je ne vous aime pas.

Il avait sorti cela froidement.

Elle émit le petit rire professionnel, institutionnel. Des colères comme la sienne, elle en avait connu, favorisé sans doute.

– La question n'est pas de m'aimer ou pas. C'est quoi la question ?

– Vous m'énervez, vous m'horripilez ! Quand je vous regarde, je vois tous vos défauts. Vos vêtements à la mode, votre maquillage soigneux mais vain ! Tous vos petits airs…

– Oui…

Elle lui avait fait souvent le coup de ce « Oui… » tactique, un peu amorti, censé ouvrir le jeu, l'inciter discrètement à continuer, à vider son sac, avant de reprendre, il le savait, le dressage rectiligne, les exercices comportementaux catalogués par ses maîtres.

– Je ne vous supporte plus. Tous vos petits airs.

Elle tentait de garder le même visage impassible et neutre, mais attentif, ouvert à tout. Cependant il voyait ce reflet de nervosité, de froideur refoulée. Il sentait que son regard bleu fixé sur elle l'envahissait, la décontenançait. Et pourtant, c'était bien ce qu'elle avait cherché, qu'il exhale sa colère. Il se sentait dénué de tout fard, lui, il se sentait pur, il lâchait son regard, il le déployait comme un océan vierge, jailli de l'intérieur, il l'épanouissait, il en inondait l'adversaire submergée mais qui résistait avec une secrète hauteur.

– Ne cédez pas quand même à un sentiment de toute-puissance. Tout cela est bien, très bien ! Mais ne basculez pas dans l'autre sens, un nouvel excès… C'est cela que nous devrions travailler désormais. Cet équilibre.

– Je ne veux plus travailler quoi que ce soit, je ne peux plus, je n'ai plus confiance en vous. Au vrai, je n'ai jamais eu confiance.

– Mais vous savez, vous pouvez toujours changer de thérapeute…

– Je veux me tirer.

Milos se leva sans y avoir été invité, contrairement à ce qui avait toujours été la règle entre eux. Elle murmurait : « Bon… », « Bien… », esquissait la mimique ou le geste qui suspendait la séance et lui, maîtrisé, ficelé, obéissant comme un caniche, se levait, se sentait escamoté, chassé, non sans être sommé de payer.

Elle se leva à son tour. Il lui tourna le dos et se dirigea vers la porte. D'une voix calme et haute, elle lui lança :

– Il me semble que vous avez oublié quelque chose.

– Non, je ne paie pas. Je ne paie plus ! C'est fini.

– Vous savez bien que ce sont vos parents, alors, qui vont payer. Ce sont eux qui paient de toute façon, et c'est normal…

– Vous irez leur mendier vos sous !

– Mon dû, répondit-elle avec la même sobriété imperturbable, insupportable.

Elle se tut. Attendit. Il n'était pas encore parti.

– Vous savez, je suis obligée de vous le dire, ce n'est pas encore fini…

– Mon travail ?

– Oui…

– C'est un échec, fondamentalement, ça ne marche pas, cela n'a jamais marché !

– Peut-être faudra-t-il accepter de regarder la réalité en face. Vous ne partez pas au bon moment…

Elle était debout, droite devant lui, petite, en jupe plissée, bas noirs, son visage légèrement meurtri, ridé, poudré… les yeux fatigués. Voulait-elle son bien ou la vérification de ses théories ?

– Je pars. Je m'en vais. Avec mes yeux, sans mes yeux…

Il voulait la mettre en échec. Qu'elle retourne à son bureau sans son fric et qu'elle médite. Il savait qu'elle trouverait l'argument infaillible pour s'en laver les mains. Ce serait de sa faute, à cause de ses symptômes qu'il refusait d'abandonner. Elle aurait toujours le dernier mot. Une professionnelle appuyée sur la religion de ses confrères, leur enceinte inexpugnable.

– Si vous le préférez, vous pouvez tenter une psychanalyse. Ce sera plus long, mais…

– Non ! Je sais, la psychanalyse, vous détestez ! J'ai entendu un débat à la télé entre une psychanalyste et un comportementaliste. C'est la guerre, un dialogue de sourds, la haine. Chacun défend son fief, sa boutique…

– Moi, je ne vous dis pas ça.

– Mais votre ton l'a sous-entendu. Je m'en vais.

– Vous allez où ? demanda-t-elle avec douceur.

Quelque chose avait lâché soudain, elle avait posé sa question avec une espèce de sincérité naturelle, perplexe. Il répondit :

– Je vais voir…

Milos était parti sans payer. Dans la rue, il se sentit un extraordinaire sentiment de liberté. Il alla chez Marine. Elle revenait du lycée. Il l'entraîna dans la chambre. Ils se caressèrent longuement. Il ne tenta pas de la pénétrer. Ils se donnèrent avec leurs lèvres, leurs mains, tout leur corps, un plaisir inespéré. Ensuite, ils allèrent se promener le long de la mer. Sa respiration bleue était à la hauteur de leur bonheur.

Il avait trouvé le masque dans la chambre de sa mère, sur l'étagère d'une armoire. Elle s'en était servie lors d'un récent voyage en avion. L'idée s'était imposée d'un coup, à la fois nécessaire, troublante : l'utiliser avec Marine. Pourtant, leur dernière étreinte s'était passée normalement même s'ils n'étaient pas allés jusqu'au bout. Pris dans l'engrenage de leur désir, ils avaient échangé des regards spontanés. Sans peur. Mais la scène de la première fois ne s'était pas effacée pour autant. Elle surgissait soudain dans le cerveau de Milos, impromptue, souvent à contre-courant de la situation qu'il vivait. C'était en général dans des moments de paix relative ou des flambées de joie. Alors l'image se plaquait dans son esprit. Le regard incrédule de Marine, comme si elle découvrait un inconnu, un étranger, un intrus.

Ils se retrouvèrent encore dans la maison muette pendant l'absence des parents de la jeune fille. Il sortit le masque de sa poche et le jeta sur le lit, sans se décontenancer, avec un aplomb qui ne lui ressemblait pas. Elle feignit de ne pas s'étonner. Leurs baisers commencèrent. Il portait toujours ses lunettes fumées. Il les enleva doucement et se saisit du masque abandonné sur le lit. Il l'ajusta sur les yeux de Marine comme s'il s'était agi d'un jeu. Il la déshabilla complètement et se dénuda à son tour. Il l'embrassait avec frénésie, lui suçait les seins, l'intérieur des cuisses. Mais c'était surtout sa bouche qui exaspérait son désir, la bouche exquise du visage passionné dont le masque noir rehaussait la beauté d'une aura mystérieuse. Sa bouche visible, soulignée, offerte. Le contour ourlé, sinueux, des lèvres entre lesquelles le bout de la langue apparaissait, l'attendait. Il ôta ses lunettes. Et l'empoigna, la serra dans un élan glouton. La dévorant des yeux, la palpant, lui massant le pubis et la fente jusqu'à ce qu'elle soupire, respire plus fort, le cherche, l'attire, se noue à lui. Alors il put la pénétrer avec douceur, un peu, d'abord, puis plus avant, en l'écoutant, en suspendant son souffle. Et cela jusqu'au fond de son beau ventre lisse. Ils firent l'amour pour de bon, il la retourna. Son œil fixait le coin aminci du masque qui relançait sa convoitise. Il voyait la commissure de ses lèvres plissées dans un sourire de volupté.

Ils se séparèrent enfin. Il avait remis ses lunettes. Elle quitta le masque. Elle semblait heureuse. Ils allèrent se promener dans le jardin dont elle effleurait les ramures au passage de sa longue main fine. Parfois, elle crispait avec volupté les doigts autour d'une grappe de feuilles vertes dont elle jouissait de la texture soyeuse. Et c'était comme s'il l'avait vue faire le même geste en continuant de porter le masque dans le jardin ébloui de lumière.

Les jours suivants l'image du masque avait occulté celle des yeux cruellement surpris de Marine. Ils poursuivirent le jeu quand l'occasion se présentait, que la maison était déserte. Par la fenêtre ouverte le ciel entrait dans la pièce parfumée. Un soir torride, ce fut un coléoptère géant dont ils ignoraient le nom et dont ils admirèrent un peu effrayés la carapace compliquée. Mais un après-midi il sentit le léger dépit de la jeune fille, une imperceptible réticence à se revêtir encore de l'oripeau dont il ne se lassait pas. Il écarta l'accessoire, garda ses lunettes. Elle les lui enleva avec un joli sourire au détour de leurs baisers. Il fut frappé par une sorte d'anesthésie, de décalage, et ne put reprendre le fil de l'étreinte. Il perdit son désir. Elle le caressa comme si rien ne s'était passé.

Les parents de Milos accueillirent deux amies à déjeuner. Jeanne et Samantha. Cette dernière était celle à qui sa mère avait raconté l'aventure de son premier amour dans les Cyclades. En général Milos était mal à l'aise pendant ces réunions qui ne le concernaient pas mais où il sentait que son père et sa mère tentaient d'améliorer sa sociabilité défaillante. Le repas eut lieu dans le jardin, ce qui rassurait Milos, moins confiné, moins exposé. Jeanne avait la quarantaine. Pantalon corsaire et chemisier ouvert. Blonde, cheveux courts, sans fard. Mais celle qui l'accompagnait attirait secrètement le garçon. Derrière ses lunettes fumées, il osait glisser des regards vers elle, surtout lorsqu'elle s'adressait à Myriam, sa mère, ou à Loïc, son père plein d'amabilité envers les visiteuses. Elle s'appelait Samantha. Elle portait un short moulant. Elle était assise à côté de Milos, qui était sensible à sa voix très douce, légèrement musicale et précieuse. Elle demanda au garçon ce qu'il faisait dans la vie… Intimidé, il répondit qu'il voulait, après le bac, entreprendre des études d'archéologie à l'Université de Nice et s'orienter vers la préhistoire. Elle aiguisa son regard sur lui avec une clairvoyance malicieuse et lui dit :

– Vous voulez en savoir plus sur ce qui s'est passé avant.

Milos ne comprit pas bien la phrase, mais il en perçut l'écho, le sous-entendu intime. Myriam le regardait avec attention, admiration, mais aussi cette petite pointe d'inquiétude vigilante qu'elle trahissait quand Milos était en public et qu'il risquait de tourner soudain les talons ou de quitter la table, sans explication. Sa mère redoutait ces incidents, les aléas d'un caractère intempestif. Samantha avait repris la conversation avec les autres. Elle parlait beaucoup de Picasso, d'un air presque entendu avec Myriam, mais, de temps en temps, Milos sentait son regard se poser sur son visage.

Il voyait le short de la jeune femme et ses cuisses longues et musclées.

Après le déjeuner, ils allèrent s'installer sous les arbres du jardin pour prendre le café. Samantha marchait sur le gazon de son pas élégant, souple. Elle évoluait autour des fleurs et des taillis, ne chassait pas les abeilles et les insectes que ses sucs semblaient aimanter. Elle s'en amusait. Au bout d'un moment Milos quitta le jardin pour aller pisser dans la salle de bains. Puis il enleva ses lunettes pour s'éponger le visage. Tout à coup, il sentit une main sur son épaule, sursauta, se retourna. Les iris bruns de Samantha devinrent plus sombres, plus brillants, comme injectés d'une étincelle d'ivresse.

– Vous êtes très beau !

Milos détestait qu'on lui fasse une remarque sur sa beauté. Il en était toujours blessé, comme par le sentiment d'une agression, d'une aliénation. Il savait que sa mère prévenait ses amis de sa susceptibilité. Ils étaient incités à ne pas poser de questions sur les lunettes fumées. Étrangement, Milos n'éprouva pas l'habituelle humiliation, cette impression d'être exhibé et comme désagrégé par le compliment. Samantha remarqua que leurs shorts étaient de la même couleur bise. Alors elle mit doucement les mains sur les tempes du garçon en repoussant les cheveux mouillés et le contempla, sans l'habituel ravissement hébété qu'il redoutait mais avec une sorte de sagacité profonde et tendre.

– Je me demande moi aussi ce qu'il se passait dans les grottes primitives.

Dans la situation, ses propos paraissaient inadéquats. Il garda le silence.

– Ils sont partis se promener, dit-elle. Moi je n'avais plus envie de quitter votre jardin.

Elle passait de la préhistoire au présent sans transition. Elle se pencha vers le lavabo et rinça son visage à son tour sans s'éponger. Puis fit volte-face en souriant et allongea la main vers les cuisses de Milos, qu'elle caressa en fermant les yeux avec une expression de concentration sensuelle. Elle se serra contre lui, l'embrassa dans le cou, lui suça la peau de ses lèvres délicates tout en glissant les doigts dans l'échancrure de son short. Elle lui chuchota une obscénité.

Cette phrase qui aurait dû effaroucher le jeune homme par sa trivialité fut prononcée avec un naturel si voluptueux, une gentillesse si transparente, qu'il s'abandonna à la main de Samantha. Personne ne lui avait parlé de la sorte, en provoquant un tel choc d'excitation en lui. Soudain elle refoula complètement son propre short qui la comprimait, révélant la marque claire de sa peau protégée du soleil par les maillots de bain, et pressa son pubis contre la cuisse du garçon qu'elle éperonnait, chevauchait avec une frénésie tendre, hallucinée. Il lui sembla qu'il n'avait jamais vu un visage si beau dans le plaisir, un ventre si soyeux, une toison si fine. Et sa semence jaillit dans la main fine qui n'avait cessé de le manier.

Ils prirent une douche commune et regagnèrent le jardin fleuri. Quelques guêpes dorées tourbillonnaient autour de Samantha, qui n'avait pas peur.

Milos n'éprouvait pas de remords. Il aimait Marine. Samantha n'empiétait pas sur cet amour. Elle existait dans une enceinte complètement à part, protégée par une nuée de guêpes, un venin merveilleux.

Ils réussirent leur bac avec mention. Milos commença donc ses études d'archéologie. Marine choisit les langues, dont l'anglais.

Marine et Milos vénéraient la corniche de la ville qui les menait à la cathédrale et au château Grimaldi, où était installé le musée Picasso. C'était toujours la même surprise, le même bonheur de marcher en plongeant le regard loin sur la mer. Ils espaçaient, toutefois, leurs visites pour éviter l'usure de l'habitude. Ils quittaient la place du marché, les ruelles pleines de cohues et de touristes, et montaient là-haut, comme à la cime du bleu et du soleil. Là, une autre planète commençait. Le cercle de la Méditerranée, la boucle du rivage ébloui vers la presqu'île. La belle cathédrale ocrée avec ses lignes qui évoquaient une architecture de De Chirico. Cette brèche de bleu pur et géométrique entre le corps de l'église et la muraille du château. Comme un passage surnaturel vers l'au-delà.

Le château avait un aspect archaïque de forteresse dressée contre les razzias. Rien de majestueux, nul style Renaissance, mais une demeure cailloutée, robuste, armée de son donjon médiéval. Attachante, affective. Comme maritime et rustique. Paysanne, familière, au bord de l'abîme. Ils entraient et passaient directement à la terrasse ouverte. La corne d'abondance de la Méditerranée dégorgeait sa jarre de lumière. Un bleu de démiurge, bleu de Cyclades, bleu de Crète, bleu d'un impossible amour qui leur donnait la conscience d'être des invités furtifs et mortels. Car les dieux évoluaient sur la mer. Des figures de taureaux, de sirènes, des Ulysse, des Circé. Les sculptures de Germaine Richier détachaient leurs dissymétries noires sur l'azur. Vigies brutes, biscornues, déesses mères.

Ils allaient voir *La Joie de vivre*, que Picasso était venu peindre après la guerre, dans ce château même. Danse et faune joueur de flûte. Dominance de bleu, de jaune. Torsade de bacchante aux seins généreux. Séduction du Centaure. Joie radieuse. Les céramiques que Picasso avait peintes à Vallauris offraient toutes les facettes de son génie polymorphe. Taureaux, chevaux, cavaliers, têtes de soleil, faunes, barbes de rayons, chèvres, chouettes, boucs, femmes, femmes nues, fables de filles, fêtes du désir. Calligraphie des fesses. Adoration toujours.

Marine regardait le sourire de Milos. Il avait enlevé ses lunettes. Il absorbait ces images dans le foyer de ses yeux rares, de ses yeux vierges qu'il semblait avoir réservés pour l'ardeur de la grande, de la redoutable beauté.

Ils finissaient toujours leur visite par l'immense *Concert* de Nicolas de Staël, que le peintre avait laissé inachevé. Vaincu. Le piano noir et massif comme un tombeau sur fond rouge sang, l'intervalle dévoré par le vide et, de l'autre côté, l'urne de la contrebasse, son sarcophage piriforme, géant, absurde. Il avait peint cette équation suspendue, extrême, avant de se jeter de la terrasse de sa maison, près du château marin de Picasso. À la face du paradis. Quel ultime regard avait lancé Nicolas de Staël du balcon bleu de l'absolu ? La Méditerranée n'était-elle, ce matin de la mort, qu'un Vésuve éteint ? Là, tout à côté du Picasso joyeux, renaissant, aux avatars intarissables. L'échec du peintre le plus pur. Le suicide de Nicolas. Dans la gueule et le rire du Minotaure. Comme si la corne de la bête était sortie de la cape des eaux étincelantes pour saisir et transpercer le torero slave et perdu de la peinture.

Dans l'escalier, en redescendant, Milos était happé par les photos de Picasso. Ses yeux ronds, noirs, brillants, écarquillés, injectés d'une énergie frénétique, dionysiaque. Prunelles dardées d'animal mythique, de divinité cannibale. Et c'était comme si Picasso dansait, vibrait au son d'un tam-tam à l'épreuve du feu, toisait mer et soleil comme ses égaux démesurés.

Nicolas de Staël était grand, très beau, regard très bleu. Picasso, nain et trapu, vrillé, vissé dans la terre. Chauve, en short, torse nu. Ridé, fripé, vital et concentré, tel un cep orgiaque, un satyre de Thrace. Les pommettes cuites de soleil. Narcissique et rieur. Il avait abandonné Olga, tué Dora Maar promise à la folie. Il exorcisait ses virulents délires dans les jeunes corps de ses amantes. En 1946, quand il peignit *La Joie de vivre*, au paradis de Grimaldi, dans l'atelier marin du château, il était flanqué de la svelte Françoise Gilot.

Tels étaient pour Milos et pour Marine les hommes de Grimaldi. Ils n'ignoraient pas qu'à quelques kilomètres de là, juste derrière la frontière, on avait découvert dans une grotte italienne l'Homme de Grimaldi. Dont des squelettes d'enfants couverts de coquillages. Dans la même grotte des Enfants on avait exhumé, dans la fosse la plus ancienne et la plus profonde, deux squelettes de Cro-Magnon. Une vieille femme et un adolescent. Dans la même sépulture. L'adolescent déposé d'abord, la femme ensuite. Il y avait 30 000 ans ?

Milos fuyait, Marine lui tenait la main, le guidait. Il protégeait le joyau de ses yeux de la canicule de midi.

Ils croisèrent Samantha dans la rue. Elle leur proposa de les emmener en voiture se baigner à la plage de la Garoupe. Ses cheveux fluides et bruns lui descendaient jusqu'aux reins. Son short court, ses longues jambes noircies de soleil. Ses fesses hautes, deux petits blocs fuselés. Ses mollets durs et vifs dans leurs bourses de nerfs avaient quelque chose d'agressif, de lascif. Ils regardèrent l'énorme château blanc de la Garoupe niché au milieu des pins. Il avait été acheté par un milliardaire russe, retrouvé mort à Londres. Des traces de pendaison… Peut-être avec un coup de pouce du potentat du Kremlin…

Ils gagnèrent leur crique préférée. Samantha – petits seins nus aux bouts noirauds, épaules larges et minces – courut sans tarder vers la mer. Marine et Milos préférèrent profiter un peu d'une brise parfumée qui rendait la chaleur plus légère.

– Qu'est-ce qu'elle nous trouve, l'amie de ta mère ? dit Marine. C'est toi qui lui plais !

Le ton n'était pas empreint de jalousie. Milos répondit :

– C'est plutôt toi ! Ma mère m'a raconté que Samantha vivait avec Jeanne, la femme qui l'accompagnait quand elle est venue déjeuner à la maison. Elle fait de la sculpture, il paraît que c'est assez beau.

– Je crois qu'elle s'ennuie un peu et que notre couple la distrait. C'est une curieuse.

Ils allèrent se baigner à leur tour. Puis tout le monde rejoignit les serviettes de bain.

– Vous savez que sur cette plage, dans cette crique, justement…

Milos et Marine attendaient. Samantha ajouta :

– Picasso venait se baigner avec Dora Maar, en 1937, et toute la bande !

– Quelle bande ? demanda Marine. Je sais qu'il est venu avec Olga, au tout début… et en 1946 peindre, au château Grimaldi, en compagnie de Françoise Gilot, et en 1937, oui, bien sûr…

– Il vivait à côté, dans le village de Mougins, à l'hôtel Vaste Horizon. Il y avait du beau monde ! Eluard et Nusch, Lee Miller, Man Ray, Ady Fidelin. Plein de belles femmes pour ces messieurs plus âgés, plutôt voyeurs et libertins. On s'amusait ! On partouzait un peu…

Marine se taisait, rebutée par l'expression.

– Je suis maladroite ! rectifia Samantha. En fait, ils s'amusaient librement. Eluard désirait que sa jolie Nusch couche avec son ami Picasso et Man Ray faisait des photos érotiques d'Ady, la belle danseuse guadeloupéenne, dans les bras de Nusch. Dora évitait de s'exhiber nue, moins rieuse. Les hommes ont toujours les mêmes fantasmes depuis Baudelaire, vous savez bien ! N'est-ce pas, Milos ?

Milos bredouilla une réponse vague. Samantha reprit :

– Moi, ce qui me trouble, aujourd'hui, c'est que rien ne demeure de cet été merveilleux. Ils étaient là, gais, sensuels. Un grand poète, un peintre et un photographe géniaux, des femmes toutes très originales. Dora Maar, elle aussi, était une grande photographe. Nous pouvons voir désormais dans des albums ou sur internet les images très libertines de leur bonheur. C'est du passé, presque un mythe. Mais eux étaient là, vivaient ça au présent. Un bel, un long été, une éternité de bonheur.

– C'est pareil pour nous, dit Milos. On le sait bien, même si on est jeunes…

– Non, ce n'est pas tout à fait pareil. Moi je sens que le temps bascule, que je vais être happée, avalée comme Nusch, Lee, Dora, Ady. Elles étaient adorablement vivantes sous le regard de Picasso, ici même. Lui devait se sentir immortel. Il paraît qu'il ne fallait jamais lui parler de la mort. Sujet tabou !

– On sent que Picasso compte beaucoup pour vous, dit Marine.

– J'ai fait ma thèse d'histoire de l'art sur Picasso. Cet été 1937 m'obsède d'autant plus que c'est l'été de *Guernica*. Il avait peint le tableau au printemps, juste après le bombardement de la ville, en pleine guerre civile. La tuerie continuait, son pays était détruit, martyrisé. Et lui, monstrueux comme toujours, loin de s'engager dans les Brigades internationales, passait un été de plaisir à Mougins, Antibes, Juan-les-Pins. Il se baignait chez nous, ici, il baisait, sculptait des galets ou des bois flottés. Nusch venait poser pour lui, dans sa chambre, avec la bénédiction d'Eluard. Les pas légers de Nusch. L'été du fascisme et de la mort fut sans doute le plus bel été de sa vie.

– On ne sait jamais ça ! protesta doucement Milos. Peut-être qu'il était très angoissé en secret, tourmenté, et qu'il se saoulait de femmes et de soleil pour oublier.

– Non, il était plus fort que nous autres. Il s'en foutait ! Sa peinture seule l'intéressait, les femmes, les taureaux…

– Enfin ! Il a quand même peint *Guernica* ! s'exclama Marine.

– C'était une commande pour le pavillon espagnol de l'Exposition internationale de Paris. Je ne dis pas que la guerre dans laquelle son pays était plongé ne l'affectait pas, mais de là à l'empêcher de vivre, de peindre, d'aimer, de continuer, de jouir… Rien ne pouvait l'arrêter, le tarir. Monstrueux ! Le Minotaure tapi au milieu des plus belles, des plus intelligentes femmes de l'époque, qu'il aimantait.

– Nous sommes tous des monstres, lança Milos.

– Oui, mais nous ne le savons pas très clairement, nous le dénions, nous nous amusons temporairement à jouer les méchants. La plupart du temps, nous le subissons. Lui assumait, brandissait, revendiquait, triomphait.

– Vous le détestez donc ! conclut Marine.

– Non, son instinct de vie me subjugue. J'aimerais être comme lui. Je suis un peu jalouse. Et puis je m'identifie à ses femmes, à toutes ses femmes depuis l'origine, Fernande, Olga, Marie-Thérèse, Dora, Françoise, Jacqueline et tant d'inconnues, les plus secrètes. Je voudrais comprendre. C'est ça le sujet du livre que j'essaie d'écrire à présent. Mais c'est peut-être trop psychologique. Qu'ont-elles désiré à travers lui ? Leur destruction ou une révélation, une apothéose ? Car il les a toutes plus ou moins détruites. Je ne suis pas une militante féministe. Je suis trop versatile et séductrice. Des livres accusateurs ont été écrits contre Picasso, des livres d'Américaines zélées, d'amantes, de proches… Non, je voudrais comprendre et leur donner raison, en fait, à lui comme à elles, d'avoir cédé.

– Vous exagérez, dit Milos. Françoise Gilot, qui était avec lui au château Grimaldi, vit encore. Elle l'a quitté et a écrit un témoignage lucide.

– L'exception rare. Elles ont toutes été en grand danger, toutes trompées, trahies, attaquées, atteintes. Dora folle. Marie-Thérèse, la plus épanouie, et Jacqueline Roque, la plus dure, ont fini par se suicider. Sans parler des membres de la famille, le petit-fils Pablito.

Marine s'ébroua :

– C'est bien joli, Picasso, mais il est en train de nous voler notre soleil !

Alors Samantha la prit de vitesse. Elle alla demander à trois garçons le ballon qu'ils avaient apporté sans y jouer. Ils le lui offrirent en la détaillant des yeux. Elle s'élança, fit valoir sa souplesse voluptueuse, appela Milos et Marine. Ils s'échangèrent la balle. Établissant, sous les regards des trois garçons, la charmante chorégraphie d'usage. Samantha, plus aguerrie, précise, lançait le projectile droit au but. Marine, ratant de temps en temps la réception, courait le rattraper, en deux ou trois enjambées qui précipitaient, pliaient, son corps vers le sol, bras tendus. Elle se relevait, presque essoufflée, en tenant le ballon, exécutait quelques pas croisés, gracieux, sur la pointe des pieds pour rejoindre le cercle de ses partenaires. Samantha considérait ces élégantes cabrioles avec attention. Plus tard, elle décocha exprès le ballon vers Milos, avec une énergie si chaotique qu'il fit des gestes maladroits sans réussir à le capter entre ses mains. Les lunettes glissèrent un peu sur son nez. Il les rajusta et, soudain, comme pour se venger, il osa les retirer. L'éclair bleu frappa Samantha, qui ne put cacher tout à fait sa surprise. Les trois garçons avaient vu eux aussi le sortilège, et chuchotèrent entre eux. Avant de remettre ses lunettes, Milos joua un moment. Peu importaient les coups, l'agilité des échanges. Les yeux interposaient leur pouvoir et leur royaume inaccessible. Samantha n'était plus sous le joug des prunelles diaboliques et prédatrices de Picasso mais sous l'emprise d'une autre folie dont elle ignorait le sens.

– Qu'est-ce qu'elle cherche, qu'est-ce qu'elle désire de nous ? demanda Marine. Elle veut nous faire partouzer comme les amies de Picasso, d'Eluard et de Man Ray, ce fameux été de *Guernica* ? Elle vit sous l'emprise de ce mythe ! C'est bizarre.

– Je ne crois pas qu'elle sache exactement ce qu'elle attend de nous…

– Elle est un peu perverse et très attirante, quand même… Cajoleuse et brillante.

– Elle te trouble…

– Et toi ?

Milos se tut, en proie à un flash. Samantha surgie dans la salle de bains, disposant de lui. Ses yeux surpris. Le rapt.

Milos, à la demande de Marine, interrogea sa mère sur l'amitié qui la liait à Samantha.

– C'est surtout du passé, tu sais, quand nous étions étudiantes. Elle est allée avec moi, en Crète, l'été qui a suivi ma première visite.

– Ce fut comment ?

– Un bel été de ces années-là. Nous étions jeunes. On se croyait libres.

Sa mère était donc retournée sur les lieux du mythe, du premier amant, de la révélation, du ravissement. Mais il sentait que ce deuxième séjour n'avait rien à voir avec le premier.

Quand il répéta à Marine ce qu'il venait d'apprendre, celle-ci hésita puis lui déclara :

– Je crois qu'elles furent amantes là-bas. C'est le genre. Elles n'ont pas dû revoir le type. Ou ça n'a plus marché. Le bel inconnu, lui, n'est pas revenu. Rien ne prouve qu'il s'agissait d'un insulaire. Et Myriam est tombée sous le charme ambigu de Samantha. Cela te choque, toi, le fils ?

Jamais Marine, si protectrice, ne l'avait visé ainsi, avec cette pointe de défi.

– Tu vas vite ! C'est si facile que cela ? Tu as déjà eu une aventure de cette nature ?

– Vaguement…

– C'est précis !

– Je n'ai pas eu beaucoup le temps, je t'ai aimé tout de suite.

– Mais tu as connu le trouble…

– Oui, un peu…

– Mais pour qui ? Je la connais ?

– Pour Zoé, la cruelle, la petite sorcière impulsive qui a voulu t'aveugler avec une poignée de sable.

– Tu ne pouvais pas choisir quelqu'un d'autre ?…

– Elle m'a parlé de vous, de l'interdiction de vous revoir qui vous frappait. Elle était pleine de perplexité sur son geste, de remords et de curiosité aussi. Elle avait une fougue diabolique. Elle était émouvante, turbulente et un peu vicieuse. Je me laissais regarder, toucher.

– Comme moi.

– Elle débordait d'un voyeurisme sans frein, d'une fantaisie sensuelle, fureteuse. Pourtant, nous étions encore très jeunes.

Milos et Marine sont allés faire une promenade au fort d'Antibes. Cette muraille solitaire sur la mer leur fait toujours un peu peur. Les quatre saillants des bastions pointus protègent la grande tour intérieure et circulaire. Un anneau du Colisée clos, percé de quelques fenêtres, portes. Aspect de prison coupée du monde. Ils entrent dans la cour, comme dans une fosse aux lions. Une caserne aux murs blanchis qui évoque un lieu de sacrifice, d'immolation. La petite chapelle juchée au sommet de l'enceinte n'en corrige pas la cruauté, ni la maison du gouverneur. Mais tout à l'heure ils échapperont à cet enfermement, gagneront le chemin de ronde et la vision de la mer illuminée.

Ils croient – et ils se trompent – que c'est dans la tour que Nicolas de Staël est venu peindre l'immense *Concert* qui ne pouvait pas tenir dans son atelier-perchoir de la corniche. Une toile de six mètres de long, trois mètres cinquante de haut. Un défi. Il avait assisté à Paris à des concerts de Webern et de Schönberg. Bruissant de sensations, d'idées. Et la bataille avait commencé dans une solitude terrible. Un désarroi. Jeanne Mathieu, son amante, refusait de venir le voir. Il avait demandé à Françoise, sa compagne, de partir avec les enfants. Elle ne voulait pas partager son amour avec Jeanne. C'était un drame banal. Il le vivait, bien sûr, comme la plus intime, la plus irrémédiable tragédie. Picasso, lui, conjuguait les amours. Hypnotisées, les amantes obéissaient : Marie-Thérèse et Dora. Chacune dans sa maison attendait la visite du roi qui les remplacerait pour éternellement recommencer. Nicolas avait rompu avec sa peinture ancienne, celle qui venait de lui apporter la célébrité, l'argent. Il avait abandonné ses empâtements épais, taillés dans la matière, stratifiés. Ceux de ses merveilleux « Footballeurs » que Milos et Marine ont vus tant de fois au musée Grimaldi. Le Parc des Princes fut pour le peintre une révélation, un match nocturne éclairé par des projecteurs. Des corps solides, aux couleurs éclatantes, imbriqués dans leur course, leur bousculade savante. Des bagarres et des bourrasques de corps géométriques, concrets, des rouges vifs, des bleus, des blancs agglomérés, magnétiques. Une hallucination. Le chaos de la vie sculpté dans la peinture. À la fin, de Staël s'était converti à une peinture fluide, en couches minces, impondérables. Une peinture qui était devenue vulnérable, ultrasensible comme une peau. Ses proches, son collectionneur regrettaient cette mutation. Ils préféraient l'ancienne texture de tesselles dures, irradiantes. Dans sa tour, il fut plongé en plein dénuement. C'est du moins ce que ressentent Milos et Marine.

Au printemps 1955, trois jours de travail pour peindre le piano noir sur fond rouge, la contrebasse énorme et vide. L'espace désert qui les sépare. Quel couple ? Des esquisses de partitions, de musique, d'harmonie impossible tentaient de relier les deux figures, de remplir cette vacance. Trois jours seulement. Lui qui peignait lentement : « Je suis lent, je ne suis pas Picasso. » L'Autre, l'envahisseur, le tyran magnifique qui, en 1946, était venu triompher avec sa *Joie de vivre* au château Grimaldi, qui était venu aimer. Heureux en amour, comblé par la présence de Françoise Gilot, jeune, déliée, élancée, dévouée, adorante. Nicolas, neuf ans après le peintre glorieux, seul, affronté au doute, à la douleur. Milos et Marine ont lu cette phrase écrite à son ami Jacques Dubourg, le jour de sa mort : « Je n'ai pas la force de parachever mes tableaux. » Vertige d'être arrivé jusqu'au bout de sa peinture. Au bout de l'amour, au bout de la solitude. Rebut de la vie. Il va se tuer. *Concert*. Arène du sacrifice. Instruments injouables. Blocs séparés, passifs. Rien ne vibre.

– C'est vrai que ça ne joue pas… dit Marine. Ses footballeurs jouent, jonglent. Ils sont épiques et turbulents. Là, tout est arrêté.

« Antibes est une prison à ciel ouvert, avec une lumière à supplice transparent. » Milos a lu cette phrase de De Staël dans la librairie du château. Et elle l'a percé au cœur de sa vie. Nicolas de Staël est devenu son peintre préféré. Non, on ne peut plus jouer au football dans cette incandescence. A-t-il eu, au moins, l'idée de s'oublier dans la contemplation de la mer, de l'azur, du soleil matinal sur la vieille ville, le château, la cathédrale, les bateaux blancs, le grouillis des clapotis, des vagues carambolées ? C'est plus vaste que nous et cette vision nous délivre. Il réussissait si bien à restituer cette splendeur au Lavandou, à Agrigente, à Fiesole. Cependant, il a peint un tableau du Fort Carré, mais gris, en couches fluides, fuyantes. Bordées de noir. Une pyramide un peu triste et fondue. Un amas de mouettes douces et mortes. Un tableau du Nord. De la Neva. De son pays perdu.

Milos et Marine sont maintenant là-haut sur les coursives. Dans la tempête du bleu. Marine respire fort. Le diamant dilaté de la mer à perte de vue. Les bateaux blancs du port. On ne veut pas, on ne peut pas mourir. Milos a gardé ses lunettes noires. Il perd l'éclat de ce feu bleu. Il faudrait oser l'éblouissement. Voir l'intensité. Risquer l'aveuglement. Elle lui baise la joue, lui serre la main, l'entraîne dans une ronde autour de la muraille, le long des flèches des bastions hérissés. Le jardin vert au pied des fortifications, l'odeur citronnée des essences, des pins, des palmes, des buissons fleuris, le tonnerre des cigales. Toute la matière grésille, crépite. Elle voudrait courir, crier, rire comme les dieux. Mais elle est flanquée de ce mystère d'homme masqué. Beau avec ce bandeau sur les yeux. Elle désire Milos. Le voir, le regarder, nu, dans la lumière. Ses yeux grands ouverts, prodigués sur elle. Une fontaine de bleu intarissable. Les yeux noircis de Picasso auraient rengainé leur dard de vieux singe malin, boucané, de caïman voyeur et décrépit. Le bleu de Milos.

Il n'avait rien dit à Marine. Il allait voir Samantha dans sa maison de Mougins. Il était passé devant l'ancien hôtel Vaste Horizon, qui faisait le coin, à la croisée de deux pentes. Modeste, familier. L'hôtel du fameux été de *Guernica*, de la fête des filles autour d'Eluard, de Man Ray, de Picasso. L'Espagne en proie à la guerre civile, à la mort. L'été 1937 de la mort. Dora, Lee, Nusch, Ady nues conjuraient les visions de l'horreur. Picasso était, paraît-il, d'une gaîté diabolique. Il se baignait à perdre haleine dans les fastes de la lumière. Éperdument, il jouait à tous les jeux : collages, cadavres exquis, photos, libertinage…

C'était un mas, un peu à l'écart des ruelles, dans un vaste jardin, peuplé de sculptures. Il sonna, un jardinier vint lui ouvrir, lui indiqua l'allée qu'il devait suivre et disparut.

Samantha l'attendait sur le pas de la porte. Une nouvelle fois, il fut saisi par son visage de gitane aux grands yeux noirs en amande. Ses longs cheveux chutant droit jusqu'aux fesses. Deux bosses dont le gigotement musclé le précédaient dans la maison. Elle portait un autre short qu'à la plage. Jaune et un peu usé exprès. Elle se retourna vers lui. Il vit les blocs de ses abdominaux secs et noircis de soleil. Elle lui demanda s'il jouait au tennis. Il lui dit que non.

– C'est bon pour la forme. Ça et la course !

Il haussa les épaules. Alors elle ajouta dans un murmure :

– On ne court pas… C'est vulgaire. On ignore son corps de jeune homme.

Il bafouilla une protestation.

Un vaste salon idéal les accueillit, rempli de lumière, avec des vues offertes sur la verdure, les fleurs, les pins, les agaves, des avalanches de bougainvillées. Les mêmes sculptures que dans le jardin mais en nombre plus réduit occupaient des places stratégiques. Des blocs de pierre brute, du noir au blanc, marbre, bois, bronze, vaguement zoomorphes. Samantha lui révéla, en s'approchant des masses sculptées, au repli de la pierre, comme sous abri, l'existence de frises secrètes où étaient gravés et peints une multitude de personnages mystérieux, guerriers, chasseurs primitifs, chamans, aux grands yeux écarquillés, troupeaux d'animaux, taureaux blancs, oryx aux cornes hautes, dressées à la verticale, tels des sabres, êtres hybrides, anthropomorphes, centauresses fessues, singes à visage de Picasso… Elle lui dit qu'il s'agissait des œuvres de Jeanne, sa compagne, qui travaillait dans son atelier de l'autre côté du jardin.

Ils burent deux anisettes et elle l'emmena dans son bureau, qui était une grande pièce un peu moins lumineuse que la précédente. Les murs étaient couverts de reproductions de Picasso, surtout des gravures, estampes, lithographies représentant le peintre et son modèle sous toutes les coutures. Vieil homme barbu, voyeur, ou jeune centaure dévorateur. Minotaure avide, amoureux, attendri, caressant. Elle le dirigea vers un ensemble de tirages représentant les fameuses scènes d'étreintes et de viol de Marie-Thérèse. Un chaos de formes rondes, croupe, mamelons, ventre, sens dessus dessous, tourneboulés dans l'assaut furieux du Minotaure. Certaines images ne figuraient plus qu'un agglomérat de grosses boules charnues, chamboulées par la gueule de la bête ou son sexe rué dans la pagaille orgiaque.

– Il avait beau être le boulimique Picasso, il voyait plus gros que son ventre !

Milos ne répondit rien. Alors elle ouvrit des albums où on retrouvait des photographies de l'été 37 qui l'obsédait.

– Vous savez, je rédige un essai sur les « inconnues » de Picasso. Je vous en ai dit un mot l'autre jour, à la plage. Marine m'a interrompue. Je lui fais peur avec mes histoires des femmes de Picasso, de Barbe-Bleue.

– Qui sont ces inconnues ?

– Celles dont on parle peu ou jamais. Putains, modèles, voisines, visiteuses furtives, licencieuses ou naïves, danseuses, acrobates, inconnues absolues de l'adolescence. Qui est Joceta, dont il fait un dessin à la campagne ? Rosita del Oro est plus incarnée, l'écuyère libertine de Barcelone. L'épique Marevna, aventureuse et peintre cubiste… Plus de cinquante ans plus tard, il est attiré par une autre Rosita, la fille de son ami de jeunesse, le rocambolesque Manolo. Il la voudrait bien mais il ne la possédera pas. Peu de détails là-dessus. Mais deux Rosita, quand même ! Ce sont les échos que je tente de poursuivre dans mon essai, les chaînons secrets. La rumeur de fond, perlée, balbutiée par le destin…

C'est joli, Rosita, Milos, n'est-ce pas ? Sans compter les originelles Odette, Blanche, Jeanne, Madeleine, Alice… Que de fantômes ! De frissons perdus. Irène Lagut, plus célèbre… Pâquerette, un joli mannequin du couturier Poiret, en pleine guerre de 14-18, après la mort d'Eva, celle qu'il a peut-être aimée le plus. Il écrivait partout sur ses tableaux cubistes : « Ma Jolie ».

– Je ne savais pas pour Pâquerette, mais Eva, oui… volée à la vie.

– À 30 ans, elle meurt de la tuberculose. C'était ça ou la syphilis. Eva dévouée au jeune dieu de 34 ans. Sainte et suppliciée. Le mannequin Pâquerette prend vite la relève. Et d'autres. Gaby Lespinasse… Lui porte à cent pour cent le bacille fatal de la vie. Le vice de vivre. Chevillé aux reins, à la racine, si j'ose dire.

Elle sourit et coula vers Milos un long regard souple. Puis reprit la liste :

– Il y a You-You.

– You-You ? C'est vif…

– Oui. Elvira Paladini, dont il fit des portraits à l'époque de Pâquerette et d'Irène Lagut. You-You fut sa compagne au fameux banquet donné en l'honneur d'Apollinaire, le 31 décembre 1916 ! Il a désiré aussi Sara Murphy, ni acrobate ni danseuse, modèle ou écuyère… Une milliardaire américaine mariée à un original milliardaire, deux habitués d'Antibes, oui, chez nous. Pendant les Années folles, Milos. Il faudrait retrouver cette belle folie. Il n'aura pas Sara, le sacripant ! En voilà une de sauvée ! Geneviève Laporte frappe à sa porte. La lycéenne qui vient le voir en 1944 pour une interview dans le journal du lycée Fénelon et qui le reverra en 1951. Elle va devenir son amante. Il a 70 ans, elle une vingtaine d'années. Elle ne sera pas engloutie, anéantie par le Minotaure ! Elle écrira, bien plus tard, un joli livre sur leur histoire, agrémenté de poèmes de sa main et de nus sensuels d'elle, saisis sur le vif par Picasso. C'est mignon ! Un conte longtemps caché, de sexe et de fées, illustré. Ou Sylvette David, à Vallauris, vraiment très jolie, 19 ans… Il a passé les 70 balais. Il fait beaucoup de portraits de cette blonde à la queue-de-cheval. Il n'a pas couché avec elle. Elle en réchappe ! Ouf ! Aimer, qu'est-ce que c'était pour Picasso ? A-t-il jamais aimé ?

– Qu'est-ce que cela veut dire ?

– Vous le savez bien. Je vous ai vu avec Marine, je crois que vous accepteriez de mourir pour la sauver. Picasso ne meurt que pour lui.

– En effet, je doute qu'il serait mort pour les déesses des tableaux célèbres, Olga, Marie-Thérèse, Dora, Françoise, Jacqueline…

– Il y a les géantes, les idoles de l'Ogre, les stars saccagées qui crèvent pour ses beaux yeux. Elles correspondent à une période, à un style, à un lieu, à des maisons précis. Cela facilite la classification, le boulot des historiens de l'art, les belles expositions thématiques. Mais j'aimerais faire des découvertes moins officielles et savoir lesquelles n'ont pas voulu de lui ou ne se sont pas trop attachées à lui, l'ont quitté sans avoir été forcément jalouses. Lesquelles ont bien joui de lui, sans suite, sans deuil ? Dans quels tableaux se sont-elles glissées, où leur passage est-il suggéré ? Surtout, laquelle aurait pu le tuer, ou le pousser au suicide ? N'a-t-elle jamais existé, cette amante puissante ?

Milos mesure la force du lien de Samantha à Picasso, l'envoûtement… Elle sent son étonnement. Mais poursuit :

– Sous la légende rabâchée, éblouissante, derrière le défilé des Miss, le cheptel des reines décapitées, je voudrais débusquer une histoire perdue, secrète, plus belle, plus cruelle que toute la littérature pour les gogos. Une ombre qui éclaire le reste, qui foudroie.

Samantha se tait un instant.

– Voilà pour l'essai. Mais j'avais commencé un récit plus personnel, une forme de roman subjectif, dont seule une phrase fut écrite qui me hante presque chaque jour…

– Dites-la-moi.

Il vit qu'elle l'aimait beaucoup quand il demandait une chose directement, simplement, comme ça.

– Oui, mais vous enlevez un instant vos lunettes noires d'aveugle.

Il les enleva en détournant un peu ses yeux baissés. Avec douceur, elle lui dit :

– La lumière vous fait vraiment mal.

– Je l'adore mais elle me tue.

Elle prononça la première phrase du récit tabou, bloqué :

– « Je suis le Minotaure d'un été de bonheur, l'été de *Guernica*. »

– C'est fascinant.

– Je ne suis pas allée plus loin.

Elle lui montra dans un album les femmes de cet été de la guerre et du massacre.

– Elle, c'est la plus célèbre, la plus blonde, réputée la plus belle, c'est Lee Miller, photographiée par Man Ray, son amant.

Milos la regardait, nue, blanche, lumineuse et pure. Parfaite. Fesses, reins, seins. Tout était en harmonie svelte et sensuelle. Moelleuse. Longs cheveux dorés ou courts, garçonniers.

– Mais, l'été 37, Man Ray n'est plus avec Lee Miller, qui n'est là qu'en tant qu'amie. Son amante, c'est Ady Fidelin. La voici…

Elle avait tourné la page, offrant, de plein fouet, une photo de mulâtresse nue qui danse, prise de trois quarts. Petits pieds souples, chevilles d'une rare finesse, hanches solides, cuisses robustes, fesses cambrées, compactes, puissantes, reins, torse félins, déliés, petits seins durs… Visage d'une prodigieuse sensualité, lèvres charnues, grands yeux noirs et vifs, rieurs. Cheveux courts et légèrement crépus ou lissés dans des poses épurées qui transformaient la belle bacchante libertine en idole juvénile, adorable.

– Laquelle vous trouble le plus ? Lee ou Ady ? Man Ray les a cultivées à loisir !

Milos n'osait répondre. Elles lui plaisaient toutes les deux.

– Sur une île déserte…

– Vous parlez comme les garçons qui jouent entre eux à se partager les belles actrices du cinéma.

– Ah non ! C'est capital de savoir qui on désire emmener sur une île luxuriante, enfin, déserte, comme on dit. C'est un fantasme universel. J'avais une amie de lycée qui pour se faire jouir déroulait toujours le même scénario : elle somnolait sur une île déserte et un homme nageait vers elle, dont elle entrevoyait la beauté sauvage et un peu perverse. Il marchait sur la plage, s'allongeait et venait la sucer longuement avant de la prendre. Elle aurait su tout à fait qui choisir pour partir sur l'île. Parfois, et là elle m'excitait beaucoup, elle me disait que, si elle avait été obligée de choisir une femme, c'était la jeune Nastassja Kinski qu'elle aurait élue, celle des premiers films. Sa façon de se cambrer en marchant nue, avec une indicible souplesse, lui infusait soudain un désir lesbien. On ne se lasse pas de ces aveux-là.

– Et vous, demanda Milos, vous emmenez qui ?

– Ady. Sexuellement, c'est elle qui me trouble le plus. Mais Lee…

Samantha n'insista pas, elle ne voulait pas brusquer Milos. Elle lui montra une photo de Nusch Eluard nue. Nusch lui plut tout de suite, délicate, jolis seins, taille haute, et surtout le visage exquis, la pommette d'ivoire, les yeux plissés. Le chef-d'œuvre du petit nez. Tout était ciselé, bijou…

– Elle était trapéziste, je crois, dans un cirque quand Eluard l'a cueillie.

Puis Dora Maar, plus massive, plus noire. Jamais vraiment nue, de face. L'amante de Picasso. La souveraine ardente. Son front de rumination, son menton têtu. Il vit une photo d'Ady et de Dora se baignant. Ady debout, dressée dans l'eau, petits seins bruns et hardis. Dora faisant la planche dans un deux-pièces large, culotte remontée. Samantha commenta :

– Ady est très Gauguin, très tahitienne, très Annah, comme s'appelait la maîtresse malaise du peintre des îles.

Elle rêvassa un instant et reprit :

– Vous savez ce que ce salaud de vieux Picasso a dit de Dora à Geneviève Laporte, la lycéenne qui devint un peu plus tard sa maîtresse ? « J'avais l'impression d'être avec un homme. » Pourtant Dora avait été la maîtresse de Georges Bataille, ce qui promettait bien des licences, des rituels et des élucubrations érotiques.

Samantha continua l'exploration jusqu'à révéler les photographies les plus libertines. Nusch enlacée par Ady séductrice, active. Nusch embrassée, caressée à la fourche du short. La belle chair brune et ourlée d'Ady agglutinée à la fée plus blanche au visage de madone florentine.

C'étaient ces deux voyeurs de Man Ray et d'Eluard, vicieux en diable, qui poussaient aux extrêmes les deux amies, qui n'y voyaient pas malice.

– Vous en avez la preuve, j'avais du minerai pour ma thèse, j'en ai pour mon essai et pour mon récit plus personnel et suspendu.

– Je pourrai voir votre thèse ?

Elle parut un peu surprise, alla dans la bibliothèque et en rapporta une belle reliure de cuir, artisanale. Il ouvrit, feuilleta, sans lire. La thèse n'avait pas été publiée. L'essai le serait-il ? Le récit ? La faille de Samantha le frappait, et peut-être sa fragilité, son délire. Cette fascination en vase clos pour Picasso, si ambivalente, entre haine et fétichisme, passion. Toutes les photographies sur les murs, dans les albums, ses thèses, ses essais… La belle Samantha cernée, envahie par le maître, possédée, dépossédée, comme toutes elles l'avaient été, dévorées. Collée à la glu du génie, du vampire tentaculaire. Ce fut comme si elle le devinait :

– Oui, j'ai eu la chance de venir après ! Après sa mort, après l'hécatombe de ses amantes, épouses, sans parler du reste. Ce *Guernica* de sa vie intime. Le tableau historique fameux n'est que le miroir de ses pulsions. Et l'été qui suivit fut le triomphe de l'amour. Thanatos. Éros dans la foulée. Ils meurent, je baise. C'est ainsi qu'on réussit sa vie.

– Si vous aviez vécu alors et aviez pu choisir, auriez-vous essayé de venir le voir dans une de ses tanières bien gardées ?

– Je l'avoue, je l'aurais fait. À mes risques et périls, sans tergiverser, mais avec cette idée de vivifier ma propre création. C'est peut-être là l'illusion. Françoise Gilot peignait, ça n'a jamais beaucoup intéressé Picasso. Dora était une grande photographe, hélas, sous l'emprise du démiurge, elle s'est mise à peindre. C'était le piège. Seule l'écriture permettait de lui résister et de le ravir, de le submerger, de l'envahir et de vaincre le Minotaure pris dans les rets. Il a eu sa grande période d'écriture automatique, un pataquès de fantasmes sans ponctuation comme c'était à la mode, une fricassée de délires illisibles et volubiles. Raté ! Raté ! Raté, Pablo ! Il terrorisait, il avait fait de la terreur sa théorie, le rapt, l'usurpation, la destruction des formes. Sa toute-puissance en acte démasquait sa terreur intime. Vous connaissez ce Minotaure et ce centaure aveugles conduits par une petite fille ? C'est ce qu'il a réalisé, à mes yeux, de plus bouleversant. Picasso, l'aveuglant, il fallait l'aveugler.

Milos sentit la sueur lui couler dans le dos. Ses tempes étaient moites. Son cœur battait fort. Elle avait abusé de cette orgie visuelle. Elle s'en rendit compte et devint plus tendre. Elle lui avoua que c'était sa folie Picasso ! Elle n'était pas la première. Elle lui raconta qu'une église entière était vouée au monstre. Pierre Daix y avait passé sa vie dans l'analyse, la vérification biographique laborieuse, l'hypnose d'avoir rencontré le maître, d'avoir été son ami. Une vie bien remplie ! Elle avait vu, à Arles, le vieux photographe, Lucien Clergue, qui ne parlait que de son ami Picasso, des photos qu'il avait prises de lui, des conférences qu'il donnait sur lui. Sans citer tous les autres biographes, historiens de l'art, conservateurs de tous les pays captés, scotchés, engloutis et digérés dans l'œil du cyclone, ses arcanes cannibalesques. La pauvre Dora Maar, demi-folle, vivant des années et des années, avant, pendant et bien après la mort du Minotaure, au milieu des antiques fétiches, dans la crasse, dans la poussière, n'allant à la messe que pour retourner dans la caverne des reliques et des débris fanés, macérant. Momie vouée au torero mort.

Soit le culte extatique, abrutissant, radotant, soit la haine constante, le ressentiment inexpiables, comme ceux de Vlaminck pendant l'Occupation. Célébrer le grand Pan ou abattre la Bête abusive. Vénérer ou décapiter le Totem. Être ou ne pas être, à travers Lui. L'Ogre de vie.

Elle se tut, lut dans les yeux de Milos une certaine stupeur. Elle renchérit sur la question qu'il lui avait posée :

– Oui, je serais donc allée voir le vieillard interminable dans sa vaste et dernière demeure cachée de Mougins, Notre-Dame-de-Vie, à deux pas de là. Sur l'autre colline. J'aurais trompé la vigilance de Jacqueline Roque, janissaire impitoyable. Aliénée en chef ! Il aurait vu ma fraîcheur conquérante. Il aurait dit : « Tou es vénoue mé touer ! » J'aurais éclaté de rire.

Ainsi elle riait. Puis elle allongea la main vers celle de Milos et lui dit :

– Maintenant nous allons visiter la chambre noire.

– Qu'est-ce que cela veut dire ? demanda Milos en contenant son émotion.

– C'est tout bête, c'est la chambre où on développe les photos.

Ils enfilèrent un couloir orné de gravures et de statuettes. Elle lui fit descendre un escalier.

– La chambre noire est une chambre enterrée.

Elle lui sourit avec malice. Elle ouvrit une porte assez lourde, ils entrèrent. En effet, il faisait noir.

– C'est la chambre des fantômes.

Elle disait cela avec la même suavité malicieuse.

Elle le tenait toujours par la main. Elle l'entraîna dans la nuit sans trébucher. En fait, une petite ampoule rouge suffisait à la guider. Elle l'amena au bord d'une simple couche. Elle le fit asseoir à côté d'elle. Elle le tutoya :

– Tu as raison, la lumière est blessante en amour. Il faut juste un flambeau discret.

Elle se dénuda, le short qu'elle portait se décolla directement de la peau. Le débardeur. Il ne la voyait pas distinctement. C'était une ombre féminine, frangée d'un reflet pourpre. Elle lui dit de se déshabiller. Il le fit. Deux ombres gravées dans les ténèbres. Elle se dressa. Il se releva contre elle. Ils furent plus près du halo rougeoyant. Il voyait son visage nocturne. Encore plus beau. Ramené à l'essence de son ovale. Ses yeux, deux taches plus noires comme deux cavernes mobiles à la surface de la peau d'un gris plus doux. Le sein gauche rougi et dessiné par la lampe. La hanche, puis le ventre qui sombrait dans l'ombre plus profonde. La cuisse saillait, plus éclairée. Elle le caressait de la pulpe des doigts, le cou, les épaules, les flancs, le ventre sans le saisir au vif. Les reins. Spontanément, il avait posé une main sur son épaule et l'autre autour de sa taille dont il mesurait l'énergie, la flexibilité, car elle se cambrait.

– Caresse-moi les fesses. Ou plutôt tu ne caresses pas mais tu empoignes, tu pétris.

Cet ordre où elle dictait le protocole de son désir aurait pu lui déplaire mais ce fut le contraire. Il disposa du derrière offert. Dur, souple, gonflé, remué, que son doigt trouait. Elle lui prit doucement le sexe, en l'entraînant vers le lit. Elle s'allongea sur lui, le massa doucement avec son ventre. Elle œuvrait avec un summum de secret, d'intimité, d'exactitude soyeuse. Il voyait dans le rayon de la lampe rouge le mouvement de son corps. Elle tourna légèrement le visage vers la lumière et il distingua son expression sensuelle, ses yeux brillèrent. Il vit soudain la pulpe nervurée de sa bouche avec une précision extraordinaire. Elle se planta lentement sur lui. Et il se mit à respirer plus fort, à gémir. Il cria de plaisir quand elle s'enfourcha à son aise, avec un petit râle d'assouvissement, voyagea, en glissements fluides, abrupts. Elle riait plus qu'elle ne criait. C'était un chant de volupté étrange où elle semblait s'enorgueillir, approfondir une jouissance de plus en plus consciente. Elle s'esclaffait de chaque progrès, de chaque révélation. C'était le rire d'une assomption, d'une trouvaille grandissante qui forçait l'exhalaison de son souffle sonore. Le rire énamouré de la centauresse gagnant son plaisir. Alors il fusa dans cette fourche dont les deux cuisses se déployaient, luisantes, comme gainées de bas rouge sombre.

Il eut peur de perdre Marine. Il ne voulait pas quitter Samantha. Ce nom lui parut brusquement vulgaire, une consonance de confiserie, de prostitution érotique. Puis ce fut « Marine » qui lui déplut, ce diminutif de Marie, de Marion. Il se sentit aussi abandonné que l'autre. Nicolas dans l'incandescence de son atelier, séparé des deux aimées, en proie à son mal de peinture impossible. Il détestait Samantha, qu'il trouvait égoïste et vorace, destructrice, à l'image de son Picasso. Cette bouffée de haine se retournait en visions de la chambre noire, de l'incendie rougeoyant. Il la désirait.

Marine devina quelque chose… Milos inhabituel. Se taisant quand il aurait pu parler. Remplissant un soudain silence par un afflux de mots. Milos chaviré, bousculé et en même temps mécanique, machinal. Il faisait les choses sans y être. Il se trompait. Il oubliait. Un peu bête. Elle voulut partir avec lui, trois ou quatre jours, dans l'arrière-pays montagneux. Elle avait obtenu son permis de conduire. Lui pas encore. Elle les conduisit sur un éperon rocheux, à Saint-Cézaire-sur-Siagne. Elle y avait déniché une petite maison d'hôtes tranquille. Elle paierait la pension avec les cours d'anglais qu'elle donnait. Il lui arrivait, à lui, de gagner son argent de poche en faisant le plagiste, à la belle saison. Ce qui amusait follement Marine, qui venait au bar pour le regarder évoluer, planter le parasol avec un élan concentré, furieux, puis l'ajuster au-dessus des estivants immaculés, ventrus, ou des jeunes femmes dénudées. Il était plus méticuleux avec ces dernières, qui voulaient juste protéger leur visage mais exposer le reste sous l'ardeur. Il trouvait l'angle exact. Les têtes se reculaient, s'adoucissaient dans l'ombre orangée tandis que les corps enduits de crème solaire, et comme cloués sur leur matelas, miroitaient, immolés dans une transe fixe. Milos était saisi d'un vertige au milieu de toutes ces gisantes offertes au supplice. Parfois, l'une d'elles ouvrait à peine les yeux pour tendre le bras et cueillir le rafraîchissement qu'il lui servait. Il permettait ainsi aux belles martyres torrides de survivre. C'était comme s'il sentait les gouttes éclore dans leur gorge tarie.

Saint-Cézaire, c'était assez loin de la mer. De sa plaine éblouissante. Dès leur arrivée, ils rejoignirent un belvédère situé à l'extrême bord du village, sur un abrupt de calcaire. La vue se déployait sur l'écheveau des collines. C'était l'ondulation de la terre solide, toutes les nuances du vert sombre, argenté, presque noir. Avec le cours étroit de la Siagne qu'on devinait dans la coupure des gorges, au fond des forêts. Et ce qui plaisait à Milos, même s'il ne possédait pas encore tous ses diplômes d'archéologie, c'était de savoir que le pays était truffé de vestiges, de reliques de murailles immémoriales, d'enceintes, de campus, de dolmens, de grottes du néolithique… Il déclara que c'était plus confortable que l'abîme marin.

Ils entrèrent dans la chapelle Notre-Dame-de-Sardaigne. D'un beau bloc allongé, arrondi. Nef épurée, romane. Dans le silence profond. Une caverne de paix. Marine lui fit observer l'abside en cul de four. Alors ce fut un flash païen. Il vit le cul d'Ady Fidelin, comme ça !, campé dans sa cambrure et dansant. Dans un rayon transversal filtré d'un vitrail, son beau cul noir et roman, four de l'amour. Il en aurait ri s'il n'avait été la proie de l'hallucination capricante. Ce retour en force des images exhibées par Samantha. Il se concentra pour les chasser. Marine avança vers le sarcophage central. Une pierre sculptée, ébréchée, datant de l'époque gallo-romaine. Ils découvrirent qu'elle avait contenu les cendres d'un certain Marcus Octavius Népos mort à 18 ans.

– Il venait d'avoir 18 ans ! entonna Marine avec un sourire de diablesse, comme dans la chanson…

Si elle s'y mettait aussi ! Le silence sacré était rompu. Il se sentit délivré. Il l'embrassa dans le cou. Elle frissonna à cause de la fraîcheur minérale, sous la pulpe des lèvres vivantes qui la pinçaient.

Le soir, dans leur chambre, elle lui enleva ses lunettes.

– C'est bien pour la mer, mais ici on ne met plus les bésicles. Demain, on ira se baigner dans la rivière.

Le désir s'empara de lui. Un désir de Marine, de ses mamelons charnus, brunis de soleil. De ses hanches hautes, étirées, construites, de ses cuisses dont l'intérieur était moins pain d'épice que la surface, d'une texture plus soyeuse, d'un miel plus blond et plus épanoui. Il désirait son petit bouc bachique, fendu sur le fruit. Ils se prirent dans l'exubérance du pur amour. Dans sa fluidité, son feu, son foutre. Avec des larmes de plaisir.

C'était sans doute ce que Milos voulait au plus profond de lui, mais il n'arrivait pas à le croire. Car le trésor de cet amour lui semblait incroyable, l'aveuglait et lui faisait peur.

Ils descendirent à pied vers les gorges de la Siagne. Marine et Milos transportaient dans leur sac à dos une bouteille d'eau et des sandwichs. La végétation parfumée foisonnait autour du sentier minuscule. Dans une brèche, en contrebas, ils virent la rivière étincelante et verte. Une rivière, c'est plus joli que la mer, pensait Milos. C'est un corps. La mer sans limites vous égare, avec sa promesse de tempête et de naufrage. Il n'y a pas d'ouragan de rivière. La rivière est un corps de fille.

Ils débouchèrent sur une rive ombragée. La Siagne ruisselait d'abondance sur les cailloux. Telle une épée éblouissante, plus loin elle s'aiguisait dans les fonds de rocailles, de broussailles et de taillis. Ils burent à grandes goulées et enlevèrent leurs vêtements légers. Ils avancèrent dans l'eau vive dont le froid les saisit. La mer était d'une mollesse plus chaude. La rivière les fouettait. Leur corps s'habitua à la température. Ils nagèrent vers de grandes nappes de jade coulées sous les branches des saules. Des flopées de bulles glissaient dans des nuées de petits moucherons que la lumière faisait scintiller. Marine plongeait, rejaillissait. Experte et fuselée.

Ils sortirent de l'eau, avalèrent des morceaux de sandwichs et repartirent le long du sentier sinueux, coupé de dégringolades ravinées, de ressauts brusques. Un sentier nerveux comme une échine de chèvre fantastique. Un pont se découvrit au-dessus d'un beau pan de rivière émeraude. Un pont génois, dit Milos. Arqué en son centre, belle pierre moussue parfaitement fondue dans le paysage. Une cascade dévalait sur le flanc du sentier. Non pas en avalanche fracassante mais en mille petits filets qui pleuvinent. Ce fut une merveille de se pâmer sous la fontaine plurielle. Elle charriait des fragments de feuilles, de scarabées, de papillons, de pucerons, de sauterelles, des myriades de corpuscules infimes qui ne les gênaient pas mais les habillaient de leurs minces réseaux vibratiles. Milos attrapait de côté la taille de Marine qui feignait de fuir. Il la serrait plus fort. Elle remuait les reins contre lui. Il sentait les ruades de ses jolies fesses. Il l'embrassait, elle se retournait, le caressait, le branlait un peu.

Ils se laissèrent aller au gré du courant. Jamais la mer, dit Milos, ne permettait un tel vagabondage ludique, entre deux rives de roseaux, de buissons vivaces, de plantes douces et rondes et de fleurs rouges. Des odeurs de menthe affluaient. Ils virent la météorite d'un martin-pêcheur foudroyant. Puis des hirondelles, d'une arabesque volatile, effleurèrent l'eau de leur bec, pour cueillir des insectes. Elles revenaient soudain, filaient, piquaient, abstraites, impondérables. Leur petit ventre ovale et blanc étincelait, pépite, s'évanouissait. Marine eût adoré être ainsi picorée par les oiseaux gracieux, sous la caresse de leurs ailes magiciennes. Une vasque profonde s'ouvrit, un chaudron de grande volupté où ils pouvaient s'étirer à l'aise, flotter, glisser. Puis s'immobiliser, attendre, écouter la forêt et la montagne.

Des truites, quasi translucides, jaillissaient de l'eau et gobaient des insectes. Milos murmura :

– Ces truites de la Siagne que Picasso et son amie Hélène Parmelin – l'épouse du peintre Pignon – dégustaient à Vallauris.

– Comment tu sais cela, Milos ? demanda Marine, étonnée.

– C'est ma mère qui me l'a dit, un jour qu'elle nous offrait à dîner les mêmes truites d'Hélène et de Picasso communistes !

Dans le crépitement de midi. Des bêtes devaient être aux aguets, alentour, renards, sangliers, martes, blaireaux… Terriers. Tanières. Des bouts de murailles inconnues restaient enterrés sous les chênes. Des poteries dans des grottes comblées. Un dolmen morcelé, enfoui, bosselait d'une crête de dinosaure un sous-bois profond, endormi. La bête se réveillait. Ses prunelles clignotaient. Elle se débarrassait de sa gaine terreuse. Se mettait à marcher avec ses pattes couvertes d'écailles, tendait sa gueule vers quelque proie hypnotisée, biche palpitante, dévorée. Deux centaures traversaient une clairière médusée de soleil. Le mâle enfourchait la belle centauresse fessue qui hennissait de plaisir.

Marine et Milos se racontaient d'excitantes fables, mais il sentait qu'en cédant à cette pente mythologique et prédatrice ils finiraient par tomber sur des traces de dryade dionysiaque, voire sur les dalles de grès du labyrinthe – dans la forêt de chênes immémoriaux, entre les parois minérales et sonores –, jusqu'au taureau blanc qui avait ravi Myriam, l'amante originelle, jusqu'au monstre noir d'un été de bonheur, celui de *Guernica*. Alors jaillirait la farandole d'Ady, de Nusch, de Lee, de Samantha. Ce sortilège les happerait. Leur couple entraîné éclaterait, dépecé par la frénésie. Ou bien, à l'inverse de cette liesse des bacchantes, au-delà de la colline de calcaire, ils entreraient dans un vallon. Ce serait le dolmen d'un grand piano noir qui viendrait se carrer à une extrémité de la prairie, l'autre serait occupée par le ventre orangé et gondolé d'une contrebasse. Nulle musique ne sortirait de ce face-à-face figé. Un grand vide les avalerait. Il leur fallait conjurer ce théâtre, rester dans le flux miroitant de la Siagne, ses zigzags de truite sous les lianes et les libellules. Ils s'enlacèrent une nouvelle fois et Marine, comme abreuvée d'amour, s'écria :

– Oh, que je suis heureuse ! Je suis heureuse !

C'était si intense que Milos eut peur, harponné par une honte secrète. Cette tentation tenace de l'autre femme dans sa maison d'images, aux souterrains feutrés. Ce rougeoiement mystérieux de la chair émergée de la chambre noire. Avec la bouche gonflée, nervurée de désir. Le cep de la cuisse béante. La vigne du ventre bouclé. Il se sentait divisé, déchiré. De ne pas adhérer complètement au bonheur de Marine, de ne pas fusionner avec cette euphorie. Il était arraché au lit de la rivière, transporté, affronté au miroir immense de la mer, semé d'îles perdues que parcouraient les dieux carnassiers, radieux. Pasiphaé. Poséidon. Toutes les métamorphoses merveilleuses de Jupiter. Le monde réel serait donc à jamais trop grand ou trop petit pour lui. Son abjection le disloquait, le précipitait du sommet de la muraille d'Antibes, en plein midi, le démantelait comme de Staël.

Le clair de lune nocturne blanchissait à demi leur chambre plus fraîche, remplie d'effluves de jasmin, dont les grappes se ramifiaient jusqu'à leur fenêtre. Ils se sentaient sur le promontoire rocheux de Saint-Cézaire comme à la proue d'un vaisseau tellurique.

– Nous sommes des Cézariens ! s'exclamait Marine, rieuse, en bombant le torse.

Elle insistait :

– Bombe ! Il faut que tu bombes, César !

Elle faisait saillir sa gorge trempée de lune, avec des airs de majorette conquérante. Il suçait les bouts dodus. Et bombait.

Leur pension était proche du belvédère, qui aurait été, à l'origine, l'emplacement des greniers de César. L'âme de l'archéologue Milos aurait pu vibrer à la suggestion de ce passé romain. Mais il préférait les couches plus profondes : pierres gravées, fresques préhistoriques, rituels de chasseurs.

Ils étaient allongés dans leur lit ouvert, baigné de halos d'un blanc bleuté. Leurs corps se mêlaient dans le mystère. Leur chair subissait une métamorphose profonde. Moins en relief, moins hérissée, plus pâle. Mais non moins prenante. Les zones les plus enfouies, sillon des fesses, fourche, triangle pubien, attiraient par ce qu'elles voilaient, trahissaient par des puits obscurs, pleins d'odeurs. Ils avaient l'impression de sentir leur corps, aux contours émoussés, avec plus de volume et d'intimité. Quand la frontière de la peau s'éclipse pour livrer sa densité, dans un lacis de tunnels. Ce corps-à-corps de l'ombre leur permettait de communier de façon onirique.

– C'est plus secret… disait Marine, d'une voix tentatrice.

Car un jet de lune faisait ressortir la masse de ses fesses comme celle d'une bête ovoïde et gloutonne, jaillie d'un fleuve ténébreux. Et le sexe de Milos se profilait telle une arme magique, toute polie de luisante clarté. Ces avatars les excitaient et les portaient à échanger des mots obscènes. Leur amour se transfigurait sur une scène presque sacrée où tout était permis, dans l'invisible. Chez les renards, les biches, les blaireaux, les sangliers dans leur bauge, les oiseaux de nuit. La Siagne révélait la sensualité bestiale de sa saignée de forêt. Des chauves-souris virevoltaient soudain dans l'embrasure de la fenêtre. Elles avaient toutes surgi de leurs grottes pour chasser les insectes et croquer certains fruits. Velues, masquées, monstrueuses, déployant leurs ailes vibratiles, traçant des rets autour des maisons, au ras des chambres. Dans un ballet de vampires suceurs de sang ventousés au cou de blanches jeunes filles pâmées.

Milos aspirait tous les sucs de Marine qui elle-même pompait sa sueur. Elle sauvegardait le vrai jus, qu'elle réservait pour son fourreau ouvert. Et elle chantait, dans un souffle, ces mots : ta semence, ta sève, ton sperme, ta jute. Elle les appelait en elle, giclée, foutre, ton joui, vas-y, lâche tout… Triviale, enchantée, à mesure que l'ombre bossue de Milos cavalait, accélérait. Son visage d'elfe noyé. Son cri explosait avec ce paroxystique sanglot de la vie outrepassée.

Les collines s'enlaçaient dans les brumes du matin. Îles du Levant émergées d'un bain de lait. On leur avait indiqué l'emplacement d'un dolmen datant de 2 500 ans. Milos avait emporté son carnet à dessin. Ils s'embrouillèrent dans les chemins, traversèrent des champs privés, butèrent sur des espèces d'alignements mégalithiques dont on ne leur avait pas parlé. Quelques écailles rongées, ensevelies. Ils demandèrent des renseignements. Un type leur répéta :

– Le trou Camatte. Le trou Camatte.

– C'est quoi ?

– C'est le trou Camatte !

Ils ne le trouvèrent pas, ce trou mystérieux où, comme ils l'apprirent, on avait découvert des colliers, du bronze… Bon, mais il n'avait rien à voir avec leur dolmen. Ils continuèrent. Dans un hameau, on leur donna des indications plus précises. Ils dévalèrent un sentier en pleine forêt. Une prairie s'ouvrit, encerclée de vieux chênes tortueux. Un sabbat de branches crochues. Ils aperçurent les reliefs du site. Ils s'approchèrent.

C'était un peu décevant. Des morceaux de grès dressés ou couchés, des dalles, une sorte de cloison intérieure. Tout cela ébréché, lacunaire et démoli. La tombe d'un guerrier, d'un chaman, d'une famille qui remontait à une ère peu imaginable pour Marine. Milos déploya son savoir sur la vie au néolithique. Les cultivateurs et les éleveurs depuis belle lurette avaient abandonné la chasse et la cueillette.

– C'est presque dommage, dit Marine.

– Oui, mais avec les récoltes, les greniers, le bétail, on dépend moins des aléas du gibier qui se carapate. La population fait un bond en avant !

– Il y avait quoi là-dedans ?

– C'est une sépulture. J'ai lu qu'on avait retrouvé dans la région des têtes de flèches, des haches, des colliers, des poteries, des harpons, vrais ou faux. Même que le fameux abbé Breuil avait tenté de vendre au très renommé paléontologue Émile Rivière des harpons dont ce dernier vérifia la fausseté. Breuil n'avait pas détecté la supercherie.

– Peut-être que le trou Camatte est un simulacre.

– Non, je ne crois pas.

– À quoi ressemblait l'habitat à l'époque de la tombe ?

– On voit ça partout : des casemates de bois, de terre séchée, des ateliers, des fours, des granges. Avec les vaches, les cochons, les chiens domestiques.

– Et la poule ? De quand ça date ?

– C'est très ancien ! Des milliers d'années. Elle est originaire d'Asie, où on chassait la poule avant de la domestiquer.

Marine éclata de rire. Milos, imperturbable, lui dit :

– La poule originelle avait des dents ! Je te le jure.

Tout à coup, ils virent planer au-dessus d'eux un immense oiseau, aux ailes déployées.

– Ce n'est ni un vautour ni une buse… C'est plus gros, dit Milos.

– J'ai lu, en choisissant l'hôtel et en me documentant sur la région, qu'il y avait des aigles, des aigles royaux…

L'oiseau avait disparu. Milos dessina les vestiges du dolmen, prit quelques notes. Marine aimait beaucoup le voir ainsi occupé, concentré. Elle se sentait toute rassurée quand il cessait de divaguer d'une hantise à l'autre. Son œil bleu acéré, rivé sur les détails de la tombe. De temps en temps il triturait des mottes de la pointe de son pied. Là, elle adorait l'enquêteur, son instinct de spécialiste. Et quand il se baissa pour tâtonner entre les radicelles, alors elle fut aux anges. S'occuper des morts très anciens, peut-être que c'est le bon remède contre la peur de la mort.

De nouveau l'aigle dessina un grand cercle dans l'azur. Ils le suivirent des yeux dans une sorte d'extase.

– Qu'est-ce qu'il voit ? murmura Milos.

– Un rapace qui voltige à mille cinq cents mètres d'altitude peut repérer un mince mulot d'une dizaine de centimètres embusqué dans le trou Camatte. Tu vois le genre de terreur si tu es un mulot !…

– L'œil, c'est l'enfer, déclara Milos avec une pointe d'humour. Il se combine étroitement avec les serres, le bec. Je vais remettre mes lunettes noires.

La grotte de Saint-Cézaire, c'était le clou des prospectus. Elle ouvrait sa gueule de baleine, luette et glotte de calcaire vernissé, grosses amygdales rouges sous les spots. Dents, crocs, caries. Œsophage hérissé de fibres, festons, fanons, agglomérats de mamelons vitreux, méduses. Stalactites et stalagmites qui ne vont pas les unes sans les autres, falbalas baroques, churrigueresques. L'ogresse bâillait, les avalait dans la tuyauterie de ses boyaux. Cela suintait, brillait, gouttait, une fièvre aphteuse de la roche congestionnée. On grelottait. Tout le monde glissait, dérapait, se rattrapait, faisait tomber le voisin. Un gros homme écarlate s'époumonait, au bord de la crise fatale. On voyait dans ses yeux l'angoisse à la pensée que les pompiers ne parviendraient pas à temps à le tirer du fond de ses oubliettes. « Il faut marcher lentement, lui disait sa femme, en regardant tes pieds ! – Mais si je ne regarde que mes pieds, je ne vois pas les stala… – Tu ne sais jamais ce que tu veux ! Tu gâches toutes les sorties ! » Les spots flanquaient partout des couleurs artificielles. Comme ce crime de bigarrer à Noël la façade de telle ou telle cathédrale. La foule adore la mascarade.

Nulle peinture des premiers âges de l'homme. Mais ils cueillaient des commentaires du type : « La nature a plus d'imagination que les hommes ! Aucun artiste ne pourrait inventer un décor pareil ! Le réel dépasse tout ! Même Picasso. Ah ! Ah ! *Guernica*, quelle farce ! », « Ça ne vaut pas les taureaux et les chevaux de Lascaux. Ah ! Ah ! Et la Sixtine, c'est rose bonbon, surfait, efféminé ! ». Toutefois, une belle ado altière, cheveux courts, short moulant, roulis racé, lança, dédaigneuse, que la grotte était nulle à côté de Padirac. Elle ajouta, secrète et quasi clandestine, qu'elle préférait même le trou Camatte ! Ils se jetèrent sur elle et lui demandèrent tout à trac où se trouvait ce trou fabuleux et ce qu'on pouvait y découvrir. Elle les toisa avec un air de suspicion profonde comme s'il se fût agi de deux pervers. Et continua son exploration pleine de morgue.

Un soir, Marine, à genoux, derrière à l'air, se dandinait sur le parquet à la recherche d'une perle de son collier défait. Milos la suivait des yeux, passionné.

Libertine, elle le devina, tourna la tête vers lui et lui chuchota :

– Toi, tu veux faire trou Camatte !

Le « trou Camatte » devint, pendant ce séjour, un mot de passe à consonances néolithiques obscènes. Ils avaient lu, pour confirmer leur intuition, qu'il s'agissait d'« un petit aven sépulcral » de l'âge du bronze. Et cela leur semblait tendancieux. Puis l'emploi de la formule magique s'élargit. Quand ils tombaient sur un bled beau et perdu ils disaient : « C'est le trou Camatte ici. » Ou du sommet d'une colline Marine, sibylline, désignait de loin un antre de forêt ténébreux : le trou Camatte.

– C'est le seul endroit d'où on peut le voir. Il y a une nouvelle célèbre de Borges : « Le trou Camatte », enfin, un titre comme ça ! Si tu as la chance de le débusquer, tu regardes dedans et tu vois toutes les facettes du monde en simultané. Quel trou rayonnant !

– Je vérifierai, si tu veux, paléontologiquement.

Oui, elle entrait quand elle voulait dans la chambre de Picasso, à l'hôtel Vaste Horizon. Une grande pièce ouverte sur un balcon. Pendant que Dora prenait des photos de Lee et qu'Eluard, fatigable, dormait. Que Man Ray jouait avec les fesses brunes d'Ady. Que la femme de chambre, Inès Odorisi, faisait les lits, avec ses longs cheveux, jolie comme une Gauguin des îles. Samantha racontait à Milos les visites furtives de Nusch, en cet été 37, torride, de répit méditerranéen, de repos lascif. Tandis que les républicains espagnols disputaient Madrid aux forces franquistes. *Guernica* continuait sans Picasso.

Au printemps précédent, la nouvelle République espagnole lui avait commandé un tableau pour son pavillon à l'Exposition universelle de Paris. Alors avait jailli ce geste génial, la fresque de *Guernica*, dont Dora photographia religieusement les états successifs. Le pathos des figures, les hyperboles de bande dessinée. L'ampoule crue dominant la scène et qui avait fini par s'incruster dans des avatars d'œil, de soleil. Le cri de la mère, sa gueule d'Olga hurlante. Elle tient la marionnette désarticulée de l'enfant mort. On dirait qu'elle va mordre le menton du mystérieux taureau immémorial, détourné du carnage. Campé dans son absence divine. Sans cruauté active. Il possède deux visages. L'un plus bestial, doté d'un mufle, d'une langue dardée et d'un œil frontal, l'autre plus féminin au grand œil presque triste de Dora mélancolique. Le cheval géant, sa gueule allongée, accélérée, projetée, béante, dentue, explosante, armée d'un éperon tel un clou de crucifixion. La brèche de sa plaie indépendante. Plus haut, son corps percé d'une lance puissante. Le soldat gisant, à la grosse tête aux yeux tourneboulés de *cartoon*, à l'énorme main de papier taillé, écarquillée, vaincue. Et, de l'autre côté, les visages des deux femmes, de sirènes fuselées, de comètes médiévales, porteuses de flambeau. La boiterie de la jambe gigantesque qui traîne à l'arrière de la mendiante aux seins nus. Tout Picasso est là. Quand il trouve, il troue le plafond des Grands-Augustins. La jambe se disloque jusqu'à la Seine, remonte, passe devant Notre-Dame. Quasimodo la regarde, Nusch-Esméralda.

Les pieds comme les mains aux découpures de fleurs brutales. La tête criante, les deux bras verticaux de révolte et d'agonie de la femme qui brûle. Tel un trident humain de l'horreur. D'abord, cette confusion centrale de fragments, de sabots, de croupes, d'ombres grêlées, maillées. Il allait faire le ménage dans ces entrailles. Simplifier le capharnaüm.

Dora avait vu naître *Guernica* sous les poutres de l'atelier des Grands-Augustins. Les premières esquisses du cheval éventré, contorsionné, et du taureau d'abord naïf, éberlué, yeux ronds, campé, idiot. Elle avait photographié les successifs chaos distribués autour des figures, tantôt perdues, tantôt retrouvées, de l'immolation. Picasso avait cherché le corps de *Guernica*, il l'avait fouillé, étripé, l'avait délivré d'un imbroglio écrabouillé. Telle fut sa seule bataille de Guernica. La geste, la gestation, dans une marmite de brouillons aux mille traits raturés. Morceaux tranchés, mastiqués, d'un broyage cannibalesque auquel des projecteurs braqués donnaient un relief saisissant. Des étapes de tempête, peut-être bien plus belles – dans le fouillis de leur charnier – que la version fixée, achevée, pyramidale, déployée, clarifiée pour l'éternité. Son chef-d'œuvre théâtral et dramaturgique d'artiste accompli, disposant de l'allégorie simplifiée, souveraine. Sans référence précise à la guerre d'Espagne, sans l'aviation, sans les maisons bombardées. Sans le carnage. Le contraire de *La Guerre* d'Otto Dix. Mais un curieux alliage de paroxysme et d'abstraction. Une hypertrophie de l'ellipse. Sans couleurs. « Carte de deuil », dit Leiris. Centrée sur la corrida, icône passionnelle du maître. Sans l'imbrication habituelle du cheval et du taureau, sans l'éventration et les entrailles déversées. Le taureau en blason énigmatique, séparé du reste… Sa signature. Picasso : son regard surplombant d'ampoule hérissée de soleil. Il y aurait *Mona Lisa* et *Guernica*. Le sourire et le cri.

Il n'était pas soldat mais peintre, patriote mais en vacances. Comme en 14, comme en 40. Détourné des combats comme le taureau ambivalent de *Guernica*.

Samantha semblait dépouillée de tout désir érotique. Dès son arrivée dans la villa elle l'avait entrepris sur Nusch, mais en suggérant ce fait passionnant et mystérieux : Picasso n'avait sans doute pas couché avec la plus gracieuse des filles du fameux été. Alors qu'Eluard le souhaitait, la lui offrait, par amitié, curiosité, voyeurisme, poésie, impuissance, complicité… Samantha dévisageait Milos confronté, une nouvelle fois, aux enjeux de Mougins, de son libertinage prodigue. Mais elle n'avait nulle attitude tentatrice. Elle adoptait une gravité d'historienne. En plus pantelant. L'auteur de la thèse, de l'essai, du récit impossible.

Ils se promenèrent dans le jardin, sans aller voir Jeanne, la compagne, confinée dans son atelier. Samantha montra à Milos une sculpture dans l'ombre d'un splendide pin parasol, épanoui, odorant, nuptial, d'une harmonie merveilleuse. C'était encore un lourd bronze noir et bombé, vaguement zoomorphe. Il était, comme les autres, secrètement gravé de signes. Une série d'yeux ramenés à de simples ovales plissés, et un oiseau dressé entre deux personnages à la silhouette rudimentaire. Samantha révéla que cet oiseau était Horus, sans en dire plus, flanqué de ses parents Isis et Osiris. Milos connaissait la légende, qui le fascinait. Osiris tué par Seth, son frère, Osiris démembré, éparpillé. Et cette quête entreprise par son épouse-sœur, Isis, pour retrouver les morceaux, les unir, les insuffler. Il y avait certes, en gros plan de son imaginaire, la Crète de sa mère, son ravissement. L'amant sauvage. Mais, à un horizon plus lointain, plus merveilleux, plus ensoleillé, scintillait l'autre histoire, la profonde, celle d'Isis, d'Osiris et de leur fils Horus. On n'en parlait pas dans la peinture. Tout était dédié à l'enlèvement d'Europe par Jupiter déguisé en taureau. Chaque rapt du dieu métamorphosé faisait l'objet d'une épopée picturale haute en couleur. Le cygne, l'aigle, le nuage. Pour baiser, Jupiter est partout. Pour enfoncer son cou blanc dans le sexe de Léda. On connaissait aussi Pasiphaé, l'épouse de Minos, amourachée d'un taureau blanc, encore un ! C'était ce monde de Picasso auquel Milos était ramené malgré lui. Mais le fil d'Isis dévidait en secret celui de son Nil intime, le plus mystérieux.

Samantha caressait la pierre d'Horus. Un banc de marbre blanc était dressé sous une branche du grand pin vert, sphérique et parfumé. Elle reprit le récit des visites de Nusch.

Elle vient le 26 juillet. Dans la chambre où travaille Picasso. Il a fait d'elle, déjà, quelques portraits, ainsi que de Lee Miller. Laquelle est carrément brutalisée par l'imagination fantasque du maître, son goût des dissymétries hystériques, des couleurs criardes, de l'injure créatrice.

La belle Lee défigurée. Trop belle ? Samantha avait montré, pourtant, à Milos le nu le plus beau photographié par Man Ray. Dans un rayonnement merveilleux, une aura, l'apparition de sa chair blanche, de sa toison moelleuse, de sa gorge et de son ventre bombé, sensuels. Le miel de la femme offerte au regard, à la caresse, à l'étreinte profonde. C'était une visitation érotique. L'ange avait envie de la créature humaine dans son halo mystique. Nusch était très différente de Lee, expliquait Samantha. Grande, un mètre soixante-neuf. Lisse et douce, très mince, un peu pointue, délicatement anguleuse, nacrée, dotée d'un visage de porcelaine adorable, au petit nez joli. Ciselée comme une fée, toute dévouée aux affres d'Eluard et à ses caprices.

Picasso s'entend bien avec les saltimbanques et c'est réciproque. Elle pose dans la chaleur de midi. Parfois torse nu, étroite et pure, immaculée. Plutôt coiffée de chapeaux mirobolants. Des portraits folâtres, gais, rigolos. Pétillants de charme.

– Qu'est-ce qu'ils se disaient ?

– Ils riaient, Milos ! Picasso savait plaire, séduire, amuser, rire. Ils étaient légers, libres. Nulle prédation jamais dans les portraits de Nusch, nul sarcasme, nul rebond de haine. Picasso exquis, subtil. D'un rien il la peint, plume. Miracle de grâce. Dora était peut-être plus grave, plus tourmentée, plus excessive, sujette aux crises, aux écarts.

– Pourquoi ils ne font pas l'amour ? Tout semble si facile, cet été-là, cet été béni du massacre.

– Ne rêvons pas, Milos. Ils furent des hommes et des femmes tracassés comme nous tous. Peut-être qu'ils ont baisé, mais Picasso l'a toujours dénié. En dépit du désir d'Eluard d'échangisme amoureux, de phalanstère érotique. Ce fantasme insistant du poète a pu couper celui du peintre. Moi, je vois des rencontres délivrées de toute dévoration. Certes, Dora n'était jamais très loin. Mais déjà elle avait accepté de partager le grand Pan avec Marie-Thérèse, le grand amour blond et caché. Alors ils se voient, ils s'enchantent mutuellement, ils s'amusent. Voilà les vraies vacances. Les arcanes de leur complicité…

Samantha lui raconta la saga de l'amour et de la guerre.

Le 26 juillet 1937, Nusch vient, souple et rieuse. Picasso est endormi. Elle lui chatouille le nez, le réveille.

Les yeux du faune dardent sur la libellule. Il se dresse, il s'esclaffe, heureux, ébouriffé.

Madrid est assiégé. C'est *Guernica* chaque jour. Les escadrilles franquistes, la fameuse légion Condor allemande cherchent à reprendre le village de Brunete qui a été conquis par les républicains. Bombardements continus. L'aviation gronde et frappe par vagues. Gerda Taro est là. Une belle jeune femme passionnée. Une photographe. Une Dora d'amour guerrière. L'amante de Robert Capa. Ils sont au cœur de la bataille révolutionnaire. Pour photographier la vérité. Elle est rousse. C'est la jolie rousse. Dans une tranchée, entourée de combattants, elle résiste. Mais il faut abandonner Brunete. Trop de pertes, trop de morts, trop de tonnerre, trop de *Guernica* en brut, en chaos, en ruine, en cris. Sans symboles, sans colombe ni fleur, sans soleil coiffant la pyramide picturale. Gerda est dedans. Elle a voulu couler dans le sang de l'Espagne.

Picasso joue avec Nusch dans la lumière filtrée de la chambre. La vie joue avec l'oubli.

Robert Capa et Gerda sont des Juifs d'Europe qui ont fui le nazisme. Rien n'oblige Picasso à combattre pour sa République efflanquée. Au printemps, il a composé sa fresque. Il a réussi son coup formidable sous le beau regard de Dora adorée. Il a exposé *Guernica* à Paris, dès le mois de mai, au pavillon espagnol de l'Exposition internationale. Les communistes ont trouvé ça trop ! Ce n'est pas la beauté du vrai peuple. C'est du Picasso, ce n'est pas la Cause humaine, ce n'est pas l'homme humain, l'ouvrier de l'avenir. Rien n'évoque l'armée des prolétaires et des paysans écrasés par les phalangistes de Franco. Il exhibe ses grands signes subjectifs. Il projette ses obsessions trop privées, sa corrida fantasmagorique, détachée de l'Histoire. Le tableau se déployait non loin des tirages photographiques réalistes de Capa et de Gerda, justement ! Le couple était sur le terrain dès le début, dès 36.

Gerda va quitter Brunete embrasé, immolé. Elle se tient sur le marchepied d'une voiture. Leica au poing. Téméraire et jolie. Dans la fumée, le fracas, les raids des Stuka. Dans la pagaille, un tank républicain recule brusquement, écrase la voiture sans l'avoir repérée à temps.

Le tank éventre Gerda.

Ironie féroce, le Minotaure est un tank républicain. Gerda ne dresse pas les bras, ne déplore aucun enfant tué. Elle n'a pas eu le temps de brandir un flambeau, de hurler, de fuir. Elle n'a pas pu étirer fantastiquement sa jambe de mendiante meurtrie. Nulle allégorie géniale de Picasso. La vie broyée, dans un coin du charnier de la guerre. Rien de central, de spectaculaire, de pictural. Dans la confusion, une voiture de plus écrabouillée, au milieu des éboulis de murailles. Gerda éventrée le 26 juillet 1937.

Son enterrement a lieu le 1er août, au Père-Lachaise, en présence de Pablo Neruda, d'Aragon, de Bergamín, de son amant Robert Capa. Le beau mois d'août de *Guernica*. Sur les plages d'Antibes et du golfe bleu de Juan. Giacometti conçoit la sépulture, en particulier l'oiseau sur le tombeau. Horus aux yeux percés.

Milos sursauta.

– Ne t'effraie pas. Il retrouvera sa vision, tu connais le mythe. Son œil de soleil et son œil de lune et de mort.

Samantha se tut, puis reprit :

– Comme j'aurais aimé Gerda, la rousse, la guerrière ! Celle qui aimait les hommes. Et que Hemingway surnomma « la putain ». Picasso ne fut qu'un Minotaure imaginaire, presque de carton-pâte, n'est-ce pas ? Il faut profaner nos idoles. La dévotion des thuriféraires est répugnante, à la longue. Picasso ne s'est jamais battu. Il peignait. Il a fait son boulot. Il a peint *Guernica* à même le mur des Grands-Augustins. Quelle énergie ! Dora sidérée. Le fameux Minotaure, en haut à gauche du tableau, je vois que c'est lui. Il n'est pas engagé dans le carnage. Il n'a pas éventré le cheval ni massacré qui que ce soit. À part. Cette fois, le Minotaure est ailleurs. Avec son double visage, son double regard. Tel un blason de Picasso, affiché en marge de la tuerie.

Samantha regarda Milos avec plus d'intensité encore.

– Il y a des hommes qui ne meurent jamais. C'est ainsi. Gerda est morte à 27 ans. Nusch à 40 ans, en un éclair. Ils ne meurent pas. Ils ne savent pas mourir. Ce n'est pas dans leurs gènes, dans leur stratégie, dans leur biographie. Il y a des mythes de la mort précoce et géniale. Rimbaud, voire Van Gogh. Staël. Quand l'artiste est méconnu, le mythe est encore plus irradiant. Les gens adorent. Il faut qu'il meure pour naître à la postérité féerique. Picasso ne meurt jamais. Mythique de son vivant plein. Certes, tu n'ignores pas qu'il est mort quand même, à côté, là, à Mougins, à ma porte. Le Vieux ! Ratatiné, avec ses petits yeux simiesques qui papillotaient encore comme des mouches vicieuses.

Samantha s'esclaffa, toute trémoussée de jubilation diabolique. Puis elle redevint sérieuse, continua son récit, lui déclara que mourir si tard, comme Picasso, ce n'était pas mourir.

Parfois, ces immortels tuent sans le vouloir. Leur désir vole ailleurs. Ils oublient, ils abandonnent leurs victimes. Ils enjambent les retardés de la vie. Les lents. Ces lambeaux du temps. Les mélancoliques. Picasso garde les amantes si elles acceptent le partage. Elles attendront le maître dans une cage dorée comme

Marie-Thérèse, la préférée. Une vie d'attente pour elle et pour Dora dans la folie.

Il happe, il dévore, il laisse des reliques dans son sillage mortel, étincelant. La Crète aux cornes de soleil. Il ne choisit pas d'être Picasso. Marie-Thérèse se suicidera, Jacqueline Roque se tuera. Elles ne pouvaient survivre à l'immortel.

La chose advient à Malaga. Il naît. Une force. Il est fort. Le plus fort. En peinture par-dessus tout. Dès les premières années. Il darde ses yeux de fou. D'abord, il ne tue pas son père, peintre comme lui. Ce dernier ne peut résister au génie de son engeance fabuleuse et lui rend les armes, lui voue un culte. Le père se tue de lui-même. Il intronise son fils d'un coup, sans la longue élaboration du temps. Sans lutte. Cela tient du miracle et de la féerie. Picasso sera toujours fasciné par le caractère magique de la création. Sa mère est agenouillée devant le jeune monstre superbe. Un grand peintre est un usurpateur, dira-t-il.

Plus tard, Paulo, le fils instable que lui donnera Olga répudiée, mourra, ravagé par l'alcool, ravalé au rôle de chauffeur d'un père qui le méprise. Son petit-fils Pablito, banni, se suicidera en avalant de l'eau de Javel. Marina, la sœur de Pablito, visera juste en déclarant que son grand-père était d'une puissance épidémique.

– Viral ! Milos, je suis moi-même atteinte par le virus sacré. C'est Artaud qui a dit que la beauté frappait comme la peste. J'ai la peste Picasso. Je suis empestée de son génie dévorant.

Guernica, c'est lui. C'est du grand Picasso culotté, broyé, broyeur. C'est de l'artiste pur jus. Il a du goût. Un sens plastique imbattable. Cela enterre toutes les guerres, toutes les transes réelles. Qu'importe ce village bombardé, la polémique sur le nombre de morts ?

Les maisons cramées ? Mille ou deux cents victimes, quatre-vingts ! Enfin, c'est important pour l'Histoire et pour notre cœur… Le sadisme de l'aviation, quels avions, combien ? Ce fut le travail de Capa et de Gerda. Toreros dans l'arène sanglante. Picasso surplombe. Il ose *Guernica*. Un geste. Un cri. Un jour. Le lendemain, il se dore sur la plage, entouré des plus belles, des plus intelligentes filles de la terre. Dans la balance de l'éternité. Le double visage du Minotaure de *Guernica* est cette balance. Il a gagné. C'est injuste, c'est lui. Picasso travaille la nuit. Il se lève à midi quand le soleil est au zénith : « C'est un soleil dans le ventre aux mille rayons. »

Le Roi-Soleil de la peinture, c'est lui. L'ardent monarque. On s'immole pour nourrir sa course. C'est le roi des Aztèques.

Milos était comme frappé de stupeur. Elle lui sourit. Lui dit :

– Évidemment, nous ne ferons pas l'amour aujourd'hui ! Tu vas rejoindre Marine qui est merveilleuse. Un fruit pur. Tu la feras souffrir et vous vous ferez souffrir. N'est pas Picasso qui veut ! On dit qu'il a souffert aussi. Il faut que tu partes, Milos, avec Marine. Faire un voyage. Sinon vous serez broyés. Moi aussi. Je suis fragile. Désormais tu le sais. Alors, sauvez-nous !

Sa hantise de Samantha le sapait, le submergeait. Un désir de sa chambre noire. Alors ils fuirent la catastrophe de Nicolas de Staël et le pataquès Picasso. Le festin de ses amours. Tout son ragoût d'ogre. Loin de Samantha engloutie dans la goule du monstre. Ils allèrent au fond du Périgord noir, visiter les méandres de la Vézère. Milos n'était-il pas un futur archéologue avide de connaître les mémoires de l'homme ?

Ce fut un merveilleux séjour. Le pays était un grand gruyère troué de nefs de Sixtine et de chapelles magdaléniennes. Coiffé de châteaux forts à donjon. Un labyrinthe de galeries menant à des cathédrales d'aurochs et de bisons. La rivière coupait de longs pans de falaises de calcaire. Ils grimpaient. Ils dominaient, selon les heures du jour et du soir, le cours vert-noir ou étincelant de soleil. C'était, chaque fois, l'orifice d'une caverne, un boyau plus ou moins étroit, plus ou moins long, cascadant. L'entrée dans les entrailles de la terre. La grotte était éclairée d'une lumière artificielle, à effets, contrastes. Ou bien ils portaient des torches électriques et se sentaient plus proches de Cro-Magnon, l'ancêtre, poussant son flambeau loin dans les profondeurs pour y projeter l'image des troupeaux. Quel rêve ? Quel rite ? Ils n'allèrent pas visiter le doublon de Lascaux. Ils en avaient vu une foule de reproductions. L'édifice ressemblait à l'aile d'un terminal d'aéroport.

Tous les musées d'aujourd'hui rivalisent de beauté, d'invention esthétique. Les chefs-d'œuvre de la peinture y survivent dans une lumière factice. C'est la mort surnaturelle des momies. Devant lesquelles défilent des masses, des milliers, des millions de Cro-Magnon contemporains, nostalgiques de la création humaine. Ils se photographient à coups de *selfies* devant les prodiges des premiers hommes disparus. Ce sont des cortèges d'orphelins d'un âge de Noé où les démiurges peignaient leurs visions du monde.

Quelle que soit la puissance du rendu du musée de Lascaux, le formidable arsenal technique mobilisé pour approcher nos ancêtres, ce n'est pas le monde original. Le puits fantasmé de la grotte. Cette dernière est réservée à l'élite de l'humanité ! Aux princes héritiers, aux parasites huppés, aux habiles, aux politiques, aux rastaquouères incultes et puissants, certes aux savants, à des catégories finalement mal connues, rarement évoquées. Furtives visites d'initiés. Faveurs accordées aux maîtres du monde. Aux dictateurs peut-être, aux rois, aux usurpateurs, aux cyniques. Dans les cavernes sacrées de Lascaux : des stars, des satrapes. L'injustice !

Le populo ira voir le grandiose simulacre. Plus instructif, plus didactique. Climatisé. On peut y pisser, s'y restaurer, y boire un coup, acheter des bouquins, des cartes postales, des vidéos. Il n'y avait pas d'autre solution pour sauver de l'haleine de tous leurs descendants les chefs-d'œuvre des chamans. On rêve à des délégations populaires, tirées au sort, qui seraient invitées à regarder les bisons à la place des privilégiés officiels.

Qu'est-ce qu'ils penseraient, nos ancêtres d'il y a 10 000, 20 000 ans, si on les amenait dans le cinéma de la splendide grotte reconstituée ? Manquent l'odeur, l'humidité enveloppante, les suintements de calcite, la sensation du mystère. La quête au bout des galeries ténébreuses. La croyance. N'est pas Cro-Magnon qui veut ! Mais là, réunis en petit troupeau ressuscité du magdalénien, quel choc ! Effroi. Délire. Désir de fuite. Incantations. Terreur. Exorcismes. Abracadabra. Ce n'est pas ça ! Pas nous ! Mais alors c'est quoi ? Quel sortilège abominable, impeccable singerie scientifique, hallucination subie ?

Marine et Milos préférèrent pénétrer dans les grottes encore visitables. Font-de-Gaume, les Combarelles… Avancer par douze. Comme les apôtres. Avec le sentiment d'être les premiers, les plus purs. Sur les traces de l'abbé Breuil, le pape de l'archéologie, qui était venu au début du XXe siècle faire les relevés initiaux.

Un curé pour un sanctuaire, c'est normal. Un curé des cavernes : Breuil, dont Milos lisait les travaux. Il lui fallait commencer par le début. Breuil, plein d'enthousiasme, évoquait le choc de sa découverte de la grotte des Combarelles. Il parcourt une centaine de mètres à la bougie, sans rien discerner, puis doit avancer à quatre pattes. À plat ventre, il enlève sa soutane. En caleçon, vautré dans le vagin de la grotte. Naissance à reculons. Le curé redevient un enfant profane. Et c'est le cri ! « Hurrah ! [...] C'est à croire que j'ai rêvé. [...] J'ai calqué 18 bêtes, il y en a beaucoup de splendides [...]. Ce sera un énorme pétard dans le monde préhistorique. »

Les Combarelles, Font-de-Gaume, Rouffignac, Bara-Bahau, dont Marine adorait le vocable exotique. De l'occitan « badaboum ! ». À cause d'un effondrement ? Ils se faufilaient comme l'abbé, qui avait dû crapahuter entre des débris stalagmitiques et les pointes des stalactites. Gribouillant sur ses carnets, dessinant les bêtes païennes au lieu de dire la messe de l'agneau. La grotte aux mille mammouths, la fresque des cinq bisons, la parade des rennes, l'ours, le taureau, les cavalcades... C'était le grand bond en avant du *Sapiens*. Avant la roue, l'avion, la télé, la puce. Marine célébrait les chasseurs-cueilleurs :

– C'est l'élevage et les pâturages qui signent la dégénérescence humaine. Sans reprendre tout Rousseau... Les vaches, ça tue ! La vie sédentaire, la culture du blé. L'homme du néolithique nourrit des fantasmes de propriétaire. Il n'est plus sur la brèche, à la chasse et dans les rites de la grotte. Il est foutu ! Il prend du ventre, sa marmaille l'assomme de glapissements, sa femme devient frivole et lui jaloux du voisin, avide, usurpateur. Tueur. Vicieux. Le cycle infernal de Caïn et Abel.

Milos riait, adorait les raccourcis de son amante. Il la troussait tranquillement entre deux cavernes. Elle le regardait bien dans le bleu des yeux et lui demandait de venir avec sa langue la chercher aux Combarelles.

Car, dans la grotte des Combarelles, ils avaient distingué un triangle gravé dans la pierre, fendu d'un trait. Une vulve. Et à Bara-Bahau, un grand phallus, comme ça, indépendant, dressé, un peu au-dessus d'un bison. Tout y était. Milos et Marine se sentaient complètement en accord avec ces dessinateurs essentiels. Ils avaient compris l'emboîtement des principes. Certes, les peintures et les dessins étaient souvent flous, effacés, décolorés, presque invisibles. Imaginaires. Il fallait les deviner, les laisser venir, émerger des surfaces bosselées, des agrégats de calcite. D'abord on ne percevait pas grand-chose, sauf exception ocre ou charbonnée, bison grandiose. Soudain, dans un flash de spot, une flopée de mains distinctes. Summum d'émotion ! Présence de nos frères. Là, à se toucher. Ailleurs, l'imbroglio se démêlait de linéaments du roc, les fils se dénouaient. Une grande ligne courbe naissait, un mufle ombré, deux cuisses charnues de cheval. Une crinière de Minotaure. Une silhouette humaine, à peine esquissée ou bestialisée. Et le pénis préhistorique, la vulve se méritaient eux aussi. Dans le brouillamini immémorial. Les douze catéchumènes prenaient des airs pénétrés. Chacun était ramené à son graffiti intime, en creux ou relief. Premiers signes.

La nuit est belle et constellée le long de la Vézère. Hantée de fantômes très anciens. De chasseurs fantastiques, de peintres magiciens. Milos et Marine se sentaient momentanément délivrés de leur biographie anecdotique. Transes de l'ego occidental exorbité. Ils étaient plongés dans une durée plus vaste. Ce qui leur infusait toutes sortes de désirs profonds. De rituels ataviques et cavernicoles. Marine ouvrait la fenêtre de la chambre. La rivière bruissait, noire, argentée. Dans un remuement de saules. Milos la prenait *a tergo*. Ce qui était plutôt néandertalien. Caressait ses hanches de biche ou de bisonne. Elle s'imaginait chevauchée par un chaman barbichu. Ils formaient quelque bête hybride, hallucinée. Dans la coulée de bronze des eaux incrustées de joyaux de lune. Leur bosselure accolée. Leurs cornes déployées. Au milieu des souffles jaillis de leurs naseaux. Dans la lueur des torches. Des incantations leur montaient. La chair est une grotte orgiaque, ourlée de toisons, avec son propre dédale de porches, galeries, de sanctuaires ouverts, gorgés d'ocre et de rose, annelés de noirceurs.

Ils faisaient « Bara-Bahau », comme lui disait Marine, tohu-bohu cogné, tamponné à fond. La Vézère serpentait dans la guirlande des grottes béantes. Sur le rebord, les hommes et les femmes de naguère, parés de peaux d'auroch, s'étaient alignés pour regarder baiser leur descendance mignonne. Ils marmonnaient un palabre indéchiffrable.

Marine revint à Antibes et Milos participa à des campagnes de fouilles dans le cadre de ses études d'archéologie, à l'Université de Nice.

En lisant un article local sur Nicolas de Staël, Milos fut frappé par un détail : « Les derniers jours de sa vie, en mars 1955, Nicolas peint *Le Concert* dans une tour de guet désaffectée que lui a ouverte un certain André

Stella, le directeur du Grand Hôtel du Cap d'Antibes. » Alors cela ne collait plus avec la tour du Fort Carré qui se situe juste à l'entrée du port d'Antibes et où Milos pensait que le peintre avait commencé *Le Concert*. Pourquoi un directeur d'hôtel aurait eu un accès privilégié au fort, qui était beaucoup plus qu'une tour désaffectée ? Mais plus Milos interrogeait de personnes autour de lui, même au musée Picasso, mieux il mesurait le vague des informations : tour, fortin, bâtiment militaire… Il téléphona à Samantha, qui lui dit qu'il s'agissait peut-être de la tour de guet de la batterie du Graillon, à l'extrémité du cap d'Antibes. Mais elle s'étonnait qu'il soit à ce point curieux de connaître l'endroit exact, car ce qui comptait, c'était *Le Concert*, peu importait qu'il ait été peint au Fort Carré ou dans quelque autre site militaire de la côte.

En bus, Milos et Marine remontèrent le boulevard Kennedy jusqu'au Graillon. Il y avait bien une grosse tour de guet et des bâtiments, qui étaient devenus le Musée napoléonien. On leur expliqua volontiers que le musée avait profité des donations d'André Stella, le directeur du Grand Hôtel du Cap, situé juste devant. La tour s'appelait depuis la tour Stella.

– Est-ce que Nicolas de Staël est venu peindre dans la tour ?

Ils n'obtinrent aucune réponse précise. Pour la bonne raison que ces séances mortelles avaient duré moins de trois jours. Une visite éphémère qui n'avait pas laissé de traces, plus de soixante ans après. On leur dit d'essayer de se renseigner à l'Eden-Roc, le nouveau nom de l'Hôtel du Cap d'André Stella.

De l'extérieur, la terrasse était sublime, un large balcon au bout du monde, ouvert sur la mer. Tout semblait clair, somptueux, déployé. Ordre et beauté luxe calme et volupté, bien sûr. Ils savaient que les grands de ce monde avaient hanté ce paradis. Hemingway, Scott Fitzgerald, Marlene Dietrich, le duc et la duchesse de Windsor… Des stars. Mais on n'entrait pas comme ça. Marine dit à Milos :

– Redressons-nous ! Nous sommes beaux, nous ne sommes pas des ploucs. Il n'y a là que des Crésus, qui sont des croûtons.

Elle enleva ses lunettes à Milos, qui ajusta un regard de Peter O'Toole dans *Lawrence d'Arabie*, pour le moins. Un regard de Lord Jim, d'archange de Fra Angelico. Marine distilla son charme le plus délicat. Le grand jeu. Ils expliquèrent qu'ils cherchaient un renseignement lié à André Stella, au Musée napoléonien et à Nicolas de Staël.

– C'est pour ma thèse universitaire, précisa Marine avec aplomb.

On les observa de la tête aux pieds, méticuleusement, mais avec la plus grande courtoisie. Il y eut tout un cérémonial de domestiques stylés. On les fit attendre. Marine plut à un sous-directeur quelconque et Milos fit flancher le cœur d'une directrice. Ou l'inverse. On les interrogea encore et on finit par consentir, après de nouveaux conciliabules, à les introduire dans une sorte de bibliothèque où on leur désigna un livre illustré qui racontait l'histoire de l'hôtel.

En le feuilletant, ils tombèrent sur André Stella et sa collection napoléonienne que la Navale lui avait permis d'entreposer dans la bastide et la tour du Graillon, auquel il avait ainsi eu accès bien avant la création du musée. Mais rien sur de Staël.

Ils allaient quitter les lieux quand entra un vieil homme élégant, vêtu de blanc. Il s'avisa qu'ils cherchaient quelque chose. Et, doucement, il leur demanda quoi.

– Nous voulons savoir si André Stella a amené Nicolas de Staël peindre *Le Concert* dans la tour du guet où lui-même déposait sa collection sur Napoléon.

Le vieillard les dévisagea longuement.

– Vous vous intéressez à de telles choses au lieu d'aller profiter de la mer et de ce temps merveilleux ?

– Oui, j'écris ma thèse sur Nicolas de Staël, mentit Marine.

– Il y a bien des années, en effet, il a peint *Le Concert* dans la tour Stella, avec l'autorisation d'un général.

Milos et Marine se confondirent en remerciements, complètement amoureux du monsieur élégant et cultivé. Ils lui annoncèrent qu'ils retournaient de ce pas à la tour, pour visiter les lieux et, peut-être, trouver la salle du *Concert*. Alors il proposa de les accompagner.

Et c'est ainsi qu'ils entrèrent en grande pompe dans le Graillon, enveloppé d'agaves et d'aloès. Avec les meurtrières de sa batterie bétonnée qui avait été occupée jadis par les nazis. La belle tour robuste s'élevait au-dessus de la mer. Les objets de Napoléon avaient disparu depuis que les lieux étaient voués à un musée océanique. Ils pénétrèrent dans une vaste salle circulaire, la seule qui aurait pu contenir un tableau de six mètres de long sur trois mètres cinquante de haut. C'était donc quelque part dans l'arène de cette tour de guerre qu'avait eu lieu le face-à-face mortel de Nicolas et du *Concert*.

Il était né au sein de la forteresse Pierre-et-Paul de Saint-Pétersbourg dont son père était le vice-commandant. Il semblait voué aux théâtres épiques. Mais que se passa-t-il au centre de ce cercle de pierres austères et nocturnes ? Quel face-à-face de noir, d'ocre ? Monument funèbre du piano, bloc d'interdit, contrebasse difforme, fuyante. Pourtant le piano comporte une amorce d'ébranlement, un rectangle plus gris, deux rectangles roses, juste en dessous. Le mur noir pourrait bouger. Rien ne serait définitif. Toutefois, le fond rouge triomphe, envahissant. Il ne semble pas être la marque du bonheur, d'une exaltation passionnée. Plutôt un rouge tauromachique et fatal. Rouge Picasso : *La Mort du torero*. Bien sûr, la cape rouge sang de Picasso est tourmentée, saccagée par l'assaut violent du taureau. Alors que le rouge imaginé par de Staël est immobile, étale, tel un catafalque écarlate. De Staël, impuissant, attaqué par le vide qui sépare les deux instruments. Les feuillets esquissés des partitions forment une trame lacunaire, évasive, illisible. Sans message. Un quadrillage muet, un bredouillement gris rosé. Faiblement lumineux blanc. Quelque chose pourrait naître là qui ne parle pas, n'a connu aucun jaillissement.

De Staël est encerclé par son obsession d'absolu. Assiégé dans la tour. Les meurtrières de son art ne lui ouvrent plus la lumière d'une orchestration. Au contraire, celle-ci, filtrant par les verticales blessures de l'enceinte, darde des épées qui se croisent sur le cœur du peintre. On ne parle presque pas de ce lieu dans les documents, nombreux, recueillis à propos du peintre. On évoque une tour, un bastion, un vieux fort. Sans entrer. Sans voir. Sauf exception rare. Pourtant, c'est là que les membres de la famille vont retrouver des semaines après *Le Concert* abandonné. Peu de témoignages là-dessus, pas de scène. Mais cette salle est aussi importante que la terrasse de l'atelier d'Antibes dont il se jeta. C'est à l'intérieur de son creuset d'échec qu'il perd sa direction. Par la muraille du fort, il est coupé du paysage : Méditerranée, îles, indicible lumière, Odyssée. Aucun hasard d'invention ne jaillit. Il insistait tant sur cette notion de hasard créatif. Aucun passage, aucune sublimation, aucune création. Nulle porte. Prison. Forteresse-prison de la Neva de son enfance. C'est là en vain qu'il cherche, qu'il divague, entre les grandes entités de rouge implacable, de noir, de beige orangé, qu'il a dressées. Il erre dans l'architecture puissante qu'il a bâtie, béante. Nul chant ne monte. Tel le cadre d'une loi, d'un édit sans objet, d'une équation intraitable. Sans incarnation. Deux instruments de musique, comme deux piliers extrêmes, encadrant un temple flottant, une passerelle de papier sans prière. Tout est là, tout lui paraît absent. Lui qui croit que l'œuvre doit tomber d'un coup, foudre qui ne répond pas de la chaîne des causes et des beautés connues. Un événement hors du temps qui déclenche l'harmonie des notes justes. C'est ce qu'il dit mot pour mot. Or rien ne résonne ni n'advient. Ou plutôt tout est déjà foudroyé. Comme hypnotisé par le rouge. Son miroir de sang. Son définitif drapé. Quel manque, quel doute, quel abandonnement du fond du temps refluent, le dévorent et lui bouchent la vision ?

Ils montèrent sur le chemin de ronde de la tour, toujours accompagnés du milord antique. La vue éblouissait. Le bleu vaste et cru, écorché de voiles, de brise et d'écumes. Où flottaient les îles de Lérins comme les Cyclades des sirènes et la Crète du Minotaure. L'alphabet d'Homère, en syllabes insulaires, baignait dans le bleu vaporeux. Tout proches, le golfe Juan, les contreforts violets de l'Esterel. Était-il venu regarder ? Trois ans plus tôt, la même lumière l'exalte au Lavandou : « le soleil ici fulgurant, à force d'être bleue la mer devient rouge… » À Char, il écrit : « Sans blague, c'est unique René, il y a tout là. » Sa peinture flambe. Mer, ciel, plage, inventés, intenses. Nulle figure mais la présence du feu, des formes. L'incroyable crudité, la pureté des pans de couleur, l'architecture exacte des coloris vifs et tranchants. Sensation rouge et bleu. Ou ce merveilleux vacillement des volumes clairs au bord de l'eau. L'air solaire. L'éblouissement : « Ici, les femmes sont splendides, tout simplement. » « Je ferai une bonne tapée d'études de chair d'or et de diamants au soleil plein. » Quel écrivain quand il oublie un peu le sibyllin René Char ! « Quelle histoire la Méditerranée. » Comme c'est large ! On ne peut pas mourir.

Tout se brise et le quitte. Du Lavandou à Antibes. La lumière s'éteint dans la tour. Une seule femme est splendide et perdue. Jeanne.

Marine disait au vieillard de l'Eden-Roc que Nicolas avait dû se terrer dans le trou de la tour, en proie au tableau, à l'angoisse, au vertige. L'équation insoluble. La Méditerranée morte pour lui. Dans l'enfer du *Concert*.

Deux jours avant sa mort. Tout s'était donc joué là, dans la solitude du cap, au bout de la presqu'île, sous le sabre de la coupante lumière de mars. Cet écrin d'Ulysse où Circé ne l'avait pas appelé.

– Le lieu, c'est important, dit Milos, le lieu précis.

– Vous avez raison, le lieu, c'est capital, le démon du lieu. Même s'il est désormais enseveli sous des représentations d'espèces marines pour visites pédagogiques.

Ils posèrent quelques questions à deux jeunes filles qui guidaient un groupe d'adolescents venus s'instruire sur la vie des fonds marins. Elles ignoraient que de Staël eût été là, soixante ans plus tôt. Du *Concert*, elles n'avaient qu'une idée vague, même si elles connaissaient le musée Picasso. Ils étaient tous venus voir des algues et des poissons. Aucun panneau ne rappelait l'aventure ultime du géant perdu.

Milos déclara :

– La tour s'appelle la tour Stella mais on devrait l'appeler la tour Staël. Les deux noms se marient…

Soudain leur compagnon les regarda attentivement et leur dit :

– Je l'ai vu.

– Vous l'avez vu…

– Oui, j'ai vu Nicolas de Staël… Chez Douglas Cooper, un riche collectionneur, dans son château de Castille, sur la route d'Uzès. La route qu'il a peinte, de façon si pure, si radicale, si définitive, tel le paraphe de sa mort. J'avais 19 ans. Il était immense, un géant de près de deux mètres, au regard bleu Lucifer. De sa voix de basse envoûtante, il parlait beaucoup, magnifiquement, des sujets les plus variés, les plus rares. Il n'aimait pas Picasso, que Cooper collectionnait, adorait. Je l'ai vu peu de temps avant sa mort. Beau devant moi, ce soir d'été, de magnificence. Il éclatait d'un rire de titan.

Ils l'écoutaient avec passion. Il continua :

– Vous savez, on l'imagine aujourd'hui comme une sorte de Van Gogh voué à l'échec, mais il fut d'abord un jeune homme plein de force. Une nature flamboyante. Je revois ses massives mains de forgeron, d'étrangleur de planètes. Il se brisa sur des fêlures que peu de gens auraient pu imaginer… Certes, ses parents fuirent la Russie bolchevique, en 1919, avec ses sœurs et lui. Ses deux demi-frères nés d'un premier mariage du père avaient été tués pendant la guerre de 14-18. Ses parents moururent peu de temps après la révolution russe. Mais il passa une jeunesse heureuse dans la riche et généreuse famille qui le recueillit à Bruxelles. On ne sait quelles plaies secrètes le rattrapèrent dans son effort fou de peindre. Il perdit Jeannine, sa première compagne, mais, dans l'exaltation d'un nouvel amour, il se maria, trois mois après, avec Françoise.

– Si vite ! lança Marine dans un souffle, estomaquée par la fugacité de ce deuil.

– Oui, il semble rebondir dans la vie aussi vite que Picasso. Certes, il a des trous de mélancolie furieuse. Mais quel coup de hache formidable pouvait abattre un tronc pareil, dont personne n'avait encore perçu le vice radical ? Picasso aujourd'hui paraît plus fort, plus tenace, égoïste et inébranlable, mais Staël l'eût terrassé à la course et à la boxe. Et, en gueule, en démesure, en verbe, il l'eût ridiculisé… Car ils se rencontrèrent…

– Les deux, Picasso et Staël ?

– Oui, c'était en 1944, à Paris, début janvier, lors d'une expo clandestine – car la censure fasciste régnait – chez Jeanne Bucher : Lanskoy, Bazaine, Braque, Dora Maar encore en grâce, Picasso et Nicolas de Staël, 30 ans, le novice. Picasso l'avise, le mesure du regard, la tête renversée, et s'exclame : « Prenez-moi dans vos bras ! »

Milos et Marine ébahis. Milos prompt à dériver, imaginant de Staël, fort comme un batelier, soulevant dans ses énormes mains d'Hercule le jouet Picasso. Il monte avec lui jusqu'au dernier étage de l'immeuble du boulevard du Montparnasse. Il ouvre une fenêtre et, raouste !, il le balance dans le vide. Picasso hurle, glapit en catalan, refait ! C'est ainsi qu'on exorcise la scène de l'avenir.

Ils restèrent sans réaction. Ils n'arrivaient pas à imaginer le château de Castille, les collections, Cooper, de Staël vivant, son verbe abondant, sa virtuosité. Cette voix de basse, de caverne profonde où l'abbé Breuil aurait découvert des icônes d'ours et de tigres de la taïga. Sa Russie. Son père, général du tsar, vice-commandant de la forteresse Pierre-et-Paul sur la Neva. La fuite, en pleine révolution bolchevique. Sa gloire américaine, dès l'année 1950. Cinq ans après, Antibes : sa force abolie. Samson, fou de Jeanne Mathieu qui le fuit. L'abîme de la peinture qui dérobe sa chevelure tranchée. Dans la tour de guet… Le traquenard du cap. Le martèlement bleu de la mer de mars. *Le Concert*. Le piano noir sur fond écarlate, l'informe contrebasse tel un ventre de femme vide. Ils l'avaient tant pensé, gravé, en solitaire tragique et muet. Alors qu'il fut d'abord exubérant, ouvert, séducteur, éloquent, buveur, rieur, shakespearien. Ami de Braque et de Char, entouré d'un cortège de preux, de fidèles de haut vol.

Le témoin reprit :

– Dix ans après, c'est Cooper et quelques autres qui ont boudé sa nouvelle manière fluide, regrettant à hauts cris la fameuse matière triturée, sédimentée. Ils l'ont tué eux aussi.

Il observa un silence.

– Vous connaissez, alors, les mots de sa peur, de son effroi. Je vous les rends de mémoire, c'est du Racine… quelque chose comme : « Il n'y a plus rien. Cela se vide… J'ai perdu mon univers et mon silence. Je deviens aveugle. »

Milos reçut le coup en plein cœur. L'homme qui aurait pu porter Picasso, le planter sur ses épaules : de Staël aveugle, aveuglé. Minotaure de Russie, frappé par la foudre. Aveugle pour de bon, pas comme Picasso qui se joue des fantasmagories qu'il fabrique. Nulle petite fille pour guider Nicolas comme le Minotaure aveugle dans *La Minotauromachie* de l'Espagnol. Nulle chandelle d'espérance. Nulle Marie-Thérèse secourable, aux cheveux blonds. De Staël a voulu éloigner ses enfants, Françoise, sa femme. Jeanne Mathieu, son amante, a refusé de venir le rejoindre. Nulle main pour prendre la sienne et le tirer du gouffre.

Et c'était comme si l'homme l'avait deviné, car il enchaîna sur Picasso :

– L'année, précisément, du suicide de Staël et du *Concert*, Picasso a séjourné, l'été, dans ce grand hôtel. Juste trois mois après le supplice de Staël dans la tour et sa mort. L'année, aussi, de la mort d'Olga, en février. La danseuse des Ballets russes, son épouse qui lui faisait la guerre et dont il ne pouvait divorcer. Picasso enterre tout le monde ! Alors il a dessiné à l'encre le nouveau menu du restaurant ! C'est ainsi qu'on tourne la page. Qu'on va de l'avant. Un geste de fanfaron prodigue. À deux pas de la tour du *Concert* de la mort. Car la vie s'élançait de plus belle, au grand soleil. Somptueuse pour les élus. Le soir, on allait tous, en cortège, regarder la mer. Fondre le soleil. Le sublime de la vie – que Staël et Olga, ces deux Russes, ces deux exilés, d'une rare beauté, avaient cessé de partager.

Il nous sondait toujours avec cette attention extrême mais dont la face la plus mystérieuse semblait tournée vers le dedans et il ajouta :

– Oui, je l'ai vu, l'autre !, dessiner le nouveau menu des dieux. Leur festin bachique. Au cœur de l'été qui suivit la mort de Staël et d'Olga. Il était impayable. Royal et farceur. Il connaissait bien l'Hôtel du Cap. Il y avait séjourné dans les années 20, soit trente ans plus tôt. Olga, alors, était jeune, belle et vivante, ici même, en compagnie de Sara et de Gerald Murphy, des milliardaires, des amis de Scott Fitzgerald et de Zelda qui fréquentaient Antibes… Ensuite, les Murphy achetèrent la Villa America, auprès d'ici. Ils sont les modèles de *Tendre est la nuit* de Scott Fitzgerald. Tout le monde allait se baigner sur la plage de la Garoupe, en plein été.

Ce qui n'était pas du tout à la mode. On ne venait sur la Côte d'Azur que l'hiver. Picasso était très attiré par la belle Sara, dont il fit des tableaux d'une grande beauté classique. Gerald Murphy était fantasque et pratiquait le nudisme sous les yeux de Man Ray qui le photographiait. Quelle liberté ! Picasso, en maillot de bain, arborait ses muscles de foire devant Sara.

– Picasso était là, dès le début, bien avant l'été 55, et l'été 37…

– Oui, la plage, alors, était à lui et à ses complices. Les Années folles ! Bien plus tard, en 55, j'ai pu scruter à ma guise ce septuagénaire acéré comme un bouc. Le veuf radieux. Il allait pouvoir épouser Jacqueline Roque. Le bouc de *Guernica*. Doué ! Doué ! Bien trop doué ! Sans l'intensité pure de Staël. Sa perplexité mystique si belle, si profonde… sa « fanatique humilité », comme il disait, je crois… Picasso n'avait pas le temps de douter qu'une nouvelle idée jaillissait qui se transformait en une autre. Il aurait redessiné la Méditerranée ! Vous avez vu, au château Grimaldi, son *Ulysse et les Sirènes*… Quelle invention débridée ! Lui ne redoutait rien du chant harmonieux des sirènes qu'il emmenait sur l'île principale des Lérins, l'île Sainte-Marguerite…

Samantha avait montré à Milos la photo de l'été 37 où toute la bande pique-niquait à Sainte-Marguerite. Eluard enlaçant et baisant la bouche de Nusch, seins nus. Ady Fidelin, rieuse et seins nus, elle aussi. Ils étaient libres et voluptueux sur l'île que Milos apercevait au loin dans la brume bleue. Nicolas de Staël installé ici, à la pointe du cap, avait contemplé la même île, sans pouvoir y emmener Jeanne Mathieu, son amante interdite et rétive, qu'il avait rêvé de ravir pour en faire la captive de son amour.

C'est Marine qui se lança :

– Qui êtes-vous, monsieur ?

– Je fus un amant de Douglas Cooper, c'est pourquoi j'ai tout vu, cet été-là. Et je reviens presque chaque année dans cet hôtel. Ainsi, vous ne pouviez me manquer.

Il leur sourit avec une bienveillance lucide et leur fit cet aveu :

– Je voudrais mourir en contemplant la mer de la terrasse de ma chambre, un peu ivre. Tous les soirs, je bois deux à trois verres de vin blanc et je me dis que c'est le soir, le soir de ma vie, n'est-ce pas ? Tendre est la nuit… Mais je ne meurs pas. Alors il faut recommencer. Je crois finalement que ce serait mieux de mourir l'après-midi, vers quatre heures et demie, légèrement ivre. Sans la nostalgie du soir et le Trafalgar du couchant.

En lisant l'abbé Breuil, l'Ulysse de la préhistoire, Milos découvrit qu'il avait fait plusieurs voyages en Afrique. En Namibie, où ses découvertes le rendirent encore plus célèbre.

Un désir austral s'empara des deux fugitifs d'Antibes. Une fringale d'échappées, d'espace, d'extases inédites. On commence comme l'abbé dans les trous du Périgord noir. On y farfouille avec délectation dans un amoncellement de mammouths et de bisons. Puis c'est l'appel du grand large. Milos avait enfin trouvé son sujet de thèse, quelque chose comme « Les êtres hybrides dans l'art paléolithique ». Femmes-bisons du Pech Merle, homme-oiseau du puits de Lascaux, au sujet duquel proliféraient les interprétations, homme-cerf de la grotte des Trois Frères. Homme-bison au sexe dressé. Femme-bison de Chauvet à la vulve offerte. C'était à se mélanger les pinceaux. Des fantasmagories de Picasso préhistorique. On le retrouvait donc toujours à un tournant des sexes imaginaires… Pablo le sorcier cornu. Le centaure aux prunelles d'oiseau de proie. Son *Minotaure amoureux d'une femme-centaure*. À un bout, sa grosse tête de taureau : cornes ; à l'autre bout : queue retroussée exhibant les couilles accrochées sous les fesses. Le Minotaure orgiaque se rue sur la femme-centaure, ses seins renversés, son visage de Marie-Thérèse. Sa croupe de centauresse elle-même empanachée de sa queue ébouriffée. Les deux amalgamés dans un viol d'amour. Hybrides hybridés : cheval, homme, femme, taureau transvasant leurs principes. S'il y a chez Picasso une pulsion scopique, au plus profond le travaille une fringale magmatique. Un vœu de confusion sauvage. Celle des étreintes violentes et mythiques de Boisgeloup, où Marie-Thérèse complice mêle indistinctement ses houles de rondeurs fantastiques à l'ouragan taurin.

Ils roulaient au nord du Brandberg, la montagne de feu. L'écrin d'un volcan primitif. Un désert rouge entièrement peint par l'hématite du granit. Des plateaux, des sommets hérissés. Colosses de pourpre et de carmin, des blocs violâtres, des chaos, des vallées et des gorges arides, plantées de quelques acacias verts, aloès projetant leur candélabre lobé, touffes d'épineux. D'énormes boules minérales posées là, sans lien. Ponctuation de Saturne. Ballons de milliers de tonnes qu'ont dû manier et se lancer des haltérophiles de la genèse. Titans ou quelques géants comme ça. Avant Adam et Ève, ces gringalets de la Bible.

L'immensité, on ne peut pas l'imaginer. Il faut la voir se déployer en une succession d'infinis. On sait que derrière la montagne il y a une vallée de rocaille où se dresse une nouvelle montagne mauve. Et si on vole vers l'ouest s'ouvre le désert du Namib. Des enfilades de dunes rousses et dorées. À l'est, le Kalahari sans limites.

À Antibes, la mer, seule, semble sans horizon. Mais c'est particulier. C'est fluide, tout bleu. Le vide lumineux. Ce n'est pas la matière tellurique. L'écorce cabossée de la terre rugueuse. Ce Hoggar barbare. L'infini matériel est plus vertigineux, plus bouleversant que l'infini fluide. Car subsistent des repères qui scandent le déroulement fantastique et donnent une échelle. L'au-delà est toujours marqué par un jalon lointain, roc massif, barre, surplomb violine, crête sanglante tel un poignard dressé qui, lui-même, signale des étendues solides et nouvelles. Alors on sent la démesure. Tout s'ouvre. L'échine terrestre est la promesse d'une fuite sans fin à travers le corps de la planète. La chaleur est fixe. Une massue ardente. On est dedans. C'est de la matière aussi. Torride. Le ciel brut de bleu.

Un pays pour Nicolas de Staël, dirent Marine et Milos. Il y aurait peint des bleus, des rouges, des sédiments superposés, sans nuances intermédiaires. Dunes ocre et azur dessus. Front d'un plateau violet et strate jaune. Abrupts de couleurs, bloc à bloc. Sa grande période victorieuse.

L'aventure d'un paysage neuf et sans bornes peut-elle sauver de la mort ? Sans doute. En tranchant notre histoire, en la suspendant. Le cours de notre vie est pris à contrepied. La foudre de l'étonnement. L'instinct du peintre réveillé, alarmé, mobilisé devant cette extase de pierres de feu. La hantise de la belle Jeanne Mathieu peut-elle résister à tout ? En principe, les passions les plus ancrées tiennent devant n'importe quel divertissement, fût-il extraordinaire. L'âme est perdue dans sa chimère qui la pourfend. L'aigle de l'amour dévore nos entrailles. Que d'échos ! Ce sont toutes nos fibres qui brûlent, notre mémoire tétanisée, nos affres, nos manques éperdus. Alors on vous balance en plein désert. On lève devant vos yeux un paysage halluciné. L'idéal de votre pays mental. L'icône de votre vraie peinture. Votre essence. L'espace, la couleur. En tables sans mélange. Du Dieu à l'état incandescent.

Le désert du Namib, la frange du Kalahari, les cailloux colossaux du Brandberg auraient submergé le peintre de son désir le plus pur.

– Tandis que Picasso n'aime pas voyager. La France, l'Espagne. En dehors de cette équation, il ne va nulle part, dit Marine.

C'est vrai qu'il s'incruste dans sa caverne. Il crible le silence de son monde personnel, de mille présences. Si bien qu'il déserte ses grandes expositions de New York. Pendant l'occupation allemande, il se tapit dans son atelier des Grands-Augustins. Un sédentaire vissé. Une maison, une femme, un atelier. Et, simultanément : une autre maison clandestine, une autre femme, un autre atelier. Même en vacances : deux maisons, deux vies parallèles. Et la ritournelle recommence, au fil des années, en différents lieux, villas, châteaux, d'un amour à l'autre, d'inlassables symétries. Que viendrait-il faire dans ce désert d'Afrique ? Certes, les masques primitifs le fascinent. Ce sont des formes. Mais il n'a nul besoin de se déplacer. Un musée suffit, une photographie, un achat aux Puces ou dans une boutique. Au décrochez-moi-ça, il trouve tout. Ou des statuettes ibériques volées au Louvre, vendues par un copain d'Apollinaire, avant la Première Guerre mondiale. Les trésors débarquent chez lui, dans son repaire. Il écarquille ses yeux crus, caresse ses proies et les triture dans les mandibules de son art.

Nicolas le prince et le pur aurait eu sa chance dans le Namib sans compromis. Affronté au double absolu de son art. Il y a chez lui de la noblesse du nomade, du grand caravanier du désert. Il a un sens pictural inné de la steppe des tsars et des cosaques d'où il vient. Et tout un Sahara intérieur de sable et de neige. Il est d'essence touareg. Ascète et aristocratique.

Milos, derrière ses lunettes noires, à l'abri d'une grande casquette à visière, se sent avalé par l'infini rouge, ultraviolet, comme du soleil cristallisé.

Ils arrivent ainsi conduits par Japhet, leur guide herero, à Twyfelfontein, dans la vallée de l'Huab, encadrée de montagnes de grès d'un rouge violâtre, profond. Des blocs, des plaques se sont détachés des parois. Ils accidentent le sentier, qu'il faut faire à pied.

Ils ne distinguent rien de particulier. Quelques arbustes, touffes d'euphorbe, maigres taillis. Acacias grêles. Le guide s'arrête devant un gros bloc incurvé environné d'autres pierres plus hautes que lui. La surface semble plate. Ils ne voient d'abord pas grand-chose. Il faut tourner par rapport au soleil, trouver l'angle propice. Ils s'approchent et s'exclament. Apparaît une ribambelle d'animaux gravés. Toute une cohorte de girafes, de rhinocéros, d'antilopes, d'autruches, de zèbres. L'arche de Noé au complet ou presque. Tous semblent appelés dans la même direction. Marche ou fuite, migration. Des flopées de bêtes. Le guide parle en anglais à Marine qui traduit pour Milos.

Le clou du cortège, c'est un lion extraordinaire. Les pattes armées de gros orteils humains. Avec une queue qui fait un coude brusque, se relève à la verticale, munie de nouveaux orteils, cinq ou six. Ce mélange de pieds ou de mains agrippe le cou d'une girafe géante, hissée sur ses longues jambes, étirée… Happée elle aussi dans le mouvement général.

Milos est à son affaire. Voici un exemple parfait d'hybridité. Ce lion hétéroclite à la queue facétieuse et préhensile. Monstre de l'imaginaire d'un chaman originel. Bochiman d'il y a 4 500 ans. C'était hier ! On connaît la thèse de la transe, peuplée de visions de dieux. Sur la surface de la pierre, poncée d'abord en belle tranche lisse, le chaman aurait ouvert la voie de sa vision en taillant ses figures. Dans le tohu-bohu du grès. Cet écran vivant. Dressé. Adressé à qui ? La pierre parle, vivante, animée telle une fresque primitive.

Milos noie ses yeux de lynx ébloui au sein de la fable du lion. Il se retourne tout excité vers Marine. Elle se dit que ça marche ! Le dépaysement l'a arraché aux simagrées de Samantha, au régime de la tentation circonstancielle. Maintenant c'est du stable immémorial. Il plane. Il a ôté ses lunettes trop noires. La casquette suffit pour éviter le dard du soleil. Elle désire son beau regard d'un bleu royal, d'azur irréel. Ni trop clair ni saphir. Bleu extraterrestre. Bleu de Staël.

Il s'est assis. Il boit des gorgées d'eau à la bouteille. Son torse ruisselle de sueur entre les pans de sa chemisette. Marine aurait envie de tout enlever et de s'asperger les seins. Tandis qu'il commence à faire l'abbé Breuil, qu'il dessine les silhouettes, s'efforce de saisir le contour de l'anamorphose du lion.

– *Human-Lion !* répète le guide, qui sourit à Marine.

Ils vont vagabonder dans le labyrinthe rocheux. Entre deux blocs acérés, ils avisent, en hauteur, un pied gravé. Comme ça. Un pas pour l'homme. Rien qu'un petit pas pour l'humanité, comme dit l'autre. Mais sur Mars rouge.

Jusqu'à cette dalle de grès soigneusement poncée. Étale comme un canevas de maître. Au beau milieu : la danse. Voltige. Une espèce de corps, de ballerine animale, fleurie de longues pattes dans tous les sens, dont l'une, à l'avant, se prolonge en torse humain, cou, tête. Le carnaval recommence. Les imbrications fantastiques. Pas de limites d'espèce, de genre. L'alphabet dérangé. Le vocabulaire en transe. Il faut un certain temps à Marine pour traduire les mots du guide. Car elle ne sait pas ce que c'est qu'un koudou. *The dancing Kudu* ? Ou quelque chose comme ça. Une antilope faite homme. Ou l'inverse. Le torse projeté par la jambe antérieure. Telle une marionnette perchée, agitée. Acrobatie de Nusch au cirque. Cabriole de la fête. Le koudou blanc ensorcelé divague et saute.

Deuxième séance de dessin façon Breuil. Marine aime son beau curé des cavernes affinant son trait. Pas facile. Picasso aurait troussé le mythe en un éclair. Elle se garde de le lui dire. Il rate l'arabesque plusieurs fois, s'emmêle dans le nombre de pattes, leurs position, fonction. Les chamans des chasseurs-cueilleurs étaient hallucinés. La chimère divine jaillissait d'un coup, sans repentir à même le miroir ovale du caillou. Ils devaient avaler quelque décoction du désert. Extraits de plantes secrètes et sacrées. Opium du peuple des savanes. Une avalanche de dieux naissait. Quelle joie ! Sortir de sa silhouette, de son principe. Se jumeler à la bête. Siamoise.

L'homme-lion, le koudou anthropomorphe ou zooquelque chose.

Il paraît que les Bochimans chassaient l'antilope à pied. L'animal débusqué d'un ombrage à l'heure la plus chaude de sa sieste a moins de résistance. Il s'élance. C'est parti pour une course vertigineuse. Le Bochiman connaît ses forces, ne dévide que goutte à goutte le fil de sa vitalité. La bête palpite, chamade, dans la traque du prédateur. Ce petit homme du désert, tout mince et noir. Nerveux. C'est notre source, notre frère. Il court pour se nourrir. On dit que le marathon dure des kilomètres. Une olympiade de foulées courtes et farouches. La ténacité est la reine des vertus. L'athlète n'est pas relayé sur la piste. Il n'est pas abreuvé. L'espace se fond dans la durée d'un souffle qui ne s'épuise pas. Voilà que l'homme est supérieur à l'animal, sur son propre terrain. À la chasse, à la fuite. L'effroi de l'antilope qui joue sa vie. Un lion serait déjà recru, sur le flanc, la langue pendante. Affamé, vaincu. La crinière déchue. Lui, le chasseur gracile, est une torche inextinguible. Un feu de brousse sans frein. Un au-delà d'homme. Un en-deçà. Une musique de muscles fourbis. Le cœur est une fleur immortelle. Il vibre de son tam-tam splendide. On ne sait pas si le chasseur pense. Identifié à sa structure, à sa pulsion, à son désir, à son objet. Un seul axe. Radical. Le reste est anecdote et superflu. La flèche, sa cible. La faim, la nourriture. Avant l'achat, l'échange, la roublardise, la tromperie. Courez et attrapez la proie !

Peut-être que le duo court encore. D'un même trait. Qu'ils se sont engrenés à force de désir dans la quête, agglutinés en une bête folle de vitesse. Une antilope pantelante, aux longues cuisses en sueur, à laquelle se greffe la crosse d'un homme vif, aux tendons de silex. Ils galopent dans l'herbe printanière. Une saison des pluies à profusion d'eaux de jouvence. Ils gémissent. Heureux enfin. Le prédateur et la proie, envahis par leur unité faunesque. Et si c'était ce que les pierres racontaient, quoi qu'en disent les explications savantes, les thèses, les antithèses furieuses ? Les arguties de Leroi-Gourhan sur les femmes-bisons, les affabulations de l'abbé Breuil obsessionnel et de ses rivaux des cavernes.

La chasse mène à la symbiose du chasseur et de sa proie. Leurs noces. Leur coït de Picasso. L'arbre de l'espèce en boucle. On n'aurait plus rien à désirer ou à perdre. L'être alors fait la roue au paradis. Nous serons des centaures ou rien. Voir une belle centauresse et chanter ses fesses de zèbre. Milos n'ose y penser au péril de ses yeux. Ady, l'été de Mougins. La mulâtresse sur le sable du désert. Nusch fusionnée à son beau corps, à sa pulpe ferme et brune dans les photos de Man Ray. Le chevauchement saphique de la Noire et de la Blanche. Ce rêve du grand koudou. Et du lion-femme. À Mougins, ils connurent, juste après le carnage d'Espagne et avant le gouffre nazifié, la démesure de l'Éden. Un temps d'extase pur au soleil. Leur hôtel se nommait Vaste Horizon. Vue sur le Namib des animaux de Noé. Le reste n'est qu'un calcul terre à terre qui ne mène comme toujours qu'à la guerre.

Ils rejoignirent le lodge. Marine prévint Milos que Japhet, le guide herero, ne voulait pas coucher à l'hôtel. Elle lui avait proposé un supplément au forfait fixé, mais il avait dit qu'il se débrouillerait.

La nuit était venue d'un coup. Ils sortirent alentour de la chambre. Les étoiles sous le tropique du Capricorne sont grosses, éclatantes et fourmillantes, presque tangibles par grappes, essaims, mamelles, nébuleuses… Sirius fulgurante, la Croix du Sud plantée au-dessus des montagnes du feu. Apha et Bêta du Centaure…

C'était Milos qui connaissait les noms, les épelait, hésitait, sans être catégorique. Oui, le Centaure. Il fallait bien qu'il les happe, qu'il les hypnotise, en plein ciel. Par sa crinière stellaire. Quel mythe ? Le centaure Nessus avait enlevé la femme d'Hercule, le malabar. Dès qu'il s'agissait de rapt d'amour, Milos était en alerte. Depuis la Crète, l'amant épiant Myriam sur le sable. L'emportant dans un mirage d'amour fou. Picasso, incontournable, ravisseur en chef, avait, dans les années 20, dessiné, gravé un grand centaure. Un cheval baraqué. Avec un torse humain, coiffé d'une tête barbue. Ce dieu barbu, l'obsession de Picasso le chauve, l'imberbe. Son crâne de galet dégarni, buriné. Sauf dans ce portrait de sa période bleue, où il a l'air malade, le teint jaune, bilieux, torve, doté d'un collier de poils noirs. C'est rare de le découvrir si morne… Qu'est-ce qu'il a fait encore !

À la bonne heure. Le centaure emportait Déjanire, la belle fille pâmée. Hercule s'était fait faucher son épouse. Était-elle si mécontente de troquer le fier-à-bras infatigable pour le cheval au poitrail d'homme ? Une croupe de coursier de Rubens, des cuisses en gigots de girafe, des boulets de granit, le chant des sabots orgiaques. Ah ! le morceau hippique qui déboule sur Déjanire ! Hercule n'est qu'un bouseux dispersé, hyperactif ! Les écuries d'Augias : quel con ! Ainsi, le ciel racontait les transgressions du centaure et du désir. C'était un firmament énorme comme un ventre de grand crocodile du Nil qui lâche ses myriades d'œufs. La voûte céleste littéralement vous pondait l'Univers dans les mirettes. Milos absorbait l'overdose sans lunettes. On eût dit que ses yeux noircis par la nuit aspiraient le lait des galaxies.

Une météorite mastoc était tombée un peu plus au nord. Il y a 80 000 ans. Un bloc quadrangulaire d'environ trois mètres sur un mètre de haut. Compact et rugueux. Jeanne, la compagne de Samantha, lui aurait voué un culte, s'en serait inspirée pour ses sculptures. Brut de cosmos, âpre et ferreux. Un roc qui valdingue dans l'espace sidéral et percute le flanc de la Namibie.

Les Bochimans occupaient déjà le terrain, leurs ancêtres. Premiers *Sapiens* témoins de la chute, de la foudre. Effarés. Quels esprits ? Un vol chamanique à l'envers et tonitruant. Il faut imaginer le nuage de poussière, le tremblement, les convulsions de l'écorce. Les bestiaux de l'époque. Encore des dinosaures. Depuis la découverte du lingot céleste, des fans, des voleurs superstitieux n'ont cessé d'en grappiller des morceaux. Des tonnes ! Jusqu'à ce que le totem devienne monument national. Autel.

Quand ils jetèrent un coup d'œil dans le parking, ils virent Japhet endormi dans la voiture. Contre le dossier du siège arrière. La tête renversée de côté sans oreiller.

Marine murmura sous les étoiles :

– Je lui ai pourtant proposé…

– C'est comme ça. Il n'aurait pas l'idée de dépenser un argent précieux pour un lit confortable. S'il avait accepté le supplément, il l'aurait gardé et il aurait couché quand même dans la bagnole. J'ai lu des histoires tristes sur les Hereros, son peuple. Ils en ont subi, des horreurs…

– La colonisation toujours et partout.

– Oui, les Allemands occupaient le pays. Et ont massacré les Hereros rebelles. Les camps, la mort. C'est un survivant.

Ils se turent. Résignés. Incapables de peindre un *Guernica* austral. Tout était trop tard. Les Hereros défendaient la terre des oryx. Tout est pillage, prédation, invasion de la beauté.

Le lendemain, Japhet voulut leur montrer la forêt pétrifiée. L'expression les fascina. Ce n'étaient pas les épaves d'une Brocéliande d'Afrique. Mais, tout de même, ils furent très attentifs aux métamorphoses de la matière. Quelques gros troncs d'arbres terrassés, scindés en tranches de décombres. Milos et sa thèse sur les êtres hybrides dans l'art rupestre. C'était justement un cas d'hybridité. Mais sur les plans végétal et minéral. Conifères gainés de sédiments de silice dans le four des âges. Toute la cuisine des climats. 280 millions d'années, qu'est-ce que c'est ? Le temps de se fossiliser dans un pourrissement contrôlé. On eût dit lcs vertèbres géantes d'un squelette de dinosaure patiné, cuirassé par un Arman, un César venus là composer une installation. Et si on était plus archaïsant, on pouvait pencher pour les reliques de l'Arche ! Ce n'était pas très spectaculaire. Mais très beau dès que l'on concentrait le regard sur la texture des arbres-pierres. Ces avatars marbrés, jaspés, disloqués. Cadavres d'une forêt primitive. Momies qui se dissoudraient dans les sables dont on voyait, au loin, le hérissement de crêtes écarlates.

Entre les arbres, Japhet leur fit voir des plantes vastes, déglinguées elles aussi. Sortes d'épaves végétales divagantes, embrouillées. Monstres encore entortillés de tentacules. On ne s'en lassait pas. Pieuvres aux palmes vert-de-gris, de trois ou quatre mètres de large, en contorsions lamées. Comme des volcans en loques dégobillant leurs guenilles. Paillasses échevelées, vertes et roussies sur les bords. Ou complètement cramées, avachies. On pourrait continuer les métaphores tant les métamorphoses sont la clé de la création et d'une liberté euphorique. Ces Welwitschia avaient 1 000, 2 000 ans. Une lampée temporelle. Deux fois rien ! Au cœur de ce *Titanic* végétal, les organes poussaient, gais, folâtres, en grappes de gousses vives. Les sexes de la fleur mâle ou femelle attendant la pollinisation comme partout. Une pincée de spermatozoïdes, ovaires écarquillés. En plein désert ascétique et râpé, crevassé, criblé de soleil et de graviers stériles. Une idée folle était née de ce chaos de feuilles millénaires et coriaces comme du cuir : exhiber son sexe, l'offrir tout brillant, gonflé. Faire le beau, la belle. Féconder, se reproduire, perpétuer sa substance. Baiser !

Milos et Marine en pouffaient de rire. Japhet aussi. Ils buvaient à la régalade. Belle journée. Quarante degrés sympas. On ne sue plus. On se dessèche, la peau colle sur les os, change de couleur. Tannée. Les organes se fripent. On devient racorni, mort-vivant. Avatar de momie. Couché entre les carcasses des arbres immortels et ces charniers de Welwitschia. Des touristes, mille ans après, viennent vous visiter.

À une dizaine de kilomètres, Japhet leur avait réservé une vasque, une fontaine naturelle entre les blocs de granit. Il s'était un peu éloigné par délicatesse le long du goulet. Marine se mit en maillot de bain, puis seins nus. Dans l'eau assez fraîche. Tant pis pour les parasites qu'on pourrait attraper. Milos s'éclaboussait, frétillait. Ne lui manquait plus que les ailes pour faire tout un battage de phénix à sa toilette. Au bout d'un moment, il s'aperçut que Marine jetait des coups d'œil en direction de Japhet. Plus herero que jamais. Dressé, se plaquant de grandes gifles d'eau sur sa peau brune, rutilante. Il en était tout cambré, ambré de scintillations.

– Il est plutôt bien fait, lança Marine avec une parfaite objectivité scientifique. Il a des reins superbes et des fesses d'enfer, comme des roues de bronze.

Des roues de bronze ! Milos, d'une minceur moins musculeuse, était jaloux. Son bronzage légèrement doré manquait de magnétisme. Il fit une remarque ethnologique :

– Oui, les Nilotes ont migré à travers toute l'Afrique. Ce sont des hommes élancés.

Nilote ou bantou… pensait Marine. Il assure ! Adamique à souhait. Juste avant la faute. Ruisselant, perlé. *Black is beautiful.*

Milos s'énerva :

– Tu pourrais être plus discrète.

Rieuse, elle protesta :

– Parce que, toi, tu l'es ! Je t'ai vu mater une jeune fille, une porteuse de fruits, le long de la route ! Tu la suivais du regard, profitant d'un camion en panne qui ralentissait la voiture. Tu prenais le temps, tout à ton aise. Épousant le mouvement…

Milos ne pouvait pas nier. La beauté des traits, front, nez, pommettes. Céramique. La taille haute. L'élégance incroyable des chevilles. Et ce rythme de vaisseau callipyge. Le balancement. Il devinait l'arc charnu, tendu sous le pagne. Un gonflement glorieux. Tandis qu'elle passait devant une série de baraquements, tôles ondulées, garages bricolés, casemates séchées. Essaims de mouches.

– Alors elle t'a vu. Tu as enlevé tes lunettes noires. Tu lui as lancé un bon coup de bleu séraphique. Elle a été surprise. Comme si c'était tombé des astres. Grand sourire étonné. Toi, ébloui.

La voiture n'en finissait pas de cahoter derrière le camion poussif. Dans une nuée de poussière rouge. Elle paradait. Déesse. Les fruits oscillaient sur son crâne au dessin parfait. La ligne du dos, les reins, l'ondulation de Salomé. Milos stupéfait de bonheur. Ses fameux yeux bien dessillés, pas vulnérables du tout. Passionné par la cause herero. Militant.

Ils partirent un peu vers le sud. Au cœur du Brandberg. Ils descendirent de voiture. Il leur fallut grimper dans la montagne. Japhet en tête. Le même horizon de matière formidable. Gizeh, Khéops au naturel. Un dédale de sphinx granitiques. Un ravin s'ouvrit.

– Le ravin de Tsisab, dit Japhet.

Ils frémirent à ce nom vaguement fabuleux. Surtout que des éboulis de roc cramoisis les enveloppaient. Au pied d'étraves mauves et concassées. Un arbre se dressa, au tronc blanc dans le charivari de pourpre et d'or. Ils allaient pour le moins déboucher sur l'Atlantide.

Devant la face d'une pierre, Japhet s'immobilisa. Ils savaient ce que cela signifiait et se hâtèrent pour regarder. D'abord toujours, cette impression d'aveuglement. La matière opaque. Des gribouillis peut-être. Ils cherchent, dévient un peu l'angle de vue. C'est Marine qui trouve, la première… Enfin Milos voit. Sept, huit silhouettes, dansantes, un peu contorsionnées, drolatiques. Incroyablement fessues. Croquées comme dans une bande dessinée. La croupe saille en bulbe, bosse projetée à l'arrière.

Japhet dit :

– *School Girls !*

Puis :

– *Musician Girls !*

C'était ainsi qu'on les avait baptisées. Une guirlande de gamines d'il y a 2 000, 3 000 ans. Déjà érotiques ? Initiées, danseuses ? Milos consulta son abbé Breuil et apprit qu'il avait peint une aquarelle des jeunes filles. Saisi leur gigotement de princesses nues.

L'abbé était flanqué de Miss Mary Boyle, son assistante écossaise, qui croyait aux fantômes. Au mitan de l'autre siècle, tous deux débarqués comme Tintin en Afrique. Le duo des cavernes. Une fidélité à toute épreuve. Le vieil abbé catholique de 70 ans cornaqué par sa secrétaire presbytérienne. Il ne faut sans doute pas imaginer quelque idylle ancienne et faunesque. L'abbé avouait, dans ses Mémoires, ne pas s'être intéressé au sexe, dès sa jeunesse. L'heureux homme ! C'était, entre Miss et lui, plutôt une collaboration assidue, une complicité de passionnés forgées au fil des fresques, des gorges, des grottes, des campements africains. Le vieux soudé à sa moins vieille qui lui donne un coup de main et l'éclaire de ses propres thèses scientifiques. Quelle vie ! Quand les curés s'ennuient dans les confessionnaux moisis où s'égrène l'antienne des mêmes péchés rancis. Pas de surplis, de rites réglés, de sermons. Mais la perpétuelle fugue dans les cavernes. Hosannah devant le dieu cornu ! Alléluia ! le bouc ithyphallique, la vulve de la femme-lionne ou bison ! Quand les curés débitent le catéchisme aux mioches impies : « Dis-moi tes péchés, Ursule, Japhet. Tout seul ou avec d'autres... Tu me réciteras quinze "Je vous salue Marie". » Puis se ravisant : « Non ! Douze, car Dieu pardonne. » Breuil, lui, savait qu'Adam et Ève, c'était une image, qu'ils remontaient à des dizaines de milliers d'années. À Cro-Magnon, voire Neandertal et plus loin. Qu'ils rôdaient du côté du pithécanthrope, du sinanthrope, valsaient avec l'Homme de Java... À perte de vue, l'arbre de vie, sa fantaisie. Ce n'était pas très carré, très catholique. Les représentations d'Adam et Ève, dans l'histoire de la peinture, en prenaient donc un coup. Ils étaient beaucoup moins lisses et moins clairs. Moins découpés. Il n'y avait pas des pommiers partout. Peut-être que c'était un baobab, un fromager bien plus spectaculaire, qui avait offert à la faute un ombrage véritable. Ils avaient cueilli une mangue.

Au début du XXe siècle, où l'abbé commença d'explorer les cavernes, en pleine séparation de l'Église et de l'État, il ne s'agissait pas de proclamer un évolutionnisme trop abrupt. Il faisait donc son Darwin en douceur. Faufilé adroitement entre les affreux athées Émile Combes et Aristide Briand et les foudres du Saint-Office. L'Index ! L'excommunication dare-dare. En somme, son compromis était le suivant : il y avait la transcendance, Dieu tout là-haut ; et, en bas, l'immanence des cavernes marquée de diverses péripéties et successions d'espèces. Dieu, généreux, englobait ces vicissitudes savoureuses de toute la Création. Un point, c'est tout. Un film dont le metteur en scène, l'auteur, était Lui, l'Incréé. L'abbé ne faisait que remonter la bobine du scénario.

Ils avaient rendez-vous avec la Dame Blanche, une héroïne fameuse et capiteuse de l'archéologie dont Breuil avait fait son miel et Miss Boyle ses lubies. Ils marchèrent à travers un chaos rocheux. Des blocs de granit mastoc, empilés, dispersés, chamboulés. Ils remontaient le petit ravin de Tsisab : le sentier des léopards. Le lit du cours d'eau était à sec. Ils escaladèrent de nouveaux rocs et, là, un haut pan de granit semblait renversé, constituant une sorte d'abri ombreux, une grande bouche de mystère. Hélas l'ouverture était protégée par une barrière de fer. Des touristes japonais photographiaient tout ce qu'ils pouvaient, bien alignés, sur deux rangs, mitraillant. Marine demanda à Japhet de s'arrêter et d'attendre à l'ombre d'un acacia vert sur fond d'ocre rouge.

Au bout d'un moment, les importuns se trissèrent. Et ils contemplèrent la fresque de la Dame Blanche qui avait déchaîné les imaginations. Milos avait lu un livre de Breuil rien que sur elle : *The White Lady of the Brandberg*. Une énigme, un beau délire interprétatif dont Jean-Loïc Le Quellec avait analysé la construction arborescente dans *La Dame Blanche et l'Atlantide*. La saga du mythe était passionnante, mais confrontés au réel, à l'archive brute, Milos et Marine n'arrivaient même pas à distinguer le personnage au milieu d'un grand troupeau plus visible d'oryx, s'il vous plaît, de gnous, gazelles, zèbres et chasseurs, guerriers rouges. Ce foisonnement de figures, toujours. Surgies du désert.

Elle se dessina doucement. Transparut, au cœur du cortège. Fantôme blanc, élastique. Ils se cachaient du soleil, se disloquaient, tendaient le cou. Milos ajustait le zoom de son appareil photographique mais le résultat n'était pas clair.

Breuil, lui, pouvait accéder directement à la paroi. On le hissait sur un bidon. Miss Boyle le soutenait, l'encourageait. Breuil, coiffé de son béret basque, derrière ses lunettes de curé, expert en archéologie. Il adorait la jeune fille blanche et ingambe. C'était en 1947, 48… Il appliquait des calques de papier sulfuré, copiait, notait, toujours en équilibre jonglé. Vieux curé acrobatique. Puis il reprenait tout à l'aquarelle sur des feuilles vierges. Un couple de photographes allemands accompagnait la Miss et l'abbé, Ernst Rudolf Scherz et Anneliese, son épouse. Juifs, ils avaient fui le nazisme en Afrique du Sud. Ainsi, le catholique, la presbytérienne et les Juifs s'entendaient à ravir. Loin des crimes de l'Europe. Collés à la paroi comme Michel-Ange au plafond de la Sixtine. Orientant leur Leica, leur Rolleiflex, campant leur caméra sur trépied. Industrieux, zélés. Boulimiques de la Dame farfelue. Campant à la belle étoile. Le curé mangeait peu, grignotait des biscuits, quelques fruits. On le disait économe, presque avare. N'avait-il pas été élève à Saint-Sulpice, suppôt de l'ascèse ou quasi ? Rien ne devait interrompre trop longtemps la récolte des figures. Au fond, l'identité des porteurs noirs, comment dire ?, des serviteurs, importait peu. Les archéologues déphasés ne s'intéressaient qu'à la Dame millénaire, immaculée. On est toujours injuste, à côté de la plaque. La misère est à notre porte, et on ne regarde le monde qu'à travers la lorgnette de nos lubies. L'égoïsme nous sauve la vie ! Qu'en dirait Breuil ?

C'était, c'est sûr, une fille étrange dans la pagaille des bêtes et des chasseurs-cueilleurs. Sa coiffure rousse ornementée de pierres et de coquillages. Sa casaque seyante, ses jambières. Son arc. Elle portait, à la main, une fleur blanche. Un poème. Une mysticité. Mallarméenne. Nervalienne. Mieux : de longues cuisses d'amazone ou de Diane, d'Isis. Miss Mary commençait à déconner, à torcher des hypothèses insensées dont Breuil se régalait. Tant le soleil martelait la tête. Dans le désert famélique. Propice aux songes. Aux cultes et mystères. Le béret basque de Breuil chauffait à soixante-dix degrés. Une friture de neurones crépitait dessous. Et puis toute science comprend sa part d'arbitraire, de projection, de déviation. Alors le curé et sa gouvernante savante ne se privaient pas d'halluciner. C'était bandant, cet androgyne, guerrière catapultée en Afrique. Breuil écrivait : « Le corps et les membres sont d'un être jeune, aux seins naissants rejetés sur les côtés. Une sorte de maillot moule étroitement les formes et une bande-ceinture barre le bas du tronc. Le visage, à la bouche délicate, légèrement entr'ouverte, est encadré d'une mentonnière blanche remontant vers l'oreille. La chevelure, brun rouge foncé, retombe en arrière, mais sans atteindre les épaules, certainement coupée carrément. Une ligne de perles part de l'oreille, laissant bouffer en avant une touffe à son sommet. Elle s'incurve en arceau renversé près de l'oreille et remonte verticalement vers la fontanelle. Aucun doute sur le caractère méditerranéen, et plutôt grec que crétois, d'un tel profil. »

Elle était vraiment mignonne, la Lady du bush. La garçonne rupestre. D'une coquetterie Art nouveau ou presque.

L'idée de génie de Miss Boyle et de Breuil était une analogie avec les femmes de Grèce, voire de Crète. Déesses ou combattantes du taureau lors de rituels de Cnossos. L'on voyait, sur la muraille trop restaurée du palais, des acrobates sauter au-dessus du dos du Minotaure. La *Taurokatapisa*…

– Mais qu'est-ce que tu baragouines, Milos ?

– C'est le nom grec du rituel du saut du taureau !

Oui, Picasso était carrément de retour. En bloc bachique. Milos et Marine ne l'avaient fui au bout des déserts africains que pour buter sur ses fantasmagories tauromachiques. La déesse blanche, pour lui, c'était Eva, Dora, Nusch la trapéziste, Lee, Marie-Thérèse surtout, sous le mufle du Minotaure transi, avide. Prompt à l'étreinte volée.

Des migrations minoennes expliquaient l'atterrissage de la fée belliqueuse sur la paroi d'un roc namibien. Voilà la fable dont on se gorgeait à l'envi. Et puis la thèse arrangeait tout le monde, car une telle sveltesse incandescente ne saurait convenir à une indigène san, bochiman, ou bantoue. La Grèce antique restait irremplaçable pour trancher de l'origine de la beauté. Ces archéologues n'avaient jamais contemplé des photos d'Ady Fidelin ! Plus proches d'eux, pourtant, des représentations des filles du cap offraient ce genre d'élégance gracile et impulsive. Mais on conservait un vieux fond de colonisateurs à préjugés du diable. Alors, c'était ancré, consacré, la Dame Blanche était grecque. Belle comme l'antique Artémis armée de son arc. Un grand débat avait éclaté sur son étui pénien – ou pas. Car si la belle était dotée d'un phallus, même discret, la thèse de la déesse blanche s'effondrait. Le premier découvreur de la peinture avait, en effet, précisé l'existence d'un pénis infibulé qui avait disparu ensuite des reproductions et commentaires. On ergotait. « Non, un pénis n'est pas placé comme cela, de travers. Elle n'en avait pas. – Si, c'en est un ! » La vieille question angoissante du genre ! Dès le début la thèse était battue en brèche par d'autres archéologues, qui se gaussaient des délires de l'abbé et de Miss. Car les Africains n'ignoraient rien de l'art de la coiffure ni de l'ornement. Nulle nécessité d'en référer aux Grecs.

N'empêche que Milos devait lire, sur le sujet, la synthèse d'un certain Raymond Lantier, datant de 1969. Vingt ans après, il persistait sur l'absence de pénis chez la dame, ce qui, du point de vue freudien, pour un mâle, est un progrès par rapport au déni œdipien. Dans une communication sur la vie préhistorique d'après les peintures rupestres d'Afrique, il reprenait les images de Breuil et de Miss Boyle, enjolivait tranquillement l'opérette archéologique, c'étaient de « petits groupes, Méditerranéens, Crétois ou Grecs, Sémites coiffés du bonnet babylonien ou phrygien, trafiquants, prospecteurs en quête de métaux précieux, étain, cuivre, or, de pierres fines, de bois rares. […] en des temps antérieurs aux navigations des flottes du roi Salomon […] et aux périples des Phéniciens vers le pays d'Ophir, ces peintures font connaître que des Européens et des Sémites sont venus en Afrique australe, y ont séjourné mêlés à des indigènes de petite taille […] dont ils se distinguent par leurs formes élancées, [...] à face orthognate *(sic)* ou de type nettement européen. [...] soutiens-gorge chez les femmes, tuniques frangées [...], chevelure fauve ou rousse coupée “à la page”. [...] la “Dame blanche” du Brandberg, une Grecque [...] ».

Le tour est joué. C’est un pittoresque roman européen. *Salammbô* sexy recommence. Tout le monde se balade en soutien-gorge, d’un bord à l’autre du monde connu, déguisé, coiffé, phrygien ou babylonien. C’est carnaval et petits pages ambigus aux cheveux coupés à la Jeanne d’Arc. L’Européen, le parangon du beau, vient inscrire son image sur le rocher des Bochimans. Une déesse gracieuse, pénis improbable, une donzelle tauromachique.

Milos est venu en Afrique pour tomber sur la Cnossos de sa mère. Le cycle est bouclé. Personne n’échappera au mythe familial. Picasso signe.

Breuil y va de son lyrisme, aiguillonné par Miss Boyle. Il est parti des grottes du Périgord le plus noir. Il a erré dans les dédales des cavernes. Il se sentait appelé ! Vers quoi ? L’origine humaine ? Il a marché dans les galeries à la lueur des bougies. Comme le Minotaure aveugle de Picasso guidé par une petite fille. Il a vu moult figures de bêtes. Dans les replis les plus secrets, des vulves sont apparues, de bisonnes ou de lionnes, et des phallus d’hommes-cerfs. Tout un braille d’organes génitaux et de suaires immémoriaux. Le curé avait le cœur bien accroché. Il suivait sa voie, vers Dieu, le Créateur ? On ne pouvait pas encore trancher tant les arborescences des grottes divaguent sous la terre comme l’arbre de la généalogie de l’homme. Mais l’abbé ne se décourageait pas, suivait tous ces méandres de la bête et du pithécanthrope, jusqu’au roseau pensant, coiffé de son béret basque. Dieu auréolé au sommet. Fiévreux, il passait le cap de l'Afrique, entrait au désert comme Moïse ou le Christ. Dans les vallées de sable rouge, la table de la Loi l'attendait. Suprême icône de la Déesse. En préambule à sa grande saga de l'art pariétal, il écrivait qu'il revenait du fond de l'Afrique, où l'attendait « une très ancienne jeune fille. Éternellement elle y marche, jeune, belle et souple, d'une allure presque aérienne. Aux anciens jours, tous, parmi les siens, ont aussi marché pour contempler son image adorée [...]. À travers les déserts, j'ai marché vers elle [...], captivé par son incomparable grâce [...] ». La sylphide de Chateaubriand. La Nadja de Breton. La Crétoise surréelle. Minoenne immaculée, en short ! (Précisent certains archéologues obsédés.) Comme Bardot dans *Et Dieu créa la femme*. L'abbé imaginait que les peuples de la savane venaient de loin adorer Blanche-Neige, la Diane, la belle Hélène, Isis... Future Marianne, en somme. Marine ? Myriam ?

Tout ce voyage pour retrouver le visage de sa propre mère. Dans la splendeur du palais de Minos. En plein désert d'Afrique !

Où donc est la vérité si la Dame Blanche n'est pas grecque ? Il y a désormais une interprétation à tout faire. Dès qu'on ne comprend rien, on conclut à une vision chamanique. Est-ce plus clair ? s'interroge Marine, perplexe, en plein désert. On explique l'inexplicable par l'inexplicable. Les chamans sont bien pratiques. À la moindre cabriole mi-animale, mi-humaine, c'est une hallucination chamanique. Des signes abstraits, bizarres, pectiformes, tectiformes (en forme de toit), gravés sur les parois. On lance d'abord des thèses rationnelles, ce sont des pièges pour les esprits malins ou des marqueurs d'identité ou des symboles de féminité. Les dingues évoquent la patte des extraterrestres, qui seraient des petits rigolos. Las de l'espace sidéral, ils adorent, donc, se nicher dans nos grottes, parmi les chauves-souris. Mais le chic est de déclarer, aujourd'hui, que tous ces mystères sont des créations de chamans. Une jolie fille, peinte en blanc, gambade en jambières dans la savane sèche, une fleur à la main, c'est chamanique. La main de ma sœur, c'est chamanique. « Le beau est toujours bizarre », disait Baudelaire. Le bizarre est chamanique. Lourdes, ça l'est. L'eucharistie, très. L'œuvre de Picasso est essentiellement chamanique. Marcel Proust, chaman de la mémoire ! Nicolas de Staël, prince chaman. Milos, un chaman errant. Breuil, un infatigable chameau de l'archéologie.

Dans la foulée, Marine révèle tout de go à Milos qu'un autre extravagant chaman est venu se balader pour de bon dans cette Afrique australe caniculaire. Un admirateur absolu, sinon de Nicolas, de Pablo. Un dandy qui ne se posait guère la question du genre, tant il était apte au travestissement et au rouge à lèvres épais. L'air sec le délivrait d'un asthme congénital. Un peintre.

– Je ne vois pas… bafouille Milos.

– Presque aussi connu que Picasso et peut-être plus révolutionnaire…

– Giacometti !

Marine s'esclaffe.

– *L'Homme qui marche* dans le désert, ce serait frappant ! Mais non, voyons ! Milos… C'est Francis Bacon. Vers 1950.

Marine explique que Bacon n'est pas venu en Namibie exactement mais juste à côté : en Afrique du Sud, en Rhodésie, voir sa mère et sa sœur… Fasciné par les bêtes souples et voraces. La grande vie carnassière… Les gueules béantes, dentues, éblouies de sang frais. La loi du fort et du furtif. Il adorait quand les brutes fauves étaient à demi gommées par les stries hautes des herbes de la savane comme le seraient les têtes de ses papes hurlant. La vibration d'une pelisse d'éternelle chaleur vrillait ses nerfs. Il admirait, paraît-il, non pas les White Ladies du coin, ni les Black, mais les policiers rhodésiens, découpés sur la transparence de l'azur, virils, moulés dans leur uniforme blanc, bottes et jambières de cuir lustré, cruels, autoritaires, fouettards à l'envi. White Policemen.

– On en mangerait ! N'est-ce pas ?

Milos bluffé, mirettes écarquillées. Bacon chez les Bochimans !

Ils voyagèrent aux lisières du Kalahari pour admirer les oryx.

Quand Milos vit l'oryx dressé dans la savane blanchie, il fut saisi par sa beauté. Sa toison fauve gris aux nuances dorées, rosées. Selon le soleil, l'éclat des dunes, l'ombre des acacias. L'oryx survit dans le désert. C'est l'antilope philosophale. Belle, ample. Plénitude de sa robe qui ondule. De longues bandes noires parcourent la ligne du ventre et du dos. Les jambes à demi gainées du même noir velouté, profond. Le visage masqué d'un large signe noir, triangulé, ovoïde à son sommet. La frange noire à la base des deux cornes hautes et saillantes, verticales.

– La belle oryx a des yeux de velours ! railla Marine.

Ce n'était pas la première fois que Milos se découvrait zoophile. Son choix de l'hybridité dans la peinture rupestre l'attestait. Mais l'oryx le fascinait. Dans la vapeur des mirages du désert, il flottait. Ou bien, tranchant, galbé, charnu, exact, sur fond de roc roux. Milos n'était pas le seul rêveur d'oryx. Ainsi ce poète arabe chantant la rencontre amoureuse : « Et soudain je vis [Hind], telle une oryx parmi d'autres oryx blanches [...]. Une senteur de musc émanait d'elle. [...] Au visage, elle a une broderie noire. » Peut-on être plus suggestif ? Milos se rappelait-il le bandeau qu'il plaçait sur les yeux de Marine, lors de leurs premiers ébats ?

Toujours l'oryx, pourchassé par une meute de chiens, la décime et s'en va « comme étoile, perle du ciel, filante, tête haute... telle ma chamelle ». C'est charmant ! Qui découvrira la constellation de l'Oryx ? On sait, même si ce n'est qu'imparfaitement prouvé, qu'une version primitive du fameux sonnet en X de Mallarmé comportait, outre l'onyx, le Phénix, le ptyx, le Styx, un oryx ! Oui, au masculin. En place des « licornes ruant du feu », on trouvait des « oryx ruant du feu ». Alchimique.

Même la Bible n'en peut mais. Dans la bénédiction ultime de Moïse, qui donc est gratifié de cet éloge : « Sa beauté est celle du taureau premier-né, ses cornes sont celles de l'oryx ; avec elles il frappera les peuples et les chassera jusqu'aux extrémités de la terre. » Certes, la version des cornes de rhinocéros est fréquente, mais celle plus rare des cornes de l'oryx est plus féconde.

L'oryx est la seule antilope capable de vaincre le lion. Voici la culbute de l'ordre naturel. L'oryx fait front. Le lion bondit, agrippe la fessue, lui ravage l'échine, la renverse dans la steppe. Tente de saisir le cou et de tuer sa proie, comme d'habitude, par un lent étouffement tenace. Mais la gazelle guerrière se cabre et pourfend le roi des animaux d'un fulgurant coup de cornes. Geste révolutionnaire. Sabre enfoncé au cœur.

L'éros de l'oryx. Au paradis des orages. Rimbaud, c'est avéré, évoque l'oryx dans un poème censuré par sa sœur. Une louange incestueuse, flanc à flanc. Haletants, au Kalahari doré. Museaux mêlés, muscs du Harrar. Un coït solaire à laisser pantois l'abbé Breuil qui le découvre peint sur un mur de caverne éthiopienne. Le fils du soleil entre les cornes de la gazelle.

Peu de gens savent que Flaubert fut tenté d'écrire, après *Salammbô*, une nouvelle épopée flamboyante : *L'Oryx d'Ophir*. Certains contestent et prétendent que ce fut une chimère de Théophile Gautier, voire de Huysmans. D'autres présument d'un tableau secret de Gustave Moreau, qui a peint déjà, comme on sait, *Œdipe et l'Oryx*.

La chair de l'oryx est profonde sous la braise de sa toison cendrée. Juteuse et sauvage. Ses cuisses enrichies de muscles bombés, gonflés de sang, s'écartent avec souplesse pour uriner sur les cactus. Ses fesses luxurieuses s'offrent dans la lumière ou dans l'ombre. Selon les goûts. Le feu de ses yeux doux et noirs darde quand elle vient de massacrer la meute infecte des clebs.

Milos racontait comme il aimerait vivre dans l'intimité de la farouche, nourrie de gousses d'acacias qu'il lui cueillerait. Apprivoisée, délices… venant à lui, cornes baissées. Son agenouillement nuptial et propice. La grotte ornée de son sexe sous la constellation du désert.

Sans doute finirait-il transpercé, valsé par un caprice furieux de sa fiancée. Sabré comme la meute. Mais le risque de l'oryx valait le coup.

Marine jalousait l'oryx, ce désir fantastique. Elle humait, à travers les formes élancées de l'antilope, la trace et l'odeur de Samantha. Une sorcellerie.

Les troupeaux bougeaient, leurs calligraphies se métamorphosaient, sans cesse, se volatilisaient dans l'excès de lumière et de mirages. Ils s'incarnaient dans l'oasis verte. L'oryx est un songe, une Arabie de désirs. Une Namibie priapique.

Nicolas de Staël, au désert, eût été secouru par l'oryx et sauvé du saut fatal. Ne parlons pas de Picasso, qui eût, tout à son aise, abusé de la beauté, lui ôtant son loup et ses jarretelles noires, la dessinant de travers, en contorsions cubistes, mi-Dora mi-chèvre. Oryx pleurant. Oryx, dite la Pisseuse. Peintre devant l'Oryx, son modèle. Oryx, au jardin, montrant son anus à deux vieillards. Viol de l'Oryx. Femme-oryx torero éventrant un taureau. Sexe de la Fornarina, dite à l'Oryx. Oryx se baignant, nue, essuyée par une servante chrétienne. Oryx de *Guernica* : saillie des mâchoires béantes, flanc percé d'un épieu. Oryx nue, se coiffant devant un miroir (ma préférée). Minotaure humant l'Oryx endormie. Quatre Oryx dans un bordel d'Avignon. On a perdu la cinquième. Qui a volé le fameux vase de Vallauris orné, par Picasso, d'une Oryx callipyge ? C'est Malraux, qui l'a offert au général de Gaulle, ce grand naïf. Bacon : cri de l'Oryx dans une cage de verre : *Pope and Oryx*.

Masque et beauté, Oryx et volupté.

Ils revinrent. Est-ce que le voyage nous guérit ? Sur le coup, il fouette la durée. Interlude miraculeux. Ensuite Milos déprima, retombé dans la vie coutumière. Lui manquait la foi constante du découvreur, de l'abbé Breuil toujours en quête d'un plafond décoré, ineffable. Il faut une seule passion pour unifier la vie, lui conférer un axe et l'aveugler sur le reste. Milos avait des impulsions et des caprices contradictoires. Il passait sur la muraille d'Antibes, devant l'atelier de Nicolas de Staël, et il pensait que ce paradis marin était le lieu même de la mort. Il se taisait mais Marine sentait l'effroi, une nappe de silence glacé. Leurs sens furent moins aiguisés. Milos retrouvait ses obsessions de cécité. Son angoisse du soleil et du regard mortel. Marine se désespérait en secret de ces obstacles recommencés.

Un jour, il ne résista plus à sa pente. Il erra autour de la villa de Jeanne et de Samantha. Il vit Jeanne dans le jardin affairée à sa sculpture. Comme Breuil à ses peintures magdaléniennes. Chacun était donc attelé à sa tâche, tranquillement, obstinément. Milos enviait tous ces humains. Les jours, les cycles se déroulaient. Sans qu'ils éprouvent l'épouvante du temps, sans qu'ils entendent le roulement du tambour de la mort. Un leurre suffisait donc pour les rendre aveugles à l'insensé de leur condition. Il guetta. Jeanne passait des heures au travail comme Picasso dans ses ateliers. Les amantes comptaient moins que les tableaux qu'il tirait de leur substance. Vivre, c'était donc oublier. S'inventer une transe, entretenir sa flamme jusqu'au bout.

Il repartit et, dans les lacis du chemin, la Méditerranée surgissait, son écran de bleu cru taillé entre les pins noirs. C'était ainsi depuis des millénaires et, avec un peu de chance, cela durerait encore des éternités. Il se sentait seul et précaire. L'angoisse s'engouffrait en lui comme dans un château déserté.

Il revint. Il vit Samantha sur la terrasse. C'était comme si elle l'attendait. Il l'étreignit avec une frénésie morbide. Elle fut troublée par la métamorphose que ce désir monstrueux infligeait à son masque parfait. Une grimace le fripait, le déformait. Il en avait oublié ses yeux, qui lui mangeaient la face tels deux cratères d'azur fou.

Il commandait les figures, à l'inverse de leurs rencontres précédentes. Elle se prêtait avec curiosité à son invention, qu'elle découvrait. Son inspiration. Elle le regardait un instant, le devinait, comprenait et lui offrait ce qu'il lui demandait ou désignait. La prenait-il pour la White Lady du Brandberg ou pour Ady, la mulâtresse d'Antibes ? Quel été ? Son physique se prêtait aux jeux de miroir. Brune, d'une souplesse obscène. Ses fesses compactes, ouvertes au baiser. Ses cuisses, ses jambes si longues qu'elles se nouaient autour de son torse, ou son cou. En longues tresses de lianes musclées qu'elle maniait, serrait, desserrait. La huppe noire de son pubis sautait, se massait à son sexe, le pétrissait, le trempait. Quand il la pénétrait, elle lui demandait toujours de caresser son clitoris. Ou bien c'était elle qui le faisait, longuement, en ne le lâchant pas du regard, en suivant dans le sien les péripéties qui s'y déroulaient. Elle voyait ce qu'il ne voyait pas. Quand l'excitation montait en lui, sa prunelle était plus attentive encore. Elle étincelait. Jais noir et perçant. Alors il lui demandait de fermer les yeux tant il la sentait intrusive, inquisitrice, jouissant d'une sorte de voyeurisme pervers. Comme si elle l'avait déchiffré dans les profondeurs de sa caverne, dans sa préhistoire de désirs. Souvent c'était lui qui lui glissait un bandeau d'étoffe, soie ou mince lingerie, bride d'un string voilant une partie de la face. Masque d'Oryx. Car il voulait jouir dans la nuit.

Quand ils furent épuisés, elle reprit le récit de ses histoires de Picasso. De son roman avorté : « Je suis le Minotaure d'un été de bonheur, l'été de *Guernica*. »

Le Minotaure était le narrateur. Il contemplait les filles de l'été. Il les désirait. Dont celle qui était le moins en lumière : Inès Odorisi, femme de chambre au Vaste Horizon, Esméralda rieuse qui allait suivre Picasso à Paris, dans l'appartement des Grands-Augustins, et le servir jusqu'à la fin. En duo avec l'étrange Sabartés au regard triste, camarade de jeunesse de Pablo, qui deviendrait le secrétaire, le janissaire, le gardien sourcilleux. L'Œil qui protégeait le regard sacré du maître. L'accès au sanctuaire. Sabartés était au guichet, laissait passer ou interdisait le Styx. Inès préparait les repas de l'Ogre et des élus. Sabartés savait tout. Ainsi que le chauffeur Marcel, autre zélé consacré, autre confident, cruellement chassé, en un éclair, sous prétexte qu'il avait emprunté et accidenté l'Oldsmobile de Picasso en allant à Deauville, sans lui demander. Crime !

C'était une enceinte autour du Minotaure, de vestales et de prêtres idolâtres. Aliénés à la solde du sultan. Sabartés échangeait avec le maître dans une langue secrète, du catalan crypté, un baragouin d'images, de raccourcis, d'ellipses, d'énigmes…

– Tu exagères, Samantha !

Et elle de se récrier, torse nu, cambrée à outrance, de marteler qu'elle n'exagérait rien. Ils s'envoyaient des messages d'espions, d'agents secrets en danger de mort, de sphinx catalans, de détenteurs de vérités fatales. Mais là où le bât blessait, c'était la jalousie de Sabartés envers les compagnes de Picasso. Dora, Françoise… Il ne permettait pas qu'elles aient la haute main sur l'idole qui lui appartenait. Quand Picasso entrait à pas de loup, c'était Sabartés qui était réveillé d'instinct, lui ouvrait. Il entendait les menus bruits du maître. Il écoutait son sommeil. C'était une science, un instinct de chien et de chat, et l'intelligence de l'eunuque de harem. La vigilance du porte-coton de Versailles. Les Grands-Augustins ou le Topkapı du Vieux, son Alcázar, le pigeonnier de la peinture qui dominait les toits de Paris. C'est vrai qu'au même endroit fut perché le grenier du « Chef-d'œuvre inconnu » de Balzac. Derrière le moucharabieh de son maître, la belle Inès voyait venir sur la cité les premières hirondelles du Sud.

Sabartés aurait pu être le Saint-Simon de son sire. Il n'égrena que quelques souvenirs assez discrets, sans foncer dans les plumes du Poussah. Picasso finit par exaucer la vieille promesse qu'il lui avait faite de le peindre en grand d'Espagne. Il tenait souvent les gens par des promesses qu'il ne respectait pas ou très tard, après bien des circonvolutions. Comme Dieu agite le paradis qui n'existe pas sous le nez des idéalistes qui l'adorent. Sabartés, pas peu fier, eut donc, par un caprice du ciel, son cocasse portrait lunetté, chapeauté, bigorné de boules et bosses, à gorgerette blanche et plume bleue. Le nez à part, les yeux ailleurs. Une caricature picaresque et dissociée. Un grand d'Espagne qui a l'air d'un dindon à fanons, préposé aux besognes grotesques.

Avec une sorte d'autorité accusatrice, Samantha déclara :

– Picasso manipulait sa cour. Il en était ainsi de ses collectionneurs, qu'il jouait les uns contre les autres. Sabartés, sur ses ordres, les faisait attendre à sa porte et se succéder comme de vils courtisans.

Kahnweiler et Vollard, rivaux dès le mythique Bateau-Lavoir, ce Versailles des taudis et des Vénus du ruisseau, où ils furent les premiers à voir *Les Demoiselles d'Avignon*. Picasso s'amusait à entretenir chez les deux acheteurs la terreur de la disgrâce. Mais le redoutable et placide Kahnweiler arrivait par sa patience inlassable à venir à bout des caprices, des colères et des calculs du Calife. Ce n'était pas un hasard s'il avait été un des premiers à reconnaître, en 1907, les *Demoiselles* monstrueuses, contre les intimes Apollinaire, Braque, Max Jacob, hérissés de dégoût. Il s'était montré plus fort que ces génies de la Table Ronde qui n'avaient pas perçu le Graal. Dès l'origine, dans l'antre déglingué de l'Assommoir de Montmartre, Kahnweiler avait flairé à travers le froid humide et zolien, sous l'odeur de linge de corps naturaliste, cet effluve de féerie, cet éclair d'une suie miraculeuse. Gertrude Stein fut appâtée, elle aussi. Sa massive silhouette de virago de western et de ruée vers l'or aimantée par la cabane en forme de cornue qui lui renvoyait la même bouffée d'alchimie.

– Comme j'aurais voulu être là ! Dévoiler les idoles sacrilèges des *Demoiselles*, leurs faciès de massacre. Le voir, lui, dans l'élan de sa jeunesse visionnaire, avant qu'il se transforme en patriarche cruel et manipulateur.

Ainsi, l'Ogre mort agissait encore, tel un vampire qui revient dévorer le cœur de la belle captive. Samantha était sous la griffe du dieu défunt que sa folie ne cessait de faire ressusciter, d'activer tel un poison.

Elle poursuivit son récit du Bateau-Lavoir.

Tous étaient saisis par l'aura du baraquement suprême à la dérive de bohème, par les nuits de lune, les matins de givre et de charbon, quand volent les nuées d'hirondelles de mai. C'était le berceau de Moïse, où, entouré de fétiches d'Afrique et d'Asie, sous la verrière du toit, le petit Belzébuth espagnol et trapu œuvrait à son harem des bas-fonds, à ses catins catatoniques. Elles inauguraient – qui l'eût alors dit ? –, dans ce bastion où la Commune avait défendu ses deux cent vingt-sept canons, le séisme du Siècle de Picasso.

Alors, deux guerres plus tard, au cours desquelles il avait dû fuir ou se cacher, Kahnweiler, cet Allemand qui adorait la France, était là, comme au tout début. Sur la Côte d'Azur ou aux Grands-Augustins, il attendait que le maître lui concède une entrevue, lui vende un tableau… Il s'endormait sans bouger, tel un menhir. C'était comme dans les contes, racontait Samantha, pleine de malice. Les souris du Grenier de Paris venaient sur son dos, les belles araignées, les loirs. Les maîtresses déposaient sur sa tête leurs soutiens-gorge et leurs culottes, le prenant pour un bronze. À la fin, il raflait la mise à force de minéralité. Picasso déboulait avec un tableau, il le happait. Caméléon souvent confondu à la muraille, aux tapisseries. Qui aurait scruté l'enfilade des œuvres aurait trouvé, niché entre deux Dora tarabiscotées, ce visage de Martien magistral de Kahnweiler, impassible, intelligent et sûr de son fait.

Samantha se tut, rêveuse… Elle continuait de voyager dans ce royaume de féerie nocturne et solaire, avec son Soliman, sa cour, ses héros furtifs ou tenaces, ses muets, ses reines, ses concubines et ses vizirs prêts à tout, sauf au meurtre du Malin qu'aucun n'avait jamais osé commettre. Ce qui est le plus grand mystère de la tyrannie. Le tyran tue beaucoup, sans pouvoir imaginer sa mort.

Elle sortit du songe et dit :

– Picasso se levait tard, comme les putains. Il travaillait au long de la nuit, pourchassait l'image dans les ténèbres comme les chouettes et les hiboux qu'il aimait. Comme les grands fauves, tous prédateurs nocturnes. Le Minotaure se rencontre à minuit. L'heure où finit l'extase de Cendrillon et où la vie des vampires s'envole. L'avenir est à ceux qui sortent de leur lit à midi. Ils possèdent, comme il l'a magnifiquement déclaré, « un soleil dans le ventre aux mille rayons » qui les éclaire.

Milos, alors, lui demanda :

– Samantha, pourquoi ne m'as-tu jamais parlé de Marie-Thérèse lors de cet été essentiel ?

– Elle n'était pas là, il l'avait abandonnée, cette fois, dans une ferme prêtée par Vollard, une de ces cages dorées des demeures et des châteaux qu'il réservait à ses ex quand il voulait être tranquille et en posséder une nouvelle.

Ses cages pour les colombes aux Grands-Augustins ou à la Californie. La belle cage du XVIIIe de Dora à Ménerbes. Trop vieux, il ne pourra abandonner aucune nouvelle maîtresse au château de Vauvenargues. Pourtant le donjon eût été idéal pour une belle captive. Une muraille perdue, crénelée, dans la montagne, en face de la Sainte-Victoire. C'était si austère, avec tant d'escaliers abrupts autour du célèbre grand meuble noir, que Jacqueline Roque préféra retourner avec Pablo à Mougins. Mais c'est dans le désert de Vauvenargues que Picasso est enterré avec Jacqueline, sur la terrasse du château, face au couchant qui finit par tout engloutir, et sous l'égide d'une statue de bronze : *La Femme au vase*. Une figure primitive, courte, ventrue, visage à l'ovale vide, sorte d'oiseau, d'Horus préhistorique offrant au bout d'un grand bras un vase flûté.

Il aurait mis en cage son royaume d'animaux, de taureaux, de femmes répudiées, de fables cruelles, de collectionneurs enchaînés, de sortilèges, de fantaisies, de reliques et de poussières sacrées, de dessins oubliés, de gravures, de photos, de manuscrits secrets, de statuettes, de carnets, de talismans… C'était un sédentaire enraciné dans ses trésors. Ali-Baba dont la succession sera un pataquès oriental aux cinquante mille pièces. Il lui suffisait de toucher de sa main la moindre paperasse jetée au panier, la plus fine allumette, pour qu'elle devienne un totem. Un électricien retraité et rocambolesque qui avait soutiré, jadis, quelques buvards dut faire face à la vendetta du clan. On lui expliqua que ces miettes étaient toutankhamontesques.

1927, son forfait mémorable, le quasi-enlèvement de Marie-Thérèse, nouvelle Europe, devant les Galeries Lafayette. Nul besoin de se transformer en taureau immaculé. Jupiter, c'est moi !

Son œil de prédateur capte l'adolescente et lui promet le paradis immense. « Il m'a simplement prise par le bras et m'a dit : "Je suis Picasso ! Vous et moi allons faire de grandes choses ensemble." » C'est une légende qu'elle a elle-même racontée. D'autres versions existent. Il la voit sortir du métro. Saisi. Sidéré par la sylphide sportive. Il lui dit : « Mademoiselle, vous avez un visage intéressant, je vais faire votre portrait. » Il lui donne rendez-vous pour le lendemain, il l'attend, il la désire. Elle vient. Il est médusé par le galop de l'athlétique fille blonde, âgée de 17 ans. Il a 45 ans. C'est elle qu'il veut, qu'il désire, effréné comme il ne l'a jamais été. Il la ravira. Il va l'adorer, jouir à perdre haleine de ses courbes puissantes. La dessiner dans le plus grand secret, se contentant de signaler son sillage par les lettres « M T » inscrites sur les tableaux. Tatouage sibyllin que personne ne décrypte. Il se tait sur sa liaison ardente. Le Minotaure et la Mineure formidable. Picasso passible des tribunaux. Ils se cachent au château de Boisgeloup, le bien-nommé. Elle va passer ses vacances dans une pension à Dinard. Il y court, lui aussi, avec Olga, son épouse, la danseuse des Ballets russes dont il s'est lassé. Il quitte la plage où joue Paulo, son fils, avec sa mère. Il s'approche des grilles de la pension.

Il rôde, le voyou sexuel. Il épie. Il aperçoit la jeune fille au milieu de ses pareilles, primesautières. Rieuses. Il agrippe la grille. Il grille de désir, l'affreux frelon ! Et quand, avec ses camarades, elle va innocemment à la plage, entourée de duègnes, il est posté, il lorgne. Il n'en peut plus de la regarder dénudée, sa vie au soleil. Elle joue et jongle avec un ballon. Sous les yeux d'Harpagon. La cassette de son sexe d'adolescente. Il l'entraîne dans une cabine de bain. Pillard boulimique.

– Milos, Dinard, c'est la période de Picasso que Francis Bacon préfère. La plage, les baigneuses, les extraordinaires joueuses au ballon, filiformes et distendues, mantes religieuses ou libellules, avec leur petit trou du cul noir dans l'enfourchure ailée, les distorsions, l'invention. Bacon cloué d'admiration devant les héroïques calligraphies corporelles de Pablo. Il est subjugué par la cabine de bain, la clé !

Milos riait en écoutant Samantha chanter ces héros de la libido.

Mais la pauvre Olga va trinquer. Pablo va bientôt la représenter en harpie dentue, mante religieuse dardée. Gueule d'Olga. Gale d'Olga. Il avait pourtant commencé par des tableaux d'elle assez niaiseux. En Arlésienne, ça tue ! Des chromos morts et jolis. Et voilà qu'il retrouve son génie dans la cruauté. Carcasse d'Olga jalouse et cannibale. Olga perce d'un stylet le cœur de Marie-Thérèse. Elle le dévore à belles dents.

Il dresse des sculptures de Marie-Thérèse incroyables. Des têtes géantes en ronde-bosse que personne n'oserait. Il fabrique les fétiches, la nuit. Pas d'électricité dans les écuries abyssales du château de Boisgeloup où il a installé son atelier. Il s'éclaire d'une lampe à pétrole et puise dans les fantasmagories de l'ombre projetée de la tête de Marie-Thérèse.

Milos pensa à l'abbé Breuil des cavernes, éclairé à la bougie pour démasquer les figures d'Altamira.

Picasso sculpte de grands disques ovales et pleins, le front se prolonge vers le nez énorme, phallique, enroulé. Un colimaçon formidable. Des têtes qui stupéfient, médusent. Laides et superbes.

Samantha s'exclama :

– Il ose. Milos, il ose !

– C'est terrible.

Il connaissait bien ces figures. Au musée Picasso s'exhibaient des échantillons de Marie-Thérèse qui vous cueillaient dans la lumière magnifique, les reflets de la mer. Têtes bizarres astronomiques et sexuelles. Telluriques et stellaires.

– Ce ne sont pas seulement des anamorphoses. Mais quand tu regardes la tête, c'est la partie pour le tout, tête-bêche, le bas pour le haut.

– Une métonymie, dit Milos.

– C'est bien, tu as tout appris à l'école. C'est donc une tête fessue ! Un agglomérat de boules obscènes. Comme nous deux tout à l'heure.

Elle le toisa, effrontée :

– Oh, je sais que mes fesses sont moins belles que celles de Marine !

– Je t'en prie…

– Oui, rondes et charnues comme Picasso dessine les fesses de Marie-Thérèse.

Elle reprit la geste de la jeune amante et de l'Ogre. Le photographe Brassaï avait fait sa plus belle photo du regard cannibale en 1932. Samantha lut le témoignage du photographe :

– « J'étais fasciné par ses yeux braqués sur moi… “diamants noirs”… Contrairement à ce qu'on dit, à ce qu'on croit, constatai-je alors, ils ne sont ni anormalement grands ni anormalement sombres. S'ils paraissent énormes, c'est qu'ils ont la curieuse faculté de s'ouvrir tout grands, découvrant la sclérotique blanche – et parfois même au-dessus de l'iris – dans laquelle la lumière peut se refléter et jouer en éclairs. C'est l'évasement des paupières qui rend son regard fixe, fou, halluciné… D'où aussi que, dans les pupilles largement dilatées, l'iris brun foncé normalement paraît si noir. » La *mirada fuerte*, révéla Samantha, le regard du macho andalou. Fier, fort, prédateur. C'est très Sud, c'est très chaud, c'est du chiqué très mec, très torero.

Brassaï décrivait le château vide de Boisgeloup. Les salles désertes. Les écuries étaient la caverne des fresques de Picasso à son amante. L'Altamira de la *mirada*.

Les photos de l'époque montrent l'officielle Olga encore dans la course, les amis Kahnweiler, Louise Leiris, le fils Paul, le chien, le géant saint-bernard, Bob. La Sainte Famille.

Samantha se tut et le regarda. Une lumière mystérieuse dans les yeux.

– Un château peut en cacher un autre. Certes, personne n'a vu encore Marie-Thérèse, la dryade de Boisgeloup. Aucune photo n'existe de la jeune sorcière dans le château des années 30. Cette absence d'image est source de magie. L'interdit fortifie l'objet du désir. L'amante n'est nulle part. Toujours cachée, elle est présente partout. Peu à peu, en voyant les nouvelles œuvres de son mari qui prolifèrent, Olga comprend que l'envahisseur a subverti son esprit. Elle voit les têtes gigantesques. Un astre énorme s'est levé. Lunaire, merveilleux. Marie-Thérèse invisible est là. Victorieuse. Ainsi que dans les tableaux de liesse et de lauriers.

Samantha expliqua les deux pôles : l'intime, le corps peint, sa tiédeur voluptueuse.

– Ses courbes tactiles, ses orifices, sa rosée, Milos ! Marie-Thérèse, c'est de la rosée sur la chair. Un nu sur de la mousse. Une amande fleurie. Nu vert de face à deux fesses. Un déjeuner d'ogre sur l'herbe.

L'autre aspect : la sculpture.

– Alors les pulpes de l'alcôve disparaissent. Les têtes sont d'un autre ordre, cosmique et sacré. Il fait un saut dans la création. Il se hausse, il invente l'idole. La propulse dans une autre dimension. Milos, comme il est fort ! Il catapulte la petite chez les géantes. Elle devient titanesque, inaccessible, opaque. Elle n'appartient plus à personne. Tu vois, Milos, une tête de Giacometti, c'est notre douleur insondable, notre perte, notre cri muet. Notre pauvre visage taraudé de nuit.

Et ils se regardèrent dans un effroi commun.

Mais les têtes de M T de Boisgeloup, c'est la plénitude d'un mystère, le rayonnement d'une beauté surhumaine, d'une déesse sexuée, bouche bée, au nez arrondi, phallique comme une trompe d'animal mythologique. Têtes toutes-puissantes et globales comme les planètes dont nous ignorons encore le nom.

Marie-Thérèse nue galope le long des froids couloirs. Un volcan érotique. Fontaine de sexe, de formes intarissables. La jeune déesse sous toutes les coutures. Élancée, la danse de ses courbes à l'infini. Ovale, sinueuse, enchantée. Blonde. Bleutée. En spirale. Fantastique torsade jumelant fesses, seins, sexe dans leur boucle charnue. Sorte de fille-poulpe à pulpes multiples, et fentes en proue et poupe, dans le même lacis. Regard panoramique sur la sirène polymorphe. On sent toujours chez Picasso le fantasme outrepassant les limites, la divagation folle.

Marie-Thérèse en corolle paradisiaque. Ève tellurique. Rose, écarquillée, au jardin vert, exhibant son anus rond et noir. *Nu dans un jardin.* Muse à l'anus. Paul Rosenberg avisant le portrait s'exclame : « Je ne veux pas de trou du cul dans ma galerie ! »

Samantha, tentatrice, lui souffla :

– Il paraît qu'on sentait l'odeur de son trou du cul…

Ce n'était pourtant qu'un anneau rigolo, un œillet de malice sans réalisme sexuel. On peut préférer Marie-Thérèse endormie sous l'œil du Minotaure. Surprise dans son sommeil. Nubile. Dévoilement mystérieux de l'astre dans sa rayonnante beauté. Vénus dans le cercle de la nuit cachée.

Marie-Thérèse dilate et multiplie la joie créatrice de Pablo.

« Un soleil aux mille rayons », répétait Samantha, médusée par le magnétisme du soleil.

Sa force centrale est là, entière, intime. Elle flamboie comme un narcissisme originaire, sans défaut. Le feu dans la caverne de Malaga, que nourrissent, à l'unisson, le père et la mère pour l'enfant-roi.

Voilà qu'il dessine le viol de Marie-Thérèse et chamboule le chaos de ses bosselures divines. Tout un troupeau de fesses et de seins, cul par-dessus tête, dans la fête cannibale. Fresque des grottes de son désir. Comme s'il voulait tout voir, tout prendre à la fois. Dans un plan panoptique où le corps livre son foisonnement infini. Boulimique, il recommence la bacchanale, les esquisses du festin de Goya. La posséder enfin, tout entière et partout simultanément. Avide, halluciné.

Au bois jaloux (ce serait l'origine de Boisgeloup), il collectionne aussi toutes sortes d'ossements qui le fascinent, de bêtes, moutons, chèvres, rhinocéros. Mais nul crâne d'oryx. Os vivants. Ramures originaires. Racines. Il adore la chair jusqu'à son socle radical. Dans le hall du château trône un crâne d'hippopotame. Milos se sentait de pleines affinités avec le peintre-paléontologue.

Il est le seigneur du château. Au faîte de sa passion pour Marie-Thérèse, à Boisgeloup, il peint *Grand Nu au fauteuil rouge*, présence et pléthore de chair, trésor de femme offerte, fente du sexe, seins gorgés, arche des belles cuisses violonées. Harmonie érotique. Hymne du désir. Et *Femme nue dans un fauteuil rouge*, architecture d'os fondamentaux, puissant puzzle élémentaire. Il invente les os en majesté. Drapé de reliques nues. Le corps est un sanctuaire. À religion, à sacrilège. Le cul est l'autel d'un culte des cavernes et des forêts.

Quelle est cette photo de Marie-Thérèse, avec son petit chien Dolly, couchée, en robe à rayures relevée, exhibant ses jambes fines, l'allongement de ses cuisses de nageuse, souplesse d'ondine ?

Samantha s'arrête, elle souffle, elle caresse son ventre bistré de soleil, rebrousse son pubis humide, à demi rasé. Une gorgée de semence lui dévale l'intérieur de la cuisse. Elle sourit, allonge le doigt, goûte.

Il bande de nouveau. Elle le tient. Elle le glisse dans sa main. Elle lui dit qu'il est beau comme un cierge, bien droit. Plus beau que le nabot Pic.

Plus tard, ils ont bu pas mal de vin. Elle ricane soudain et reprend :

– Quel cirque quand même il nous fait, Milos ! Quand je pense à ses têtes de Minotaure amant et violeur…

Elles m'ont toujours fait un peu rire. L'énorme caboche de taureau abruti de désir emmanchée, comme ça, sur le buste d'homme. Un masque de kermesse. Une simagrée grotesque. Oui, bien sûr, la belle et la bête ! Barbe-Bleue de Boisgeloup, dans les écuries du château sadien.

Il connaît les images de Marie-Thérèse pâmée sous la charge du monstre. On la retrouve bientôt apaisée, charmante, chapeau de paille, sourire. Rescapée du carnage. Auréolée de ses courbes. Air de flûte. Le peintre et son modèle. Lui, barbu et nu comme Jupiter, elle, couchée, le regarde, sous une couronne de fleurs. Elle est sa sirène d'Ulysse, sa féerie de Brocéliande, son Isis du Nil. La Fornarina de Raphaël, l'Odalisque d'Ingres… L'Origine de Courbet, l'Hélène Fourment de Rubens. Il ne se prend pas pour rien. Le pire, c'est qu'il n'a pas tort. Dans les écuries, il se voit en Hercule de la chair de Marie-Thérèse, grand patriarche large, musculeux, Moïse michelangelesque. Taureau d'Europe et de Pasiphaé. Dans la « Suite Vollard », il se rêve et se peint en Dieu buriné, serein et beau comme un seigneur majestueux. Lui, le nain fripé, aux yeux en billes d'agate. Il se sublime en Père des pères d'avant Œdipe, l'enlaçant aux seins gonflés. Le pubis de la belle boucle comme la chevelure de son maître. En femme torero elle gît au flanc d'un cheval éventré. Toutes ses sarabandes tauromachiques. Chevaux de *Guernica* pourfendus, éviscérés, à l'agonie. Sadique, il répète la tuerie, se régale du charivari sanglant. Elle finit par le conduire par la main, tenant une bougie, guide du centaure ou du Minotaure aveugles. C'est ainsi que le grand mâle achève son épopée. Hagard, dans la main d'une fillette qui voit mieux que lui et le mène par le bout du nez.

Samantha sourit et dit d'une voix douce :

– Aveugle, il se voit, Milos, n'aie pas peur, aveuglé à force. Confronté à l'énigme qu'il ne peut pas regarder de face. Quel Sphinx, quelle question ? Lui qui prétend voir tout. Tel serait le secret de sa lyre.

– Et en 1937 ?

– Milos, un cycle s'est effectué, d'une dizaine d'années. Désormais, il adore Dora. La brune, l'intellectuelle, l'Espagnole. Il lui adresse le spectacle de *Guernica*. L'été vient. Ils descendent à Mougins. L'été de *Guernica*. Toujours lui. Marie-Thérèse reste seule avec Maya, la fille qu'elle a eue de Picasso. Il les relègue dans la ferme de Vollard, au Tremblay-sur-Mauldre. Picasso a été obligé de céder le château de Boisgeloup à Olga, l'ennemie qui le harcèlera jusqu'au bout. Elle fut si belle. La plus pure beauté blanche aux yeux noirs. Reniée pour Marie-Thérèse qu'il abandonne à son tour. Il les quitte. On dit qu'il ne s'est pas remis de la mort précoce de sa sœur, à 8 ans. Qu'il la recherchait partout, de femme en femme. C'est trop beau ! On dit qu'il a été traumatisé, à 20 ans, par le suicide de son ami Casagemas, impuissant, trompé par Germaine, la Parisienne volage qu'il aimait. Et que, depuis, lui, *Yo, Picasso*, ne veut pas défaillir mais garder le contrôle sur les femmes. Il piquera la belle au mort. Presque sous les yeux d'Odette, son amante d'alors. Un cambrioleur sans vergogne, sans limites.

Moi, je crois qu'il s'est tout permis en naissant. Un droit sur tout, d'usurpateur, comme il dit. L'emprise par sa peinture virtuose. Droit à la razzia des femmes, des arts, des formes. Donc, il a couru vers d'autres enchantements sans rien renier de son amour pour Marie-Thérèse. Sans cesse il lui répète qu'il l'aime, qu'il n'aime qu'elle, tout en partant. Picasso, c'est l'amour sans contradiction. Peut-être plus sincère que tricheur. Égoïste absolu.

Il jure, il ment, il manipule. Il dit sa vérité polymorphe comme sa peinture. Capable de supplier, de pleurer pour posséder le cœur d'une femme, capable de tout pour la larguer. Papillon à trompe monstrueuse. Contrefaçon de Don Juan avec sa tête de Sganarelle burlesque.

Oh ! Viens, Milos ! Mon pâle Milos. Toi, tu es pur. Tu n'as rien à voir avec le macho andalou, le cinéma qu'il fait avec son œil de singe. Toi, tu as les yeux de l'Azur. Viens, entre mes cuisses, entre mes fesses. Marie-Thérèse n'est qu'une laitue. Moi, je suis le corps de la liane le long de laquelle glisse le beau serpent du péché.

Marine souffre de le voir si instable. Trop gai, soudain euphorique par bouffées. Ou abattu, morne, ruminant, reprenant ses notes du voyage namibien. Sans la passion nécessaire. Elle le sent tiraillé. Elle devine pourquoi. Quand les symptômes l'assaillent ainsi. Yeux irrités. Lunettes qu'il faudrait changer. Trop noires ou trop claires. Elle retrouve l'enfant que Zoé a percé d'une épée de sable, en plein regard. Yeux dévorés. L'aigle des grains furieux lacérant le bleu de Giotto.

Pour échapper à l'étau, elle voit un autre prof comme elle, Jules, avec lequel elle aime parler anglais. Un jour, Milos est présent, il les entend. Il ne comprend pas toutes les nuances. Leurs rires de connivence. Le type est un garçon entreprenant, un débrouillard, qui fait mille choses manuelles en alternance avec ses tâches plus intellectuelles. Un mec complet, en somme. Sportif. Natation, jogging. Tôt le matin, elle court avec lui, le long de la muraille d'Antibes. Milos trouve que c'est un sacrilège. Il les a vus passer sous la terrasse de Nicolas de Staël. Barbares ! Il déteste ce rituel qui s'empare de tout le monde, à la moindre alerte de l'aurore ou du crépuscule. Ils cavalent en troupeau, mesurant leur souffle, leurs enjambées, consultant des cadrans chiffrés.

C'est très con. « Ce n'est pas plus con que le reste ! » lui a-t-elle répondu.

Il s'est embusqué, un soir, au bout d'une ruelle de la vieille ville pour les voir galoper en surplomb de la mer. Ils avaient l'air d'aimer ça. Cette complicité musculaire. À l'unisson. Gaillards. Ils échangeaient quelques paroles entre les panaches de leur souffle. De quoi pouvaient-ils parler ? De leurs performances ? D'autre chose ? Mais toujours en anglais. Les mots encore plus incompréhensibles, déformés par l'effort. Marine était très belle, cheveux libres. Visage offert au soleil radouci. Sans aucun maquillage. Souriante et dorée. Divine de naturel. Ses longues cuisses et ses fesses que jalouse Samantha, très rondes, d'une plénitude de belle trempe souple et dense, l'épanouissement bien circonscrit, dans le short serré au galbe. Dans chaque élan, le globe s'envolait, plus dansant que le fessier de Jules. Mais il a des jambes solides, des mollets à l'avenant. Le genre de type vulgaire qui vous déménage un matelas, sommier, en cinq sec, tout content ! Milos, lui, déménage, tout le temps, mais du chou ! Est-ce qu'elle lui raconterait ça, confiant à l'autre, entre deux enjambées élastiques, que Milos était beau, attachant, qu'elle l'aimait toujours mais qu'il était immensément chiant. Infidèle, en plus ! Taré. Et le déménageur, stupéfait : « Il te trompe ! toi ! » Ah ! lui ne trahirait jamais Marine, l'aimerait à genoux, entre deux séances de jardinage, de ravalement de sa bicoque ou de correction de ses copies. Un type qui sait changer un pneu ! Il lui ferait des enfants sans problème. Sportifs et sains, politiquement centre droit.

Il l'interroge sur Jules. Elle lui répond des banalités.

Puis, un soir, après une belle cavale érotique, les voilà qui se cherchent, insinuent, s'envoient des piques. Elle éclate de colère :

– Comment tu oses ! Si tu crois que je ne sais pas, avec l'autre intello, la tordue, la Samantha ! Je sais que tu l'as revue. Ça se voit comme la carotte au milieu de la figure du Père Noël.

– Qu'est-ce que tu racontes ?

– Jure-moi que tu ne l'as pas revue !

– Je l'ai revue, mais elle n'a fait que me bassiner avec Picasso et consorts. Avec ses ébauches de bouquins.

– Tu mens. Même toi, Milos, tu mens ! Tu me mens. Je sais que Samantha est plus vicieuse que moi !

– Qu'est-ce que tu vas chercher ?

– Oui, elle est vicieuse, et de tous les bords. Rabâchant ses obsessions d'été 37, de Nusch dans les bras d'Ady, de Lee, de Dora, l'ex de Bataille, grand spécialiste des transgressions maniaques, avec ses histoires d'œil, d'œufs, de couilles de taureau dans le cul, écrabouillés ! Berk ! Qu'il est dégueulasse, ce roi de l'omelette ! Sans oublier Eluard, voyeur et partouzeur. Et Picasso l'écarquillé, Man Ray, encore plus vicieux que les autres. L'été 37, l'été vicieux, pendant que Gerda Taro meurt à la guerre contre les franquistes. Vicieuse !

– Tu fais de la morale, toi !

– Je constate. Elle t'a subjugué, c'est une cérébrale obligée d'inventer des trucs pervers pour arriver à jouir !

– Arrête de délirer. C'est plutôt une fille touchante. Un peu perdue dans sa névrose d'échec. Je crois, hélas, qu'elle est fascinée par les jolies victimes de Picasso, ses proies. Elle est suicidaire comme elles le sont devenues. Avec toute la famille du pacha, tentée d'en finir. Abandonnés, exclus de l'existence, gommés.

– Tout le monde est suicidaire ! Tout le monde échoue. Toi et moi, nous échouons.

– Non, Marine !

– Tu ne fais pas grand-chose pour me le prouver.

– Nous venons de faire merveilleusement l'amour.
– Oui, mais ça n'a pas duré.

Puis ils revenaient à des moments de quasi-bonheur. Des trêves, moins d'angoisse. Une promenade à Vallauris où ils contemplèrent *L'Homme au mouton* de Picasso. Planté sur la place du marché. L'homme primitif, ferme et droit. Il porte un mouton qui paraît blessé, supplicié, la tête tournée de côté comme celle du cheval de *Guernica*. Ils connaissaient la sculpture et aimaient la revoir. Pour sa force, sa simplicité directe. Picasso en avait fait de nombreuses ébauches, des dessins, des encres, avec des variantes plus ou moins naïves, messianiques, pathétiques ou profanes. C'était en 1943 ! En peine occupation allemande. Aux Grands-Augustins. De là à y voir une signification symbolique de sacrifice, de berger rédempteur, de pâtre de l'humanité, de bon prophète… Tout le monde pouvait offrir son interprétation. La sculpture avait été installée en 1950 sur la place du marché de Vallauris. On ne la voyait pas tout de suite, sur fond de platanes, entourée des murs des maisons. Les bigarrures du bar, juste derrière. Soudain le bronze noir se découpait du décor. Alors on ne le quittait plus des yeux, lent et magnétique, résolu. D'aplomb. Comme *L'Homme qui marche* de Giacometti.

Quand on soumettait à Picasso une interprétation philosophique, il répondait que l'homme aurait pu aussi bien porter un porc ! Il avait horreur des explications politiques, historiques, symboliques. Des bons offices des gloseurs, des porte-parole de la bonne cause. Un porc, une cochonnerie ou autre ! Il était expert en moquerie, sarcasmes et raillerie. C'était tout juste s'il ne déclarait pas que *Guernica* était une corrida qui avait mal tourné. Le cheval éviscéré par le taureau qui se détache de côté, tranquille, après avoir tué. Et la pagaille des femmes, des mères qui braillent parce que le gisant, le torero, leur père, leur fils, est mort. Bon, trivial et voilà ! Il aurait pu très bien dessiner un porc écartelé… Il était toujours sacrilège. Il avait compris ça d'essentiel que la création ne relève d'aucune représentation préétablie, idée directrice, illustration. Prière. Il détestait le réalisme bête et vrai, le témoignage sans fard. Celui d'aujourd'hui ! La création ne répondait pas du monde ni au monde. Un porc ! Comme Rimbaud dans *Les Illuminations* déclarait l'avoir été.

Milos et Marine allèrent visiter le musée de la Poterie, qui faisait scintiller toute la fantaisie de Picasso en la matière. Un visiteur passionné avec lequel Marine entama la conversation leur révéla qu'en 1888 Monet et Maupassant, rien que ça !, étaient venus voir les poteries des ateliers de la cité et que Monet, dans une lettre, avouait qu'il avait acheté « quelques bêtises ».

– Qu'aurait-il dit, aujourd'hui, en voyant les Picasso ? Encore des bêtises…

– Il n'aimait guère Picasso mais il aurait sans doute été bluffé par l'inventivité virtuose de ses céramiques.

L'homme ajouta que Monet s'était installé au château de la Pinède, au cap d'Antibes, pour affronter la pureté du ciel et du bleu. Il avait peint le Fort Carré comme de Staël et Picasso. La baie, la mer d'Ulysse, les montagnes. Le Normand Monet. Troquant la Manche contre la Méditerranée.

Milos se renseignerait plus tard sur le séjour du peintre à Antibes. Il aurait l'impression de desserrer l'étau de De Staël et de Picasso qui l'obsédaient. Il penserait pouvoir respirer dans une atmosphère plus libre, heureuse. Pourtant, le souci acharné de perfection de Monet, ses oscillations entre joie créatrice et découragement complet étaient proches des sentiments de De Staël. Monet écrit dans le Midi : « C'est si clair, si pur de rose et de bleu que la moindre touche pas juste fait une tache de saleté »… « Il faudrait peindre ici avec de l'or et des pierreries. » Un jour, plongé dans le désespoir de refaire sans cesse ses toiles et de buter sur l'« impossible », il avoue : « J'ai peur d'être vidé, fini. » Comme on le sent frère de De Staël, en ce paroxysme noir, sous le cimeterre d'un soleil si parfait. Mais la plainte sempiternelle était un rite, un exorcisme qui maintenaient Monet à son faîte, tandis qu'elle a détruit Nicolas.

Milos se demandait ce que Monet aurait pensé de la pureté de De Staël. Ce dernier vénérait Courbet. Que disait-il de Monet ?

Milos lança à Marine :

– Nous devrions aller à Giverny. C'est peut-être bien, la Normandie.

– C'est gras, c'est vert, c'est un défilé de vaches camembert aux grands yeux de stars kitsch. Et des cars, des cars… Des légions de mamies internationales qui adorent les fleurs, s'esbaudissent et s'en foutent de la peinture !

– N'y aurait-il pas, dans la meute, la fleur d'une Japonaise d'Oshima ?

– Elles préfèrent aller à Auvers, voir les frères Van Gogh dans leur cimetière, au milieu des champs si paisibles.

– Oui, on m'a raconté que, par les plus douces nuits d'été, les deux frères soulèvent le couvercle de leur cercueil et vont se promener dans la prairie. Il y a toujours deux belles Japonaises endormies. Elles se réveillent et se dénudent pour aimer dans les blés les deux fantômes effarés. Ils se gorgent de leur chair lunaire, elles s'abreuvent de leur incandescence mystérieuse.

À Vallauris, de l'autre côté de la place, les touristes oubliaient d'aller voir le monument aux morts de 14-18. C'était un des plus beaux de France. Car au lieu d'un soldat glorieux montant à l'assaut, casqué, on découvrait un pauvre garçon désarmé, effondré, la main sur le crâne, dans sa désolation de Christ humain descendu de croix, soutenu par un ange aux ailes secourables. Rien de guerrier, d'emphatique. Nul déni. La désespérance à laquelle faisait face, un peu plus loin, la résistance farouche de *L'Homme au mouton*.

Picasso est venu s'installer à Vallauris avec Françoise Gilot. Dans la villa La Galloise, une maison simple. Il a 63 ans. Elle a 24 ans. Il l'a connue pendant l'Occupation, l'année de *L'Homme au mouton*. Elle avait, alors, 21 ans. Françoise juvénile, harmonieuse, longue aux yeux tendres. Dora quittée, sombrant dans la folie. « Choisir quelqu'un, c'est toujours dans une certaine mesure tuer l'autre. » Voilà ce qu'il aurait expliqué à sa nouvelle amante. Picasso tueur de femmes, c'est connu. Tueur indifférent. Capricieux. Marie-Thérèse échappe, en partie, à cette relégation meurtrière. Jamais bannie de son cœur. Il vient voir Maya adorée, sa fille.

Est-ce de la Galloise que date cette photo de lui, si drôle ? Une singerie ! On le voit, debout, campé dans un salon décoré d'un grand masque africain. Il porte sur le crâne un chapeau de paille tressée, rond et plat, de style asiatique ou vaguement peul… et un foulard bariolé sur les épaules. Il est costaud, sérieux comme une grand-mère corse qui veille à la casse.

La belle Françoise de *La Joie de vivre* du musée d'Antibes voit le vent tourner quand Geneviève Laporte, la lycéenne de 1944, revient en 51. Françoise prend les devants. Bientôt, elle fuit. Elle est libre. Il hurle : « On ne quitte pas Picasso ! » Modeste comme d'habitude, avec ses gros yeux tout ressortis de colère humiliée. Croque-mitaine de l'amour. « Tou mé toues. Yé t'en soupplie ! » Il gémit, il rampe, il fait son cirque. Cette fois, ça ne marche pas. Le voilà plaqué à Vallauris. Et quand Françoise publie son livre capital sur lui, il enrage. Il est refait. Françoise, rare rescapée du typhon, contre-attaque. Et c'est loyal.

Dora, cela se passe autrement. Abandonnée, elle est devenue mystique, comme on sait, enfermée à vie, chez elle, rue de Savoie, comme au temps de leur passion. Jusqu'à l'âge de 89 ans, elle survivra ainsi à *Guernica*, qu'il lui dédia et dont elle fut le témoin, le photographe, l'égérie de la guerre. Elle résistera, comme elle pourra, au Minotaure, aux électrochocs, à Lacan, au Déluge, à Sodome et Gomorrhe. À la mort du Totem, en 1973. Chaque jour, elle va à la messe du matin. Rasant les murs, ne répondant plus à personne, survivant au milieu des restes, des épaves de Picasso, miettes rongées par les souris. Sauf les galets gravés sur la plage de l'été radieux. Érémitique à faire peur. « Dieu seul peut succéder à Picasso », disait-elle. Buvant le calice amer de la vie jusqu'à la dernière goutte. Lapant le cadavre jusqu'au bout. Suicide intérieur ou illumination cramée. Dora Adorée qui fut l'amante de Bataille et de Picasso, reine de l'été doré. On raconte encore la scène de légende, d'intronisation, celle du coup de foudre, aux Deux Magots. Dora joue avec un poignard. Elle porte des gants noirs à petites fleurs roses. Elle les enlève et dessine le contour de sa main gauche, en plantant la pointe de la lame, à vifs coups de défi, entre les doigts. Picasso hypnotisé par cette version inédite de la corrida. Dora aux banderilles, à l'épée de sacrifice. Femme torero. Sa main rougie de sang. Picasso lui demande le gant et l'emporte, grigou dans le temple de ses trésors. On sait qu'il conserve tout. Soixante ans après : les féeries sont mortes, l'héroïne est devenue bigote, avare et antisémite ! Jadis, elle était si belle quand il dessina son portrait linéaire, aux beaux yeux d'almée brûlant de bonheur. La vie est un poème acerbe.

– Tu ne sais pas ce que tu veux. Il faut choisir, dans la vie.

Marine sent qu'elle dit des banalités. Elle corrige le tir :

– Tu es ambivalent, tu tergiverses. Alors assume !

– Je ne l'ai pas revue.

– Tu ne penses qu'à ça. Il te faut une hantise torride pour oublier tes hantises originelles. Deux femmes, comme l'autre, comme votre Picasso. Un truc d'hommes, typique. Comme le malheureux Nicolas de Staël…

– Beaucoup de femmes font pareil, entre deux hommes, sans trancher.

– Allez voir un psy !

– J'ai donné dans mon enfance, merci bien ! De toute façon les psys sont pareils que moi. Leur vie à hue et à dia.

– Je te le répète, au moins on peut espérer qu'ils assument.

Alors, un matin, elle lui annonce qu'elle part en Angleterre comme enseignante. Le tonnerre lui éclate à la tête. Éperdu soudain, déserté, orphelin de tout. Elle le dévisage, se durcit devant le ravage d'angoisse.

– Ce sera peut-être meilleur pour toi.

Il n'ose déclamer qu'il va mourir ou se tuer, se jeter, comme de Staël, par-dessus bord.

Elle lui dit qu'il y arrivera. Que, après tout, Londres n'est pas si loin. Qu'elle reviendra quand tout ira mieux. Qu'il vivra sa vie.

– Ma vie !

– Oui, tu sais… les gens la vivent. Tout le monde se débrouille, tant bien que mal.

– Alors autant que tu restes.

– Non, parce que ça me rend folle. Je suis détruite lentement. Il faut que je me sauve, que je respire un peu. Que je voie ma vie, ce que c'est pour moi. Sans toi. On s'est connus trop tôt ; à peine sortis de l'enfance.

– Tu m'as sauvé.

– Pendant quelques années, oui… Mais ce destin est trop lourd. Puis ce moi que tu ne connaissais pas et que j'ignorais a pris le dessus. Maintenant, on est dépassés. Tu as besoin d'autres vies. Moi, j'ai une vie. Et si j'en ai une autre, ce sera après la première. Pas tout à la fois, comme ça. Il y a cette folie de ta mère en toi. Ce venin de son histoire. Le rapt de la passion de Cnossos. Le mythe de la vraie vie perdue. Tu serais né trop tard, d'un amour plus raisonnable. Elle t'a inoculé ce désir infini, d'infini. Une vraie maladie de l'âme jamais assouvie.

Elle se tait, le regarde sans cruauté et ajoute :

– J'ai besoin de tranquillité.

– Sans moi.

– Oui, sans toi.

– On se sépare, cela ne te fait pas souffrir.

– Je souffre déjà depuis des années. C'est trop dur.

Elle partit. Ce fut un grand trou en lui. Une caverne d'effroi, sans fresques ni bisons. Une cave noire et vide. Sa mère et son père tentèrent de venir à la rescousse. Il les chassa. Revenir à la maison le faisait vomir. Il prit des médicaments censés raviver en lui l'instinct de vie. Les produits lui donnaient soif, l'empêchaient de bander, lui desséchaient les yeux. Il ne désirait pas revoir Samantha.

Il décida de partir à Paris, occuper un poste d'attaché de recherche au musée de l'Homme. Travailler en tentant de finir sa thèse.

Il détesta Paris. Il manquait chaque jour de se faire écraser par les voitures. Le bruit, le grondement incessant, le tonnerre du métro additionné à tout le boucan des bagnoles. Ses parents l'aidèrent à louer un minuscule studio, non loin de la Seine. Rue de Nesle. Sous les combles. Au sommet d'un escalier de six étages. Par sa fenêtre sur cour, ce n'était pas la Méditerranée. Mais le zinc, les cheminées moches et sales. La merde des pigeons. Les antennes de télé. Nulle pointe ou dôme de monument un peu doré, rehaussé. C'était coincé. Nulle tour de Nesle. Des chats qu'il n'aimait pas. Des voisins qui lui faisaient peur, malades comme lui, bannis, déchus de la vie. Hagards, dans chaque lucarne de chambre de bonne.

Avant de partir, à Cannes, il était allé voir une ophtalmo pour acquérir des lentilles colorées. Qui masqueraient le bleu terrible. Le bleu du délire. Le bleu, éros de Bataille. Ce bleu de trop. La spécialiste s'étonna de son désir de cacher un regard si rare. Le malentendu recommençait. La stupeur des autres. Leur haine aussi. Il lui expliqua que cette beauté était dure à porter. Qu'il voulait se protéger, échapper à la curiosité prédatrice. Il ne voulait plus fasciner. Paradoxalement, c'était humiliant, dangereux. Il dit qu'il avait porté longtemps des lunettes noires mais qu'elles lui donnaient à la longue des problèmes de vision. Les vraies couleurs du monde se dérobaient. Les objets paraissaient plus ternes. Comme au cours d'une éclipse. La jeune femme souriante lui répondit qu'il n'avait pas besoin de correction et que ce serait donc plus facile. Mais il lui fallait choisir une couleur qui ne soit pas diamétralement opposée au bleu. « Un gris-bleu tranquille… » Il aima l'expression et lui sourit. Il se dit que cette femme lui aurait plu. Elle lui souriait encore. Mais c'était bien ainsi. Elle lui aurait rapidement demandé d'enlever les lentilles pour mieux l'apprécier, au lit, dans l'échange amoureux. Tout aurait été à recommencer. Il voulait se perdre et se fondre.

L'espace s'ouvrit quand il arriva au musée. La tour Eiffel lui fit du bien, comme un mélange de fée, de grand-mère, de belle sorcière altière. Chamanique et messagère. Sous sa voilette de ferraille farfelue. Le musée élargit son périmètre de lumière. Des salles insonorisées, on contemplait Paris, ses coupoles d'or, les tours de Saint-Sulpice, et même celles de Notre-Dame, émergeaient du flot des toits, des bâtiments. Le Panthéon là-bas. Et le Champ-de-Mars déployait ses allées de promeneurs, de flâneurs. Une fourmillante humanité, de touristes *Homo sapiens*.

Il s'éprit de la Vénus de Lespugue, taillée, polie dans de l'ivoire de mammouth. Rien que le nom de Lespugue lui donnait le frisson. La masse moirée, arrondie, des fesses, du ventre et des seins confondus, saisis dans le fuseau des jambes et de la tête, piquée au sommet, petite et ronde entre Picasso et Giacometti.

Milos apprit plus tard, comme par hasard, au fil de ses lectures, que Picasso possédait deux répliques de la Vénus de Lespugue, qui l'avait inspiré dans ses sculptures de Marie-Thérèse Walter, à Boisgeloup. Il cachait ses deux statuettes dans l'atelier des Grands-Augustins, à l'intérieur d'un cabinet fermé à clé. Où se trouvait une grande armoire de métal, vitrée, réservée à ses trésors. Dont des bronzes ou des verres de Bordeaux fondus les uns avec les autres dans des pliures fantastiques. Ils provenaient de Saint-Pierre en Martinique et avaient été travestis, transfusés, déformés, remodelés par l'ardeur de la fameuse éruption volcanique de la montagne Pelée. Le photographe Brassaï raconte que, après la Seconde Guerre mondiale, Pablo, atteint de calvitie galopante, décida de couper la relique de sa fameuse mèche qui, devenue maigre et ridicule, errait encore d'un bord à l'autre de son front déserté. Il plaça la mèche dans une première édition d'une poésie de Mallarmé qui rejoignit, au fond de l'armoire sacrée, des manuscrits illustrés, des textes d'Apollinaire. Et bien d'autres raretés. De ses deux répliques de la Vénus de Lespugue bien gardées, il préférait la brute, celle qui n'avait pas été restaurée. Gonflée, dilatée de chair. Fessue à foison.

Milos raffolait aussi de Notre-Dame de Paris, quand il réussissait à échapper à la cohue. Il se contentait souvent de descendre sur le quai des Grands-Augustins et de marcher vers elle, sans accéder au parvis grouillant de touristes. Il la regardait de loin et se sentait mieux, traversé par un rayon. Une petite résurrection dans le malheur.

Il fut donc sauvé par la tour Eiffel, Notre-Dame et la Vénus de Lespugue. Il osa envoyer un courriel à Marine pour lui dire ces premiers pas dans la ville étrangère. Et l'intercession des trois hautes figures féminines. Elle ne répondit pas. Il le savait. Il continua de lui envoyer des messages sans attendre de réponse. Les lui écrire lui faisait du bien. Il comprit que l'écriture était finalement toujours destinée à quelqu'un, une absente ou un absent originel. Quand il lui écrivait, c'était une forme d'hallucination, comme si, en creux, dans l'invisible, son fantôme ou son ange lui souriait, le lisait. Elle existait intensément, sans être là. Il en est ainsi des dieux, des déesses protectrices. La religion n'est que l'impossibilité d'un deuil. Il était venu étudier l'homme, son histoire, ses croyances qui lui avaient permis de survivre et de se succéder jusqu'à l'homme athée, le dernier de la liste. Le plus lucide et le plus cruel.

Un autre coup de foudre le frappa, au musée de l'Homme, quand, dès le premier jour, il vit la Dame du Cavillon. Elle avait été découverte sous la falaise des Baousse Rousse, dont le nom tellurique l'envoûtait. C'était dans le réseau des grottes de l'Homme de Grimaldi. À côté de Menton, en Italie. Il retrouvait donc, à Paris, une voisine du couple qui l'avait tant ému, celui de la vieille femme et de l'adolescent de la grotte des Enfants de Grimaldi.

La Dame du Cavillon était la dame de Grimaldi. La dame de son pays. Vision inouïe. Elle semblait émerger de la nuit. Dans une aura : squelette couché au creux de sa sépulture, couvert d'hématite rouge comme certaines figures de Namibie. Le crâne coiffé de coquilles marines et de canines de cerfs. Enveloppée de fétiches funéraires. C'était plus fort que la Dame Blanche de Breuil prise sur le vif. C'était la dame rouge, dans sa mort, à 37 ans, que les hommes d'il y a 24 000 ans avaient ornée des joyaux de la beauté et de la magie. Des peintures de chevaux couvraient les parois de la grotte au-dessus d'elle. Quelle reine, quelle mère, quelle sœur, quelle déesse ? Princesse, qu'est-ce que cela veut dire ? Isis des cavernes. Qui donc est là ? Nous attend et nous voit. Quelle chamane ? Quelle chimère ?

Milos resta cloué devant l'énigme. Son feu le remplissait, le réveillait, lui donnait vie, dans la mélancolie de Marine absente. Après 24 000 ans d'hommes espérant traverser la mort, que pouvait-il espérer ?

Il passa rue des Grands-Augustins et s'arrêta devant la porte du 7, à fronton classique. Une grille, une cour intérieure, une plaque de marbre : « Picasso vécut dans cet immeuble de 1936 à 1955. C'est dans cet atelier qu'il peignit "Guernica" en 1937. C'est ici également que Balzac situe l'action de sa nouvelle, "Le chef-d'œuvre inconnu". »

N'en jetez plus ! Coup double, le chef-d'œuvre impossible du héros balzacien et le triomphe de *Guernica*. Dans la belle rue calme. Il lui suffit de tourner et il entra rue de Savoie. Il s'arrêta devant la grande porte arquée du 6. Nulle plaque. Pourtant Dora Maar avait vécu là, pendant soixante ans. Attendant, à l'époque de leur amour, qu'il l'appelle, lui permette de le rejoindre aux Grands-Augustins dans le grenier de *Guernica*.

Les lieux nous fuient, vers d'autres passants, d'autres histoires, d'autres amours. Balzac, Picasso. Pfuit ! Dora jusqu'en 1997. Pfuit ! Pas de plaque pour la femme qui pleure, l'abandonnée à la folie, la survivante recluse de l'épopée. Mais Milos alla contempler, square Laurent-Prache, le long de l'église de Saint-Germain-des-Prés, cette merveille : le bronze, la tête de Dora, offerte par Picasso en mémoire d'Apollinaire. Tête de déesse. De dame cycladique, aux larges yeux en amande noire. Nul nez phallique façon Marie-Thérèse. Quelque chose d'épuré, de puissant, de global. Mystère de Dora.

Dans le square, les habitués ne regardent jamais Dora. Mioches et pigeons qui chient.

Milos avait lu quelque part que cette tête, en 2000, avait été volée, qu'elle avait valsé dans un fossé, qu'elle avait été retrouvée et exposée, pendant deux ans, dans la galerie d'une mairie, sans que personne sache d'où elle provenait, qui elle représentait. Puis on l'avait retrouvée, replacée, comme si de rien n'était, dans le square. Beaucoup ne s'étaient pas aperçus de la disparition. Les amoureux, les touristes. Les badauds, les voyeurs, les exhibitionnistes, la bohème, les mendiants, les lycéennes… Il arrivait donc encore à Dora de perdre la tête. La nuit, surtout, quand tout le monde dormait. La tête se détachait, dans un sifflement doux. Elle s'élevait, elle filait, telle une comète, vers le pont Mirabeau où Apollinaire l'attendait, souriant. Ils parlaient de la belle folie d'aimer.

Et puis, pour oser boire tout le calice de l'oubli, il prit le métro jusqu'au parc Montsouris. Il remonta une allée. Quels que soient les beaux efforts des paysagistes, les arbres taillés, les plates-bandes, il y a, dans les jardins de Paris, quelque chose de pisseux, d'irrémédiable. C'est tapi dans les recoins, sous les graviers. Un fond moche et terreux suinte, sans humus vrai. Une infécondité rédhibitoire. Les pigeons ne sont pas les ramiers des forêts aux chaudes couleurs mais des lambeaux de zinc et d'ardoise défraîchie. Pouilleux, agités de tics. Maboules comme les hommes. L'étang manque de lentilles d'eau, de grenouilles et de roseaux. L'eau marron sale stagne… Nul ruisseau clair à truites. Les canards, en file indienne, ont l'air mécaniques et plaqués. Affreux jouets urbains. On a envie de les casser pour qu'ils arrêtent leur cirque. Milos se sentit encore plus esseulé, angoissé, pauvre type. Impossible de s'asseoir sur un banc pour assister au marasme, au défilé des solitudes. Les bébés dans les poussettes font peur, ahuris. La patience morne des mères qui les trimballent. Ou leur tendresse qui fait mal dans la grande ville à l'avenir cruel. Et les gardiens à képi sont pires que le reste. Vains et tragiques. Le sommet est le kiosque de la dame pipi. Un résumé. Elle seule est bien dans sa peau. Elle entend les bruits, lorgne les pièces dans l'assiette. C'est la mère maquerelle de la merde.

Il sortit du faux jardin, chercha et trouva la petite rue Gauguet. Au 7, un bel atelier, d'architecture moderne, un peu cubiste, immaculée, se campait devant lui. C'était celui de Nicolas de Staël à Paris. Des photos, prises par Denise Colomb un an avant sa mort, le montrent rue Gauguet. Chemise noire entrouverte, pantalon foncé, sur fond de parquet et de muraille constellés de peinture. Magnétique en athlète luciférien. Ou bien : grosse sacoche au premier plan, barda du destin, lampe métallique, table couverte de tubes. Hauteur vertigineuse du plafond, pour contenir le géant planté de face, pantalon noir, en bras de chemise blanche, déchirée au-dessus de la ceinture. De Staël penché légèrement de côté, en bascule, dérive suspendue, houppe des cheveux hérissés, regard triste et dur, au milieu des tableaux.

On dit que son atelier était une caverne de potier paléontologique. À sédiments, couches du paléo… Un creuset, un grand puits matériel, criblé de pigments, de pinceaux, de pots, de truelles plâtrées, de seaux, de chiffons. Dans une forte odeur de térébenthine. Un atelier gorgé, souillé, empanaché des crasses, des pâtes de la maçonnerie. Son envergure, sa force, sa hauteur de hunier s'élancent dans ce cratère de Vésuve. Légèrement déboussolé, il incline, il verse. Peindre, pour lui, c'est être en proie au vertige, à des bifurcations imprévisibles d'accident, de hasard. Il descend ses tableaux comme il l'écrit : « Cela doit tomber hors de toutes lois connues, en vrac, en ordre, mais cela doit tomber. » Ainsi naît l'ordre du cosmos d'un chaos primordial, d'un réglage d'attractions fortuites, dans la chute astronomique. Tomber et, dans la catastrophe, naître ou s'écraser.

Denise Colomb était belle. Elle porta les plus grands dans sa lumière. Elle photographia Artaud, yeux blancs de folie, maigre et rabougri, tête de momie, de crâne surmodelé, cheveux raides. Et, la même année que de Staël, Giacometti, costumé, cravaté, son beau visage de montagnard sensuel, coupé entre ombre et lumière. Au pied de son escalier, à côté d'une sculpture longiligne et emmaillotée, et d'une autre, au pied formidable, sur un socle encroûté, entouré de gravats. Muraille tavelée comme une peau qui a vécu.

Et le roi Picasso. Dans les mêmes années. Devant la Galloise, la maison de Vallauris. Solide, calé, solaire. Ou assis, en veste hivernale, bloc de granit infrangible. Inouï de tranquillité compacte. Yeux noirs perçant sa masse plus claire. Cro-Magnon majuscule. Chaman au repos. Tout le monde est précipité vers son destin mortel. Sauf lui. Souverain d'Assur.

Milos tomba sur une description du musée de l'Homme d'avant sa restauration complète. Des pages écrites par Françoise Gilot citant Picasso : « Quand je me suis rendu pour la première fois avec Derain au musée du Trocadéro, une odeur de moisi et d'abandon m'a saisi à la gorge. J'étais si déprimé que j'aurais voulu partir tout de suite. Mais je me suis forcé à rester, à examiner ces masques, tous ces objets que des hommes avaient exécutés dans un dessein sacré, magique, pour qu'ils servent d'intermédiaires entre eux et les forces inconnues hostiles [...]. Et alors j'ai compris que c'était le sens même de la peinture. Ce n'est pas un processus esthétique, c'est une forme de magie [...], une façon de saisir le pouvoir, en imposant une forme à nos terreurs comme à nos désirs. Le jour où je compris cela, je sus que j'avais trouvé mon chemin. »

« Saisir le pouvoir » du désir et de la terreur, c'est bien le mobile du peintre des *Demoiselles d'Avignon*. Certes, il est vain de chercher une révélation unique à l'origine du parcours d'un artiste. Mais ces « forces inconnues » combattent dans la peinture, sous la peau de Picasso. Tous les monstres sont rameutés, remués, affrontés, déjoués, rejoués dans ses yeux et sur ses toiles... Milos ne serait-il donc entré, à son tour, au musée du Trocadéro, sans le savoir, que pour retrouver l'empreinte du masque de Picasso ?

Dans la galerie de l'Homme du musée, face à la Seine d'Apollinaire, Milos contemplait le grand portant, le fleuve de l'humanité. Une avalanche de bustes de plâtre et de bronze datant du XIXe siècle, quatre-vingt-onze figures, tous pays, toutes origines. C'est nous ! Portrait de la famille. Cortège descendant de onze mètres de haut et dévalant sur dix-neuf mètres. Nos têtes de patriarches, de culs-terreux, maîtres, cavaliers, piétons, galériens, pachas, esclaves et colonisateurs, héros d'Asie, un ou deux personnages de Tintin. Têtes d'Afrique, d'Australie, d'Amérique, îles, continents. Bochimans. Steppes et rizières, savanes. Des chauves, des chevelus, des coiffés, beaucoup de moustachus dont un ressemblait à Staline. Des sombres et des clairs, un roux. Mais de juvéniles visages des deux sexes, aux yeux bridés ou ronds, ovales... Des rebelles. Rois noirs, misérables des chiourmes, Indiens, Aborigènes. Le majestueux Niagara de l'homme. Un peu comme on découvre à Xi'an, en Chine, la fameuse armée de cavaliers. À la différence qu'au musée elle n'est pas enfouie mais aérienne et répandue, offrant non pas les répliques des mêmes cavaliers impavides mais la multitude de l'espèce.

Le caractère le plus mystérieux de cette haute fontaine de portraits était les yeux fermés de chaque protagoniste. Cet aspect de fleuve de dormeurs, d'ensevelis dans leur songe, saisit Milos, comme s'il avait été devancé dans son désir de ne pas dévoiler son regard.

Milos s'arrêta sur le buste d'une femme inuit, mafflue, au petit chignon tiré en arrière, dormante elle aussi. Ou celui d'un bel Indien d'Amérique que le peintre George Catlin amena avec lui lors de son spectacle parisien en 1845 et que George Sand alla interroger. Un Zoulou au visage douloureux, une femme soudanaise, yeux toujours clos… Milos avait entendu parler de *La Négresse captive* de Carpeaux, aux seins ligotés, le désespoir peint sur son visage. Elle ne figurait pas dans le défilé. Encore moins le terrible moulage réalisé par le savant Cuvier de Saartjie, la Vénus hottentote, resté dans les réserves. Sommet du sadisme et du mépris ethnologique. Le musée moderne et lumineux comportait sa part d'histoire, ses états antérieurs, ses archives des temps archaïques. Sa part d'ombre. Avec ses placards de fantômes et de cadavres. Humain, il était à l'image de chacun de nous. Milos avait lu quelque part l'histoire de Manuaharere, un Néo-Calédonien, matelot du *Styx* au XIXe siècle. Les seuls noms antithétiques du matelot noir et du navire l'avaient subjugué. Que faisait cet exilé sur le vaisseau du fleuve des morts ? Deux Tasmaniens de bronze, vêtus de loques, attestaient d'un destin misérable. Alors ce fut le buste extraordinaire de Seïd Enkess drapé, coiffé d'un bandeau emplumé. Il s'agissait d'un ancien esclave soudanais qui était devenu modèle dans l'atelier de Rude et dont Charles Cordier avait fait la sculpture. Yeux ouverts, enfin ! Du même artiste, Milos admira une femme chinoise à la coiffure et au vêtement raffinés, et une Nubienne qui vous regardait dans une attitude de défi superbe. Les bronzes de Charles Cordier étaient traités avec un sens esthétique de la noblesse de l'homme. De sa grande beauté. Il tirait le dévalement de l'espèce vers sa sublimation. Les plâtres, les masques opaques, les torses nus – avec lui – se paraient splendidement, ouvraient les yeux sur ceux qui les contemplaient. Ils n'étaient plus des tests d'expérimentations phrénologiques, des documents pris sur le vif lors des explorations des siècles passés, des manipulations idéologiques, des monuments de nos préjugés ou de simples parangons, échantillons des races ou des peuples. C'étaient des personnes dotées d'un destin propre. Et d'un panache revendiqué. C'étaient des personnages de roman.

Dans la pavane manquait évidemment la Dame Blanche du Brandberg… Certes, Milos avait cru reconnaître le Français Breuil, sans son béret basque, endormi comme les autres, l'Espagnol Picasso masquant ses yeux d'hypnotiseur sous le rabattement de ses petits cils serrés. Mais il ne roupillait que d'un œil… Là-bas, peut-être, au cœur de la cascade humaine, le Russo-Balte Nicolas de Staël semblait conduit par la royale mulâtresse Ady Fidelin. Milos se chercha en vain. Et Marine absente.

Au musée de l'Homme et à la bibliothèque centrale du Muséum national d'histoire naturelle, il avait consulté le fonds Breuil : livres, articles, communications innombrables, bulletins, revues, lettres. Autres fonds et pistes ramifiées. Breuil avait visité toutes les grottes de la planète : Afrique, Chine, France, Espagne… Une bougeotte de curé cosmopolite. À la recherche de la côte d'Adam ?

Milos l'avait vue entrer dans l'immeuble. Une jeune femme de 30, 35 ans. Grande, brune, cheveux courts, vive, pressée, active. Jolie. Elle ne l'avait pas regardé quand ils s'étaient juste croisés. Affairée, sac, clés, portable.

Il l'avait revue plusieurs fois. Elle semblait revenir de son travail entre 18 et 19 heures. Et partir vers 8 h 30, voire 9 heures du matin. Un jour, il dut s'avouer qu'elle l'avait dévisagé, comme surprise. Arrachée à son arsenal habituel, sac, clés, portable, auxquels s'ajoutaient quelques courses rapportées des boutiques voisines, paquets, fruits, viandes… Elle se retourna. Il arrivait derrière elle. L'ascenseur s'arrêta. Elle monta avec tout son fourniment, lui fit face. Allait-il la rejoindre dans l'habitacle ? De peur de la déranger, ou par timidité, Milos lui signifia noblement de s'envoler sans lui. Elle lui sourit. Son sourire d'abord étourdi revint en un éclair, s'attarda, voleta dans le vague, s'effaça, englouti dans l'ascension de la cabine. Milos souriait encore.

Il vit aussi son compagnon. Tous les deux, un samedi après-midi, actifs, sacs, portables, paquets. Lui, un poil plus petit qu'elle, assez costaud, l'air sportif, nerveux, cheveux coupés en brosse, blond, plutôt bien, assez beau. Parfaitement assortis. Adam et Ève de choc. Adaptés. Consuméristes. Assez friqués. Bien dans leur peau, sociaux. Pas mécontents de l'époque. Milos, à mille lieues, sous Picasso, de Staël, Breuil et ses hominidés. Eux, deux spécimens de *Sapiens* en hausse, tels que Teilhard de Chardin les eût rêvés, au comble de l'évolution. Aux manettes ! Car Milos les vit à moto foncer, remonter la rue. Grand coup d'accélérateur de l'espèce. Accolés, amants, nomades. Cuir noir et fuselé, rutilants, géminés, fusant dans le bonheur de vivre. Lui, sans Marine, éperdu dans la ville. Seul arrimage : les crânes du Muséum : australopithèque, *Homo habilis*... Les mandibules de la genèse. Il aurait voulu se fondre dans le cortège du grand portant. Moulage de Milos, tout en haut, peu visible. Mais preuve qu'il avait vécu. Homme de la généalogie humaine comme tous les autres, ayant eu droit à sa part de gâteau.

Une nuit, il n'arrivait pas à s'endormir. Il se masturba en pensant à Marine, puis à Samantha, puis aux deux enlacées, comme Ady Fidelin et Nusch dans la photo de Man Ray. Il eut soudain un flash de la brune de l'ascenseur. Et ce fut bienfaiteur.

Mais ce semblant de mieux fit long feu. La mélancolie le reprit, sévère. Il abusa de somnifères qui faisaient encore effet le matin dans la rue où il planait. L'euphorie durait jusqu'à midi. Il la cachait au chercheur pour lequel il épluchait des documents. C'était un petit homme sec et savant qui ne l'embêtait pas, lui donnait quelques conseils sans disserter. Rapide, positif. Un jour, Milos essaya une nouvelle rafale de somnifères qu'il avait obtenus d'un médecin complaisant. Et, là, il vit tanguer le grand portant, avec une envie de rire. Il imagina des bustes de modèles nus, stars et mannequins, du monde entier, blondes et Noires, aux mamelons retroussés. Bustes de Rubens, de Manet, de Courbet, de Bonnard, de Clovis Trouille, de la Fornarina de Picasso. Le musée prit un coup de jeunesse printanière et libertine. La Vénus de Lespugue voisinait avec ses descendantes fines et topless. Des rockeuses de clips, des motardes shootées des jungles urbaines, des déesses de mangas aux gros yeux bleus tout ronds… Ces quasi-hallucinations finissaient en queue de poisson, vagues de tristesse. Il envoyait de nouveaux mails à Marine qui ne répondait pas, à laquelle il en voulait, désirant lui annoncer l'avis de son décès. On avait retrouvé le cadavre d'un certain Milos dans la Seine. Les yeux dévorés par les anguilles. Dans sa chambre une lettre attesterait de son désespoir, un appel à une amante cruelle qui cavalait à Londres d'un mec à l'autre, sans plus de souci de son ex aux abois.

Myriam, sa mère, lui téléphona, intuitive, inquiète. Il mentit. Il la rassura sur son travail, son quotidien. Cette indépendance – il ne dit pas la chose ainsi – lui faisait du bien. Elle lui passa son père. Il les devinait, les voyait tous les deux au bout du fil. Abandonnés, eux aussi. Tout le monde trinquait. Coupables de quoi ? Qu'est-ce qui avait raté ? Les yeux de Milos : pourquoi ça, justement ? Ce don trop violent, ce mal. Le poignard de la couleur, de la lumière en plein visage.

Un matin, drogué à point, il sortit de son immeuble, quitta le trottoir comme Icare quand une voiture le happa. Assommé, il s'évanouit. Il se réveilla avec des crânes d'*Homo sapiens* penchés autour de lui. Une douleur lui vrillait le flanc. Tout le monde le conjurait de ne pas bouger et d'attendre les secours. Mais il se redressa vaguement sur un coude. Et son fantôme crut voir, incrustée, dans le cercle des têtes, celle de la voisine, Cro-Mignonne brune, cheveux courts, mimique inquiète. Il lui sourit dans un flou. Elle restait stupéfaite. Du ciel, sans doute, il lui souriait.

L'ambulance arriva. On l'embarqua pour lui faire des examens, des radios. Il lui sourit encore, couché sur le brancard qu'elle suivit longuement des yeux avant que la portière ne soit refermée.

Il n'avait que des contusions, des ecchymoses bleu sombre comme la nuit d'Antibes où de Staël avait valdingué.

Il revint chez lui. Et, lorsqu'il la rencontra bientôt, elle s'enquit de sa santé, soucieuse, le front barré d'une jolie ride d'affection. Ils allèrent au café le plus proche, boire lui un thé, elle un café. Elle le regardait attentivement. Les yeux, il lui semblait… Devinait-elle la supercherie ou s'avisait-elle seulement qu'il portait des lentilles ? Elle s'appelait Vivie, travaillait dans la publicité, lui au musée de l'Homme comme on sait. Voix articulée, musicale. Souvent, un peu lente, étudiée. Oui, il était originaire d'Antibes, qu'elle connaissait. Elle évoqua l'Eden-Roc, rien que ça ! Il lui en fit l'historique avec le menu de Picasso et de Staël peignant *Le Concert*, seul, dans la tour de guet. Il vit que la pâleur de son personnage d'homme cérébral et sensitif ne lui déplaisait pas. Et quand ils se levèrent il jeta un coup d'œil sur sa jupe d'été assez courte qui révélait de longues jambes et promesse de cuisses élégantes. Joueuse de tennis peut-être ou cours de danse, ou rien que de naturel. Déesse blanche, crétoise, Minoenne de charme, sans son arc. Elle capta son regard leste, l'onde du choc provoquée par sa jupe de juillet.

Ils marchaient tous les deux dans la ville. La Lespugue était jalouse et la Dame du Cavillon à la coiffure criblée de coquillages et de canines de cerfs boudait dans sa niche rouge. C'est qu'il lui parla de ces copines, car il fallait bien dire quelque chose. Elle proposa à Milos de l'accompagner un samedi où elle serait libre au musée. Pour qu'il lui explique les origines de l'espèce. De la cambrure simiesque et courbée vers la terre à la droiture de l'*Erectus* chasseur d'horizon. Il lui révéla, avec beaucoup de charme, que nous n'étions, après tout, que des bipèdes penseurs. Mais que les fesses étaient vraiment le caractère propre à notre race, *dixit* Buffon, car la station debout et la marche imposaient cette assise, ce ressort, ce socle mobile et musclé de notre statue animée. Elle rit, contente de le découvrir pas si cérébral que ça. Elle devina qu'il pensait à sa poupe assez pimpante quand elle prenait les devants dans la rue, d'une enjambée de Crétoise. Dans sa jupe qu'une volée de brise lui colla soudain aux reins tel le décalque de l'abbé Breuil des Musiciennes ou des School Girls stéatopyges, dans le chaud ravin de Tsisab.

Elle trouva le musée baigné d'une belle lumière qui découvrait Paris et la Seine. Bien sûr, elle fut d'abord frappée par le grand portant. Il lui raconta le destin de quelques personnages… Il lui murmura :

– Il ne manque plus que nous.

– On verra plus tard pour le moulage. Nous ne sommes pas encore des spectres, Milos.

La prononciation de son nom par la bouche de Vivie lui donna le sentiment d'exister. Il avait tant erré dans la ville, coupé de ses amours anciennes, que Vivie le rétablissait dans sa personne.

Il l'amena à la série des crânes qui racontaient l'évolution… Toumaï, Orrorin… 7 millions d'années, 6 millions… Elle avait vaguement entendu parler du premier. Les australopithèques, elle connaissait Lucy, l'*Homo habilis*.

– On descend des arbres, on se redresse, on court en groupes de chasseurs…

Drôle, elle esquissait les gestes, mimait ce qu'il disait.

– Apparition de l'outil !

– Il apparaît tôt ou tard.

Il la regarda. Elle restait imperturbable, attentive, comme si elle n'avait rien suggéré. Soudain, elle lui lança un coup d'œil en flèche, quasi interrogatif.

– L'*Homo erectus* invente le feu il y a 400 000 ans.

– Voilà que ça lui prend comme une envie de pisser !

Milos, un peu surpris, corrigea :

– Tout cela se déroule très lentement, par essais, hasards, apprivoisement prudent et progressif. À la même époque certains possèdent le feu, d'autres non.

– L'inégalité primordiale. Mais je vais vous laisser un instant, Milos, je vais faire pipi. C'était le sens de mon allusion…

Elle lui sourit, tourne les talons, s'éloigne. Il la contemple en mouvement, étroit déhanché calculé, pas souples, rapides, jean moulant jouant sa partie, match serré des deux fesses qui échangent des balles en cadence croisée. Le visage regarde de part et d'autre. Il adore ce moment-là. La femme qui marche. Plus troublante, à ses yeux, aujourd'hui, que *L'Homme qui marche* de Giacometti, sublime mais générique. Elle, singulière, historique, sinueuse, intentionnelle, circonstancielle. Deux types d'art. Tirer le modèle vers l'essence, le mystère de l'archétype absolu, la signature même de l'artiste, son icône, ou le saisir dans l'instant, l'accident quotidien, inédit : Bacon.

Il va l'attendre en regardant le moulage de l'Homme de Tautavel. Au bout d'un moment, il est traversé par la peur qu'elle ne revienne pas. La voici, de face. Elle se sait regardée, elle le regarde, lui sourit. Elle vient vers lui. En pareil cas, on est un peu gêné par rapport à celui ou à celle qui vous considère tout à son aise, sans bouger, posté. Vivie ne manifeste nul doute, pas le plus infime malaise. Aucun de ces petits gestes ou de ces mimiques de diversion pour sortir du tunnel ou du travelling. Elle en rajoute à peine une touche dans la nonchalance assurée de la dégaine. Le mouvement dansant des mains accordé au rythme et à l'harmonie vivante. Une femme qui vous attire est adorable quand elle approche, se livre sans peur au regard, qu'elle y manifeste un art pianoté que nul homme ne saurait égaler. Une grâce, une connaissance du jeu. C'est moi, tu peux regarder, je viens vers toi et te souris. Car aujourd'hui je t'accompagne. Je suis ta compagne.

– Comment les femmes de l'époque pissaient-elles ? Debout, jambes écartées, ou accroupies ?

Elle a adopté un air d'humour un peu provocant, mais la question lui semble sérieuse.

– Aucune idée ! Debout, jambes écartées, c'est le moins exposé. Tandis qu'accroupi, on peut avoir un petit retard à la détente, en cas d'agresseur.

– Pas comme la Pisseuse de Picasso.

Tiens ! Elle connaît *La Pisseuse*…

Elle renchérit qu'elle adore la Pisseuse réjouie, rieuse, à l'ouest, avec ses deux yeux superposés, faisant ça au bord de la mer, accroupie avec tant de naturel. Montrant tout. Ah ! pisser comme elle, oui ! Mais pas dans les chiottes du musée, avec les femmes qui attendent leur tour, refont leur maquillage devant les miroirs. On devient du bétail urinaire.

Milos rit.

– Moi, parfois, si c'est la meute sur l'autoroute et que tout le monde se presse, au prochain arrêt, s'impatiente, cela peut m'empêcher de pisser.

– Bloqué ! Je comprends. Les femmes, ça sort quand même tout vite.

Milos se demande où ils vont en venir. Il avance devant les squelettes de l'espèce, des reproductions. Il fait une pause en l'honneur d'un cas très singulier, l'*Homo floresiensis*, Indonésie, taille naine. *Homo erectus* attardé, fossile vivant insulaire, coupé des continents déjà conquis par l'*Homo sapiens* ou descendant de l'*Erectus* ayant tourné au *Sapiens* mais en modèle réduit pour s'adapter à l'espace.

– Ce n'est pas clair. Mais c'est extraordinaire ! Je raffole des mondes perdus…

Milos observe à quel point ils ont les mêmes rêveries. On en est à Cro-Magnon, et elle lui demande à quand ils remontent, donc, elle et lui.

– Notre famille daterait d'environ 250 000 ans et serait sortie d'Afrique il y a 60 000 ans. Grosso modo. Chaque thèse est destinée à être invalidée par une nouvelle trouvaille. Donc, un petit groupe fragile, quelques milliers d'individus, voire quelques centaines, des types habiles, assez omnivores. Mais rien de spectaculaire. La bande serait remontée vers l'Égypte et se serait répandue partout.

– Le coup de bol ou la providence ?

– Le coup de bol, car d'autres espèces d'hominidés ou d'hommes ont déraillé, avorté…

Elle redresse le menton avec un petit air hardi.

– C'est les plus forts qui raflent la mise.

– L'Homme de Neandertal semblait plus costaud et il a été supplanté.

– Par le plus malin.

Au deuxième étage, elle est émue devant la Dame de Cavillon émergeant de son alcôve rouge. Puis devant la Vénus de Lespugue. Elle revient en arrière pour regarder une seconde fois le crâne aux coquillages de la Dame de Grimaldi, ce zigzag de vertèbres. C'est ce qui reste de nous.

Ils déambulent ainsi au pays de nos empreintes. Encore des cubes et des crânes, des cires. Un drôle d'engin surgit.

– Qu'est-ce que c'est que ça ? lance Vivie.

Ils se penchent sur la notice. L'engin, baudruche assez obscène, installé sur un montant en bois, est le mannequin pédagogique d'accouchement de Mme du Coudray, datant du siècle des Lumières.

– On pourrait replacer le machin directement à Beaubourg ou dans le parc de Versailles.

Elle se ravise aussitôt :

– Cela me rappelle quelque chose de plus moderne, un truc que j'ai vu dans un vieux catalogue d'expo…

Elle sort son portable, cherche sur Internet. Tapotant : « vagin, machine, œuvre d'art ». Penché à côté d'elle, il voit défiler des sexes plus porno que scientifiques, la fameuse chaise érotique dont usait le prince de Galles au Chabanais.

– Je ne trouve pas !

– C'était quoi au juste ?

– Un sexe de femme ? Une installation de sexe de femme ? Mais dans quelle matière ? Du feutre, peut-être, ou quelque chose de ce genre.

Elle pousse un petit cri de victoire. Non, elle n'a pas rêvé, c'est *House of Vetti*, de Robert Morris ! De grands plis de feutre, ailés, déployés en festons, avec un faisceau plus intime, labié, de couleur rose. Un sexe de femme exhibé comme un rideau entrouvert de théâtre, comme un grand papillon. Le bout d'une espèce de tuyau, au sommet du losange, figurait l'urètre.

– Il aurait pu imaginer un clitoris, Morris, chuchote Vivie, l'air frustré. Ces mecs !

Elle le toise, comme si c'était lui qui avait excisé la représentation féminine. Tout bête, il se tait.

La Vénus impudique leur fait un choc ultime par la simplicité de sa beauté taillée dans l'ivoire de mammouth. Un long torse lisse, étroit, aux seins à peine marqués. Hanches, cuisses d'adolescente. Fente coupant le ventre d'une longue fissure, très accentuée. C'est d'une pureté formelle absolue. La sculpture date du magdalénien, autour de - 20 000 – - 14 000 ans… Elle provient de l'abri de Laugerie-Basse, aux Eyzies.

Il lui dit avec émotion :

– Je crois que ce sont ces noms-là qui m'ont d'abord attiré vers l'archéologie. « Abri de Laugerie-Basse », c'est sombre, mystérieux. Même « abri » tout seul, c'est bouleversant.

Elle le contemple avec un soupçon de passion. Il est intense et pâle, le visage lui aussi sculpté dans de l'ivoire. Il lui retourne son regard de ferveur. Le musée va devenir celui d'un coup de foudre. Quand l'espèce a-t-elle inventé cet embrasement de deux individus, entichés l'un de l'autre, énamourés ? Tardivement… Les romantiques ? Elle lui avoue :

– J'aime votre physique romantique, même si ça a l'air banal.

Il ne s'aime guère en romantique attardé mais n'en dit rien.

– Vous, vous êtes… plus cinématographique.

– Starlette dépassée ou vous pensez à qui ?

– Je ne pense à personne d'autre que vous. Cinématographique parce que belle en mouvement. Vivie rejoignant l'ascenseur, en descendant. Vivie marchant dans la rue. Vivie filant à moto… Votre corps en mouvement. Votre beauté cinétique.

Avant de se quitter, ils échangent leurs courriels.

Elle ne le fait pas languir par tactique, reculade, ou par ambivalence et tiraillement entre deux hommes. Deux jours après : message, une adresse, un numéro, un appartement, sixième étage, rue Tiphaine, dans le XVe. Code, porte gauche. Elle l'attend. Demain, 18 heures.

Il palpite comme un caniche. Pantelant, rien que d'y penser. Une grosse bouffée d'angoisse l'envahit. L'image de Marine surgit. De Samantha, nulle nouvelle.

C'est une petite rue tranquille pas si loin du Champ-de-Mars. Il fait le code, prend l'ascenseur. Porte gauche. Il sonne. Ses talons claquent. Elle ouvre. Dans la belle lumière du soir qui afflue par la grande baie aérienne. Son visage un peu à contrejour. Un short noir et court, un haut noir, cheveux noirs. Elle lui fait faire le tour de son appartement. Un deux-pièces que, normalement, elle met en location. Mais elle veut entreprendre des travaux et a résilié le bail. Il n'ose scruter le short. Elle lui demande ce qu'il veut boire. Du champagne ? Il acquiesce. C'est bien, elle décide tout. Elle débouche elle-même la bouteille. Sa main effectue une torsion, elle rougit, ses veines saillent. Il admire sa petite poigne fine sous tension. Il propose de l'aider, elle persiste. Il tient quand même la base de la bouteille gironde. Elle vrille, desserre doucement, ça vient et hop ! Le bruit un peu obscène du bouchon qui sort souplement et la fumée de l'alcool contenu qui n'a pas jailli ni tout submergé.

Il lui dit qu'elle a une vue superbe sur Paris, le ciel surtout. Elle confirme de sa voix un peu lente et recherchée :

– Nous sommes dans le ciel.

Ils sont assis sur un canapé rouge. Il a du mal à détacher son regard des longues cuisses croisées, blanches et charnelles, annelées du soupçon de bleuâtre des veines. Elle n'a pas mis de soutien-gorge sous le T-shirt. Les pointes hérissent discrètement les mailles. Elle sourit. Ils boivent. Elle pose la tête sur son épaule. Et la retourne pour le voir. Il lui caresse les cheveux, la nuque.

– Grattez-moi là tout doucement, comme on le fait à une belle petite chienne qu'on aime trop.

Il est surpris par la comparaison.

– Oui, comme ça, tu me fais frissonner.

Le « tu » est venu.

Elle se redresse pour l'embrasser longuement. La langue très douce, entrant, sortant, à petits coups de lance humide. Elle enlève son T-shirt et montre ses seins blancs et francs, aux bouts foncés, presque noirs. Elle repousse le short, le string, se dégageant, se tortillant, les lèvres entrouvertes, un sourire pincé et libertin, dans la manœuvre. Son pubis très noir, rasé juste au-dessus de sa fente de Vénus contemporaine.

Lui est encore tout habillé. Elle lui souffle en une sorte de murmure d'urgence gourmande :

– Enlève tout très vite, mon chéri…

Il se débarrasse. Elle le caresse du bout des doigts, le cou, le torse, le ventre, les cuisses… Avec la langue suave pénétrant sa bouche à légers coups de sonde et de salive.

– Tu es pur.

Comme l'autre fois, l'épithète « romantique », celle de « pur » lui fait un effet bizarre, comme si on parlait de quelqu'un d'autre.

Elle lui caresse le sexe, prend sa main et la conduit entre ses cuisses vers ce bouton qui manquait à la chose de Robert Morris. De la pulpe de l'index, il le dégoupille.

Ils se couchent tout du long. Il lui glisse un doigt dans le cul dont elle serre l'anneau de muscles pendant qu'il continue de la branler, bien décalottée désormais. Remontant alors vers le tendon pour ne rien forcer. Laisser venir la vague du dedans.

Il s'allonge sur elle, elle relève les jambes. Il se fourre. Et c'est bien tout de suite. La mouillure l'enrobe, le happe. Elle le regarde et il la regarde. Elle lui palpe les fesses et les couilles. Rehausse un peu le ventre et le tient mieux ainsi dans sa coulée. Elle renverse la tête. La gorge tendue vers lui. Il mange la grappe partout avec sa bouche. La noirceur des bouts gonflés. Elle se met à émettre une sorte de cri chanté, de long cri continu, modulé, assez fort pour être entendu du dehors. Il est un peu perturbé par l'intensité sonore tout en se sentant très excité. Comme s'il entrait dans ce cri, dans la chair de ce cri. Comme si la mélopée sortait de la bouche du sexe, comme si son propre sexe provoquait l'extase du cri. Il crierait presque aussi. Il a envie de hurler de plaisir tant le sexe de Vivie est doux et profond, accolé au sien, fluide et ferme, béant et sensible. Aimant l'amour. Son odeur monte à lui, un petit musc pointu qui le fouette. L'enfonce dans plus de bonheur, un fleuve d'avidité.

Les jours suivants, ils échangent beaucoup de courriels d'amour. Beaucoup de mots-images, de surnoms, ils se baptisent et s'encensent. Tes fesses de Lespugue, ma Vénus impudique, ma Crétoise, sans mégoter, sans fausse honte. Elle a perdu son petit côté maîtrisé. Bientôt, ils font assaut de jolis noms de mythologie, de Méditerranée, d'Égypte. Jason, Osiris… Assaisonnés de vocables crus. Ma grande pisseuse de Picasso, ma bite des cavernes. Et pire et mieux. Ma queue, mon foutre, ma belle chatte noire qui échappent magiquement aux stéréotypes. Sans dévier, atténuer. Oser débonder le langage, c'est continuer de baiser, de se farcir la tête en attendant de se fourrer de nouveau.

Telle période est la meilleure de l'amour. Un azur sans nuances. On ne se pose pas encore de questions. Les narcissismes s'abreuvent sans chercher au-delà. L'illusion est au comble de son charme. Un *allegro*.

Elle semble profiter des voyages d'affaires de son compagnon. Lui en fait peut-être autant. Pour le moment, Milos gomme l'autre homme de Vivie.

Il s'avise d'un fait étrange. Elle est très amoureuse, à contrepied de ce qu'il a pensé d'abord. La croyant positive, efficace, méthodique dans le calcul de ses plaisirs, des intermèdes choisis. Or c'est presque l'inverse. Les choses se précipitent. C'est plus échevelé. Elle prend des risques. La condition préalable semblait être de s'en tenir à des rencontres dans l'appartement de la rue Tiphaine. Mais la voilà un soir qui toque à sa porte. Il lui ouvre. Elle le découvre, impur. En savates peu romantiques, et T-shirt pas frais, pantalon flottant d'intérieur presque taché. Elle l'étreint, l'adore dans ce parfum de négligé. Lui renifle l'aisselle. Et le suce sans ablutions préliminaires. Elle engloutit la semence.

Petit à petit, il se rend compte que son amour à lui est surtout constitué de désir. Qu'il n'est pas libre pour un amour plus intérieur. À cause de son exil, de la perte de Marine. Puis il observe que, après tout, Vivie partage peut-être le même engouement purement érotique. Leur enthousiasme verbal, leurs messages d'amour ne seraient que l'expression lyrique de leur fringale.

Il lui parle souvent d'archéologie, de paléontologie, elle de l'art des slogans publicitaires. Elle pourrait lui trousser une maxime, concocter un clip, pour la visite des grottes de Grimaldi à la frontière italienne. Spot sur la Dame de Cavillon. Coiffe de coquillages et canines de cerfs. Elle a déjà des idées baroques.

Ils décident de partir ensemble, deux ou trois jours, visiter la grotte d'Altamira, en Espagne. C'est elle dont vient ce désir. Il ne peut qu'y céder. Mais il mesure l'obstacle. Chaque soir, avant le coucher, il doit se livrer aux délicates opérations nécessitées par ses lentilles colorées. Les déposer, les nettoyer, désinfecter. Comment cacher la manœuvre et l'outillage ? Certes, il pourrait fermer pudiquement à clé la salle de bains et procéder plus tranquillement. Ranger le tout dans une trousse de toilette. Mais cela prendrait du temps et pourrait éveiller les soupçons. Alors, quand elle lui fait la proposition de partir à Altamira, il prétexte d'abord du fait qu'ils ne pourront visiter qu'un artefact, du simili, comme à Lascaux, Chauvet… Elle le regarde dans les yeux et l'enjoint d'user de ses relations du musée, de l'entremise de son chercheur, pour obtenir la dérogation spéciale réservée aux professionnels. Qu'il charme, qu'il ruse, qu'il insiste ! Il se renseigne et se rend compte que l'autorisation est possible grâce à l'intercession d'un chercheur espagnol avec lequel son patron travaille en étroite relation.

Altamira ! Altamira ! Rien que le mot résonne d'une charge mythologique. *Mirabilis*. Voir de haut et de loin. Tout un programme pour Milos.

Il relit les ouvrages de Breuil sur la question, ses communications. Il explique à Vivie l'histoire d'un déni. On a découvert la grotte au XIXe mais l'authenticité des peintures rupestres a été remise en question, en 1881, par les archéologues Harlé et Mortillet. Cette peinture était trop savante pour être attribuée à des hommes du magdalénien. Ils avaient effacé certaines parties pour obtenir un effet de contraste, ce qui était bien sophistiqué. En outre il était impossible que des peintures réalisées et regardées à la lumière de torches fumeuses aient survécu à l'encrassement. Sans compter les chauves-souris, le frottement de leurs ailes pendant des millénaires. Tel rendu d'un auroch était « une affreuse farce, une véritable caricature » pour mystifier de crédules paléontologues. Allez donc vous rhabiller. Et qu'on n'en parle plus ! Ce silence devait durer pendant vingt ans. Jusqu'à ce qu'Émile Cartailhac, un compagnon d'Henri Breuil, qui d'abord avait dénié l'authenticité, fasse son *mea culpa* retentissant.

Voilà Breuil et Cartailhac débarquant, en 1902, à Santillana del Mar, non loin de Santander où auront lieu de terribles combats entre républicains et franquistes en 1937, l'année de *Guernica*, du bel été érotique de Picasso.

Altamira, Vaste Horizon. Belle vue, des deux côtés. Du sommet de la colline de la grotte ou de l'hôtel de Mougins.

Breuil se lève à l'aube et va à la messe. Puis avec Cartailhac ils crapahutent dans « les couloirs obscurs les plus profonds ». L'abbé observe des signes rouges et noirs. Le parcours est obstrué par des chutes de rochers. « On circulait courbé en deux. On s'allongeait sur le dos, sur des sacs de paille sans cesse déplacés, pour mieux saisir l'ensemble de chaque figure... » Car les voilà installés sous le grand plafond bas de quarante mètres de long sur dix de large. Des ouvriers les éclairent à la bougie. Ils contemplent ainsi la fresque de vingt-cinq animaux, vingt et un bisons, deux sangliers, un cheval et une grande biche de plus de un mètre de haut et plus de deux mètres de long. « Ce que nous vîmes nous plongea dans une inexprimable stupeur. »

– C'est l'extase d'un curé qui ne prend pas les vessies pour des lanternes, lance Vivie, à laquelle Milos fait la lecture.

Il renchérit :

– Entre Lourdes et Altamira, il tranche !

Il paraît que sa soutane était souillée par les dégoulinades des bougies. Il ne pouvait pas décalquer à sa guise comme il le fera en Namibie sur les culs hypertrophiés des School Girls. Car la peinture est fragile. Il se contentera de relevés au vingtième. Dans la foulée, il émet la thèse d'une caste d'artistes du paléolithique « plus ou moins sacerdotaux ».

Des prêtres comme lui, en somme, voués aux rites de leur culte magique. Pieux, dit-il. Mais d'un Christ des cavernes, nulle nouvelle. Telle curiosité paléontologique devait le conduire, un jour, au Vatican, plaider sa cause...

Milos et Vivie arrivèrent donc, cent quinze ans après l'abbé et son compagnon, à Santillana del Mar.

– Tu sais qui est venu, jeune homme, visiter Altamira ?

– Non, je l'ignore, monsieur Sphinx.

– Nicolas de Staël, envoûté par le taureau épousant les aspérités de la paroi. Il a sorti son mouchoir en douce et a touché la bête peinte…

Vivie avait réservé une belle chambre dans une fastueuse villa. Ce serait leur amour d'Altamira. Plein les mirettes.

Le paléontologue espagnol vint les rejoindre, accompagné de trois personnes, des savants et des huiles.

Ils entrèrent dans le vestibule de la grotte, pénétrés, oui, d'un sentiment religieux. Déjà des spots éclairaient des figures d'animaux.

Mais ce fut la grande salle qui les envahit d'un sentiment de présence hallucinée. De profondeur du temps vertigineuse. Là, sous les « mamelons » de la voûte, comme disait Breuil, apparut le grand tourbillon des bisons. Un tohu-bohu de masses ocrées. Cul par-dessus tête. Ils les contemplaient, un peu courbés, par en dessous, à les toucher. Un grand bison prêt à s'élancer, d'autres debout, et cinq extraordinairement enroulés. Quelle culbute ? Cabriole ? Des frères d'il y a 15 000 ans avaient peint ce plafond grouillant. Cette Sixtine de bisons conçus par un cortège de Michel-Ange chamaniques. Glissés dans les ténèbres, couchés, à la lueur de torches, traçant les formidables contours, la ronde des contorsions dans tous les sens. Maîtrisant l'espace, les proportions, les contrastes, les couleurs et les contours. Sachant donner du relief aux corps, profiter des renflements de la roche. Milos cherchait le taureau dont de Staël avait touché le contour. Plusieurs bisons exploitaient les aspérités pour donner la sensation du volume, dont un acrobatiquement recroquevillé et un autre, debout, parfaitement dessiné, superbe, dans des tons rouges, noirs et martiaux. Un Minotaure absolu.

Cette concentration prodigieuse de figures défiait un regard synthétique, tant les profils émergeaient, se mêlaient obliquement, se confondaient dans leur agglomérat en voltige. La grande biche de plus de deux mètres de long étirait son dessin souple. Le cheval surgit, celui dont Breuil pensait qu'il était le plus ancien…

Leurs yeux se perdaient dans le pêle-mêle, l'imbroglio fantastique qui s'épandait, pesait au-dessus de leurs têtes, les envoûtait de son tournoiement orchestré. Bisons. Bisons. Farandole de bisons. Planètes d'ocre, gravitation. Bisons astronomiques. Ils étaient pris par un instinct de prière. Le frisson sacré, c'était donc vrai ! Cet effroi d'admiration, d'euphorie, cet élargissement de soi à toute la vie, à toutes les vies, à tous les temps de la mémoire humaine. Ils en versaient des larmes discrètes. Vivie pleurait, chavirée, dépassée, transcendée. De joie, de la joie humaine devant les œuvres de l'homme originel. Ce n'était ni un mystère ni un miracle, mais un enchantement de présence. Ils se sentaient pris dans la substance sacrée du silence de la roche. Dans les masses des bisons. Ils rejoignaient le grand troupeau du songe primordial. Un Noé du paléolithique.

Ils ignoraient ce que tout cela signifiait même s'ils connaissaient les thèses en vogue. Mais secrètement Milos sentait une vérité. Une proximité paradoxale et vivante. Ce firmament de bisons les enveloppait comme un ventre. Un grand placenta de bêtes naissantes.

Quand ils sortirent, ils étaient rénovés. Tout était plus doux, plus clair, plus profond. Ils ne firent pas l'amour tout de suite mais allèrent du côté du musée, dont la foule s'écoulait, sans ébahissement cataclysmique. Ils récoltèrent au passage des commentaires sur l'accueil qui laissait à désirer, les simulacres de résine plus ou moins satisfaisants. Et puis pas mal de gens étaient entrés machinalement, ou par devoir, parce que c'était recommandé sur les prospectus. Ils visiteraient ainsi les environs, ne regarderaient que distraitement l'admirable collégiale romane de Santillana. Vivie, de plus en plus étonnante, voulut qu'ils choisissent deux cierges, les allument et les piquent dans le brasier mystique d'une chapelle. Milos se souvenait de l'avoir fait presque systématiquement dans d'autres églises avec Marine. Il eut le sentiment de tricher. Il s'inventa une sorte de sophisme, suivant lequel, après tout, chaque instant nouveau, chaque rencontre, chaque couple, méritait bien le leurre merveilleux d'un cierge, d'une prière. Il était catholique, aime ton prochain comme toi-même, tous tes prochains et prochaines. Vivie comme les autres. Comme la première Ève.

La première nuit d'Altamira ne fut pas la plus belle de leur amour. Car Milos eut la colique. Trop d'émotions et une salade de crudités hypothétique. Les toilettes étaient heureusement séparées de la salle de bains. Il y retourna cinq ou six fois, se bourrant de gélules contre la courante. Vivie s'était endormie. Pendant qu'il voyageait du lit aux cabinets, dans la seule lumière de leur lampe de chevet, le plafond se peignait de fantasmagories. Les bisons accroupis n'étaient pas pourtant en train de chier comme lui. Il vaporisait chaque fois, se recouchait, puis retournait dans les entrailles de la grotte fécale.

Au milieu de la nuit, les gélules bloquèrent le transit. C'est alors que Vivie se réveilla, le caressa, le branla finement, le chevaucha sans allumer les lampes. Mi-biche mi-bisonne, voltigeant au plafond de l'extase, tandis que son chant chamanique s'exaltait, peu soucieux de l'hôtel endormi, jusqu'à ce que retentissent des coups contre la cloison. Elle diminua le volume mais continua, en intercalant un rire furtif de gamine fautive :

– Ils nous font chier !

– Non, je t'en prie, pas ça !

Et les voilà qui s'esclaffent, l'étreinte se casse. De rigolade ils se répandent en travers du lit. Ils vont reprendre ensuite mais assez vite, sans qu'elle entonne sa sérénade. Milos n'en catapulte pas moins son jus dans le ventre de Vivie qui se rendort vite fait. Il est temps pour lui de se lever une dernière fois, de rejoindre la salle de bains, de sortir les ustensiles de son sac, de se laver les mains, de soulager, d'un doigté délicat, ses yeux irrités, de nettoyer les lentilles, de les ranger dans leur étui, de se coucher, de mettre un masque qu'il prétendra le protéger contre la lumière du matin précoce. Il lui faudra ruser, trouver le moyen de rajuster les lentilles. Il s'endort d'un sommeil inquiet.

Il se réveille, elle dort encore. Il profite d'une pincée de jour infiltrée dans la pièce. Il boucle à clé la salle de bains, sort son sac, extrait avec précaution son arsenal visuel. Et replace les lentilles qui le maquillent. Milos aux yeux profanes. Amant anonyme.

Ils prennent le petit déjeuner sur la terrasse de leur chambre. Tranquilles. Le moment le plus joli des amants. L'argenterie, les cuillères qui tintent, le pot de lait galbé. Les petits pains dodus, nervurés au plus tendre de la croûte. La jeune lumière d'Espagne.

Il revient à l'abbé Breuil et lui lit un portrait de lui écrit par son collègue Jean Bouyssonie vers 1925. L'abbé a vieilli depuis sa carapate sous le plafond d'Altamira. C'est devenu une sommité.

– « Jusque vers trente ans l'abbé paraissait maigre et débile [...]. Il a [...] un crâne allongé, la figure coupante, tout à fait un type de la race méditerranéenne transplanté en Picardie, brun, les yeux noirs perçants, comme toujours à l'affût [...]. »

– Il est presque bandant, ton curé cavernicole !

Milos reprend :

– « Au moral, cœur chaud, sentiment religieux intense, intelligence d'une activité prodigieuse, mémoire excellente, volonté de fer... Sa curiosité est plus profonde que large [...]. »

– Mais qu'est-ce que ça veut dire ?

– C'est les grottes, Vivie ! En dehors des grottes étroites et profondes, il ne s'intéresse pas à grand-chose... Mais les collègues de l'abbé exagèrent son sentiment religieux, pour faire joli. Il était tiède, enfin, assez pépère en matière biblique, Breuil, peu curieux de métaphysique. Il laissait ces abîmes à son compère Teilhard de Chardin.

– Il a un beau nom de peintre, celui-là... Si j'ai un fils, peut-être que je le prénommerai Teilhard. Pour voir...

– Il a dit, en gros, que plus nous découvrons scientifiquement les origines, moins nous trouvons de place pour Adam et pour Ève. C'est foutu ! Breuil suggère que son confrère a tendance à aller voir de l'autre côté de la montagne... La thèse de Teilhard est plus tournée vers l'évolution spirituelle de l'homme, comme si ce dernier était encore inachevé. Certes, la femme est l'avenir de l'homme, si on veut ! Mais Teilhard dirait plutôt que l'Homme est l'avenir de l'homme...

– Il a raison, c'est l'abbé qui est bête. La seule question intéressante, ici-bas, est de savoir si Dieu existe ou pas.

– Ton avis ?

– Il existe quand je jouis.

– C'est pour cela que certaines femmes, au paroxysme, s'exclament : « Mon Dieu ! Mon Dieu ! »

– Tu gardes pour toi le catalogue de tes souvenirs ethnologiques, sinon j'énumère les jurons des mecs quand c'est l'apocalypse.

Milos ne bronche pas, mesurant le péril. Il lit un autre portrait de l'abbé plus tardif, toujours du même collègue Bouyssonie :

– « Il a […] le front dégarni, la graisse assez abondante […]. Le nez pointe hardiment en avant… »

– Il est devenu complètement obscène, ton Breuil !

– « … d'une tête en longueur – appelez-la dolichocéphale ou même carénée, si vous préférez ».

– Quel charabia désopilant, mon Milos. Toi aussi tu es un dolicho !

– « La parole est brève, sèche, tranchante, un peu "crissante" […]. Mais le cœur est bon – ce n'est pas un silex qu'il a sous la mamelle gauche. »

– Ce sont des petits rigolos, tes copains archéologues. Moi, sous ma mamelle, je ne palpite que pour toi.

Ils s'embrassent et font cahoter l'argenterie du petit déjeuner.

Toute la journée se passe au bord de la piscine. Vivie, deux pièces mini, plonge droit et sans mousse. Crawl long, régulier. Ne s'époumone ni ne divague. Tracé au scalpel. Lui, voyeur inlassable de sa belle. Quand elle se hisse sur le plongeoir, perlée, scintille, se tourne vers lui, sourit, se rassemble et fuse dans le soleil. Il barbote, nageotte, protège ses lentilles. Fait trempette, c'est tout. En début d'après-midi, à l'heure de la sieste, ils se câlinent. Elle pousse son petit chant des îles.

Puis ils retournent à la collégiale vérifier leurs cierges. Les redressent. Et goûtent la fraîcheur des cavernes catholiques.

– Le roman, c'est ce que je préfère, c'est classique et plus mystérieux. Et toi ?

– J'aime toutes les églises anciennes. Le gothique aussi.

– C'est emmerdant, à la longue, de visiter tous les sanctuaires de la région, la tournée du roman bourguignon, des chapelles dauphinoises ou je ne sais quoi. Une fois, deux fois, oui, mais toi, tu peux tenir jusqu'où ? Toute la journée ?

– Le baroque espagnol, je préfère ne pas y plonger, car ce serait sans fin.

– Je te connais mieux maintenant. Je vois le genre de vacances…

Le soir, ils se promènent dans les vieilles rues, vers la sortie du village, les jardins, les prairies. Main dans la main. Flânent. Gazouillent. Volent une fleur pourpre d'hibiscus, admirent et touchent ses pétales satinés, charnus, retroussés.

– Je ne sais pas, mais le nom d'hibiscus, c'est le summum du sensuel ! L'érotique rouge sang.

Au cœur du calice, le pistil, au long style, gonfle ses ovaires jaune d'or dont les pigments colorent les doigts.

C'est le moment divin d'aimer au crépuscule. La pulpe de la lune blanche et calme s'épanouit. Il y a un beau poème d'Hugo qu'il a complètement oublié… Elle veut des baisers, encore et encore. Il en redemande sous l'avalanche des jasmins. Le Cro-Magnon ne dort que d'un œil. Les chamans rêvent à la grande bisonne blanche.

Elle se couche la première. Il attend qu'elle dorme profondément. Se lève et va farfouiller dans le sac à l'étui, sort les lentilles, opère avec précaution. Les décolle avec prestesse. Un bruit discret, la porte s'ouvre. Il n'a pas fermé à clé. Il voit le visage de Vivie qui s'inscrit dans le miroir. Elle saisit le reflet de ses yeux nus. Il se retourne vers elle. Sa stupeur. L'incompréhension, le désarroi brutal. Elle le scrute, effarée. En un éclair, l'image de la poignée de sable qui referma son enfance.

– Milos ! Oh, Milos !

Elle le dévore des yeux, béante, déboussolée, interdite, percée par ce glaive bleu.

– Oh, Milos ! Mon Dieu ! Mon Dieu !

Il reste immobile dans son regard stupéfait.

– Milos, pourquoi ? Pourquoi ? Mon petit Milos…

Elle sanglote. Les larmes l'assaillent par bouffées, spasmes. Elle va s'asseoir sur le bord de la baignoire, éperdue. Le souffle coupé.

– Pourquoi me l'avoir caché ?

– Je ne pouvais plus.

– C'est si beau, si beau ! Si incroyable, Milos…

– J'en ai tant souffert.

– Mais pourquoi ?

– Cela leur donnait envie de me les crever…

De nouveau, elle est frappée, clouée par la révélation.

– C'est horrible ! Milos…

Ils rejoignent la chambre. Elle prend son visage entre ses mains et le contemple dans un émerveillement naïf. Il n'a pas peur de son regard. Il lui livre ses yeux désarmés. Elle l'embrasse très doucement sur les paupières.

– Milos, mon pauvre petit Milos… Ce bleu ! Ce bleu… mais d'où vient-il ?

Alors l'amour de Vivie change de face. Plus intense, plus fervent. Comme si, désormais, un lien presque sacré l'attachait à lui, à son secret. Elle veut le voir plus souvent. Elle désire le voir tout le temps. Elle, si souple, si concrète, si positive, perd toute logique. Émotive, elle s'emballe, elle s'affole. La passion la bouleverse, réveille quels secrets enfouis ? Car il ne la connaît pas. Il ignore tout de son passé. En dehors du type entrevu, du compagnon manifeste. Ils ont fui les confidences.

Personne n'est à l'abri du rapt. Europe cède à la houle qui l'emporte. Sur l'île de Minos. Pour un taureau immaculé. Un Minotaure transfiguré. Pasiphaé… Myriam, sa mère. Toutes ces histoires ne cessent de nous prendre, de nous tuer, de nous sauver.

L'angoisse tenaille Milos de ne pas être à la hauteur de cet amour fou. Une impossibilité le ronge. La belle Vivie l'a arraché à sa solitude, au sentiment de l'exil. C'était une surprise du désir. Mais Vivie n'est plus la même. Ce qui l'a séduit, en elle, est son autonomie, son chic, son toupet devant la vie. Sa manière de mener son affaire avec agilité, de compartimenter deux amours, de masquer son délit de volupté. Milos l'a d'abord admirée. Puis la loi du plaisir s'est imposée. Mais voilà qu'il se sent indisponible pour une autre dimension. Ses yeux l'ont piégé une fois de plus. Mais en sens inverse des circonstances originelles : cette poignée de sable de Zoé qui avait voulu rompre le charme, le dévoyer, le meurtrir.

Submergé, il désire moins. Cette tendresse effrénée lui fait peur, rallume des échos de Marine, en les dénaturant. Comme si la passion de Vivie était une imposture, un aveuglement. La jolie fille libre et lucide, tombée dans l'esclavage d'un mythe. Aliénée par une image.

Pitié, terreur… Oui, Racine, le maître en la matière, le prince de la musique extrême. Vivie en Phèdre, c'est une erreur. La fille de Minos et de Pasiphaé. Et lui, quel Hippolyte promis au carnage d'un amour sans frein ?

Il décida d'aller passer quelques jours à Antibes. Il la prévint, dans le train, sur son portable, arguant d'une obligation : ses parents…

Myriam et Loïc l'accueillirent avec le même amour. La même constance. Les mêmes questions. Myriam, ses premiers cheveux blancs. Loïc presque complètement dégarni. Leur couple ridé. Le même mystère originel. Que pesaient encore les chimères crétoises de Myriam ? Il leur détailla sa vie au musée, ses recherches, ses lectures. L'abbé ! Ils n'osaient lui parler de Marine, qu'ils aimaient tant. Avait-il des nouvelles ? Il lisait dans leurs yeux. Ses parents attendaient ses confidences. Ils le savaient muet depuis longtemps, depuis l'enfance, depuis l'outrage. Ils attendaient, on ne sait jamais.

Une nuit, il sortit. Vers le port. Remonta le long du quai. Des pêcheurs partaient en mer. La marqueterie des eaux et les falots. Il pensa au tableau de Picasso : *Pêche de nuit à Antibes*. Il le regarda sur l'écran de son portable, l'agrandit. L'image brillait, bigarrée, d'abord indéchiffrable. Il savait que Picasso avait peint le tableau en 1939, à la veille de la guerre, sous la menace. La nuit d'Antibes était percée d'éclats vifs, de couleurs crues. Astres, insectes jaune d'or. Lamparo clair. Fond bleu sombre, pourpre, barque noire. Deux figures se penchaient au-dessus du bateau. Deux escogriffes. Des hommes grotesques. Des monstres de Bosch. Tels des ogres cannibales. Ils épiaient l'eau verte. Le premier, en proue, enfonçait non pas un trident mais une broche à quatre pointes dans le ventre d'une caricature de poisson. Deux femmes regardaient la scène, d'un parapet du quai. Là où Milos se trouvait. Deux fées, deux sorcières, vaguement libellules ou mantes religieuses. Hybrides, bien sûr, ça continuait. Dans la nuit électrique. L'une, dolichocéphale à l'extrême, portait sur la courge phallique de son crâne deux yeux superposés, fous. Et dardait sa langue. Ce n'était ni Marie-Thérèse ni Dora, en principe ! Mais avec Picasso la manducation guette partout. Dora était en cet août d'Antibes avec lui et la belle Jacqueline blonde de *L'Amour fou*, la compagne, la sirène d'André Breton. On dirait que l'une d'elles, à vélo, croque un cornet à glace. À moins que la dent d'Olga vengeresse ne troue encore la nuit. L'angoisse de la femme dentue lui serait venue de l'originelle Germaine dont Casagemas, son ami, son frère impuissant, mourut. À Paris. Au tout début. Suicidé d'amour. Comme Nicolas de Staël. Belle nuit d'Antibes tailladée. Nuit de guerre. Olga *Guernica*. Nuit de blessure, de meurtre, de goules, de gargouilles criminelles. Embrocher le poisson, la proie. Sous le regard des femmes.

La vie est un précipice. De Staël le sait. Milos aussi.

Samantha croisée dans la rue. Comme ça. Milos happé comme d'habitude par les sandales, le mollet brun, la jambe élastique, le torse pointu au soleil.

Il va la voir, le lendemain, dans la maison de Mougins. Jeanne est occupée par une exposition à Lyon. Samantha toujours absorbée par la grande affaire Picasso. Livres, essai, fiction impossible. « Je suis le Minotaure d'un été de bonheur, l'été de *Guernica.* » Une première phrase trop belle, puis le gouffre. L'Œil du monstre qui la guette, harpon en main. Mougins est un théâtre hanté. Picasso occupe tout le terrain, d'un bout à l'autre. Nulle autre place, nulle respiration. Jacqueline Roque, sa dernière compagne, se suicide avec un revolver, dans la maison cachée, là, tout près. Elle n'a pas survécu au trépas du Totem. Même Marie-Thérèse s'est suicidée, la si belle, si calme au miroir. Rose et bleu, couronnée de lauriers. La préférée. Sale temps pour Samantha. Picasso l'englue dans ses yeux de fou. Elle est le poisson transpercé de la pêche d'Antibes. Sacrifiée sous les naseaux de la mer.

Milos est attiré par cet abîme déguisé en perpétuelle séduction. Comment oublierait-il la scène dans la salle de bains ? Sa caresse féconde. Sa main fine, savante. Le même choc vous poursuit dans les mêmes circonstances. La même excitation gravée se rallume. Le souvenir aussi de la chambre noire, du rougeoiement des corps. L'été 37 obsède toujours Samantha. L'essaim des inconnues de Picasso, les miraculées passées entre les gouttes de son foutre. Geneviève, la lycéenne de Fénelon qui revient le voir… les survivantes oubliées au tréfonds des siècles. Une certaine Rosemarie aux seins nus avançait sur la plage de la Garoupe. Mais qui était-elle ? Dans les bordels, Rosita del Oro, dans les ruelles, dans les taudis des ateliers de la peinture mythique. Montmartre, Montparnasse. Lieux vidés aujourd'hui de ces connivences créatrices.

Elle lui sert du champagne. C'est bon, elle ne le regarde pas comme Vivie. Elle aiguise sur lui de jolis yeux vicieux. Il veut sa main comme ce fut dans sa prime jeunesse… On dirait qu'elle le devine, qu'elle aussi se souvient du même moment. Elle avait alors surpris les yeux de Milos dans le miroir de la salle de bains, comme Vivie. Mais avait réagi tout autrement. Curieuse, libertine. La tentation. Il veut être un poisson vivant entre ses doigts.

Elle s'approche et rit de complicité. Elle se colle doucement contre sa poitrine. Mais c'est elle, cette fois, qui réclame sa caresse, la main blanche de Milos, cette longue main pure qu'elle n'aurait pas osé demander, alors. Il la passe sous le short et cherche les ouïes de la fille, son pistil fleuri. L'hibiscus de Samantha sous son string de coton. Elle l'emmène devant un grand miroir. Elle veut qu'il baisse d'abord le short et refoule la culotte sur les hanches, juste au bord de la fente, à la commissure.

– Pas plus, je suis précise… elle lui murmure.

Elle suspend la fouille de l'archéologue. Elle le regarde. Elle veut voir dans l'eau du miroir. Elle le conduit et le lâche. Pour qu'il glisse, lui-même, le doigt et l'atteigne à la crête. Il la regarde, elle le regarde se mouvoir. Elle le sent bien durci de côté, contre la joue de sa fesse qu'elle braque lentement. Il faudrait que cela continue jusqu'à la fin des temps, du malheur. Afin que rien ne meure. Elle le freine doucement, le retire de sa mouillure. Il s'écarte, lui aussi, de son corps. Elle voit la goutte annonciatrice qui perle dans la percée du gland.

Ils reprennent le jeu des commencements. La lumière baigne le jardin de Jeanne. Il ne sait quels fantasmes la cisaillent. Il a besoin de cette ivresse sans horizon. Une tourterelle pousse son cri rauque et blême. Elle jouit :

– Mon Dieu ! Oh mon Dieu !

Et le fait jouir. Et les dieux meurent.

Ils se promènent dans le jardin, sous la rosée du soir, l'odeur des fleurs. Elle amorce le crépitement discret d'un jet d'eau qui pivote. Et la magie se cristallise dans ce susurrement, ces spasmes légers, qui ne dérangent pas le silence mais ébruitent l'été.

Il longeait la corniche qui dominait la mer quand il vit arriver en sens inverse un couple et deux enfants. La femme marqua une expression de surprise. Il la reconnut. C'était Zoé, celle qui avait voulu l'aveugler… Son mari était un homme d'aspect banal, short et casquette, tenant par la main une fillette et un garçonnet. Zoé était devenue une belle femme déliée, piquante. Elle conservait, au fond du regard, on ne savait quelle paillette dorée de duplicité, reliquat d'une perversité enfantine, ou projection de Milos qui lui en voulait encore. Car il sentit, après tant d'années, en un éclair, se rallumer la blessure. Et la honte quand ses parents lui avaient interdit de revoir Zoé, qu'il la rencontrait, qu'elle le sondait et qu'il continuait son chemin. Elle hésita, prête à s'arrêter pour lui dire bonjour. Lui souriant avec gentillesse et une curiosité qu'il perçut comme aiguisée d'un éveil extrême. Il lui sourit, lui dit bonjour en passant, mais fila le long de la muraille du musée Picasso.

Cette vision de Zoé l'habita toute la journée et le soir, dans son lit. Les réminiscences de leurs petits jeux sensuels, des privautés autoritaires de la fillette. Et la scène féroce, cette volée de grains perçants, ardents, criblant les yeux, tuant la vue, l'amour. Elle l'avait reconnu malgré ses lunettes noires. Elle savait ce qu'elles masquaient, toute leur histoire primordiale. Ce qu'il ignorait est qu'elle s'était retournée vers lui, espérant un nouveau regard, qu'il ôte le masque et lui rende l'impression surnaturelle de l'enfance. Le bleu lumineux, le bleu perdu, le bleu qu'elle avait attaqué, parce qu'il était d'une excessive, insupportable pureté, qu'elle le désirait et que la seule façon pour elle de s'en saisir, alors, avait été de tenter de le détruire, de le tuer, de l'enfouir sous le sable de la plage. Deux yeux crevés sur lesquels des enfants viendraient dresser un château de sable que le bleu de la mer emporterait, ravissant dans son reflux les yeux éteints.

Milos était coupable d'une ignorance paradoxale. Il était allé observer les peintures de Bochimans en Namibie, et les gravures de Cro-Magnon dans le Périgord et à Altamira. Il avait vu le crâne de la Dame de Cavillon, orné de deux cents coquillages et de canines de cerfs, au musée de l'Homme, il avait été subjugué par cette dame de Grimaldi. Mais il n'était jamais allé visiter les lieux où elle avait été découverte, si proches pourtant d'Antibes. Juste derrière la frontière italienne. Et ce qui était pire, il n'était même pas monté sur les hauteurs de Nice voir les traces des premiers hommes de Terra Amata. On fuit très loin, sans regarder ce qui est presque sous nos yeux… C'était comme si la présence obsédante de Picasso et de Nicolas de Staël l'avait empêché de questionner, sur un plan plus profond, les secrets de son voisinage, cette matrice des origines.

Alors il décida d'accomplir ce périple de rattrapage qui le mènerait de Nice à Menton, puis à Monaco, et de là en Italie dans les Balzi Rossi, les cavernes des hommes de Grimaldi. Il ne savait pas conduire et pensait faire le trajet en bus et en autostop. Samantha l'appela sur son portable, il évoqua son projet. Aussitôt elle lui proposa de l'accompagner dans sa voiture. Il refusa, il voulait faire ce voyage tout seul.

Sur ces entrefaites, il reçut une série de messages de Vivie inquiète, impatiente de son retour. Il la rassura, lui précisa qu'il serait à Paris très bientôt mais qu'il voulait rester encore un peu auprès de sa famille. Il s'aperçut que sa réponse manquait de tendresse amoureuse. Elle le lui fit savoir immédiatement. Il la rappela, protesta avec douceur. Trop de douceur.

– On dirait que tu t'adresses à quelqu'un de malade, une sorte de sœur qui serait souffrante ! Qu'est-ce que tu as, Milos ? Milos !

– Je n'ai rien, mais je suis chez moi, à la maison, ce n'est pas si simple, mes parents et tout le passé que ça trimballe. Voilà.

C'était le week-end et ses parents auraient aimé faire la visite avec lui. Eux non plus n'avaient jamais visité les sanctuaires de l'Homme, leur voisin immémorial. Négligence, étourderie, censure, bêtise : toujours cette illusion que la vérité est ailleurs, qu'elle ne peut exister si près de nous. Myriam, en plus, était, depuis sa jeunesse, secrètement tournée vers les îles fabuleuses d'un amour que sa mémoire avait sans doute transfiguré.

Il se retrouva sur le siège arrière de la voiture comme dans son enfance. Loïc et Myriam à l'avant. De dos, deux figures si proches, trop émouvantes et bizarrement opaques. Comme si la coupure parisienne les avait éloignés. Chacun vivant désormais sa vie, se débrouillant avec soi-même. C'était cruel et c'était arrivé comme ça. Le temps les avait séparés de la fusion originelle qui était devenue insupportable à Milos, le ramenait aux années de la barbarie, de la violence des autres, de Zoé, des camarades de classe.

Le musée de Terra Amata se situait à Nice, sur le mont Boron, au-delà du port. On arrivait devant un grand bâtiment des années 60. Un immeuble d'habitation sans grande originalité. Avec des balcons, des baies, des jardinières, des chats… La vie des gens. Le musée se planquait dessous. Son entrée embusquée au rez-de-chaussée. Et le musée plongeait sous l'immeuble comme une nappe de fond.

Des travaux de terrassement pour construire l'immeuble avaient commencé en 1965. L'équipe était tombée sur des ossements, des pierres. Un archéologue célèbre avait été convoqué sur place. Henry de Lumley, qui découvrirait, six ans plus tard, le crâne de l'Homme de Tautavel, le pithécanthrope du Roussillon, datant de plus de 450 000 ans.

Impossible d'empêcher, à l'époque, une construction sous prétexte qu'on avait déterré les empreintes d'un habitat primordial, rien de moins que celui de l'*Homo erectus*, vieux de 400 000 ans. Le comble, c'était la révélation de traces de foyers attestant de la découverte du feu. À Tautavel, plus tard, site de la même époque, on ne retrouverait aucun vestige de feu. Ainsi, le feu domestiqué aurait été inventé à Nice par celui que les locaux pleins de fierté appelaient déjà l'Homme de Nice. Non, ce n'était pas une star, un milliardaire, un peintre, Matisse ou un autre. Un trafiquant, un maire, un bandit d'envergure internationale. Cet *Erectus*-là ne fumait pas le cigare, ne possédait aucun yacht dans la Baie des Anges. Il chassait l'éléphant antique, qu'il dépeçait avec des outils adaptés et dont les morceaux étaient rapportés à la grotte. À Tautavel, des preuves attestaient de la manducation rituelle de la cervelle, ce qui est pittoresque. À Terra Amata, le Feu ! Oui. Nice, foyer originel. Un type a l'idée de frotter des silex, de faire tourner furieusement un bâton au creux d'un autre ou de recueillir un brandon fumant après le passage de la foudre ou d'un incendie. Plusieurs types. Une petite bande très industrieuse, très audacieuse. Et, un beau jour, c'est fait, le pas est franchi, la peur apprivoisée. Prométhée, à Nice, vole le feu aux dieux, un bout de branche enflammée. Un contentieux a sans doute éclaté entre les partisans du sacrilège et les respectueux de la nature sacrée. L'opération a dû demander du temps, avec des ratés, de nouvelles peurs, des abandons… La tentation finit par être plus forte. Voilà qu'on entretient le brandon, qu'on l'alimente. Le foyer est né. Le centre, le cœur de la tribu. L'Abri majuscule. Jusqu'au jour où l'on va cuire le gibier tué. Une rôtissoire pour les morceaux les plus juteux de l'éléphant antique ou du lion des cavernes. Le premier barbecue niçois. Et quand il fait froid, à chacun de venir se réchauffer et se recueillir devant la flamme qui favorise le rêve et la méditation, la songerie de l'homme. Ses chimères infinies.

Donc, au lieu d'élever une cathédrale au premier feu européen, un temple aux premiers pas de l'*Homo erectus* – car on retrouve l'empreinte d'un pied –, qu'est-ce qu'on avait fait ? On avait construit l'immeuble, le poulailler des années 60 pour les familles.

L'endroit était une plage originelle où l'*Homo erectus* dressait sa hutte de chasse, fabriquait ses outils, ses percuteurs. Sous les pavés, la plage. Ou plutôt, sous le béton, la plage.

On entre ainsi dans le musée enterré. Au-dessus, toutes les familles s'activent, chacune dans sa cellule de ruche, se chamaillent, baisent et divorcent. L'*Homo sapiens* se perpétue en marchant sur les ossements de son ancêtre. Et si un enfant est trop turbulent on le menace d'aller chercher le Père *Erectus*, armé de son hachoir. Celui qui dort dans la caverne sous la maison… Les jeunes garçons ont leurs premières érections et pensent que c'est l'origine du nom de l'*Homo*.

Le plus réussi du musée est la reconstitution du sol de la plage. Un très beau pan de terre, quelque chose qui rappelle l'art des grands matiéristes, Dubuffet dans sa manière ancienne, Fautrier. Un sol, un territoire bosselé d'archives, de galets, de traces de feu. Nul crâne comme à Tautavel, pas d'ossements humains. Mais une dent de lait. Myriam sourit :

– La petite souris est passée.

Et Milos se souvient de l'argent offert quand il perdait une dent de lait et qu'il la plaçait sous son oreiller. C'est si loin, dans un brouillard confus. Du temps des Noël, de la présence. Tout était là : le père, la mère, l'amour. La croyance. Les ombres chères de Loïc et de Myriam. Avant le drame. La griffe du sable. Mais c'est sur ce sable que les premiers hommes ont chassé, construit leur abri, mangé le fruit de leur chasse, procréé. Le même sable du sablier.

Ils vont ensuite au musée de Préhistoire régionale de Menton, un beau bâtiment néo-classique à frise et portique. Comme partout, reconstitution de l'évolution humaine commençant par des individus simiesques au ras des pâquerettes, qui se redressent lentement, au fil des mutations, des adaptations, de 6 millions d'années à 100 000 ans. On retrouve toute l'enfilade d'hominidés, d'*Homo*, du musée de l'Homme. Myriam et Loïc, eux, font des découvertes, scrutent, essaient de distinguer, de mémoriser, car il y a des noms bizarres, *Ergaster*, *Heildelbergensis*… Ils prennent des notes, comme les gens d'un certain âge, obsédés d'enregistrer, de mémoriser, mobilisés à fond pour dénier le grand oubli fatal qui va les submerger. Ils suivent les branches, les impasses, les passerelles. C'est touffu, l'homme… Représentations de l'Homme de Grimaldi, rebaptisé volontiers Homme de Menton. En Italie, le même s'appelle l'Homme de Vintimille. Chacun se réclame de son patrimoine et revendique son crâne, ses coquillages, ses osselets. Sa mandibule sacrée.

Au faîte du cortège des âges, comme au sommet de la noce de *Madame Bovary*, c'est nous ! Papa, maman ! L'*Homo sapiens*. Nous, Cro-Magnon : Einstein, Tarzan, Rita Hayworth, Lady Macbeth, Staline hélas, et l'autre, le nazi guttural, Charlot par bonheur… Ava Gardner mince, blanche et moulée dans un pull noir, dans quel polar ? Michael Jackson.

Un certain Eirik Granqvist a conçu des bronzes représentant les différents hommes, grandeur nature, dans leurs occupations quotidiennes. Silex taillé, feu… Puis les as : l'invention du bronze, il y a 3 000 ans. On les voit, affairés, accroupis, soufflant sur les braises, heurtant les cailloux l'un contre l'autre. En famille. Comme dans la crèche. Milos aime moins le bronze que les représentations en cire, plus ressemblantes, imitation peau. Loïc trouve, au contraire, que l'alliage brillant magnifie nos ancêtres, qui ressemblent à des Rodin. Milos se récrie :

– Il ne faut pas mélanger les torchons et les serviettes, les mannequins pédagogiques avec *Le Baiser* du maître.

Au fond, il aurait préféré que Granqvist sculpte un dédale sur mesure avec un Picasso ithyphallique, à tête de Minotaure, coursant Marie-Thérèse rieuse comme dans les labyrinthes de Boisgeloup désert.

En route pour Monaco, la tournée des grands ducs. Les gens préfèrent le Musée océanographique, que les enfants adorent. Les dents de la mer. Le ballet de la raie manta. Le prince Albert Ier a créé le musée d'Anthropologie préhistorique. C'était un ami, un mécène de l'abbé Breuil, le curé toujours prêt ! Ils reconnaissent les mêmes silhouettes ascendantes, le défilé des majorettes de plus en plus droites et lucides. Surtout qu'Albert s'est intéressé aux premiers hommes de Monaco, qui deviendront bientôt les grands-parents de Caroline et Stéphanie, deux Cro-Mignonnes de choc. La princesse Grace ne dépare pas l'espèce *Homo* dans les bras de Cary Grant ou dans *Le train sifflera trois fois*.

Le clou, c'est le mammouth grandeur nature. Un colosse d'os mastoc. Toute une architecture de galère de Carthage. Un crâne dolichocéphale si on veut, en forme de trône haussé, dôme barbare. Pour Hamilcar ou Hannibal. Avec deux défenses gigantesques. De quoi alimenter un trafic d'ivoire pendant cent ans. Toute l'Asie en aurait bandé à perpète. Deux milliards de Chinois. L'effet placebo du mammouth, mieux que celui de la corne du rhinocéros. Les néandertaliens chassaient le mastodonte.

– Ils avaient des couilles, lance Loïc, pensif.

Myriam rit.

Les couilles de son père restent un mystère pour Milos et l'intime de sa mère la caverne taboue.

Ils dorment dans des chambres d'hôtes. Ils franchissent la frontière, repèrent des embrouilles en provenance des trains italiens. Des contrôles de police, des petits groupes qu'on embarque. Ils rejoignent la montagne de Vintimille. Toute une fresque de falaises trouées de crevasses et de grottes. Balzi Rossi, les rochers rouges. Juste au-dessus de la mer. Fable du bleu qui flambe. Un bleu qui vous entre dedans par tous les pores. Bleu Vie majuscule. Bleu Neptune. Et ce balcon festonné des grottes. Un long théâtre roux, aux plis rocheux, rideau entrouvert, multiplié, sur la scène de l'Homme. Grotte de Costantini, grotte des Enfants, où on a découvert une femme de petite taille, puis un Cro-Magnon de grande taille : l'Homme de Grimaldi. Et, dans une sépulture double, la fameuse vieille femme et l'adolescent dont on truquera la représentation, dans une vitrine, en les agençant l'un derrière l'autre, dans un accolement affectif… La fente triangulée, parfaite, de la grotte de Cavillon qui est celle de la fameuse Dame rouge, aux coquillages et canines de cerfs. Grotte du Prince… La pierre est souvent incisée de volées d'entailles, gravée, ou peinte d'animaux… Ils repèrent un grand phallus, peut-être une vulve… Des présences, des absences, des fantômes, des signes de nous-mêmes. Des rites et des songes.

Ils gravissent ainsi les sentiers, les escaliers, traversent des passerelles. Au milieu des yuccas et des agaves, des aloès, plantés là pour égayer le parcours, comme si c'était nécessaire. La Barma Grande étire une haute et longue fente, comme une vulve ouverte. De l'ombre intérieure on voit étinceler la féerie de la mer, belle à toucher. C'est à la Barma Grande ainsi que dans la grotte du Prince qu'on a retrouvé une quinzaine de statuettes en stéatite rouge, verte ou jaune. Les Vénus de Grimaldi. À deux têtes ou doubles ou en forme de losange. Polichinelle. Vénus stéatopyge à souhait, au ventre protubérant, sans doute occupé par le *polichinello*.

De telle sorte qu'elle pointe des deux côtés comme une barque. Proue et poupe. La Vénus, dite hermaphrodite, en stéatite verte, compacte, enchevêtrée, avec ce renflement, pénis ou autre chose, posture particulière des bras ramenés en avant, vulve en dessous. Ces vulves sont consciencieusement marquées, parfois ouvertes, les mamelons ballonnés. Façon Dame de Lespugue.

Vénus de la fécondité. Maternités, Vénus de la beauté. Aphrodite d'il y a 25 000 ans. Nos grand-mères. Le petit musée des Balzi Rossi raconte tout. La farandole des falaises au-dessus de la mer, des plages où l'*Homo sapiens* chassait, coincé entre la montagne et les flots. L'entrevoir une seule fois ! Elles et lui. Leur groupe. Leur feu. Taillant les petites Vénus ventrues, mamelues, accolées ou bicéphales. Fantaisie religieuse. Fétiches. Pour amadouer la Mère. Quelle déesse des limbes ? Ventre des origines. Fastes.

Jadis, Myriam avait ainsi exhibé Milos. Enceinte, heureuse jusqu'aux yeux. Pleine de son petit polichinelle. Un peu plus stéatopyge que d'habitude. Myriam qui regardait la Méditerranée. Toi, Vénus. Toi, Isis, mère d'Horus bleue.

Elle marchait allègrement devant lui, flanquée du père, à la barbe des cavernes. Il ne pouvait imaginer sa mère grosse de lui. Dans les rues, dans les boutiques, en vacances au bord de la mer. Son ventre écarquillé, lisse et tendu, balancé, sous lequel il commençait de vivre, d'écouter la pulsation, la rumeur perdue de sa mère. Dans son sang, dans sa grotte irriguée, martelée de son carillon intime, de ses cycles. Déjà il entendait, palpitait. Dans la nuit bienheureuse. Rêvait-elle encore au rapt d'Europe ? Avait-elle donc pris son enfant pour Minos ? Milos ?

Ils descendirent vers la plage et la découvrirent occupée par des groupes d'hommes allant, venant, étalant sur les rochers leurs vêtements ou leurs serviettes trempés. Dans un terrain vague attenant, ils étaient plus nombreux. Plus loin, la Croix-Rouge avait dressé un camp.

C'étaient des migrants de Libye, du Soudan, d'Érythrée, de Syrie qui avaient survécu aux massacres et aux naufrages. Les scientifiques du musée de l'Homme de jadis, le chef d'atelier Stahl seraient venus opérer des mesures, faire des moulages sur ces crânes des contrées étrangères… Myriam avisa une mère, un père et un enfant qui la regardaient sans rien demander. Elle s'approcha, leur sourit et les dépanna d'un billet. Sans faire de chichis. Il y avait de la police partout.

Ainsi, migrer était le destin de l'homme. Les premiers *Homo sapiens* étaient partis de la côte africaine il y avait 60 000 ans et étaient remontés vers la mer Rouge pendant des millénaires pour se répandre dans toute l'Europe, l'Asie et devenir nous-mêmes. Désormais, d'autres mouvements de masses, plus précipités, poussés par la misère, la guerre… Humanité errante, promise à plus d'errance encore si le réchauffement de la planète portait à ébullition les flux migratoires.

Ce n'était plus une plage italienne, à l'aspect bigarré, fellinien et sonore, mais une sorte de terrain vague, poussiéreux, où des hommes perdus tournaient en rond, attendaient, espéraient. L'Homme. Son angoisse nomade, ses exils. Dès l'origine, l'homme de Neandertal – peu à peu submergé par les vagues de *Sapiens* – avait reculé, de moins en moins adapté, face à un congénère plus agile, d'une culture différente. Les derniers Neandertal se retrouvant, dit-on, dans des grottes à Gibraltar, acculés devant la mer, condamnés, s'éteignant… La crise perpétuelle de l'Homme.

Il revit Vivie avec plaisir, avec désir. Et leur bonheur trouva une parenthèse sans revendications ni conflit.

Un après-midi, elle le regarda et déclara :

– Tu ne m'aimes pas, Milos.

Il lui répondit qu'elle se trompait et qu'il fallait éviter de se torturer avec les grandes questions. Qu'elle avait toujours évité de le faire dans les meilleurs moments de leur amour qui avait été si spontané.

– Tu vois, tu ne m'aimes pas.

Il ne la reconnaissait pas dans ce nouveau rôle amer. Le reproche l'agaçait, le blessait. Elle reprit :

– Je ne sais rien de ton passé mais je crois que tu as aimé, et que tu es venu à Paris pour couper avec ce passé, une femme. As-tu aimé déjà une femme, Milos ?

– Oui.

– Plus que tu ne m'as aimée.

– On ne mesure pas l'amour. Chaque amour est différent, éveille en nous un nouveau monde sentimental.

– Tu fais de la psychologie, Milos. Dès qu'on aime, on le sait ! Tu ne m'aimes pas comme on aime.

– Allons… Vivie, je suis très séduit, très pris, très amoureux.

– Je veux divorcer.

Il se tut, frappé.

– Tu n'as rien à en dire. Je te sens pétrifié.

– Il ne faut pas divorcer pour moi.

– Pourquoi ?

– Parce que ça ne va pas. Tu ne serais pas heureuse, à la longue. Je ne peux pas rendre une femme heureuse pour le moment.

– Pourquoi, Milos ? Pourquoi tu dis cela, mon petit Milos ? Moi, je suis toute heureuse avec toi. Pourquoi cette fatalité ?

– Parce que je ne sais pas encore qui je suis, ce que je veux, ce que je désire, parce que j'ai envie de fuir.

– Mais tu as un port d'attache : l'archéologie qui te passionne, tu as un centre.

– Je ne crois pas que cela soit suffisant. Des choses plus anciennes me tourmentent.

– Je te crois, Milos. Moi aussi, sous mes airs de grande active experte, j'ai mon paquet ! Si tu vois, mon petit fardeau…

– Quel poids, Vivie ? On se connaît si peu, on s'est tellement esquivés, protégés par le sexe facile.

– J'ai perdu mon petit frère de 10 ans quand j'en avais 13. Je l'adorais. Mes parents étaient brisés. Le malheur nous a ensevelis d'un coup.

Sans un mot, il s'approcha d'elle et la prit par le cou.

Une grande exposition eut lieu à Beaubourg sur le thème des matiéristes. Au menu : Dubuffet, Fautrier, Nicolas de Staël, Picasso…

Vivie le sentait tendu vers ce qu'il découvrait. Ce qui démentait, en partie, cette espèce d'égarement existentiel dont il s'était paré pour s'excuser de ne pas savoir bien exprimer qu'il l'aimait. Des œuvres anciennes de

Jean Dubuffet leur apparurent. Ils ne connaissaient guère que ses bonshommes chapeautés, graffitis gribouillés sur des fonds inextricables, aux teintes foncées. Ou ces grands puzzles des jardins publics, imbrications de haricots bleu, blanc, rouge, cernés d'un gros trait noir. Grands machins cabossés, ludiques. La mécanique de Dubuffet, son débitage. Ses combinatoires populaires. Là, c'était complètement différent, radical. Des terres, toute une géologie de sols profonds raturés de signes enfouis. Des séries qui s'intitulaient « Le géologue », « Paysages blonds », « Texturologies »… Le génie de la terre. Une grande rêverie de la matière. Sans fable précise, sans récit, sans personnages burlesques ou pathétiques, hormis la silhouette du géologue dans la série du même nom. Dubuffet aurait pu aussi bien découper un grès du ravin de Tsisab, dans le Brandberg namibien. Un bloc du plafond d'Altamira. Le grain, les pores, les textures, les osselets secrets d'un sol de Terra Amata, avec ses vestiges de foyer primitif, ses empreintes de pas primordiaux.

Milos adorait ces textes de la matière, avant tout alphabet précis, ces scories de vocabulaire tellurique. Sables du Namib. Les merveilleux « Paysages blonds ».

Vivie n'en dédaignait pas la rigueur mais elle préférait les palimpsestes plus expressifs où se dessinaient les personnages griffés de Dubuffet, les clodos rigolos, les Bouvard et les Pécuchet, les drôles de petits marioles de Beckett ou de Michaux.

Milos protesta :

– C'est bavard, c'est de la fantaisie déjà bon public… Alors que « Paysages blonds » ou « Texturologies », c'est du brut de brut, pas pour les badauds.

– Merci pour la badaude ! Moi, j'aime qu'il y ait un embryon d'histoire, j'ai besoin d'humain.

– Qu'est-ce que tu dis ? « Besoin d'humain » ! Beurk ! Besoin que l'homme fasse ses besoins sur la peinture…

– Ne t'énerve pas ! Milos, qu'est-ce que tu as ? J'ai bien le droit de préférer.

– Oui, excuse-moi.

Elle se colla davantage contre lui et ils passèrent ainsi comme deux amoureux transis devant les œuvres de Fautrier.

La matière était plus claire, dans des tons roses, des nuances. On aurait dit des morceaux de calcaire à l'aurore. Ses « Otages », sans presque de visage, comme des ballons de rugby meurtris. Ses écailles de peinture avec des traces de bleu ou de vert tendre. Ses paysages : *Tourbe*, *Maquis*, *Marais*. Ses nus sans figuration. Rien que de la peinture aux tons suaves de chair, de nymphe. Il aurait pu puiser son matériel et ses pigments dans les Balzi Rossi, ériger un Homme de Grimaldi, pétrir et maçonner une Dame du Cavillon. Milos, heureux, se trouvait en pays de connaissance. Il s'attendait, quelque part, à voir surgir Myriam et Loïc en Adam et Ève géologiques de Dubuffet et de Fautrier, mal dégrossis sortis des mains du potier.

Alors ce fut le choc de Nicolas de Staël. *Ciel à Honfleur. Face au Havre. Villerville.* Des gris, des bleus, des strates de blanc. Une belle matière céleste et marine. Sans discours, sans l'homme, ses anecdotes. Le monde à l'état pur, en son essence. Sa base primitive. Bleu, dégradés subtils. Barres d'immaculé poreux.

Toute une série des « Footballeurs » éclata à la vue. Pourtant, Milos en avait vu des exemplaires dans les collections permanentes du musée Picasso d'Antibes.

Pas assez pour comprendre le souffle, la surprise, la fresque de l'œuvre, ses variations.

De Staël, le prince de la forteresse Pierre-et-Paul, assiste à un match de football de nuit, au Parc des Princes. En mars 1952. France-Suède. Et c'est l'extase, c'est comme ça. Sans qu'on sache d'abord bien pourquoi. Le foot popu, criard. Le hurlement des hordes des deux camps…

Les projecteurs transfigurent les couleurs du combat. Alors un antique pugilat se plaque sur la rétine. Une révélation picturale. Ces masses en mouvements catapultés. Torsions et bonds. Ces magmas de jambes et bras, ces accélérations, ce tohu-bohu orchestré. Une gloire. Évoquent-ils l'aura des guerriers de la famille de Staël von Holstein ? La chevalerie des tournois, des blasons ? Des formes, des dynamiques. De la peinture musculeuse, démontée en vagues, en flots qui se déchaînent et s'équilibrent.

« Entre ciel et terre, sur l'herbe rouge ou bleue, une tonne de muscles voltige en plein oubli de soi avec toute la présence que cela requiert, en toute invraisemblance. Quelle joie ! René, quelle joie ! »

Joie de peindre ! Cette tonne de muscles en plein élan, c'est le géant de Staël. Cet oubli de soi et cette présence à soi, c'est l'état extrême de la création.

René ! René Char auquel il envoie son cri de joie.

Dans l'atelier de la rue Gauguet, voilà que l'athlète balto-russe entre en lice. Une vingtaine de tableaux de footballeurs. Le ballet des forces lyriques. Il travaille les corps au couteau, étale la matière avec une spatule. Terrassier des gladiateurs ivres. Joie d'entrer dans le jeu, dans la course créatrice ! À chaque instant la partie bifurque.

Milos et Vivie partagent le bonheur de De Staël. Parfois les corps sont presque figurés, les bras, les jambes, les shorts, les têtes roses. On s'en indignera. Il a violé, trahi l'abstraction ! Il a reculé, régressé. Il est redescendu en bas de l'échelle du progrès de la peinture. Ainsi jugent et tranchent les imbéciles. Du haut de leurs concepts, de leurs dogmes, de leur école, de leur chaire universitaire, du nouvel académisme. Bêtes, toujours bêtes, moliéresques, toujours à côté, Vadius, Trissotin, purement mentaux, discourant, thésards. Aveugles. À jamais. Morts à l'art. Morts à eux-mêmes. Morts à vie.

Quand de Staël décline tous les possibles, dévide toute la chaîne des formes et des forces. Le boucan des couleurs. Figures. Sauvage champ de blocs précipités. Des carrés qui se heurtent, des géométries encastrées. Des bourrasques de peinture envolée. Abstrait mais animé d'énergie concrète. Figuratif mais possédé par l'enjeu des tensions globales invisibles.

C'est incroyablement campé, aggloméré, propulsé. Bariolé. Dense, en briques de joueurs, d'hommes bâtis à même leur affrontement. Un Lavandou de footballeurs, un Ménerbes, un Agrigente d'agglomérats… Des cubes. Un puzzle tonique. Tout est possible et libre dans la liesse.

Il crée, il ne mesure pas ses forces, tous les formats, tous les dispositifs. Chaque tableau naît du précédent, anticipe sur le suivant. Ils se chevauchent dans la mêlée. Milos reconnaît soudain un grand Minotaure tauromachique dont le corps est fait d'une masse horizontale de joueurs. Le torse et la tête – blanc, noir – s'érigent au-dessus du magma. Un *Guernica* de vivants. Pour un peu ce serait un match de footballeurs de Grimaldi. Des

Cro-Magnon sublimés dans la lumière et des néandertaliens heureux.

Et, un jour, il vous sort le *Parc des Princes* de deux mètres sur trois mètres cinquante. *L'Iliade*. Armé d'une plaque de tôle de cinquante centimètres, il répand la peinture et taille de grands rectangles blancs et roses en bascule sur le fond vert amande du terrain d'Olympie. Des carrés et des combats de barres multipliées, contre-carrées dans le choc. Se détache, en haut, à gauche, un adorable petit parallélépipède rouge. Ce petit pan de mur écarlate. Apothéose d'Ulysse, de Patrocle, d'Agamemnon, d'Hector, d'Ajax. Le bouclier d'Achille resplendit. Nicolas gorgé de vie, de vitalité picturale. Couvert de giclures, de taches rouges et blanches, maçonné de belles souillures comme celles des footballeurs crottés. Maillot de Staël. Pavillon flamboyant. Il sera mort dans trois ans, ce chevalier de Holstein, ce roi Kolia de la forteresse russe.

Milos se penche vers Vivie et lui dit :

– Je t'aime.

Est-ce aimer une femme que d'aimer la peinture ? Elle lui lance :

– Je l'aurais aimé, Staël, ce grand beau gosse d'un mètre quatre-vingt-dix-huit, aux yeux bleus. Quelles cuisses, j'imagine !... et le reste russe.

Mais ce n'est pas fini. Il y a l'Autre. La Terreur. Le nain de génie. Le chauve des cavernes. Le Malaguène aux yeux d'agate. Il aurait donc eu, l'*Erectus*, par-dessus le marché, sa période matiériste ? Oui, sa période dite « tardive ». Vers 80 ans et plus. On chuchote qu'il barbouille au bout du bout, qu'il a perdu sa voix comme la Callas. Un carnaval gâteux de pochades, disent les critiques de l'époque, dont il faut se méfier. Des nus couchés aux grands panards, peints à la dégoulinade, des couches et des couches, à traits épais, grossiers. Il ressort de vieilles recettes qu'il carambouille, hagard, dans la prison de Mougins. Sous les yeux de Reine Roque, sourcilleuse en chef et modèle aux grandes prunelles d'Orient. Nue, saisie sous tous les angles à la fois : fesses, sexe, poils, ventre et reins ronds. Pourquoi se priver de la vision totale ? Comme en amour, où l'on voit tout dans les multiples sensations concomitantes des yeux, des mains, pétrisseuses, de l'odorat fureteur et de l'imagination qui embrasse le cosmos galbé des formes et le petit détail musqué. À chacun son petit pan de mur jaune.

On dit qu'on ne le voit plus guère. On le ressort pour les fêtes de Vallauris, les grands pardons, les défilés folkloriques, les croisades, le Salon de l'érotisme. La Fête de la bière. Avec les chars fleuris. Les majorettes qu'il reluque encore et auxquelles il propose de les peindre. Les majorettes de Mougins, les plus belles de la terre. Samantha en tête.

N'empêche, quelle énergie sismique ! Le Vieux en éruption de formes lubriques. Les sexes carambolent, à pleine chair, sphères épanouies, cernées de noir gras. C'est écarquillé, bosselé de seins, culs, chattes : *Les Dormeurs* et autres *Étreintes*. Éros de carnaval. Bander comme un cheval au-delà du possible. Faire bander la peinture. Sarabande des odalisques ouvertes. Picasso : un Matisse obscène. La voilà : *La Pisseuse*, aux seins nus, aux yeux rigolos et superposés, pétante de santé. Elle trône devant la Méditerranée. Elle arrose le monde de son jet d'abondance. Béate, noire de poils, elle sourit, réjouie d'aimer la vie.

Ils sont rentrés dans l'appartement de Vivie et boivent du sancerre blanc, remplis d'images.

– Jamais Staël ne peindrait une femme qui pisse ! lance Vivie. Est-ce pour cela que tu le préfères ?

– Je ne le préfère pas, son destin secret me touche. Le spectacle de Picasso m'étonne, me divertit, m'épate.

– Mais *La Pisseuse* te paraît-elle importante ? Nécessaire ?

– Elle va avec le reste. Il peint tout, il est rocambolesque.

– Je ne vois pas bien les nus de Staël… J'en ai vu mais je ne sais plus.

– Ils ne sont pas orgiaques, orgasmiques, comme certains de Picasso pâmés sous le mufle du Minotaure. Ils ne sont pas l'objet d'un désir cru, fanatique. Ils ne racontent pas d'histoire. Même *Les Demoiselles d'Avignon*, d'un cubisme primitif, font référence au bordel. Les nus de Staël sont purifiés des circonstances. On dirait des spectres, des fantômes, des statues hiératiques, des apparitions de reine de Saba, ou de fées. La matière a beau, souvent, être épaisse et la couleur bigarrée, leur corps ne donne pas à voir la pulpe, le sexe, mais une idole étrange, une Salomé dans une aura.

Milos suspend son discours, pensif. Puis déclare :

– Il écrit que « ce n'est pas vraiment atroce, mais on touche souvent sa limite » : « je suis dans un cercle d'étrangeté dont on ne sort jamais ». Il ne prend pas le nu, il est toujours à deux doigts de le perdre. Entre Picasso et lui, je ne vois pas de passage. Et tous les deux sont des passionnés de femmes. L'un peint son désir, l'autre…

– Ce que tu me dis m'attriste, Milos, sur l'atrocité des limites. Qu'est-ce qu'il cherche ? Qu'est-ce qu'on veut ?

– Il veut la perfection, l'absolu de sa peinture. Je ne pense pas que Picasso tende à l'absolu, à l'impossible. Il adhère à ce qu'il fait. À ce qu'il est. Il entre dans l'épopée de sa peinture. « Je ne cherche pas, je trouve. » Tout est là. Picador adorant la pique dans le ventre de la peinture. Ses manifestations infinies. Pas d'idéal inaccessible, mais le réel de sa vie d'aventures picturales. En même temps, tu sais, quand j'y repense, il y a des nus de Staël tellement marquetés de couleurs, dans des attitudes et des gestes si nobles, si amples, qu'ils ne sont pas si éloignés du drapé des habits de lumière des matadors. Staël a peint une ou deux femmes toreros, paradoxalement. Comme Picasso.

– Ce que je regrette, moi, c'est qu'on rit de la Pisseuse, on rit avec elle de sa saine franchise, mais elle ne trouble ni n'excite. Dommage qu'elle ne soit pas érotique.

Alors Vivie prend Milos par la main, l'entraîne dans la salle de bains. Elle se déshabille sous la douche sans ouvrir le robinet. Elle jette ses vêtements dans un coin. Elle lui dit de s'approcher au plus près. Elle se cambre et offre son ventre blond, ses muscles fins qui se creusent. Elle ferme les yeux, semble chercher une inspiration, les rouvre, sourit, poudrée d'une mystérieuse malice. Passe les doigts sur son sexe, dont elle écarte les lèvres avec une délicatesse sensuelle. Précieuse, élégante, dressée sur ses longues jambes tendues de gymnaste dont les faisceaux tremblent. Bougeant le cul de droite à gauche, dans un balancement propice, un élan. Elle cherche au fond du regard de Milos l'étincelle de l'émoi. Elle ferme les yeux de nouveau, contracte le velours de son ventre, bombe son mince triangle velu et rasé, le relâche. Plus moelleuse. Le regarde tandis que la source des premières gouttes perce. Elle lui saisit la main et, soudain, elle l'arrose de sa claire fontaine… C'est brusque et chaud, il se sent bander. Dans la foulée, quand le jet s'interrompt, la pisseuse lui demande de la lécher.

Après, elle le questionne :

– C'était Picasso ou Staël ?

– C'était la Pisseuse de Milos.

– Oui, je suis allée au Louvre pisser devant la Vénus. Les bras lui en sont tombés de stupeur.

Ce printemps 1952 des « Footballeurs », Picasso trompe Françoise Gilot avec une jeunesse : Geneviève Laporte.

Tout a commencé, comme on sait, quelques années plus tôt. La jeune fille du lycée Fénelon est venue d'abord interviewer le peintre en 1944. Pour le journal du lycée. *La Voix de Fénelon*. Coup de maître. Sabartés, le secrétaire infatigable, introduit la candide pour l'Ogre en son dédale. La belle Inès brune la regarde passer. Ceux de l'été 37, ceux de Mougins. Geneviève raconte : « Brusquement, je me trouve devant deux mains qui se tendent, un sourire amusé dans une figure dorée par le soleil et qu'éclairent des yeux vifs, adoucis par les cheveux argentés : c'est “lui”, c'est Picasso. » Voilà un scoop de journaliste novice ! Elle lui déclare, navrée, que ses copines du lycée renâclent devant ses tableaux, elles ne comprennent pas ! Il se récrie : « Comprendre !... Il s'agit bien de comprendre ! Depuis quand un tableau est-il une démonstration mathématique ! » Il lui explique que l'art doit surprendre, nous faire sortir de nos gonds, nous dessaisir. Détruire nos clichés… Elle est d'accord. Il est charmant, torero bronzé, argenté. Il lui offre du chocolat américain. Elle revient tous les jeudis manger sa barre. Il n'ose pas encore, trop gamine. Elle s'éloigne. Il reçoit d'autres jeunes femmes éblouies. Il cultive sa soixantaine dépassée. Françoise Gilot, la nouvelle, ne devine pas tout. Dora est déjà à la casse.

La Libération est une période glorieuse pour Picasso. Les soldats américains font la queue pour voir le géant de *Guernica*. Hemingway, tout le monde afflue, Capa sans Gerda, Lee Miller, les résistants, les vrais. Tout le monde trinque, dégoise américain aux Grands-Augustins. Eluard sort de la clandestinité combattante pour retrouver son Pablo. L'oiseau Cocteau, moins exemplaire, atterrit aussi sur le perchoir enchanté. Les photographes, les poètes, les collectionneurs, le gratin de la planète. Le fidèle Kahnweiler revient de l'exil comme il l'a fait en 1918. Juif allemand francophile. Piégé deux fois dans la mâchoire criminelle de l'Histoire.

On demande une audience à Sabartés pour Le voir ! Mais Lui ? Il n'a pas davantage participé à cette guerre qu'à la précédente, où il conduisait Apollinaire et Derain au train, pas plus qu'il n'est entré dans la Résistance. Il ne s'est pas davantage battu aux côtés des républicains espagnols, même s'il a toujours abhorré Franco. Il s'est tapi, terré dans son atelier, descendant déjeuner au Catalan avec ses amis proches. A-t-il été protégé ? On jase là-dessus. La Vieille Affreuse Fielleuse Affaire Française. Ceux qui ont et ceux qui n'ont pas. Nos pères… Les preux, les justes, les flous, les faux-culs, les lâches, les bifides, les traîtres, les infâmes. Il y en eut pour tous les goûts. Otto Abetz, le sculpteur Arno Breker, le guerrier Ernst Jünger sont-ils intervenus en sa faveur ? En pleine disette, il avait son stock de charbon grâce à ses relations. Marie-Thérèse venait réclamer sa part pour elle et pour Maya, leur fille. On dit que Picasso n'aurait pas levé le petit doigt pour sauver son originel ami de Montmartre, le mystique Max Jacob, arrêté, envoyé à Drancy où il mourra. Picasso, plus ou moins visé lui-même, pouvait-il agir ? Tout est au conditionnel quand il s'agit de disputer de l'époque. On accable ou on forge des excuses. Écrire là-dessus, c'est plonger la main dans un buisson de foudres. Picasso aurait lancé cette blague que Max était un malin, qu'il filerait à travers les barreaux… Pablo et ses répliques drôles, provocantes. Railleur à tout-va. Certes…

Max est mort dans la cage nazie. Comme sa sœur, son frère, juifs déportés, gazés. Comme Desnos. Morts. Des immensités de mort nazie. Lui, l'Œil, a-t-il sondé cet abîme qui vide l'humanité de sa foi, de son espoir ? A-t-il entrevu l'horreur sans bornes, sans représentation, où s'abolit le peu de sens de l'espèce humaine ? Peut-on peindre là-dessus ? Peut-on penser et décrire l'anéantissement de l'homme par l'homme ? *Guernica* est un vieux supplice, hélas, bien connu, qui emprunte les signes d'une corrida cardinale. Mais l'étoile jaune, les trains, les corps serrés, les nuits, les camps, la terreur, les gazés en masse et sans fin ? Cet horizon de terreur et de cendres sur lequel nous sommes nés, nous, les Milos qui avons peur de voir. Picasso voit-il ? Se pose-t-il la question d'un dire dans la peinture ? Cet Œil n'est-il qu'un œil ?

N'empêche que sa peinture « dégénérée », selon les canons de l'esthétique hitlérienne, fait de Picasso l'artiste de la liberté. Il rafle la mise. L'éternel embusqué de génie a résisté dans sa peinture. Pas de vagues dans sa destinée politique. L'art exige de la tranquillité… Calme et volupté. Qui lui jetterait la pierre, qui oserait ? Il ne sera jamais un héros, un Thésée, mais le Minotaure, la star de son dédale. Un monstre de flamboyance noire, de gaîté égoïste et cannibale. Le roi des étés de Mougins et de Juan-les-Pins. Une gargouille discrète de Paris occupé. Un vampire en retrait, collé au plafond de son grenier. Un ogre planqué dans sa caverne, attendant que ça passe.

Et c'est la belle Françoise Gilot qui passe et visite l'atelier en 1943. Un an avant la visite de Geneviève la lycéenne. Il ne faut pas perdre le fil, tellement c'est imbriqué… Au cœur de la guerre, Gilot, donc, une jeune beauté qui se donne. Longue aux yeux bleus, intrépide. Le nu, la vie. Hélas, il produit des œuvres géométriques et mièvres, des figures de femme-fleur, de libellule sans force, comme des madones figées, tête ronde. Des méduses dans des mandorles. Qu'est-ce qu'il lui arrive ? L'élégante au long cou valait un vitrail neuf. Les fans s'extasient sur ce renouveau formel : des intersections, des nœuds, des faisceaux ficelés… La belle Gilot méritait qu'il s'enferme dans son grenier et en ressorte cuirassé d'art inédit, saint Georges au dragon. Sultan de l'odalisque, samouraï de sa geisha de prouesse.

– C'est la cata, Milos, tu es jeune, tu désires le monde, tu débarques, tu deviens l'amante de Picasso. Tu es belle, intelligente, audacieuse. Amazone. Tu fonces ! Tes talons claquent, clouent ses vieux parquets. Tu fais sauter, étinceler, tous ses crépis, toute la poussière de ses fourbis. Il te lorgne, sidéré, dans la nuée destructrice. Ton cul frissonne. Tu es certaine de tenir le coup devant Dora Maar et Marie-Thérèse. Les saintes du lupanar. La folle de Lacan et la bonne fille dans sa niche. Tu es autre, toi, frontale. Libre, guerrière. Il te loupe ! Il dégringole dans sa vieillesse. Il te crève, le vieux crabe ! Il t'abêtit en lune lunettée de nœuds, il te flanque une auréole. Au moins, les autres tassepés, avant de les bousiller, il les a inventées, chantées, taillées à la hache et paraphées. La honte : il ne tire aucun chef-d'œuvre de toi ! Le Minotaure : un bœuf ! Alors tu te tires, tu lui lances : « T'es foutu ! Pablo. T'es mort. »

Vivie ajoute :

– Tu es la femme qui a tué Picasso. Tu signes des autographes jusqu'à la fin des temps.

– Tu me fais un peu peur, Vivie…

En 1951, c'est alors la « nouvelle nouvelle », oui, Geneviève Laporte, l'ex-lycéenne, qui revient, après sept années de séparation et de maturation. Têtue. Elle frappe à la porte des Grands-Augustins. Elle a franchi le cap des 20 ans. Lui est un jouvenceau de 70 ans. Adorable et de miel. C'est reparti pour la cavale du Minotaure. Comme Françoise Gilot loge à Vallauris, il emmène Geneviève à Saint-Tropez, dans l'appartement d'Eluard. Roucoulades et dessins de Geneviève nue. L'un d'eux est dédicacé « pour Geneviève ». Un nu fluide, petit triangle pour camper la toison. On voit une porte, un trou de serrure et, dans ce trou, quoi ? L'Œil ! L'œil noir et vicieux du vieillard lorgnant Suzanne au bain. Il la dessine en sphinx gentil, en sirène délicate. Des chromos, sans complication. Une drôle de petite tête sans menton. D'oiseau mythique ou de poisson joli. Rien de luxurieux, de priapique. Ce pourrait être l'œuvre d'un peintre du dimanche ou quasi. Ils se promènent autour de La Garde-Freinet. Ils musardent dans les forêts. La cigale crépite et le bouc cabriole.

Elle ne dira rien sur l'amant Picasso. Discrète. Enjolivant leur rencontre de romantisme, bâtissant bien plus tard tout un poème lyrique. Geneviève pour qui tout finira bien. La rare rescapée du cannibale. Il lui offre une tête de taureau en vannerie. « C'est un cadeau de Dominguín. » Le matador le plus fameux de l'époque. Geneviève n'aime pas la corrida. Cause toujours…

Deux ans après, Françoise Gilot, trahie, saturée du génie égocentrique, autoritaire, capricieux, le quitte.

Sauve sa peau. « On ne quitte pas Picasso ! » Si ! tout de suite. Geneviève part aussi. La crise du vieux rebut relégué s'extériorise dans la revue *Verve*. Il fourbit cent quatre-vingts dessins de combat. Et ça barde. Des nasardes sexuelles à tout-va. Des sarcasmes érotiques. La « Suite Vollard » en plus *hard*. Ce n'est plus le chant d'amour sensuel adressé à Marie-Thérèse, les extases du Minotaure. Le peintre barbu en Jupiter majestueux contemplant l'amante ovale et tendre. Non, Éros ricane. Abandonné pour la première fois, septuagénaire sur le reflux, il ne se laisse pas vaincre par la pulsion de mort. Il n'ira pas courir au sommet de quelque rocher sacrificiel pour se lancer dans le vide. Il ne rejoindra pas la plage de la Garoupe ou celle qu'il aimait tant, la plage des Salins, à Saint-Tropez, pour se noyer dans la muleta rouge de la mer du soir. Au contraire, il contre-attaque, acéré comme la crête d'un coq. Quand Nicolas de Staël, délaissé par Jeanne, sombre dans l'effroi et se tue, lui se hérisse, s'ébouriffe, ergots dehors, tout son art dardé.

– Quoique… justement, révèle Milos, j'ai lu une lettre de Staël datant de 1954, en pleine crise avec Jeanne. Il est à Cannes, il déjeune… devine avec qui ?

– Diable Pic !

– Lui-même. Largué, déprimé par les femmes qui le fuient, enfin ! Et Staël raconte : « Déjeuné avec Picasso chez Félix, un Picasso triste, violent… »

– C'est tout ?

– Staël ensuite ajoute une phrase moins claire… Mais c'est tout ! En tout cas Picasso en berne, l'œil au beurre noir. C'est vrai ! On n'apprend rien de leur conversation détaillée. Ont-ils parlé de l'amour, des femmes, des ruptures, de comment on survit ? Staël se tait sur le contenu de la conversation.

– Le tête-à-tête quand même de tes compères, au moment clé. Au paroxysme. Lequel des deux était le plus disposé à parler ?

– À ton avis ?

– L'Andalou à vif, bagarreur, lance Vivie.

– Non, plutôt Staël, réputé éloquent. Il insiste sur ses affres amoureuses avec ses correspondants les plus proches, ne cache rien de ses déchirements, du mal que lui inflige Jeanne. Les lettres qu'il lui adresse mêlent l'adoration et l'agression dans une ambivalence cruelle. Style : double injonction, si tu vois. Je t'aime, je te hais. L'hymne et l'attaque dans la même missive. La même phrase.

– Je ne l'imaginais pas comme ça. Ravagé Russe…

– Picasso n'est pas si bavard : des piques, des ironies, des farces, des provocations, des sentences pour la galerie, mais pas le fleuve des confidences.

– Tu crois qu'ils ont bien bu quand même, bien mangé, bien roté ?

– Picasso ne prend pas d'alcool, Staël boit volontiers.

– Pas de conseils du vieux au jeune : toutes des garces, des salopes ?

– Sur ce terrain du cœur et du désir personne n'écoute personne. Nul soutien. Bonnes paroles inutiles.

Ils se regardent, yeux dans les yeux. Moment de trouble. Vivie sait que Milos évalue sa vie, ses pulsions, au miroir de De Staël et de Picasso, les deux pôles de son imaginaire d'Antibes. De son enfance. De sa mère. Du château Grimaldi. De son côté, entraînée par ses méditations, elle s'y est mise et s'aperçoit que c'est très éclairant, très périlleux. Elle pourrait rompre cette conversation, conjurer cette obsédante quête de Milos. Elle ressent l'angoisse de ces présences tentaculaires Picasso-de Staël. Après tout, ce n'est pas son affaire. Il ne peut pas toujours les interposer entre elle et lui. Quel rôle elle devra jouer dans cette grille de son désir ? Elle sait qu'il y a les amours passées, secrètes, de Milos. Il la happe dans ses vertiges. Elle le voudrait plus frontal, ici, aujourd'hui. Sans reflets, sans échos. Sans fatalité.

Elle veut partir avec lui, tout de suite, prendre la voiture, rouler, aller à la campagne, voir un château, une rivière, comme ça. La Loire, ce sera doux…

Elle a choisi le château de Troussay. Sorte de merveilleux manoir à tourelles de briques. Un château champêtre. Renaissance. Équilibré, à dépendances rustiques. Rien d'écrasant, de pompeux, mais charmant. Elle veut son Milos dans le jardin, les vergers.

Ils admirent les statuettes de la tour, dont le pape des fols et la mère folle. Leurs grimaces incongrues, drolatiques. Ils couchent une nuit sous les poutres, dans l'odeur des vieilles pierres, des tapisseries. La belle cheminée décorée où elle feint de se cacher nue.

Ils flânent dans les allées. Elle est heureuse. Ils se retournent vers la façade du château, la petite vierge qui décore le joli fronton Renaissance. Un instant, il est sur le point de se lancer, d'évoquer le château champêtre de Boisgeloup où Picasso, au midi de sa vie, aime furieusement l'adolescente Marie-Thérèse. Il se réfrène à temps. Elle est heureuse, elle aime les roses, les hirondelles, les abeilles dans les calices, elle le désire et se serre contre lui. Elle danse en avançant. Cambrée dans sa jupe lâche et volante. Il vacille soudain, il sent une vague de mélancolie qu'il chasse. Il lui caresse le cul. Tout le beau globe dense et musclé contre la mort.

Trois chiens accourent vers eux, joyeux. Ils sautent autour de Vivie. Indiscrets, flairent son corps droit au but. Leurs queues remuantes frénétiques. Elle se dégage en riant. Elle voit Milos se pencher et parler aux chiens. Elle entend sa voix d'une extraordinaire douceur, comme un rayonnement de chaleur. Il enveloppe les chiens de mamours. Les bêtes, radieuses, se creusent et tressaillent, lèvent les pattes vers lui, pantelantes. Leurs yeux se dorent dans ses yeux. Elle découvre un Milos affectif, spontané, émerveillé, plein de bonheur. Jalouse.

Un séquoia colossal se dresse dans le jardin, en épopée glorieuse vers le ciel. Un arbre américain. Elle photographie Milos au pied de l'arbre géant. L'écorce rugueuse du tronc, son maillage puissant. La lumière folle là-haut étincelle et ricoche dans les gerbes noires des branches zébrées d'azur.

– Tu as déjà vu *La Piste des géants* de Raoul Walsh ? lui demande Milos.

– Je ne sais plus. Je confonds les westerns entre eux.

– La course vers l'Ouest, superbe, grouillante de chariots, de mules, de fouets, de cris, à travers fleuves et montagnes. L'attaque des Indiens stupéfiante, sa magnifique effervescence. Le cercle immense des chariots se forme. Le premier rôle de John Wayne en 1929… On sort tout juste du cinéma muet. C'est héroïque, initiatique. John Wayne est le guide de la caravane. Évidemment, il y a une jeune femme qui semble lui être interdite pendant toute la traversée. Mais ils sont amoureux l'un de l'autre. Elle sans se l'avouer. Ils se retrouvent à la fin, au cours d'une scène surnaturelle. Splendides, ils s'étreignent dans une forêt de séquoias. Leur amour devient légendaire, féerique. D'abord, ils sont tout petits, perdus dans l'indicible sanctuaire des arbres, des troncs noirs colossaux. Leur dédale fantasmagorique. Elle en longue robe claire… Ils grandissent et s'étreignent. Ce n'est plus la forêt qui est sacrée mais le couple édénique, miraculé.

– Difficile de faire l'amour au pied du séquoia, Milos…

Ils vont se baigner dans une rivière parsemée de bancs de sable et de galets. Des cormorans noirs sont juchés dans les saules. Vivie assise sur un rocher, seins nus, telle la sirène des contes. Lisse et fluide. Il nage vers elle. Elle le scrute. Elle voit à fleur des eaux son regard bleu, vert, fou, faune, Lucifer irradiant. Elle le désire. Elle a peur de ce paroxysme qui la dévore. Elle lui saute dessus dans l'herbe folle, le mord de plaisir. Il rit, elle s'enfourche et lui mange la bouche. Il darde ses yeux d'azur dément. Elle ferme les siens, l'embrasse, dents à dents jusqu'au sang.

Picasso triste mais tonique encore, offensif. Caustique, à tire-larigot. Vital, passe le Styx. Le psychanalyste Jung s'est bien planté ! Qui a défini, jadis, chez le peintre débutant, un versant schizophrène, tel quel ! Une tendance à la désagrégation, à la quête destructrice et luciférienne. Il prophétisait un « Picasso voué au destin des abysses… Il est après tout le héros qui doit franchir les dangers de l'Hadès ».

De qui parle Jung en cette année 1932 ? On pourrait craindre une confusion avec Hitler… Comme on sait, Picasso reviendra des Enfers, voire de *Guernica*, plus estival que jamais, en 1937, sur le sable de la Garoupe. Tandis que le chevalier de Staël juvénile, sans jouer les Méphistophélès, n'évitera pas la chute dans les ténèbres. Qui l'eût dit ? La muraille d'Antibes est un miroir qui sauve ou qui tue. Picasso sera nommé citoyen d'honneur de la ville deux ans après le plongeon fatal de Nicolas. Le château Grimaldi où est exposé *Le Concert*, l'œuvre ultime, inachevée, de De Staël, s'appelle le musée Picasso.

De Staël en proie à une perpétuelle oscillation, division. Il a connu avec Jeannine, sa première épouse, la grande misère pendant l'Occupation, deux enfants à charge, le désir de se tuer. Jeannine malade, épuisée par la tension de partager la vie d'un tempérament exaspéré. Le torturé torture, le foudroyé foudroie. Picasso, lui, est un cannibale assumé, tentaculaire. Le drame, il l'expulse hors de lui. S'il lui arrive d'être sadique, c'est volontaire.

– Ce beau salaud de Picasso, épique, il conquiert toujours une position nouvelle, en avant. Il traverse tous les gués de la vie. Chevauchant à la tête de sa bande de taureaux intérieurs.

– C'est beau, Vivie !

Elle lui sourit, avec un toupet de corrida amoureuse.

– Tu m'as révélé que sa villa cannoise s'appelait La Californie !

– Il n'est pas donné à tout le monde de traverser vers l'or, vers la vallée.

Il continue d'évoquer Jeannine, l'épouse de De Staël, qui consent à un avortement thérapeutique, et en meurt, à l'hiver 1946. Le tragique frappe toujours avec Nicolas. La menace. Cela n'a rien à voir avec la bohème telle qu'on l'imagine pour le jeune Picasso au Bateau-Lavoir, la camaraderie joyeuse, les envolées de génie, le feu d'images, les filles, les muses exubérantes, les virées nocturnes. Les deuils dans un tourbillon. Picasso change souvent de style. Mais chaque période est un tout. Un accomplissement. Nicolas, avant d'arriver au zénith de son style, cherche sur une crête entre la joie qui fuse et le désespoir qui l'écrase. Une ambivalence ardente fait chavirer le géant Kolia sur le fil du néant. Tout peut basculer à l'instant. L'exaltation, le doute. Il ne cesse d'évoquer le hasard, l'accident fécond ou pas, le vertige. L'équilibre tient à un rien. Le miracle se joue dans l'opacité d'un mur. Créer, c'est desserrer l'étau d'un mur. Mourir, c'est se murer. La batterie du Graillon est la muraille sans faille.

Vivie est fascinée par la différence des destins. Picasso, abandonné par Françoise Gilot, sort aussitôt de ses gonds, histrion, s'épingle, à coups de gravures, en vieux Sardanapale grotesque, guignant Méduse ou Mélusine. Roi recru, chenu, épuisant ses yeux au spectacle de deux vieilles catins fripées que Lautrec ni Degas n'auraient osé. Filles de bordel ou de cirque s'exhibant devant un clown bedonnant au nez pointu. Croûton obscène et décati épiant Suzanne au bain. Bacchanales de putains déhanchées à outrance, toutes en rondeurs fessues et pubis noir exalté. Voyeurisme sans frein, à l'étal, cuisses ouvertes. Un babouin flanque volontiers le nain grotesque. Tous deux font équipe avec une jouvencelle chapeautée, aux bas troussés. Ou c'est une fillette, faussement candide, de conte de fées dévoyé qui joue avec le singe couillu, au profit d'un gros poussah vicieux. La grande obsession du « Peintre et son modèle » développe des avatars dérisoires, une déchéance de l'artiste en Harpagon érotique, en caricature d'hidalgo, en crevure donquichottesque et pantelante, défoncée par les grimaces de l'assouvissement impossible.

– Le voilà enfin seul. Tu crois qu'il s'astique, demande Vivie, qu'il se purge dans ses poteries ?

– Oui, il s'astique.

– Fais-le devant moi… Imagine que je suis partie. Je te manque, tu te branles…

– Non, je n'y suis pas du tout, pas maintenant…

– Alors continue. Le bouc, où en est-il ?

– Il se venge de la guerre des femmes.

Vivie écoute son Milos qui évoque Olga, Dora, Françoise et la fondamentale Germaine dont mourut à l'origine le compère Casagemas, castré. Picasso se venge de l'homme aussi, de lui-même, de ses manies pornographiques, de sa perversion, de sa pulsion scopique éperdue. Le bel amour grandiose de Picasso et de Marie-Thérèse ravalé à des passes de coulisses, des caresses de caniveau. Un guignol de parades répugnantes bat la retape. Jadis, ce fut l'idylle de Boisgeloup, les noces des dieux photographiées par Brassaï. Le ravissement d'Europe consentante sous la corne solaire du Minotaure. Désormais : l'égout des gouapes.

Voici la saison terrible. Les revers de l'artiste glouton. Vallauris n'est plus qu'un vase vide. Il le remplit de sa geste grinçante et bouffonne. Il a toujours du relief et du ressort au cœur du malheur. « Je suis un ascète de pléthore », aurait-il dit à Françoise. Il peut se retirer dans son atelier, lâcher les femmes, ermite grigou de sa création dévorante. Avant de ressortir de la caverne, victorieux, brandissant les scalps.

– Il a bien réagi, commente Vivie.

Elle a le cul à l'air, racé, compact, et repasse ses débardeurs.

– Picasso est un énergumène vital, plein de ressources. Il me plaît quand même, je n'y peux rien. Je crois qu'il attire plus ou moins toutes les femmes, ce monstre.

– Oui, répond Milos, jaloux, les monstres vous tétanisent. Qui a dit que l'hystérique cherchait un maître pour le dominer ?

– Du calme, Milos. J'ai mes névroses et, de ton côté, tu es bien pourvu. Nous sommes égaux. Car, mon petit Milos, toi, dans le genre apparemment éthéré, tu es aussi un monstre redoutable et prenant.

Et la voilà, le fer en main, saisie d'une frénésie de va-et-vient pour aplatir le pli rebelle barrant le frêle maillot à bretelles.

Trois jours plus tard, ils flânent sur les berges de la Seine. Ou ailleurs. Le récit de Milos est souvent aléatoire. À moins qu'ils ne soient assis sur le banc du square de la tête de Dora Maar, à Saint-Germain-des-Prés. Et il lui déclare, en regardant l'amante pétrifiée, que deux autoportraits inaugurent la carrière de Picasso, en 1901. Deux faces. La sombre et la solaire.

– C'est comme tout le monde.

Il répond à Vivie que, à la différence de bien des gens, c'est la face solaire qui chez lui domine, triomphe des vicissitudes.

– Un soleil vorace et noir, si je t'entends bien…

– Georges Bataille appelait ça « un soleil pourri ».

– De Bataille je viens de lire quelques pages de *Madame Edwarda*, que j'ai dégoté sur les quais en rentrant du bureau. Le début est inouï. Soudain il court nu, en bandant, dans les rues étroites des faubourgs. Il tient sa queue dardée dans la nuit. Il galope vers une putain. C'est inéluctable, foudroyant. J'ai laissé tomber le reste, qui m'a semblé barbouillé de fantasmes moins piquants !

Elle l'emmène à Deauville. Fonce sur l'autoroute. Il serre les fesses. Deauville, longues avenues, luxe et beauté. Chevaux de course, leurs galops sur la plage immense, leur bain. Qu'ils sont fougueux, effarés, au bord des vagues ! Luisants, luxurieux. Voilà la fête, le bonheur. La crinière déployée. Écume, crottin, croupes. Horizon piqueté de silhouettes façon Eugène Boudin. Picasso à Deauville. À la rigueur, échappé de Boisgeloup en compagnie de Marie-Thérèse, la baigneuse. Milos ne peut confirmer une telle escapade érotique. Dinard, oui, mais Deauville… Elle aimerait lui prouver le contraire, posséder l'information, le document, une lettre… Il écouterait bouche bée. Ils font de grandes marches dans le vent, l'effluve de la mer apolitique. Elle aimerait jouer au tennis avec lui. Il ne sait pas !

Son ex était sportif, lui. Ils venaient souvent à Deauville, monter à cheval, échanger des balles. Elle n'a pas parlé de ces souvenirs à Milos. Et pourtant, malgré l'envoûtement, elle est traversée de flashes d'Alexandre. Oui, accolés sur sa moto *via* le littoral normand. Sur le court, il se haussait, il frappait un smash fulgurant, elle crapahutait vers la balle, ratait. Il riait. Il ne l'épargnait pas. Dès qu'il était dans son sport, il l'était à ras bord. Sérieux, concentré, sourcilleux, genoux pliés, prêt à l'attaque, à la riposte. Elle le trouvait mignon. Elle s'en foutait, du smash. Mais elle adore que ses mecs croient dur à des trucs. Elle jouit des lumières qui troussent les grisailles de velours.

Milos embraie sur Nicolas de Staël en Normandie. Ses mots effleurent son oreille distraite par les bateaux, les filles qui se dandinent en maillot, les moirures dorées du flot. Elle voudrait qu'il se taise, qu'il se presse contre elle, qu'il regarde ce qu'elle regarde. Peut-être qu'il est venu à Deauville avec son ex… Quel hôtel, quelles nuits ? Joueuse de tennis, bronzée en jupette ? Elle sait qu'il aime et désire des filles différentes de lui. C'est un songe-creux abyssal et c'est un visuel. Toutes ces paillettes qui s'allument soudain sur la peau de la mer… Son ex à elle, moins intello, moins cérébral que Milos… moins nul… Elle en aurait le fou rire. Mais maniaque. Ses petites affaires, moto, combinaison, casque, clés, gants, garage, mécanique, constipé, discussions avec les copains, calculs, comparaisons moteurs, vitesses…

À genoux farfouillant dans les cylindres, l'huile… Soudain elle lance le pavé dans la mare :

– Ton ex, elle est originaire d'où ?

– Ce n'est pas le moment de parler de cela, Vivie ! Est-ce que je te pose des questions sur ton mec d'avant ?

– Tu es venu à Deauville avec elle ?

– Non.

– Elle est d'où ? Et je ne pose plus de questions.

– D'Antibes.

Elle accuse le coup. Antibes, comme par hasard. En plein dans le mille Picasso-de Staël. Dès l'origine, ils ont mariné tous les deux dans la vieille histoire. Englués de mythologie plus grosse que le bœuf. Les gros yeux de Pic, les grandes mains de Nic… La grosse queue du Minotaure. « Ariane, ma sœur… » Sous l'emprise des dieux, « de quel amour blessée… ». Elle a promis de se taire. De son bras, il lui serre la taille, la tapote gentiment, « aux bords où vous fûtes laissée ». Cependant, ressaisie, elle se dit : Antibes, c'est donc un amour d'enfance, d'adolescence. Elle a connu cet amour-là. À l'orée de l'âge adulte, ça ne tient plus. De nouveaux désirs apparaissent qu'on ignorait. Par rafales ! On change. L'amour d'enfance tourne à la tendresse sans ressort. On le perd avec le reste, parents, amis d'alors, lycée. Pions, professeurs faisandés. Boums. Oh que c'est con, les boums d'enfance ! On quitte l'ancienne patrie. Pour vivre, enfin, au tranchant. Paris. Boulot, sexe, mobilité. Taxis Uber. Applications. Codes. Un peu sado-maso, Alexandre. Rien de méchant. Alexandre, au lever, boxait, torse nu, se brossait les dents, c'était publicitaire. Milos, à Altamira, nu, dans la nuit, triturant en douce ses lentilles dans la salle de bains, démasquant ses prunelles d'absolu : c'est l'Ailleurs…

Des mouettes cueillent des coquillages ronds, les emportent à la verticale et soudain les laissent tomber net. La coquille crève, la mouette plonge son bec et dévore l'intérieur. Les mouettes de Deauville ont un coefficient intellectuel supérieur à la moyenne. C'est climatique. L'énergie des marées, le vent salin.

Il ne sait pas comment cela a commencé. Un froid en lui, cette vague de nausée. Un désir d'être ailleurs, de fuir. Cette image de Marine qui revient. Il voudrait savoir ce qu'elle fait, où elle est, si elle aime, qui elle aime. L'angoisse le mange, oui, la douleur fouille ses entrailles. Et c'est le vide qui s'ouvre sous lui, un grand néant le happe. Sa maladie. Quel désert fondamental, famine… Quelque part dans le monde, Marine vit sa vie sans lui. Il se sent radié, annulé, et cela par sa faute. Son défaut, sa faille, son incomplétude infinie. Marine ne pense plus beaucoup à lui. L'existence a repoussé en elle, dans ses membres rénovés, la palpitation irisée de son cœur. Elle rit. Elle désire un autre homme, elle se niche dans ses bras. Confiante. Il ne sait rien bâtir. Assurer.

Vivie fait des mouvements de gym, sur le balcon. Son body galbant, ses exercices mettent en relief ses reins, ses fesses. Ses petits sautillements félins, le menton haut, très cheftaine… C'est typiquement la séance qui l'excite d'habitude, lui, voyeur, fasciné par l'autonomie de ce corps qui jouit de sa force, de sa fluidité. Qui s'entraîne à la vie, dispose de ses muscles. Cultive ses prouesses. Quand elle se mire ainsi dans son quant-à-soi, il cède, il craque, il la désire. Il veut la saisir dans le mécanisme même de son mouvement, de son jeu, dans la secrète engrenure de sa vitalité. Mais aujourd'hui il ne ressent rien. Il éprouve même une sorte de rejet, de haine. Il la trouve absurde, vaine. Tout est creux et bête. Le balcon sur le bruit, la ville emphatique, Paris. Marine lui manque. Fuir. Il n'en aurait pas la force. Tomber. Mourir.

Elle revient vers lui, emperlée, palpitante, odorante. Elle sait qu'il adore. Elle se dévêt du body imbibé de ses sucs. Elle a de jolis bracelets de sueur parfumée au cou, sous les tétons moites et fermes, et sur son ventre tambour battant. Elle l'embrasse dans le cou. Attend. Suspendue. Lui, immobile. Momie maya, dans quel sarcophage ? De quelle époque ?

– Qu'as-tu, chéri ?

Soudain, il déteste ce « chéri », ce ton, cette familiarité, ce quotidien qui va de soi. Il se crispe. Et elle de répéter :

– Chéri ? Chéri !

Et c'est idiot, ce « Chéri ! » de trop, nul et faux. Il n'est pas son chéri, elle n'est pas sa chérie.

Elle lui saisit le cou, voudrait qu'il la regarde. Elle le scrute. Il se fige. Elle est toute nue comme ça, toute bête, mais déchue, échouée. Il a un sursaut de compassion. Partagé entre il ne sait quelle révolte et la honte.

– Je me sens un peu déprimé.

Elle ne comprend pas. En plein bonheur, au paroxysme. Cette chute. Elle se tait, stupéfaite.

– Qu'est-ce que j'ai fait ?

– Tu sais bien que tu n'as rien fait.

– Quelle pensée t'a traversé, mon petit Milos ? Regarde, nous sommes tous les deux là, jeunes et très beaux…

Elle est douce, elle sourit, sororale.

– … le grand soleil se couche. Rien ne peut nous atteindre, Milos, ce n'est pas possible…

Elle ajoute :

– Tu ne penses pas à l'autre ?

Il ignore quel autre elle désigne. Marine ? Il a si peu parlé d'elle. Il a gardé le secret.

– Tu ne songes pas à Staël ? Milos…

– Non… Je vais me coucher, prendre des somnifères…

Elle n'aime pas le voir disparaître ainsi, choisir l'anéantissement.

Il se déshabille et va se mettre au lit, comme ça. Elle reste sur le canapé, atterrée. Elle n'a pas envie de se coucher. Elle pleure silencieusement. Il ne l'entend pas qui se glisse plus tard à l'extrémité de la couche, étrangère, mendiante chassée.

Les jours vont passer. Les soleils. Les jardins préférés. Le chant glorieux d'un merle, le soir, sur la coupole dorée de la ville. Ils se promènent, ils travaillent, ils vont voir un vieux western. Ils en parlent. Une émotion excessive déforme sa voix quand il commente la scène finale. Le départ du cow-boy, à la fin, dès qu'il a rempli sa mission absurde de meurtre pour la bonne cause, de rétablissement de l'ordre dans la ville nouvelle. Cette femme qui reste sur le carreau, belle, blonde, yeux bleus, délicieuse, dévorée par l'incompréhension, condamnée par le départ du cinglé noir aux colts d'or.

– C'est con ! lance Vivie. C'est faux.

– Pourquoi ?

– Parce que ça respecte la vieille mythologie macho du mec voué à la solitude, du mâle errant qui refuse le supposé confort de l'amour qu'il ne saurait donner. C'est devenu insupportable, ces histoires… Tu l'as vu poser sur son cheval qui s'éloigne ! L'emphase photogénique, le générique qui défile. Tu ne trouves pas ça con ?

– Oui, c'est un peu solennel et appuyé…

C'est vrai qu'il ne se voit pas partir, droit, gainé de noir, chevauchant un fier pur-sang, seul, happé par le désert, ayant jeté ses deux colts d'or dans la poussière après s'être refusé un meurtre ultime. Il le lui dit. Elle sourit. Il insiste sur le ridicule du mec, sa rectitude… Henry Fonda, West Point, au moins, un bâton dans le cul, ça ne rigole pas, l'homme voué à la guerre, au destin, loin des femmes trop sensibles.

– Que c'est con ! renchérit Vivie. Il préfère se masturber entre deux cactus ou aller voir les putes éternelles du saloon, la volaille à rubans, affligeante, damnées, les pauvres, que c'est con ! Des colts d'or ! Je t'en foutrais, de ces colts glamour ! Deux bites en or ! Et puis quoi encore ! Lugubres, oui ! Deux phallus de la mort.

Elle plonge dans une rêverie voluptueuse, allongée sur le canapé, en culotte claire, lui ménageant une petite place le long de son corps. Une douce vapeur paraît émaner de son torse et de son ventre nu tandis qu'elle sirote un verre de porto. Un effluve de la fenêtre répand sur sa peau des semailles de frissons. Ses seins durcissent, pincés par le courant d'air impromptu.

Le désir d'elle reprend Milos, elle le sent. À la nature de son silence, pas besoin de le regarder pour savoir que s'éveille son colt de cow-boy cyclothymique. Elle tremble, elle a peur de cet or du désir conquis, possédé, perdu. Elle a envie de pleurer, presque de partir comme l'autre tordu rigide et ténébreux. C'est peut-être l'amour fatal qu'il faut fuir. Ne pas souffrir. Plus jamais. Vivie se sent trop jeune pour y souscrire encore. Ils vont s'aimer encore plus fort, au paroxysme, parce qu'ils sont fouettés d'effrois secrets, de pressentiments, de dénis, d'élans lyriques qui masquent la percée du néant.

– Dis le vieux Pic de la Mirada et le Russe pur à faire peur !

Ils retrouvent leur complicité, reprennent les histoires des deux peintres antithétiques. Idéal pour démêler les ressorts de la vie.

Françoise Gilot a fui. Geneviève Laporte disparaît. Par bonheur, il y a la voisine de Vallauris.

– Il a toujours du bol, le Rasta racorni, l'As de Pic.

– Pas si simple…

– Du suspense ! Tu m'excites, mon petit griot.

C'est une jeune fille de 19 printemps, Sylvette David. Fiancée à un Anglais, Toby, qui invente des chaises. Sa mère vient travailler à la poterie Madoura où Picasso fait de la céramique. Oublier les transfuges, Françoise et Geneviève.

Sylvette évoque la rencontre : « Son sourire est très beau, très franc et dans ses yeux on voit tout ce qu'il pense. »

– À quoi peut-il bien penser ? songe Vivie, finaude, bottée, enfilant un pull.

– Au Petit Chaperon rouge de Gustave Doré. Il a déjà fait un portrait de Sylvette qu'il a aperçue, comme ça. Inspiré. C'est une très jolie blonde à queue-de-cheval. Les chevaux de Picasso, sa spécialité. La queue toute blonde battant le dos gracieux. Il lui propose de poser. C'est son métier de demander cette privauté. Elle vient et raconte : « Picasso m'embrasse sur chaque joue. Il sent bon, il est rasé de près. »

– Il est clean, Picasso ! Clean et cool. Il est parfait. Il m'aurait plu, même septuagénaire outrepassé. J'aurais réfléchi, puis posé.

– Et plus ?

– À condition qu'il me comble de tableaux dûment signés, datés, pas des œuvrettes, mais du dur.

Sylvette, le lendemain, s'aperçoit que Picasso, imaginatif, a gommé son pull et l'a peinte torse nu. Elle tolère. C'est un artiste. Il fait des nus, normal. Mais elle ne fera jamais Ève au jardin nue pour lui. La fiancée ne met que le petit doigt dans l'engrenage. Picasso achète les chaises de Toby. Au vrai, il adore les chaises et les modèles assises, jambes à l'avenant.

Il va faire des dizaines de portraits de Sylvette blonde à frange et à queue. Un jour, dans le garage, il lui montre son Hispano-Suiza noire.

– De quoi tu parles, Milos ? Tu m'allèches.

Milos dépeint à sa curieuse la bagnole apocalyptique. Croisement de menhir et de dolmen à moteur. Minotaure chromé. Tank et corbillard de tsar rutilant. Char de dictateur, de milliardaire de Chicago, de nabab d'émirat. D'empereur d'Éthiopie émacié, d'Hamilcar texan du pétrole. De Tokor Yali Yulmata, le fameux Caligula d'Afrique. La fastueuse bagnole survivra à tout le monde. Il paraît qu'elle persiste encore, aujourd'hui, dans le château de l'amour. En Normandie, à Boisgeloup que possède le petit-fils du Minotaure. Brassaï, jadis, fit de la façade du château une photo nocturne, grâce aux deux phares braqués du monstre. La nuit, dans son garage, on murmure qu'elle rayonne. Une force mystérieuse émane de l'énorme luciole, c'est la bête de Picasso. Un soleil noir, tauromachique, sourd de ses ailes de scarabée. La porte du garage coulisse toute seule, l'automobile roule dans la campagne. On tremble, on la désire. La Reine noire. Les dormeurs en émoi la voient passer dans leurs rêves. La Veuve céleste. Épanchant son pouvoir de météorite sacrée. La star sera bientôt lancée sur orbite comme totem de l'humanité industrielle et conquérante. On posera sa carrosserie sur la comète ! Elle voguera dans l'infini quand nous serons tous effacés. Eh bien ! Malgré ces perspectives sidérales, la jeune Sylvette blonde ne flanche pas pour autant. Picasso « l'embrasse comme un père sur les deux joues ». L'Hispano-Suiza peut aller se rhabiller chez les étoiles.

Pour montrer son char de César à l'ingénue Sylvette, il aurait dû, pendant qu'il y était, revêtir la cape noire, à doublure rouge, agrafée d'or, que Jacqueline a fait venir d'Espagne pour le saper en « Monseigneur » (c'est ainsi qu'elle l'appelle, l'idolâtre). Mais ce genre de panoplie de bal masqué, de déguisement de faux peintre grandiloquent, est moche à chier. Il est mieux en vieux chandail à fleurs et short avachi, plâtreux. Avec ses mollets de chasseur d'auroch. Ou chauve, yeux en calots écarquillés, torse nu, la peau d'un fripé encore ferme, émaillée de poils de bouc gris. La pauvre Sylvette devant Zorro nabot, magicien de cape et d'épée, ourlé d'écarlate et d'or, se fût enfuie de terreur comme devant un académicien. Non, il n'y avait plus rien à faire. Vivie conclut :

– C'est la retraite. Il ne bande plus, le satyre ! Il devient vieux et mignard. Mais ça doit carburer encore dans sa tête. La cambrure de Sylvette, ses jolies joues moulées dans sa jupe… Regarde plutôt les deux miennes offertes ! « Les joues de la nuit », comme dit le poète.

Vivie s'amuse follement du marivaudage forcé du Minotaure. N'empêche que les tableaux pleuvent à l'envi. Certains, quasi réalistes ou discrètement post-cubistes. Haute chevelure de Sylvette, campée sur la tête. La queue-de-cheval en cascade d'Hiroshige. La frange exquise. D'elle, une photo en pull noir, échancré, en V décolleté sur les épaules. Beaux yeux bleus, belle bouche, belles boucles. Épaules déployées. Il fait des dessins très ressemblants. Rien que pour la regarder jolie, n'en rien perdre. Puis l'invention où on retrouve les phases de son style, de ses époques. Dédoublements, décentrements. Il lui décoffre la tête, la hausse, dolichocéphale, varie le format, les lignes. Il déconstruit avec virtuosité. Déboite, emboite. Sylvette étrusque ou minoenne. Crétoise nette. Parfaite pour le dolichocéphale Breuil, pour les fresques des rochers du Namib. Toujours fasciné par la cataracte de la queue d'écolière et de corrida. De quoi se pendre, carillonner, tirer sur la corde, dévider le fil d'Ariane, tenir le diable par la… barbichette et la chevillette cherra…

– Quelle queue ! Quelle queue ! chante Vivie, droite et blonde. Oh, Milos ! Regarde-moi… M'aimes-tu ?

– Oui, oui, oui.

Mais Sylvette jamais nue jusqu'au bout. Marie-Thérèse était plus puissante. Sportive, lanceuse de javelot, joueuse de ballon sur les plages de l'Eden. Homérique et intarissable. Sylvette, déjà années 60, starlette fine, déliée. Primesautière sans épopée. Les temps nouveaux. Le cinéma sexy. *Et Dieu créa* etc. Il en mangerait encore, de la mutine profane au bord de la mer. À Pampelune et partout. Sur la plage des Salins, tiens ! Où il a d'abord emmené Dora, à l'écart de Saint-Tropez, une anse de sable blond, un écrin de soleil. Enveloppé de pinède odorante. Il la retrouverait bien, Sylvette, en maillot Bardot aux Salins ou à la Garoupe.

Il y a, justement, des photos du vieux Pablo, fascinantes, en compagnie de Brigitte en robe d'été fleurie, bouffante, dans la villa La Californie. Un décolleté exhibant les mamelons bombés, nuptiaux. Deux colombes de la convoitise. Le vieux écoute leur roucoulement de volupté. Picasso et Bardot, deux monstres de la liberté capricieuse. Le merveilleux absolu.

La lumière afflue des hautes baies cintrées, inonde les fabuleux fatras de paperasse, les piles de dessins, de lithos, les pots, l'engobe, cette peinture faite d'argile et d'oxydes qu'on applique sur les céramiques, les plats des extraordinaires corridas fleuries de têtes de spectateurs et de silhouettes graciles de matadors et de taureaux, les tommettes coloriées, les palettes sauvages, improvisées sur des journaux, les rouleaux de papier du Japon, les totems, les fétiches, le xylophone à calebasses comme autant de pis gonflés…

La fabuleuse villa est peuplée de sculptures : la tête de l'opaque et mystérieux Tiki des îles Marquises. Et l'incroyable bonhomme de l'île Rurutu, le dieu polynésien A'a, le Créateur, avec son double signe sibyllin. A'a, serait-ce lacanien ? Il offre une forme assez phallique et serait une divinité de la fécondité. *A'a* veut dire « sentir avec la main, toucher ». Un dieu que les habitants de Ruturu voulaient voir et toucher. Le corps du dieu est décoré de figurines assez turbulentes. La statue creuse contient d'autres personnages, d'autres revenants encore, tel un roman. Reliquaire d'ossements pour certains ou réceptacle de vingt-quatre tiki pour les autres.

On voit aussi la grande sculpture baga de la déesse aux deux seins dardés vers le bas, les sculptures de bois, de tilleul, de ferraille, de linoléum, de marbre. Les plâtres modelés. L'éphèbe grec à demi dénudé dans cette jungle qui l'assaille. Le bronze de la *Tête de femme*, d'idole de Dora, les portraits de Jacqueline, dont celui où elle est assise, pointue, têtue, taillée en sphinge écolière et familière de la méditation. La primitivité africaine de la sculpture *La Femme enceinte*. L'abstraite et ludique *Tête de taureau* fabriquée avec une selle et un guidon de vélo. La guenon à l'Enfant, madone au museau constitué d'une petite voiture d'enfant. Le pastiche d'un tableau de Cranach, sa sinueuse Vénus, nue. *Château noir* de Cézanne, *Vue de l'Estaque*, *Les Baigneuses*. Et de Matisse *Nature morte aux oranges*.

Et plus… Partout, ça pousse !

– Il est trop étourdissant, son vertige me fait peur, Trop de lui, lui, lui, lui ! Comment respirer ? Une journée de visite comme Bardot, d'accord, ça irait, un privilège furtif. Oui, l'idéal. Après, si tu restes, c'est la pente fatale, tu te fais bouffer par ses lui, ses lianes, ses fruits, ses fièvres. Il a la malaria tout le temps, Pic !

Le Nain, Douanier-Rousseau, Courbet… Le vrac fantastique des découpages, des tubulures, des mille bidules ludiques, écumant par vagues, le chaos d'un chantier à métamorphoses incessantes. L'intarissable limon du Nil.

Un jour, Picasso mange une sole. C'est au demeurant un frugal, il ne boit que de l'eau. Cet orgiaque est un ascète. Éthique d'un cannibale de la femme. Il nettoie avec langue et dents l'arête de la sole. Va l'imprimer dans de l'argile fraîche. Il se livre à différentes opérations de séchage, de cuisson, de peinture. Il crée un fossile de poisson. Paléontologue, Breuil de ses œuvres.

Il s'en faut de peu que Picasso n'ordonne à Bardot, la femme adorable, de se déshabiller pour exécuter un plâtre à même le corps de Vénus qui sent l'embrun, le sable torride. Ou qu'il ne l'incruste, vivante, globes des seins et fesses à la pulpe saillante, dans un bain d'argile. Mieux que l'ancien Dieu créant la femme, Picasso plus précis, plus fougueux, plus artiste, plus désirant… Mieux qu'Yves Klein plaquant les corps dans son bleu.

Le pétrisseur de génie enfantant l'Ève bénie. Picasso moulant la déesse érotique et rieuse, qui se prêterait au jeu du seul démiurge, l'invitant à la parfaire, en son moindre détail souple et dru.

Mais la robe de Brigitte déploie ses pétales, épanouit sa grande toupie de liesse au milieu des trésors de la Californie. La villa la plus lumineuse de la terre. Picasso lui montre la petite chouette apprivoisée dans sa cage, le perroquet du Gabon, la flopée de chiens et de colombes. La chèvre Esmeralda qui lâche librement dans le salon des chapelets de crottes vernissées que le basset Lump vient croquer. Partout les grands plateaux de céramique, les assiettes à têtes de faune, de taureau, de soleil. Il y a le fauteuil à bascule où se balance Pablo en fumant ses Gitanes et en scrutant ses derniers grands nus, galbés et charnus, de Jacqueline. Grandes figures découpées de *Femmes à leur toilette*. Ou *Les Baigneurs à la Garoupe*, dont l'un s'érige comme un Christ bras tendus pour plonger. Non loin de *Femmes devant la mer*, assises, roses, géométrisées, inclinant leurs têtes étranges de masques triangulaires et de mantes religieuses. Articulées, mécaniques, avec leur aspect de devineresses, elles lisent les lignes du sable, y cherchent, sans doute, la trace de Bardot nue, roulée sur le rivage, sa fameuse robe trempée, moulée de sel et maçonnée de salive d'hommes qui la désirent.

Picasso pourtant ne lui ouvre pas toutes les portes. Trop obnubilé par la fenêtre paradisiaque de son invitée. Sa jardinière enchantée. C'est pour le photographe David Douglas Duncan qu'il tournera la clé. Car, à la Californie, il est des lieux cachés. Des salles cadenassées qui contiennent d'extraordinaires collections des œuvres de Picasso de toutes époques, périodes bleue, rose, tableaux de Marie-Thérèse, de Dora, portraits chapeautés… que personne n'a encore vus quand Duncan les découvre, à foison, en panoramas, trois cents œuvres… C'est un conquistador dévoilant un Orénoque visuel. L'Eldorado de Pablo, son magot d'or, sa cassette colossale. Duncan ébloui par le Pactole, lui qui en a vécu de toutes sortes, des guerres du Pacifique et de Corée. De grandes saloperies de massacre. Se révèle à l'aventurier la Terre promise de Picasso. Un Canaan de chefs-d'œuvre comme s'il en pleuvait et qu'il peut photographier à loisir.

– C'est chaud ! Que c'est chaud ! lance Vivie, bluffée. Ça me monte à la tête, la fenêtre vivante, la porte secrète enfin béante. Barbe-Bleue a craqué. Comme ça me brûle ! L'Or de l'Ogre et Bardot. Caresse-moi, Milos, regarde-moi, désire-moi ! Désire notre couple, notre vie. Oublie le monstre, un instant. Viens avec moi sous la douche. Il fait trop chaud. Frissonnons de volupté. La Garoupe, c'est toi et moi. La Californie, toi et moi. Je suis la chèvre Esmeralda et la déesse baga. Mange mes oranges de Matisse. Entre dans mon *Château noir* de Cézanne…

« *¡Bueno! ¡Bueno!* » faisait Picasso quand il était content d'une œuvre. Dans la villa vaste, claire, orientale, festonnée, qu'on oublie, tant Picasso prolifère. Picasso pourrait dévorer Bardot dans sa forêt, l'avaler dans son dédale, la muer en nu abstrait, post-cubiste, libellule fabuleuse, Vénus de Lespugue, aux yeux superposés, au nez biaisé de bordel d'Avignon. Ou, oui, modelée, caressée, en mandoline aux anses divines, en vase à sirène fessue. En écuyère des origines, gitane à ravir. Cithare au pubis doré. En sauteuse de corde nue, Miss mi-chèvre mi-fille. En jument andalouse moirée de sueurs, troussée par le brun Minotaure. Heureusement, quelque part, le chapeau de cow-boy et le revolver offerts à Picasso par Gary Cooper la protègent. L'arme met en joue le vieux cannibale aux yeux noirs, prêt au pire. Peut-être que Gary Cooper, c'était juste un peu après, peut-être que c'était juste avant. Pas tout à la fois, dans cet ordre, le décor. Pas à ce moment pile-poil la biche est aux bois, pas tout à la fois le mouton, la chouette. L'autre été. On s'en fiche. Picasso vissé, sédentaire dans son antre. Tout est aujourd'hui désormais.

– N'empêche, tu vois, les machos ! Le Gary Cooper, autre grand solitaire de western ténébreux, lui offre chapeau de cow-boy et colt. Toujours le même code grotesque, surtout quand c'est Picasso déguisé en tireur de l'Ouest. T'inquiète ! Lui ne partira pas tout seul, sur fond de désert. Il garde pour lui les putes du saloon, et cette blonde aux yeux bleus qui était amoureuse du hiératique Fonda aux colts d'or, Picasso la récupère, lui achète une villa californienne, bien sûr. Tandis qu'il a installé son atelier dans le bordel. C'est qu'elles travaillent la nuit et se lèvent tard comme lui, les Demoiselles… Mêmes rythmes, mêmes apothéoses nocturnes. L'art est un lupanar de visions. Picasso, ce n'est pas le grandiose sans retour, le western de la course solitaire vers la mort. Mais le grand divers de la vie. L'été sédentaire et sans fin, l'été de *Guernica* qu'il étire jusqu'au bout. Tu imagines combien la belle Bardot a dû le captiver, l'assoiffer, le torpiller de flashes étourdissants…

Il pourrait la digérer dans les formidables saisons de ses formes, de ses cycles de centaure. Mais Bardot écarquille sa robe d'été à volants, où l'antique petit Picasso rabougri court bientôt se cacher, avec le basset Lump, le boxer Yan, la chouette, le perroquet, les colombes. Le tout-puissant A'a de Rurutu profite aussi de la merveilleuse niche. Il croit retrouver le corps de sa Polynésie de soleil. Tous fourrés là dans la cage féerique de la robe de Bardot. Qui glisse d'un tableau à l'autre, jusqu'à la terrasse du jardin, l'air de rien, mutine, magnétique, entraînant son petit monde de Blanche-Neige et de Rurutu, et mieux, dans les mouvements de ses jambes gracieuses, de ses cuisses musclées de danseuse gitane. Picasso vrillé dans la voltige, vissé à la vision du paradis. Sous l'ombrelle transpercée de rayons, de parfums, de moires duvetées. Un vitrail de chair et de reflets basanés. La chapelle de Matisse, plus ambrée. L'extase de Pablo. Joie, pleurs de joie ! Pleurs du vieux clown. Hagard de humer tant de beauté. Brigitte un peu sadique resserrant l'étau de ses cuisses bronzées autour du cou du satyre, s'amusant à l'étrangler de volupté. Mais elle n'a pas lu Georges Bataille et ne veut pas tuer Pablo ni lui pisser dessus, pas plus qu'il ne désire lui offrir des œufs épluchés, blancs et nus, pour qu'elle les écrase sous ses fesses. (Quoique…)

– *¡Bueno! Bueno*... J'aime quand tu mélanges tout, Milos, que tu divagues comme en amour. Je peux écraser des œufs si tu veux, en faire du mimosa entre mes solides et mobiles muscles fessiers. T'éplucher doucement. Sur la plage de l'été, n'est-ce pas ? Viens sous ma jupe longue et légère quand tu le désires. Je n'en ai qu'une pour les soirs du bord de mer. Je sentirai ta langue salée et tu mangeras mon bouquet d'embruns.

Regarde comme ils sont beaux, leur ovale clair et calcaire dans l'eau bouillante. Il faut attendre que les deux boules durcissent dans le crépitement saccadé de l'écume. Voilà ! C'est fait. Ils sont lisses à point. Je les sors avec une grande cuillère. Deux beaux œufs de poule fermière. Il faut que j'enlève ma culotte, que je te montre mon derrière ovale. Tandis que je les passe à l'eau froide. Georges Bataille est un cérébral qui raconte des mythes. Moi je suis là, Milos, aujourd'hui, ici-bas, concrète et cul à l'air. Je cuisine. Le robinet est grand ouvert. L'eau glacée gicle sur les coquilles.

J'épluche lentement l'écaille et découvre la peau blanche, humide, de l'œuf. C'est vénusien, cet épiderme. Blanc bleuté, un peu obscène. Et pourtant sans souillure aucune. On dirait, mon Milos, que te voici, toi aussi, plus déculotté que la lune. Tes couilles sont rondelettes. Bourrées de milliards de petits œufs. C'est dans la salle de bains que la cérémonie se déroule. Viens ! Porte les deux œufs dans tes paumes. Fais gaffe ! Je m'agenouille sur le carrelage frais. Contemple mes reins qui se creusent, mes arcs rebondis, écarquillés, ma raie gourmande. Offre-moi les œufs. Oui, que je les dépose, que je les ponde, que je les couve, que je m'assoie voluptueusement dessus. Mes fesses blanches sur les cocos. Chair contre chair, rondeur contre rondeur. Ma raie les prend, les remue doucement. Je sens encore leur chaleur interne, l'eau glacée n'a fait que refroidir leur surface. Je les crispe délicatement entre mes fesses. Je sens leur suavité. Tu sais ce que je suis en train de faire ?

– Non… balbutie Milos.

– Regarde… Je me décale et recule un peu… tu vois ? Je caresse leur peau veloutée avec mes poils, ils deviennent tout mollets de félicité. Je pisse quelques gouttelettes dessus. Requinqués, ils glissent mieux maintenant, moirés sous ma raie, ils reluisent de plaisir. Je suis plus neuve que Dora Maar, et toi quand tu bandes tu es plus captivant que le maniaque Bataille. Je les broie, il me semble que je les avale dans mes deux bouches. Là où tu viendras nous chercher.

Brigitte et Sylvette se ressemblent. On peut mélanger leurs deux silhouettes, confondre leurs corps, leurs chevelures. Sylvette plus moelleuse, plus collégienne, d'une blondeur douce et pulpeuse. Plus sage. Soleil intérieur. Brigitte, plus pétillante, plus étincelante, darde ses prunelles et ses seins à l'excès. Sylvette les cache encore sous le secret de son pull noir d'ado.

Photo : la naïade de la Méditerranée, l'inouïe Aphrodite de Saint-Tropez sortie des eaux, abolissant celle de Botticelli, de Cranach, se penche sur l'épaule du vieux Pablo racorni, tel un vieux mégot, chemise à carreaux, en train de peindre une assiette pour la mise en scène. Bardot inclinée offre toute la corbeille de sa gorge fruitée. Grappes de Dionysos. L'été éternel.

Une autre photo montre Picasso de profil, cravaché, noirci de rides, torché de ravines cramées, de fleurs de cimetière énormes, pareilles à des médailles du travail raflées, suées dans les usines de Flins. Il a l'air macaque, comme dans son ultime portrait. Il tend sa vieille main de forgeron, d'Héphaïstos dogon, touche l'oreille de Brigitte, une boucle d'oreille… Une dernière fois, il injecte son Œil noir d'escarbille dans la Rose de l'Oreille. Adieu ourlet de nacre et de nymphe. Vulve de corail. Adieu volcan !

– Cueille ! Cueille ! lance Vivie.

Lui croquerait la crinière des moissons. Lui ébourifferait la queue jusqu'à la transformer en meule sauvage. Foin frais du taureau goinfre. Geneviève avait craqué. Trop vieux maintenant ? À quelle limite se borner ? Quand passer à la fraternité ? Faire le grand-père communiste chaleureux de Sylvette… Prénom de sylve qui sonne. Appuyer sur la sonnette une dernière et belle fois. Victor Hugo, l'art d'être grand-papa. Quoique le vieux satyre fut bouc et faune jusqu'au trépas, avec la femme de chambre de Juliette Drouet qui s'appelait Blanche. Toute blanche au bord de la nuit. Le Minotaure aveugle que Sylvette ne guidera pas. Il lui offre un tableau qu'elle choisit entre une quarantaine de portraits d'elle. Elle emporte le plus réaliste, comme le ferait un secrétaire du Parti.

Jacqueline vient. Reine Roque apparaît dans le même atelier de la poterie Madoura. Belle, brune, blanche. Elle veillera sur l'idole, « Monseigneur », jusqu'à sa mort à Mougins. Elle fermera le sarcophage de la grande maison. Surveillera les entrées mieux que le secrétaire Sabartés aux Grands-Augustins. Son guichet est un couperet. Pharaonne de la pyramide Picasso. On ne rigole pas avec le sacré. On l'enfouit au fond du Dédale où il ne va plus arrêter de peindre et de dessiner des culs, des chattes, des vits dardés. Elle se tuera sur la momie du Minotaure. Sylvette promise à la vie.

La vie qui est une farce. L'été 1954, de Sylvette et de la rencontre de Monseigneur avec Jacqueline, une première corrida a lieu, à Vallauris, en l'honneur du roi. Le voilà tout requinqué, briqué, à neuf. Entouré de ses enfants : Claude, Paloma, Maya. La ribambelle joyeuse du patriarche. Françoise a beau avoir rompu, elle vient ouvrir la corrida montée sur un cheval. Elle porte un petit chapeau rond et clair. Beau et long torero androgyne aux yeux verts. Elle exécute des figures de haute école. José Montero s'apprête à donner le spectacle du combat. Mais le taureau se couche. Vautré.

Le Minotaure avachi. Tout le monde rit. Applaudit. La bouffonnerie détraque tous les plans.

– Le taureau a compris que c'était con de mourir pour la gloriole et pour le Vieux.

– Tu ne connais rien à la corrida. Il faut lire Michel Leiris !

– Je n'aime pas ces trucs de mec cambré, galbé, qui fait le galant, recouvert de paillettes, le petit cul moulé de travesti, le bassin en avant, de vamp, devant les cornes du taureau. Tant qu'à faire, je préfère le taureau sans manières.

– Qu'est-ce que tu dis ? Qu'est-ce que tu dis ?

Un certain Pepe Luis Marca sauve l'honneur, développe une belle faena.

– C'est quoi au juste ?

– C'est un tournoiement sans fin du taureau et du matador, un suivi de passes fluides, élan long du corps ténébreux et de la corne dans la cape fuchsia déployée. Vagues qui se succèdent sur le rivage entre vie et mort. Tourbillon lent. Masse en voltige. Le torero droit et fin comme un I, pieds joints, pare et se marie à l'ouragan. Une osmose de l'homme et de la bête. Olé ! Olé ! C'est là que les aficionados entrent dans leur rêve, côtoient l'impossible. Dans un tonnerre d'ovations, de « oh ! » et de « ah ! ». Et des silences de ravissement. Où on n'entend que le souffle du taureau et les petits appels rauques du matador.

– « Rauques » ! Tu me fais rire…

Bouquets pour Picasso qui félicite le vainqueur, lui offre un plat en céramique représentant une corrida, cheval et taureau bien griffés, pointus comme des chats en colère. Un paraphe.

– Je prends le plat paraphé. Je te laisse Picasso, le bouquet et la carcasse du taureau transpercé. Tu gardes les couilles pour Georges Bataille. Il choisira une amante pour qu'elle les écrase comme des œufs ou des globes oculaires sous ses deux fesses !

Les réjouissances éclatent dans les rues de Vallauris. Picasso parade dans une vieille bagnole burlesque, armée de cornes. Il est perché sur la calandre. Il joue de la trompette. Il adore trompeter. Il possède un clairon, dans le grenier des Grands-Augustins. Il en joue, il claironne à tout-va. Kazbek, le long et maigre lévrier afghan, couche ses oreilles transpercées. À moins qu'il ne soit déjà mort et remplacé par le boxer Yan et le basset Lump. À Ménerbes, avec Françoise Gilot, séances de clairon. Picasso bombé souffle. Souvenir du cirque Medrano. Des clowns. Ce fond clown chez lui. Enfantin, inquiétant… Régressif. On ne sait jamais quel visage ou quel crime masque le grimage du clown.

Paulo, son fils, suit la voiture à cornes, avec un orchestre de jazz. C'est carnaval pour les enfants. Vallauris est communiste. Don Camillo ! Tout le monde communie en Picasso. Le peuple a volontiers pardonné le portrait du Petit Père des peuples que Picasso a raté. Tout un feuilleton, un scandale, autour de ce portrait de commande saboté qui choqua les pieux cocos. Staline est mort, vive Picasso ! Vive Eugenio Arias, le coiffeur communiste de Picasso, son complice en facéties de Vallauris ! Il aurait pu devenir milliardaire en vendant les œuvres offertes par le « né coiffé », mais préféra ouvrir un musée Picasso dans son village natal, l'altière fortification de Buitrago del Lozoya. Dans ces affaires d'héritage où chacun cherchera à coiffer le voisin, seul le coiffeur communiste fut exemplaire ! C'est lui qui fera la toilette mortuaire de Picasso à Mougins. Arias ! Le coiffeur de la mort.

Au bord de la nuit. Vivie va et vient dans son appartement. Milos regarde un vieux western à la télé, *Fort Bravo*, Sturges. Des Indiens dessinés sur la crête des collines. Pure calligraphie : bonheur. Quand ils font retomber leurs flèches exactement où les cow-boys et les soldats sont retranchés : bonheur. Le héros meurt : bonheur.

Il sent la nervosité de Vivie, plus indienne que jamais, mustang. Elle se campe devant lui.

– Moi, j'ai quitté mon mec.

Il a l'air interloqué.

– Le mec avec lequel j'étais mariée quand tu as été renversé dans la rue. Que tu vivais dans ta mansarde de fou. Que je t'ai secouru. Je l'ai largué ni une ni deux. Je n'ai pas manigancé une tricherie, du ping-pong clandestin, entre lui et toi. On divorce. À l'amiable. Il est clean. Il nous laisse le champ libre. Il est reparti sur sa moto, beau mec. Je suis à toi.

– Je n'ai exigé aucun sacrifice, quand même… Cela s'est passé presque sans que tu en parles.

– Comme c'est élégant ! « Je n'ai rien demandé » ! Tu es assez tordu pour me déclarer désormais que tu aurais préféré que je le garde ?

– Je n'ai pas dit ça.

– Tu ne dis rien, tu te dérobes. Tu as un lourd secret. Tes yeux de perle rare. Tes vrais yeux, tes faux. Tout ton bazar scopique ! Tes manipulations de verres, à Altamira, la nuit, tu crois que j'ai oublié ? C'était fou ! fou ! Après la ronde des taureaux de la grotte.

– Je t'ai tout raconté là-dessus.

Soudain, il a l'impression qu'elle s'effondre intérieurement. Elle souffle :

– Tu m'épouses, Milos, yeux dans les yeux, tu dis oui.

Il se lève et l'enlace pour dissimuler sa confusion.

– On est quand même bien comme ça… Toi si libre, si joliment libertine, vouloir un mariage de plus, ça ne te ressemble pas.

– Tu es marié, Milos.

– C'est du délire.

– Marié symboliquement à une femme du passé. Tu m'as avoué que tu as aimé.

– Comme tu as aimé ton mec à la moto.

– Non. Je sens sa présence. Un lien quand tu décroches de moi. Si tu crois que j'ignore ton absence, tes tristesses… Tu es tout paumé, taré comme l'autre à Antibes. Tu deviens un fantôme. Tu n'es plus là. Je le sens intensément. Cela me détruit. Je le sais même avant que cela ne se produise. Je le redoute. Tu mets ça sur le compte de ton humeur mélancolique originelle, mais c'est actuel. Cela explose. Même dans le ravissant parc du Troussay. J'étais si heureuse ! Comme j'étais heureuse ! Mais, à un moment, j'ai senti un blanc en toi, je t'ai perdu en un éclair.

Il ne sait plus quoi dire.

– C'est quand j'ai pris la photo sous le séquoia. Tu étais pâle contre l'arbre gigantesque. Au pied de la colonne fantastique qui fusait dans la lumière. Saint

Sébastien blafard. Un peu ennuyé de poser. Et tu t'es lancé dans le récit de ce film : *La Piste des géants*. Tu sais… quand tu as évoqué la dernière scène avec un tremblement d'émotion. Ces pas du héros qui a retrouvé sa bien-aimée et qui avance avec elle au milieu des séquoias. « Scène surnaturelle ! » as-tu dit. Je ne me suis pas sentie héroïne de ta nostalgie. Une autre femme marchait auprès de toi dans la forêt féerique.

– Tu déduis des trucs pas possibles, Vivie, tu t'égares.

– Tu mens !

Il sent vraiment son égarement, qui lui fait peur.

– Je suis là, Vivie. Personne d'autre que toi. La nuit est venue.

Ils ont sombré tous les deux dans l'obscurité. Il veut allumer une lampe. Elle le retient. L'entraîne dans la chambre. Ils se couchent sans lumière.

– Embrasse-moi.

Il l'embrasse soudain avec un élan de ferveur.

Elle ne cherche plus toujours à éviter le sujet crucial : Picasso-de Staël. C'est en allant jusqu'au bout de leur histoire que, peut-être, elle débusquera le secret de Milos. Et quand il aborde le thème de la corrida, elle sent la piste… Le spectacle et le tragique. Cette histoire de Minotaure qui se rapporte à Myriam, la mère de Milos. Il lui a parlé de l'enlèvement mythique. Du ravissement. Elle a observé qu'il s'attachait à donner à l'affaire un aspect trivial, de séduction estivale, ressassée ensuite par Myriam mariée dans un embellissement très Bovary. C'est là que l'histoire commence. Des dates enfouies, des femmes, hier et aujourd'hui, des amours, un suicide, des corridas à la pelle. Il parle. Elle sait que leur complicité doit passer par là. Incontournable. Étaient-ce les mêmes conversations, les mêmes fascinations avec l'autre femme ?

En 1955, de Staël s'est suicidé, au printemps. La date au fer rouge d'Antibes. L'émoi de Milos quand il le raconte… Comme une terreur d'enfance. Le musée Picasso déploie *Le Concert* éternellement. La mère avoue le suicide de De Staël. En descendant l'escalier du château Grimaldi, tous les portraits de Picasso, les yeux de Picasso, suivent l'enfant. Il a vu, en même temps que *Le Concert* mortel, *La Joie de vivre* de l'Autre. Les nus qui dansent, les faunes qui invitent à l'amour. Coup sur coup. L'initiation. À quel âge a-t-il appris qu'une dame promenait son chien tôt le matin ? Elle tombe sur l'immense corps en travers de la rue. La chair de Nicolas. Son grand corps tué par lui-même. Au pied de la peinture, comme au pied du *Concert*.

En ce printemps, les Picasso, eux, remettent ça : la corrida. Mais, cette fois, Françoise n'est plus là. Picasso, polo blanc, royal. Déployant ses bras de Ramsès sur ses cuisses, il trône à la tribune, entre Jacqueline, la nouvelle, et Cocteau tel un élégant silex taillé, cravaté, trafiqué. Picasso regarde. Iconique. Il cadre son mythe. Photos. *Yo, Picasso.* Cela fait plus de cinquante ans qu'il pharaonne.

En 1958, Dominguín est dans les arènes d'Arles. Après une longue absence. Douze mille personnes lui font une ovation. Costume vert amande. Corrida et couleurs de confiserie. Rouge cerise, rose bonbon, bas de nymphe. Dominguín hautain comme d'habitude. Grâce, arrogance. Diva. Talon souple, la jambe ronde. Le cul scintille. Pépite à fesses de satin. Braguette bombée, rutile. La muleta tournoie. Le paso doble démarre, rythme la faena. Avant l'estocade, Dominguín se tourne vers Picasso, tend vers lui la montera, il lui *brinde* le taureau, il *Lui offre la Mort*.

Fin octobre 1961, c'est la fiesta pour les 80 ans du chaman. Quelques jours seulement après la tuerie parisienne des manifestants algériens venus protester pacifiquement des banlieues, à l'appel du FLN. Années furieuses. On retrouve les corps dans la Seine. Des immolés obscurs. Sans *Guernica*. Sans l'Allégorie offerte à l'éternité. De Gaulle se tait. Papon, le scélérat des rafles antisémites de Bordeaux, devenu préfet, a frappé. Papon, le pape sanglant.

Picasso roule en Cadillac encadré de motards dans les rues de Vallauris.

Cannes, Nice en liesse accueillent Picasso. Musique et danses. Feu d'artifice. Un grand banquet a lieu pour fêter l'octogénaire de génie. À Vallauris, la télé lui pose la question : « Qu'est-ce que vous pensez des femmes ? – J'ai quatre enfants. Avec ce que je viens de dire, débrouillez-vous. » Le secrétaire général du Parti est de la fiesta : Jacques Duclos, petit, roublard, gouailleur, accent impayable, face ronde épinglée d'yeux noirs de commère féroce. Derrière cette gargouille de la truculence : un bloc de caillou stalinien.

Le matador Luis Dominguín est présent. Le préfet a interdit la corrida, on ne peut plus tuer le taureau des 80 balais. Malraux lève l'interdiction. Que pense-t-il de la corrida ? Dominguín foudroie la bête. Il bat Picasso dans l'arène de la séduction. Toutes les femmes n'ont d'yeux que pour le tueur artiste, l'astre tauromachique. Dominguín, en privé, morgue Picasso et confie qu'il ne connaît rien à la corrida, n'y voit que du feu. Qu'un duel fantasmagorique et couillu, une projection obsessionnelle, sans les mille finesses secrètes.

– J'aime beaucoup quand tu dis « couillu ». Mais je préfère encore les « mille finesses secrètes »… C'est qui, ce Dominguín ?

– L'amant d'Ava Gardner, de Rita Hayworth, de Lauren Bacall…

– Je les connais, toutes les trois, ces adoratrices du sang. Mais qu'est-ce qu'elles lui trouvent ?

– Dominguín est héroïque. Il défie, flamboyant et froid à la fois. Il est beau. Espagnol à faire peur. Un visage de la mort romantique. Pommettes de Méphisto. Il a supplanté l'immense Manolete, l'emphase aride de son style. On dit que, d'une certaine façon, il l'a poussé au suicide tauromachique, il l'a tué.

– Explique, Milos. C'est antique, ces drames de machos.

– C'est mythique, comme la rivalité de Corneille et de Racine.

– Oui, mais le meurtre ?

– La scène eut lieu lors de la corrida de Linares, le 28 août 1947, où les deux matadors s'affrontèrent. Dominguín ne cessait de provoquer son rival, Manolete, de lui chercher des crosses dans la presse. Il voulait lui ravir la première place. Alors le Cordouan, qui avait le public contre lui, entendait faire une démonstration stupéfiante de sa suprématie. Il n'avait pas la beauté, la superbe arrogance de Dominguín que les femmes adoraient. Manolete maigre, visage pointu, mangé, triangulé, l'air sinistre, gros yeux de poulpe en deuil, sous la bandera noire. En costume rose saumon et or, il torée sobre et stoïque. Une écriture nette, hiératique. Le taureau Islero fonce dans l'arène, sur les paillettes du spectre. Sent-il que c'est son jour de gloire ? Islero est trop court. Manolete rallonge sa charge en beauté, jusqu'à le frôler dans la faena à la muleta. Il fait entrer la foule dans un temple divin.

– Traduis, divin Milos !

– Le « temple », c'est intraduisible, c'est invisible. Une intuition, le rythme et la grâce quand le taureau et l'homme s'accordent dans l'extase d'un temps mythiquement ralenti. Ils ne font plus qu'un ovale de style, une fleur de l'art épanouie. Manolete prend tous les risques. Il ose toucher la corne du taureau, ce qui est le comble de la domination. Il va donner l'estocade. L'épée plonge dans la voûte de l'encolure sombre. Comme dans la masse d'un bronze vivant. Au même moment, dans la mort, Islero encorne Manolete à l'aine. On l'emmène pissant le sang à l'hôpital. Dans l'intervalle, Dominguín vainc son dernier taureau. Manolete meurt. Dominguín règne.

– C'est cruel et non sans certaine archaïque beauté, si on y tient… On en a un frisson barbare, Milos, surtout quand c'est toi qui racontes. Tu es encore plus pâle que d'habitude, mon amour. Mais tout de même, ce Manolete sacrifié, à la foule, à l'orgueil, à la virilité spectaculaire…. J'ai vu un jour une corrida : trop de sang pisse ! Le taureau lourd et crevassé de piques, écarquillé de sang.

Milos se récrie :

– Le coup de la cruauté ! Ils viendront à bout de la corrida avec ça, tous les gentils, tous les amoureux des bonnes bêtes, de la paix. Mais quels hypocrites ! Comme si elles n'étaient pas violentes, toutes ces bonnes âmes autoproclamées, violentes en famille, violentes en amour, violentes au boulot ! On les connaît, les plaideurs de la non-violence, les adversaires de la corrida, la meute des gentils, des abonnés bons… Ils n'arrêtent pas de tuer, sans s'en rendre compte ou exprès, dans les relations de travail, de dominer sans toujours le savoir, de châtrer leurs gosses avec les meilleures intentions, de blesser leur femme, leurs amantes, leur mère, de tuer leur père, les bons, les pieux apôtres douceâtres dont les enfants passent leur temps à tuer, à s'enivrer de tuerie sur les jeux vidéo. Toujours s'en méfier, de ces âmes blanches.

– C'est vrai, Milos, nous sommes tous très cruels, mais quelle mouche te pique ? Toi si sensible. Faut-il en rajouter avec les tortures des picadors, les torrents de sang de la corrida ?

– Je ne suis pas un aficionado ! Mais Leiris, Bataille, Bergamín, Goya, Manet, Picasso, Bacon, Masson, Montherlant, Cocteau, Cau, Hemingway m'impressionnent, ils valent bien tous les braves gens bêlants.

– Tu me plais…

Mais Milos est tout à sa tirade, incapable de profiter de la situation. Il lui raconte que Picasso rêvait de peindre une vraie corrida totale, il décrit « des milliers et des milliers de cercles concentriques que font alentour les milliers et les milliers de bouches », les arènes, la cérémonie, le saint-frusquin rutile : musique et personnages, les alguazils noirs, à cheval, ouvrent le spectacle. Le paseo, *Carmen*, l'air du toréador. Tout le cortège des toreros rouge et rose. Les phases du rite, le souffle de la foule, l'opéra des corps, des formes, toute la chorégraphie, chaque chapeau, chaque tête, le moindre détail de couleur, de sang, de poussière, de paillette, de fleur, de peau, de cuir, de corne, de couille galbée dans la culotte de lumière ou taurine, à cru, noire et poilue. La fête aussi, en famille, Picasso et sa smala. Les amis qui se rameutent, se hèlent. Les salamalecs solaires. Les marchands, les boissons, les cris, les rires, les huées. La faena s'envole et tourne, la grâce, le paso doble, les gens debout, en liesse, mille mouchoirs au soleil, olé ! Tsunami de mouchoirs. Tout valse, se soulève, volcanique.

Tous, assis de nouveau, rangés comme des bouteilles. Et d'un coup, « oh ! », « ah ! », toutes les travées debout d'effroi. Car le taureau a compris que la muleta est un leurre et le voilà qui vise le matador. Pas si con ! Tous les yeux de l'arène, son formidable regard écarquillé, dardés sur le ludion face à la Bête lucide. Les millions de cils, de prunelles clignotantes des aficionados. Il rêvait d'un tableau impossible, un cratère de météorite qui serait grandeur nature, à la démesure des arènes. Plein de rouge, d'or, de fleurs, de pourpre, de foulards, de châles, de capes, de crinières, de crottin, de sabots, de cris guerriers de femmes, de râles d'hommes pâmés. On lui dit que, après tout, *Les Noces de Cana* de Véronèse sont à l'échelle. Il réplique que les arènes sont bien plus grandes. Sa folie : voir tout en même temps. Être dedans. Réalisme cinématographique ? Travellings, cadrages, champs-contrechamps, panoramiques ? Non ! Peindre ! Peindre le foisonnement de la corrida dans la matière et la lumière de la peinture, dans son œil profond, vivant, habité, avec ses myriades de capteurs braqués. Picasso peignant sa réalité à lui, sa vision vraie, passionnelle, de la corrida cosmique, vécue dans son jaillissement. Vésuve et Pompéi des fresques de Dionysos. Hourras romains et hurlements d'Arles.

Ils vénèrent *Guernica* mais ce pourrait aussi bien être une corrida qui tourne mal. Il faudrait donc interdire *Guernica* !

Dominguín donne ainsi ses derniers spectacles devant Picasso, Cocteau, Jacqueline, la famille, les enfants et les petits-enfants des différents mariages quand le patriarche consent à les rameuter. Jacqueline n'est pas férue de la tribu. Les bons jours, le svelte Dominguín brandit deux oreilles. Il se pavane en gloire, tenant haut, comme des castagnettes, les deux esgourdes obscènes. Mœurs de l'*Homo sapiens* antique depuis Altamira. Dominguín se cambre devant son épouse, la belle et brune Lucia Bosé au visage si pur. Miss Italie. Elle a battu dans la compétition Gina Lollobrigida. Mais elle ne lui a pas coupé les oreilles. Elle a été découverte par Visconti, Antonioni lui a donné un rôle. Ainsi va la vie. Dans le cœur du torero, elle vient de damer le pion à Ava Gardner. Et à la blonde et mélancolique Miroslava Stern, la fée qui se suicide. Le matador est le bourreau des taureaux et des stars.

– Je ne connaissais pas cette Miroslava… Quand ce n'est pas l'un, c'est l'autre, murmure Vivie, pensive.

– Explique…

– Quand ce n'est pas Staël, l'amant, qui se tue, c'est l'amante Miroslava.

Un autre jour, Dominguín estoque le taureau, lui coupe une oreille et la lance à Picasso.

L'Oreille vrillée, velue, tranchée, comme celle de Van Gogh. Tournesol déchu, hérissé de poils gluants. Dépouille, empoissée de sang sur les gradins.

L'Œil de Picasso regarde l'Oreille.

Est-ce dans l'armoire secrète aux trésors des Grands-Augustins qu'il a conservé la photographie d'un bout de journal arlésien de l'année 1888 ? Entre autres broutilles du jour, un entrefilet se glisse : « Dimanche dernier, à 11 heures ½ du soir, le nommé Vincent Vaugogh, peintre, originaire de Hollande, s'est présenté à la maison de tolérance n° 1, a demandé la nommée Rachel et lui a remis… son oreille en lui disant : "Gardez cet objet précieusement." Puis il a disparu. Informée de ce fait qui ne pouvait être que celui d'un pauvre aliéné, la police s'est rendue le lendemain matin chez cet individu qu'elle a trouvé couché sur son lit, ne donnant presque plus signe de vie. Ce malheureux a été admis d'urgence à l'hospice. »

Vivie revient, le lendemain. Elle a consulté quelles archives ? Veut-elle déjà se venger ? Elle lui dit :

– Picasso a écrit : « Seul l'œil du taureau qui meurt dans l'arène voit. »

Ce qui le fascine dans *Face au Havre* de De Staël, c'est le grain de la ligne d'horizon bleu-noir qui sépare la mer du ciel. Toutes les nuances du gris. Les nuages composent des figures géométriques blanches, blocs à pleine pâte. Peut-être qu'une éclaircie point là-bas. Oui, il est retourné, seul, contempler de Staël, à Beaubourg. *Ciel à Honfleur*. Tout est moins cru, moins clair, moins coloré que les paysages du midi, qu'Agrigente en technicolor.

Il se retourne. Son cœur éclate. Il la voit.

Épanouie, décolletée, dorée, en petite robe d'été à carreaux bleus et blancs. Marine le regarde. C'est comme si une image mentale éternelle et vivante se réalisait. Elle capte immédiatement le port des lentilles colorées. Ils se jettent dans les bras l'un de l'autre.

– J'ai su en entrant dans le musée que tu y étais. C'était ma conviction folle. Et je t'ai vu regarder *Face au Havre* et *Ciel à Honfleur*…

Ils filent dans Paris, serrés l'un contre l'autre, comme si un blizzard les accolait, pour s'en protéger. Mais c'est une tempête de lumière. Elle le précipite dans un appartement qu'une amie – partie séjourner en Amérique – lui a prêté. Rue des Thermopyles. C'est une allée pavée, fleurie, une sorte de féerie cachée dans le bruit de la ville.

Ils s'installent sur le canapé. Il lui tient la main. Elle explique qu'elle ne pouvait pas répondre à ses appels, à ses messages, que c'était trop tôt, qu'elle était paralysée, qu'il lui fallait du temps, une longue parenthèse, un autre pays. Il lui raconte le musée de l'Homme. Il ne lui parle pas de Vivie, elle ne dit rien de ses propres amours londoniennes.

Ils sont submergés d'élans de bonheur profond. Comme si rien ne les avait séparés. Jamais. Qu'ils s'étaient pour ainsi dire endormis pendant des mois et soudain se réveillaient au cœur de la vie. La seule différence est la vivacité de leur plaisir tel un chant.

Ils dînent dans un restaurant et boivent du vin blanc. Leurs pieds se frôlent sous la table et leurs mains se joignent. Ils reviennent par les Thermopyles luxuriants. Ils se déshabillent. Il enlève ses lentilles qu'il place dans un petit étui qu'il transporte toujours avec lui, en cas d'accident. Il revient. Elle l'attend, nue, sur le lit. Les yeux de Milos l'émeuvent, la comblent de présence. Ils se caressent et leurs baisers sont de plus en plus gourmands. Ils s'émerveillent de douceur et de volupté.

Ils traversent la nuit, main dans la main. Ils dorment, se réveillent, s'embrassent, se chuchotent leur amour, s'étreignent, s'endorment de nouveau.

Pendant deux jours il oublia Vivie. Il avait téléphoné au musée pour justifier sa défection. Les messages sur son portable, qu'il avait éteint, s'étaient multipliés. Il ne pouvait pas laisser ainsi Vivie dans l'angoisse de son silence, de son absence. Mais il se sentait dans l'impossibilité de la revoir. Il lui mentit et lui dit qu'il avait été obligé de partir pour des fouilles en Espagne. Sans rien préciser de plus. Alors il avoua tout à Marine. L'intermède de Vivie. Le piège dans lequel elle et lui étaient tombés. Car il ne l'aimait pas vraiment. Marine lui demanda s'il en était sûr. Il lui répondit que oui.

Il logeait en cachette rue des Thermopyles mais fut obligé de retourner au musée. Vivie surgit au moment où il sortait de son travail. Elle l'agrippa, le supplia de parler, de s'expliquer. Il ne voulait pas brutalement la blesser. Il avait peur d'une crise, d'un malheur, de la douleur qu'il lui infligerait. Il se taisait. Elle le secouait, le sommait de répondre.

– Que se passe-t-il, Milos ? Mon petit Milos !

Son anxiété creusait ses traits, ses yeux cernés. Il ne lui avait jamais parlé de Marine avec précision.

– J'ai besoin de m'éloigner.

Il se sentait piteux, misérable.

– Pourquoi, Milos ? Oh ! Milos, tu ne m'aimes pas, tu ne m'aimes plus.

– C'est difficile. Je ne sais plus qui je suis, ce que je ressens.

Il mentait pour l'épargner, pour se protéger.

– Tu as rencontré quelqu'un d'autre. Tu as retrouvé une femme que tu aimes plus que moi.

Il se tut.

– Ce n'est pas vrai, Milos ! Tu n'es pas comme ça.

– Il faut que je parte, que je sache où j'en suis… Je ne sais plus.

Il mentait. Il s'entendait dans la misère de mentir. Elle s'écria :

– Non, Milos, tu ne peux pas faire ça ! Je te veux, Milos, je te veux.

Elle tomba en pleurs et c'était ce qui lui faisait le plus mal, les pleurs de Vivie désespérée. La si belle Vivie faite pour la maîtrise, la conquête, le plaisir et la liberté.

– Reste avec moi ce soir, fuyons chez moi.

– C'est impossible. Il faut que je parte.

Elle supplia :

– Une nuit, une dernière nuit, Milos.

– Je ne peux pas.

Elle dit lentement en fixant sur lui des yeux durs :

– Nous allons mourir, Milos.

– C'est de la folie, ma petite Vivie.

– Viens !

– Non, je ne pourrais pas, je suis trop mal.

Et c'est elle qui se détacha de lui soudain et partit en sanglots. Elle courut le long du trottoir. Il avait peur. Il aurait voulu prévenir le compagnon de Vivie mais il ne savait même pas si elle le voyait encore. Il ne possédait pas son numéro de téléphone.

Il revint rue des Thermopyles et raconta la scène à Marine. Elle se tut d'abord. Elle ne pensait pas que c'était à ce point. Puis elle déclara :

– Tu peux aller chez elle voir ce qui se passe, Milos, si tu veux essayer…

Ainsi, leur bonheur avait été bien court. Désormais la menace d'un malheur portait une ombre sur leurs retrouvailles.

Ils passèrent ainsi quelques jours. Et Milos reçut un nouveau message : Vivie voulait avoir une explication avec lui, elle voulait comprendre, seulement comprendre.

Milos sentait qu'il ne fallait pas la revoir, expliquer c'était faire du mal encore et encore. Exaspérer Vivie en attestant l'existence d'un amour originel. Il répondit qu'il partait, qu'il ne pouvait plus.

Dès lors, il eut peur qu'elle ne le retrouve et fut obligé de démissionner du musée de l'Homme. Marine n'était revenue que pour retrouver Milos traqué.

– C'est bien ce que tu veux, Milos ?

– Comment peux-tu en douter ?

Elle le regardait.

– Milos, nous sommes plus indéchiffrables qu'on ne le croit. Moi, à Londres, j'ai eu aussi une aventure, un lien… Qu'est-ce qu'on veut vraiment ? Qu'est-ce qu'on sait ? Cette femme, elle t'a tout de même beaucoup plu. Moi, l'ami de Londres, il me plaisait, alors…

– Quand on s'est retrouvés devant les tableaux de Staël, ce fut évident.

Est-ce à Paris qu'on peut le mieux se cacher, dans la foule, l'infini des rues ? Il changea de portable, de numéro. Il laissa Vivie sans possibilité de l'atteindre. Il craignit qu'elle n'aille à Antibes, ne trouve et questionne ses parents. Il les prévint. Il avoua tout : Vivie, et Marine retrouvée.

Mais ils n'osaient plus fréquenter les lieux connus, les jardins dont il avait parlé à Vivie, les musées. Surtout, il ne pouvait se rappeler tout ce qu'il lui avait dit au cours de leur passion, les pistes qu'il avait dû donner sans le savoir, les indices.

– C'est innombrable, ce qu'on dit, Milos. Ce n'est pas par le raisonnement qu'on peut tomber sur la piste de quelqu'un, c'est par hasard.

– Tu ne m'as pas revu par hasard.

– Non, mais j'aurais pu me tromper d'heure, de jour, de musée… L'intuition qui nous brûle est souvent démentie.

Un jour, il voulut en avoir le cœur net. Il prit le métro, très tôt, le matin, et alla guetter, en cachette, la porte de la rue de Nesle. Passé juste 9 heures, il la vit partir au travail. Vivie telle qu'elle était quand il ne la connaissait pas et qu'il observait, admirait, son charme précis. La même, la Crétoise, en veste noire et pantalon moulant. Elle n'avait pas interrompu le cours de sa vie normale. En apparence. Il ne vit pas son visage. Elle marchait d'un pas rapide sur ses talons aiguilles. Il fut envahi par un sentiment de perte. Pas seulement celui de perdre Vivie, mais de manquer dans l'absolu. De perdre Marine, Samantha, Myriam jadis, sa jolie maman nomade. La silhouette solitaire de Vivie qui disparaissait dans la foule rouvrait cette angoisse profonde. Tout le monde partait, se séparait. Toutes les amours. Celle qu'on avait désirée à l'excès, ou aimée, s'en allait ainsi de dos, identifiable immédiatement, cheveux, démarche, taille, contours qui cristallisaient l'essence de l'être aimé, de ce qu'on avait partagé si intensément avec lui. Il ressentait la coupure. Son tranchant, la noirceur de la vie.

Ils cherchèrent où ils pourraient aller. Milos eut envie de partir dans le Luberon, à Ménerbes, là où avaient vécu, un moment et tour à tour, de Staël et Picasso. Il avait besoin surtout du sillage de Nicolas. Il avait peint de beaux tableaux de Ménerbes, doux, bleu vif et blancs. D'autres plus géométriques, plus construits, contrastés, en sédiments bleu cru, bleu-noir sur fond lumineux. De la même manière que *Face au Havre* ou *Ciel à Honfleur*. La même matière. Malgré l'opposition du Nord et du Sud. Blocs de beauté, nuages clairs, maçonnerie de la mer et du ciel, de la terre et du village perché. Tout était fondamental, épuré. Le plus beau de Staël aux yeux de Milos et de Marine : en 52, 53, 54… Le sommet de Staël.

La muraille coiffait la proue de Ménerbes, au-dessus des vignes, des mûriers, des pins. Une vue plongeante de forteresse depuis que le village protestant avait été pris dans les assauts, les sièges des guerres de Religion. Les portes, le château, les belles demeures. Un minéral cimier fait pour plaire à de Staël, héroïque, altier.

Milos et Marine prirent location dans une vieille ferme à effraie. Un groupe de cyprès noirs se peignait sur l'azur. Longs fuseaux pointus sur les fonds arides ou vrillés de vignes. Surtout, ils voyaient le village sur son promontoire. Son enceinte de pierres, de guet et de guerre. Personne ne serait venu les chercher là, alentour, dans la vallée désertée.

Ils retrouvaient leur lumière. Sans la mer. Une terre noble, un peu austère, celle de Cézanne, de Van Gogh. Sauvage et cuite de rayons où les feuilles des figuiers offraient un vert gras, presque noir. Tout était beau à toucher, les contorsions des ceps, les écorces de chênes et les pans de lavande caressante, odorante, bleu vif, bleu de Staël.

Ils se réveillaient d'un long sommeil sans amour, de leur errance, de passions éphémères qu'ils ne reniaient pas. Le monde était beau d'une perfection âpre et dorée, au grain sec. Marine lisait des poèmes de René Char, l'ami de Nicolas. Milos les trouvait trop sentencieux, d'une emphase un peu raide et royale. Char montait sur ses grands chevaux prophétiques. Il la faisait rire en lui affirmant que cela ressemblait à ces messages cryptés, sibyllins, de la Résistance envoyés de Londres. Il prononçait lentement les aphorismes en mimant le signal secret. René Char avait été un fier résistant.

Les textes de De Staël n'étaient pas sans emprunter parfois à l'architecture contournée du maître. Mais la peinture y était en jeu. Milos avait accès à cette question qui avait tourmenté le peintre. La contingence, le sentiment d'atteindre et de perdre sans cesse. Une exigence qui le rongeait. La joie du Parc des Princes lui échappait de nouveau. La victoire du chevalier fondait entre ses doigts de mendiant. Et puis, devant l'équilibre souverain des éléments, il répétait les mots du Parc des Princes : « Quelle joie ! René, quelle joie ! »

Leur première visite fut au Castellet, où de Staël avait acheté la ruine d'un château pour lui, pour Françoise et les enfants.

Un grand escalier, deux tours, un portail, une cour intérieure. Il y eut ici même des assauts, des canonnades pendant la guerre religieuse. Peut-être que Nicolas y retrouve quelque chose de la forteresse Pierre-et-Paul de son enfance. Un castelet de sa caste chevaleresque. Tout est en ruine et le colosse se met au travail. Redresse, démolit, corrige, meuble, élève. Sa carcasse d'excès taille, cloue, charpente. On ne sait quels ennemis surgiront de l'horizon, quels cavaliers, pillards, croisés de quelle cause, bolcheviques ou Goths, Sarrazins… Lui, le terrassier de la peinture : construire, équilibrer, entre deux vertiges. « Ordre » : un de ses mots favoris. Pas celui de la tyrannie, mais celui d'une autorité, d'une souveraineté intime et cosmique. Picasso est plus chaotique, dans sa fringale de distorsions, de masques et de monstres.

De Staël annonce le parfait bonheur à son épouse Françoise enceinte de Gustave. Oui, ils vont réussir à payer le propriétaire qui réclame son dû. Nicolas va installer le chauffage, il fait repeindre les chambres en vives couleurs pour les enfants. Il chante Françoise restée à Paris : « Mon petit, mon lapin, mon amour, Pilou, mon ange. » Mais une amante tranchante, Jeanne Mathieu, entaille déjà son cœur. Il lui écrit : « Je t'aime à hurler. Je t'aime à mourir. [...] Je t'aime dans chaque poussière qui touche ton cœur. Je t'aime [...] dans ton cœur vert, dans ta confiance [...]. » Nicolas plane, il vogue... dans un déni merveilleux. Il neige sur Ménerbes. Dans l'éblouissement. Avril 54, lettre à Jeanne, l'amante : « Françoise a fait un superbe garçon ce matin. » On peut tout partager. Tout vivre.

– Tu crois qu'il ne voit pas le danger ?

– Si ! La division le ronge en secret, le déchirement mortel. Le noir a percé la neige. Le vertige adoré le crucifie. N'est pas Picasso Pacha qui veut ! Jamais Pablo n'écrirait un poème façon Eluard : « Zé t'aime à hourler, zé t'aime à mourir. » À moins d'y mettre un coup de pouce, de le faire par ruse de sincérité. Picasso ne meurt pas d'amour, il y exaspère sa force vitale.

– C'est un peu sa limite d'athlète abusif, de vampire génial... Je crois, quand même, qu'il a dit de telles choses à Marie-Thérèse, la préférée... à Eva, jadis. J'en suis sûre, je l'ai lu. Moi j'aime les mots de Staël, nous les femmes on aime ce langage, ces beaux clichés lyriques... « dans ton cœur vert », c'est bien ! Milos...

– « Nous les femmes... »

L'année précédente, en juin 1953, avant l'hiver et le printemps de Ménerbes, de Staël a occupé le logement d'une ancienne magnanerie sur la route d'Apt : Lou Roucas. Sur les conseils de René Char. Il rencontre ses voisins les Mathieu, dont la fille, Jeanne, va le précipiter dans la folie.

Il écrit que le mistral cingle les pierres, qu'il fait un froid de loup, que les bûches flambent, en plein juin. Et son cœur brûle pour Jeanne : « Quelle fille, la terre en tremble d'émoi, quelle cadence unique de l'ordre souverain. » L'idéal, oui, l'ordre encore, du rêve incarné. Le rythme, tout est là. Il emploie les mêmes mots devant Vélasquez : « Quelle joie ! Quelle joie ! Solide, calme [...]. Maniant le miracle à chaque touche [...] immense de simplicité. » Et Courbet, même hymne, même sentiment : « Il descend à jet continu des tableaux uniques avec la même sûreté qu'un fleuve qui coule vers la mer, dense, radiant à larges sonorités et toujours sobre. [...] Quelle merveille. Peindre comme cela vient... »

– « À larges sonorités », Milos !

– « Comme cela vient » !

Cependant, Jeanne rejoint mari et enfants. Il se retrouve seul à peindre dans la grange isolée. Les tourments le mordent. Les questions, les contradictions. Il se sent devenir fantôme de son œuvre. Le mot « atroce » revient souvent dans ses lettres, l'absence intérieure le dévore. C'est une sorte d'avant-goût de la détresse éperdue d'Antibes. Le gouffre béant.

À peine un an plus tard, de Staël peint *Grand Nu orange* tel un Matisse massif. Un pan de matière galbée de Ménerbes. Il voit son tableau au Salon de Mai, écrit à Jeanne son enthousiasme : « La couleur claque, dure, juste, formidablement vibrante, simple, primaire... Le Nu est tendre, rouge, de braise vive... Mais c'est là maintenant grâce à toi. Je ferai des ports, des paysages, et toi. Je t'aime petit, et maintenant tu vas souvent entendre ma voix, j'ai passé le plus dur. »

– C'est trop beau, l'élan exalté... On ne devrait jamais retomber de la joie, mon Milos. On ne retombera pas, je te le jure ! Moi. Ici. Ménerbes. Toi.

Marine l'étreint dans un beau soir de cyprès noir-bleu, ciel orange.

– Tu sais, dit-il, d'abord je n'ai pas aimé la nouvelle période de Staël. Sa rupture avec l'épaisseur picturale. J'étais négatif comme ses collectionneurs Rosenberg, comme Douglas Cooper. Je n'ai pas aimé ses bateaux lisses et pâles. Maladroits. Son imagerie de Paris, je crois que je l'ai détestée. Cette glissade sans matière, sans profondeur. J'étais surpris, frustré. Trahi ! Par quelque chose que je trouvais presque naïf, enfantin. Puis en contemplant de nouveau, par exemple, *Les Martigues*, son tableau sur Marseille, ou ses natures mortes surnaturellement simples, ses *Bouteilles rouges* et ce *Grand Nu orange*, alors j'ai changé d'avis, j'ai découvert de nouvelles sensations. Je suis sorti du moule, de mon confort visuel. J'ai osé, j'ai bondi comme lui. Je me suis désancré. Je me suis débarrassé des strates taillées au couteau, de la lourde maçonnerie du monde matériel. Il a voulu enlever son armure de prince, quitter la forteresse, à fleur de peau, d'âme vive, peindre plus nu.

– Il faut bondir, mon chéri ! Il adorait ce verbe.

Milos d'abord ne répond pas, puis ne peut s'empêcher de soupirer :

– Oui, il a fini hélas par bondir… de la terrasse.

– Non, non… Quelle merveille ! Comme cela vient… Viens !

Pourtant, sa situation matérielle se transforme, il propose à René Char de le dépanner : « est-ce que tu n'as pas besoin de moi, je suis toujours en passe de devenir très riche ».

Mais la richesse en dollars ne sauve rien ni personne. De Staël est allé à New York en mars 1953, juste avant la solitude de la grange de Provence. Il a aimé les mécanismes immenses et mouvants de l'Atlantique.

Il a détesté la ville des magnats, du fric, du mercantilisme de l'art. Du vacarme. Cette efficacité tous azimuts. Cette spéculation sur les artistes. Son grand malaise viendra aussi paradoxalement de ses succès. Qu'on ne s'y trompe pas cependant, les seuls trésors de l'intériorité n'apportent pas davantage le salut ! Rien sinon le hasard, un peu de chance génétique, sociale, familiale… Les circonstances. On ne sait. Marine n'aime pas quand Milos égrène son pessimisme. Elle chasse la peste par des caresses.

Ils se promènent dans la campagne, avec le lit de ses rivières taries, décorées de caillasses blanchies, ses élytres de coléoptères, ses ailes de papillons torrides, ses racines durcies de soleil, ses mues de serpents. Ils boivent à la fontaine de calcaire. Respirent l'effluve du miel d'abeilles, celui des guêpes sur les lavandes, devinent l'œil vibrant des vipères épiant le petit cœur furtif des mulots. Ils s'allongent sous un arbre. Dans l'ombre bleutée. Toutes les cigales montent d'un cran, trompettent en longs spasmes orgiaques. Verdi strident. Splendeur des feuilles dans les flammes. Ils se désirent, ils se disent leur amour. Ils ont traversé le désert. La lumière de De Staël les abreuve. L'azur. Le « cassé-bleu », comme disait René Char.

Milos n'aime pas trop l'expression.

– Qu'est-ce qu'il veut dire ?

– Il veut dire un bleu cassé, mais pas si cassé que ça. Qui se compose à la cassure du bleu ?

Milos rit.

– Les majestueuses contorsions de René Char.

– J'ai vu des photos de lui : un géant comme Staël, et costaud. Pas vraiment maniéré.

– On pense qu'il aurait aimé Jeanne Mathieu avant Staël.

– Un amant, Char ! lance Marine. La Résistance et l'Amour. La Poésie.

– C'est parfait pour les dissertations, les discours des hommes politiques : « Comme l'écrit le poète René Char, la liberté… » Tu ne peux pas pontifier avec Rimbaud : « L'élégance, la science, la violence ! », « Voici le temps des Assassins ». Tu vois tout de suite où ça fait mal.

– Tu es injuste à la folie avec Char. Tu le fais exprès. Tu préfères Breuil, l'abbé, et Miss Boyle.

Et les voilà qui se souviennent du Brandberg et du ravin de Tsisab. La Provence, c'est bucolique en comparaison. La cigale et la fourmi. Heureusement que Van Gogh y a craché l'incendie de son sang.

Ils passent de longues siestes nus sur les draps, après la douche, sans s'essuyer. Ils regardent l'eau s'évaporer. Il lui dit qu'il adore sa chair de poule aux fesses dans le courant d'air de la fenêtre. Il lui chuchote que lorsqu'il la pénètre par là la même chair se hérisse de mille petits frissons de lubricité ou d'effroi et que cela l'excite au-delà de tout.

De Staël et Jeanne sont devenus amants lors d'un voyage en Italie, peut-être juste après. Ils s'éprennent. Lui, sa frénésie. Éperdu. Il conduit sur la route d'Uzès sa nouvelle camionnette Citroën. Il fonce. Il croise Dora Maar sur sa mobylette. Oui, c'est ainsi qu'elle se déplace autour de Ménerbes. Il peint la route la plus superbe et la plus tragique de la peinture universelle. Il voit noir dans le soleil. L'azur est un cri. Il hurle comme le loup son amour terrible.

– L'excès russe, lance Marine en riant.

Et voilà, oh merveille !, qu'on parle d'une bête qui a dévoré des chèvres. Tout le branle-bas paysan. Un loup venu d'Italie par les Alpes. Marine est envoûtée. La nuit, à la lune, elle scrute le paysage, comme si elle désirait voir le loup.

C'est Picasso qui aimait le bestiaire de Ménerbes quand il a acheté la belle demeure du XVIIIe siècle, à flanc de roc, qui donne sur la vallée, la montagne. Il ne s'est pas emmerdé avec un castel écroulé. Mais a acquis une maison de maître pour Dora en 1944. Il la quitte, la tue, et pour compenser lui donne un monument où loger le cadavre de leur amour.

– On ne s'est pas fait de cadeau de séparation, nous !

– Milos, ce n'était que du temps suspendu, du cassé-bleu…

Le toupet de Pablo éclate quand il demande à Dora de lui prêter la maison pour qu'il puisse y amener la juvénile Françoise Gilot. Mufle à faire peur. Françoise étouffe dans la baraque sinistre et glacée de Dora, pleine de scorpions. Elle insiste sur le trait bestial de l'endroit, justement. Le soir, la chasse des hiboux et des chats. Picasso fasciné par les chats malingres d'après-guerre qui voudraient débusquer les lapins mais qui sont harponnés par les hiboux. Carnage furtif. La nuit des massacres champêtres. Picasso à l'affût. Comme il comprend ça ! La charge du taureau, son œil exorbité sous la pique. L'œil effaré du chat, l'iris dilaté sous le bec du gros hibou ébouriffé de furie. Il aime les combats primitifs. Le duel du fort et du faible. Quand c'est instinctif, aveugle et fatal.

Qui raconte que dans la guerre de l'amour il aurait enfoncé sa cigarette rougie dans la joue de l'amante ? Quelle ennemie vengeresse, quel témoin de son sadisme ? Pendant l'Occupation, il a installé Marie-Thérèse boulevard Henri-IV. Dora était proche de lui, rue de Savoie. Privilège encore de la nouvelle. Guerre ouverte entre les deux femmes. Guerre ! Guerre ! L'état naturel de l'homme. Parfois, il arrive aux deux compagnes de se heurter frontalement. Marie-Thérèse passe aux Grands-Augustins. Dora débarque. Elle revendique l'amour de Picasso devant sa rivale qui met ce dernier au défi de trancher. Alors il aurait lancé à Dora Maar : « La seule que j'aime, c'est Marie-Thérèse Walter, la voilà. » Picasso, acculé, est coutumier de ce type de choix sanglant. Quelques années plus tard, il va chez l'ex (Dora, encore) pour qu'elle confirme – devant la nouvelle conquête, Françoise Gilot, cette fois – qu'elle n'est plus aimée de lui mais que c'est bien la nouvelle amante qu'il adore. Amateur de corrida, il immole, si on l'y oblige. Sinon, il maintient l'ambivalence. Dora gifle Marie-Thérèse à la fin de la scène des Grands-Augustins. Picasso gifle aussi Dora. Vaudeville tragique dans un grenier de Balzac.

Il a donc installé Dora sur le pic aride, huguenot, de Ménerbes. Il sait qu'elle est tombée ou montée en religion. « Dieu seul peut succéder à Picasso », dit-elle. Alors il lui expédie un provocant cadeau : un prie-Dieu ! Françoise veut fuir la maison de Dora. Un jour, Picasso lui lit une lettre qu'il vient de recevoir de Marie-Thérèse, une missive d'amour profond. Il souligne que Françoise est trop puérile encore pour écrire un message d'une telle densité d'amour. Françoise s'apercevra bientôt que les dimanches et les jeudis sont réservés à Marie-Thérèse et Maya, leur fille. Il cloisonne, additionne, comme dans ses ateliers et ses maisons. Il garde tout grigou, la moindre paperasse, tous les sédiments archéologiques, le moindre dessin, l'esquisse, toutes les preuves. Sous des couches de poussière qu'il ne s'agit pas de nettoyer ! Breuil de ses traces, de ses crânes, de ses vanités, de chaque femme sacrifiée. Chaque tableau d'amante est un pilori futur. Il thésaurise la vie et la mort. Il vampirise les années. Vénal de toutes les vies.

Dora dans la maison de Ménerbes. Reine déchue et chassée. Tragique, austère, tyrannique. En deuil et majesté. Certains témoins la disent superbe, d'une dignité imposante. Telle Anne de Staël, oui, la fille de Nicolas. Ils rencontraient Dora, à Ménerbes, en l'hiver 53, le printemps 54. Entre deux travaux d'Hercule. Nicolas, constellé de ciment et de plâtre. La muse la plus fameuse de la peinture, au menton carré, aux yeux d'un vert indéfinissable. La belle qui siégera éternellement dans le square de Saint-Germain-des-Prés. Deux ardents des délires de l'amour. Jusqu'au-boutistes de la folie. Se sont-ils compris ? Hélas, de Staël n'évoque, dans ses lettres de Ménerbes, sa voisine que par accident : « Dora très gentille vieille dame, très brillante… » L'adorée Dora ratatinée, vieillotte et causeuse. Autre commentaire plus acerbe : « J'ai dîné chez Dora et son écrivain américain vendredi. C'était atroce, tout était mauvais… » Le lieutenant de gendarmerie André Breton brocarde Dora, son amas de médailles mystiques. Celle qui fut centrale, qui a assisté à la création de *Guernica*, en a photographié chaque étape éruptive, est devenue une bigote rencognée, hostile et superstitieuse.

– Tu la vois comment ? demande Milos à Marine. Féroce et noire, vindicative ou noble en exil ?

– Les deux, Milos, selon les jours, toutes les facettes. Comme chez Picasso. Tantôt chat, tantôt chouette. Un peu grave. Mais je ne la vois jamais monstrueuse et désarticulée comme dans les portraits qu'il fait d'elle en 1939, affreusement chapeautée. Dissociée. Il la supplicie. Je la vois jadis, au commencement, belle, singulière et créatrice. Picasso envoûté. Ils marchent sur la plage des Salins. Le paradis de Mougins, la Garoupe enchantée. C'est inoubliable. Milos, c'est présent. On le doit.

Nicolas peint des nus de Jeanne Mathieu, de mémoire. Dont la foudre d'un grand *Nu debout*. Comme un phénix immaculé. Infusé de rose. Nu de dos. Grand Oiseau secrètement griffé. Archange. Effraie de l'amour.

Une nouvelle chèvre a été tuée, à demi dévorée par la bête. On sait que ce n'est plus un loup. Mais un lynx à l'œil fulgurant. Marine préférait le loup, Milos fasciné par le lynx. La caméra planquée d'un naturaliste a surpris le prédateur. On le voit surgir dans la nuit lunaire de l'objectif. Ses yeux brillants, globes bizarres et blancs que le flash révèle. C'est lui. Avec les extraordinaires pinceaux noirs de ses oreilles. Pour peindre la danse de Dionysos.

La Chèvre. La multitude aime *La Chèvre* de Picasso. Rétive devant les Picasso cubistes ou le charivari de ses défigurations. Mais *La Chèvre* bricolée. Bonheur des enfants et des grand-mères. Merveille pour tous. Rhapsodie de morceaux, panier d'osier, ferrailles. Sympathique et ventrue, féconde, plantée de pots de céramique pour figurer les pis gonflés. Farceur, c'est comme ça que les gens aiment Pablo.

– Vive la bique ! Vive la bique ! chantonne Marine. Suce-moi les pis, Milos. Qu'ils s'érigent comme deux pénis de colombe.

Il possédera une vraie chèvre, en 1955, dans la villa de Cannes, la somptueuse Californie. La chèvre Esmeralda, qui gambadait librement dans le jardin et couchait derrière la porte de sa chambre. Autre chèvre : un jour Paulo, le fils d'Olga et de Picasso, gagne une chèvre à la loterie de Vallauris. La délicieuse biquette serait un bouc, une bête transgenre affreuse qui fait peur, attaque à tout-va et dont Françoise se débarrasse en la vendant à des gitans. Picasso, furax, racinien : « Cruelle ! Cette chèvre je l'aime mieux que vous ! »

Picasso et les animaux : il adore les chauves-souris au corps duveté, aux membranes transparentes. Attiré par les gouttes de leurs petits yeux brillants, aigus, vampiriques. Et les singes, dont celui qui lui mord le doigt et fait peur à Dora. Ce qui le ravit ! Il fabrique la fameuse tête de guenon enceinte avec une voiture d'enfant. Les singes peuplent son œuvre, des « Saltimbanques » bleus jusqu'à son portrait final. Ils fourmillent dans les dessins érotiques et satiriques de *Verve*.

Il récolte les squelettes d'animaux. Il ramasse un crâne de bœuf sur les plages de l'été 37… Telle côte d'agneau sculptée. En 39-40, en exil à Royan où il a installé Marie-Thérèse et Dora, il achète des têtes de moutons écorchées pour les donner en pâture au chien. Combien de têtes ? On imagine… Saisi par la violence de ces crânes ensanglantés, il les peint. Au milieu des fameuses têtes de Dora disloquées. Il adore les scalps.

La saga de ses chiens. Le grand saint-bernard, Bob, à Boisgeloup, dans les années 30, jouant avec Olga (en sursis), sinon avec Marie-Thérèse en gloire… Kazbek, sa plate pelisse fantasque, le héros des Grands-Augustins et du Vaste Horizon de 1937. Puis le basset Lump, le boxer Yan de la Californie. Et le dalmatien Perro du château de Vauvenargues. Ou Kaboul, le lévrier afghan de Notre-Dame-de-Vie. Une vie de chien.

Kazbek était efflanqué, disloqué, pneu flasque, légendaire et dadaïste. Kazbek de Nusch, de Dora, de Lee. Originel et mythique. Maigre, épique, héroïque. Kaboul, son remplaçant des années 60, beau, plein, toison de mouton fournie, peignée, opulente, pompidolienne. Pablo en slip de bain pose auprès de Kaboul pour le photographe David Douglas Duncan. Ce n'est plus une icône magique des étés d'avant-guerre mais un stéréotype bombé, pompier. Pastiche de Mussolini et son clebs. Certes, le vieux Pablo à biceps joue encore la comédie. L'arbre dynastique des chiens ! Dire le chien, c'est dire l'homme depuis Homère. Picasso n'aime pas les chats, infidèles comme lui. Et cruels comme lui. Il ne les représente qu'en temps de crise, de guerre, déchiquetant leurs proies.

Aucune photo ne révèle l'amante longtemps secrète, Marie-Thérèse, venue clandestinement à Boisgeloup où elle a dû jouer avec Bob. Quelle joute de Rubens ! L'énorme chien dressant ses pattes contre le corps d'athlète de Marie-Thérèse qui le repousse en riant. Jubilant, il insiste. Il la courbe, elle tient bon. La gueule ouverte du chien lutteur, joueur. La bouche de Marie-Thérèse. Conflit de forces arc-boutées. Ils basculent, roulent au sol, la confusion de la bête ébouriffée de poils et de Diane blonde. Picasso-Actéon les surprend. Happé par cette figure qui cristallise si bien son imaginaire. Jaloux aussi. Jaloux de cette joie sensuelle et puissante. La fille, le chien. Leurs toisons, crinières échevelées. Cuisses, pattes, reins fous. Abois, cris de joie. Jamais Olga n'aurait poussé si loin le bonheur.

Que Marie-Thérèse n'a-t-elle porté l'analogie du mythe à son comble ! Diane livrant le chasseur Actéon à son chien. Ce fut un carnage neuf. Picasso dépecé. Cannibale cannibalisé. Bob repu. Marie-Thérèse assise sur son dos, triomphante. Le vrai triomphe de Pan, c'est celui-là. Nul bouc mais Bob entre les cuisses solaires de l'amazone.

Milos, songeur :

– Peut-être que si Staël avait eu un chien, avec lui, à Antibes, il n'aurait pas osé sauter dans le vide. Abandonner son chien. Se jeter devant lui. Faire ça.

– Il préféra abandonner femme, enfants…

– Il ne les avait pas devant lui. À quoi ça tient…

Picasso aimait aussi les pigeons depuis l'enfance (drôle d'idée !). C'était un des motifs de la peinture de son père. Et les bengalis des Grands-Augustins, les colombes de la Californie et l'iconique Colombe de la paix dont il s'empresse de dire, lucide, que c'est un oiseau très cruel. Il garde dans une cage Ubu, une chouette d'Antibes, qu'il nourrit lui-même et qu'il préfère à tous les raseurs qui l'assiègent, sans compter les proches. Les animaux le fascinent, pas les humains. Le cri de la chouette dans la tour du château Grimaldi quand il peint *La Joie de vivre*. La nuit, à l'époque de son grand bonheur. Dans la forteresse libérée pour lui. Françoise est l'antilope des salles blondes de soleil. Nue à la lune, à la mer, à Antibes elle se montre. Antipolis. Comme Marie-Thérèse fut la cavale des écuries du château de Boisgeloup. Aphrodite a besoin des bonds de l'espace. Pendant l'Occupation, il peignait d'affreuses figures claustrées qui se guettaient. Les Grands-Augustins étaient devenus une araignée recroquevillée par la peur.

Et l'œil des taureaux, toujours. Hélas, il ne pourra pas laisser un taureau galoper sur le gazon de la Californie ni à Notre-Dame-de-Vie.

Oui, la reine des animaux, *La Chèvre* poilante. La chèvre mamelue pour sortie de temps de crise, prélude des Trente Glorieuses. Un méchant loup gâcherait la partie. *La Chèvre* a des cornes faunesques chères à Picasso. Mais la corne d'Esmeralda ne perfore d'aucune encornada le matador piégé. Nul vice dans cette corne d'abondance, différente de la défense pointue, phallique, du satyre. La facétie gomme les penchants sadiques du peintre. C'est un truc pop art. C'est moderne et c'est marrant. Certes, *L'Homme au mouton* trône à Vallauris, mais c'est une sculpture sacrificielle. Un chef-d'œuvre. La foule préfère la bluette rigolote et cornue qui rassure.

– Tu es trop sévère avec la bique, proteste Marine. Mon père me racontait que, dans son enfance campagnarde, les enfants du village jouaient à « la chèvre qui est aux bois ». Ils entonnaient vers le soir : « Où est la bique ? Où est la bique ? » D'autres répondaient de loin : « La bique est aux bois ! » C'était un rituel mystérieux, plein d'échos de forêt, qui remplissait mon père de nostalgie. « Qu'est-ce qu'elle y fait ? – Elle y travaille. – À quel métier ? – Au charpentier… » Un jeu un peu ténébreux où le loup guettait et auquel les filles du village se mêlaient : « Faut-il la tuer ? – Viens la chercher ! »

La Chèvre drolatique et cacophonique, idéale pour exercices ludiques à l'école. Il avait fabriqué le sexe avec de la tôle pliée en deux. L'œil rond, il adorait montrer surtout le trou du cul de *La Chèvre* à tous les visiteurs huppés. Comme au président américain Truman, l'atomique ! Oui, il visita Picasso. Tous étaient hypnotisés par l'œil de Picasso et le fion de la chèvre. Un jour, un fan, un peu mystique, crut voir l'Œil de Picasso juste dans le trou du cul de *La Chèvre*. Il lui fallut douze ans de psychanalyse pour finalement voir, dans l'anus de la chèvre, l'Œil de Lacan. Il fit une nouvelle douzaine d'années de psychanalyse et vit, dans le trou de *La Chèvre*, l'Oreille de Van Gogh. Douze ans plus tard, le psychanalyste était devenu paralysé et aveugle. Son patient, resté mystérieusement jeune comme tous les bons névrosés, lui dit qu'il avait vu dans le cloaque de *La Chèvre* le Sourire de la Joconde. Furieux, le psy lui hurla qu'il aurait dû y voir « de la merde ! ». Et il lui enjoignit d'aller consulter un comportementaliste. Mais l'histoire dure encore et Milos la raconte toujours à Marine, devenue très vieille, qui en demande un nouvel épisode chaque soir, avant de s'endormir, dans ses bras, avec un doux sourire d'amour.

Ils se promènent dans la garrigue en espérant surprendre le lynx. Yeux dans les yeux. Mais personne ne l'attrape. Il a préféré aller dévorer dans d'autres vallées d'autres proies.

Milos se demande si Samantha, au lieu d'errer à la recherche des « inconnues » de Picasso, n'aurait pas mieux fait d'écrire un Bestiaire de Picasso. Moins d'identification aux amantes de Picasso, moins de démarche fusionnelle, mêlée d'amour et de haine. Plus de distance. Le relais animal lui aurait permis d'approcher le monstre sans patauger dans des données trop directement intimes. Elle eût été moins avalée par son sujet, par ses démons personnels. Et elle l'aurait retrouvé à travers ce miroir, toutes ces facettes, légèrement décalées, reflétées. Oui, il oserait presque lui en toucher un mot s'il la revoyait… Mais il ne veut plus blesser Marine. Il est résolu à éviter l'envoûtement qu'exerce Samantha sur lui.

Un matin, Marine se réveille et déclare :

– Milos, j'ai fait un rêve étrange. Nicolas de Staël et Picasso conversent naturellement, mais je vois bien que sur le corps nain de Picasso est vissée la tête de Staël et sur le corps géant de Staël la tête de Picasso. Et ça ne va pas, ça cloche quand même. Tu m'as raconté qu'à la fin de la guerre, quand Picasso rencontre Staël, malicieux, il lève la tête devant le colosse et lui dit : « Prenez-moi dans vos bras. » Mais là, ça devient bizarre. C'est Staël greffé sur le corps de nain qui demande au géant à tête de Picasso : « Prenez-moi dans vos bras. » J'ai ressenti une sorte de peur que Picasso ne prenne Staël dans ses bras, ne l'emporte, non pas pour le protéger, mais pour l'immoler ou quelque chose de ce genre. Le piéger dans quelque trou de caverne, comme l'eût fait le Cyclope.

Milos est frappé par ce rêve. Il reste songeur un long moment.

Le propriétaire de la ferme, naturaliste à ses jours, leur a fait une démonstration. Il a capturé une mante religieuse femelle qu'il a enfermée sous une verrine. Ils admirent à loisir le long corps effilé, la tête triangulée, ornée de ses petits yeux protubérants, les pattes avant repliées, parallèles et cassées au coude, jointes comme dans la prière, d'où le qualificatif de « religieuse ». De longues griffes féroces arment les avant-bras et peuvent ainsi transpercer leur proie dans la cisaille qui se referme. Ils observent les rotations de la tête d'extra-terrestre. L'ensemble de cette mécanique animale ressemble à certaines représentations de Picasso, d'étreintes et de baisers dont Olga fut l'héroïne vorace. L'horrible

Baigneuse assise au bord de la mer. Son corps d'idole évidée, géométrique, sa tête triangulaire, ses griffes et ses dents… Olga, Dora, Vivie devenues religieuses ardentes et persécutrices.

Le lendemain et les jours suivants, ils voient débouler plusieurs mantes religieuses mâles énamourées. Ils sont bien plus petits que la femelle. La verrine est cernée, submergée, par ces espèces de phasmes, de spectres à mandibules. Supplice de Tantale, ils explorent la prison de verre, désirent l'inaccessible reine. Ils se battent, s'amalgament. Fluettes joutes de frustrés.

– C'est inouï, le sexe pour ces petits mâles ! Leur cohue avide…

– Imagine Marie-Thérèse Walter, sous un cube de verre, pareil à ceux où le peintre Bacon enclot ses personnages. Et l'assaut de tous les néandertaliens, *Erectus*, *Homo sapiens* des garrigues. Picasso arrive, ils le tuent. Et le dévorent.

– C'est curieux, ta tendresse pour Picasso.

Ils vont visiter le dolmen de la Pitchoune. Le nom les fait rire. Pitchouno, Pitchounette. Petite fille. Ce n'est pas spectaculaire. Deux pans de pierre, un plafond à un mètre soixante-seize de haut, le trou funéraire. Le paysan qui a découvert la cavité y fourrait ses patates pour l'hiver. On a connu un tableau de Van Gogh servant de paroi à un clapier ! Le clapier le plus cher de l'histoire humaine. Les lapins qui ont un don de prescience en seraient devenus dingues et plus fertiles encore. Alors les patates ! D'ailleurs Van Gogh a fait un rude tableau sur les pommes de terre. Et les tableaux de Pissarro qui servaient de planches aux Allemands, en 1870, pour franchir la boue… On n'en finirait pas d'énumérer le détournement des artistes.

– Qui sait à quelle pratique fétichiste fut soumise *La Joconde* quand elle fut volée ? s'interroge Marine.

– Il y a des fous de peinture. Des envoûtés. Des vicieux.

Un curé a redécouvert le trou de la Pitchoune et l'a identifié comme un dolmen du néolithique. Non, ce n'était pas l'abbé Breuil.

Milos ne résiste pas à raconter à Marine ce qu'il a trouvé au cours de ses lectures du musée de l'Homme et de la Bibliothèque centrale du Muséum d'histoire naturelle. C'est encore l'affaire d'Adam et Pitchounette. L'origine de l'homme.

Donc, de plus en plus de preuves abondent sur les néandertaliens et l'*Homo erectus*. La légende de la Création liquidée en sept jours, le récit de la Bible vacillent. Il se trouve qu'on a déterré un crâne de néandertalien, en 1929, à Sacco Pastore, pas si loin du Vatican. En 1935, Breuil doit avoir une audience avec le pape Pie XI afin de remuer la question humaine. Il en profite pour vaquer avant la rencontre, dans différentes grottes d'Italie. Il fouille, c'est son hobby ; il confesse les sols. Il se rend en Italie du Sud, remonte vers le nord, recueille des informations sur les recherches en cours à Grimaldi. Puis il va à Sacco Pastore. Et en grattant le sol comme ça, par curiosité, il dégote un nouveau crâne de néandertalien. Certains sourciers vous débusquent le ruisseau en plein désert. Leur baguette prémonitoire frémit. La baguette de Breuil, c'est son flair. N'importe où, nonchalamment sa main musarde dans les graviers et le voilà qui découvre un silex taillé, un collier du néolithique, un crâne d'avant Adam et Pitchounette. Donc, il prend des photos des crânes des deux lascars et débarque chez le pape Pie XI. Il va sans dire qu'il attend de Pie le pire. Une algarade sur nos premiers parents. Teilhard de Chardin l'a prévenu. Il va y avoir des explications métaphysiques. Breuil ne semble pas être un grand nerveux. Il raconte dans une lettre sa visite papale à sa copine Mary Boyle. Milos a lu le document dans une des bibliothèques qu'il a scrupuleusement écumées.

– Boyle qui l'accompagnera en Namibie ?

– La même, plus zélée que jamais. L'Écossaise qui lit l'avenir dans les feuilles de thé.

Milos résume la lettre.

En gros, le pape est pressé. Les affaires sont les affaires, les tracas diplomatiques. Breuil voit que Sa Sainteté a l'esprit ailleurs. Les petits rigolos prétendent qu'il lui aurait lancé : « Vous êtes diablement occupé ! » Mais est-ce certain ? En tout cas, il s'attendait à un rappel à l'ordre du type : « Arrêtez vos conneries, Breuil, avec le genre humain, l'arbre de Jessé et la côtelette d'Adam. Cessez vos fouilles obscènes, votre voyeurisme sacrilège. Il faut s'en tenir à la vulgate biblique, c'est ce que veulent le peuple, les vraies gens, les Américains, la base !, les vrais curés, et pas le galimatias cuistre sur le *Sinanthropus* ou l'*Homo*, je ne sais plus, *erectus*, et quoi encore ? Retrouvez-nous le fémur d'Adam ou rien ! Il suffit ! »

Mais pas du tout ! Le pape lui dit : « Comment ça va, Breuil ? » C'est tout juste s'il ne lui offre pas une cigarette, car Breuil aime le tabac. On ne sait si l'abbé a baisé l'anneau. Il ne développe rien sur le protocole, les salamalecs de la curie, les ors, les marbres, les collections de peinture vertigineuses. À Boyle, Breuil brosse un récit sans façons. Comment il raconte au pape ses cavales un peu partout, sa bougeotte, ses emplettes de fossiles par-ci par-là. Le pape n'écoute que d'une oreille distraite. Alors Breuil sort le grand jeu. Les photos des deux crânes de néandertaliens.

– Il est frappé, ton Breuil ! On ne fait pas ça au Vatican. Même Michel-Ange aurait évité.

– Pie XI jette un coup d'œil et répond : « C'est précieux, ce sont des documents objectifs et non des interprétations. »

– Il serait impie, Pie ?

– Non, mais ce n'est plus l'Inquisition, le Saint-Office. Pie XI, plutôt éclairé. Pour le moment ! Le pape n'a même pas posé de question sur le trou qui perce l'un des deux crânes, attestant d'une manducation rituelle de la cervelle.

Marine rit.

– Tu vois le genre ! Caïn mangeant les méninges d'Abel… La honte ! La tête de Pie !

Milos résume encore…

À la fin de la conversation, le pape s'exclame : « Que de mystères demeurent à éclairer ! » C'est profond ! Mais il ne pointe pas le danger de ces enquêtes dans les cavernes. Rester dans le vague, ne pas remuer les hypothèses vertigineuses d'une humanité préadamique. Ces ribambelles de petits et grands bonshommes et leurs dames courant les savanes arborées depuis des millions d'années. Tous les bouffons à la queue leu leu. Prognathes, avec poils ou sans. Bandant, empoignant leurs galets, pensant, grognant… Abîme horrible où culbute l'icône du couple biblique et benoîtement Cro-Magnon. Le péché originel est une histoire à dormir debout. Nous ne procédons pas de la chute théâtrale d'Adam, d'une déchéance brutale – certes très picturale et que les habitants des autres planètes nous envient –, mais d'une bousculade d'espèces, d'un formidable torchon généalogique, un bazar, une épopée aléatoire étalée sur des époques incalculables…

– Comme l'œuvre de Picasso… murmure Marine avec un petit air sensuel et somptueux.

– Non, car Picasso déploie chacune de ses périodes avec cohérence et coup de force inventif. Ce n'est pas un dieu, c'est un Homme ! Plus vaste que les petits dieux que nous nous offrons à coups de mômeries, de serpent et de pomme mordue, d'interdits fantaisistes et de damnation.

– Tu vois, te voilà enfin gentil avec Pablo.

Milos reprend le fil de Breuil, ce pape de la préhistoire chez l'Autre.

Breuil se garde de répéter à Pie ce qu'il pense depuis longtemps : Neandertal est déjà un solide mec humain qui chasse le gros gibier, cogite et accomplit des rites entortillés. *Quid* du paradis perdu ? De nos premiers parents, *Erectus* expulsés du gazon depuis 500 000 ans ?… Le pape s'est exclamé : « Que de questions ! » Ce qui déjà est audacieux pour un croyant chevillé à son texte sacré. L'abbé lui répond : « Plus la Science progresse, plus le Mystère grandit. » Ce qui fleure la contrepèterie cornélienne : « Et le désir s'accroît quand l'effet se recule. » Mais Breuil est habile, il ménage le secret des dieux ainsi que les trouvailles scientifiques sur nos origines reculées et rocambolesques. Ensuite le pape observe que c'est en Mésopotamie qu'on trouve les choses les plus anciennes. Il n'est pas très au courant… Il a raté plusieurs stations. Breuil s'emballe, lui parle de Pékin, du pithécanthrope de Chou-Kou-Tien. L'abbé aventureux, quatre ans plus tôt, a pris le Transsibérien pour voir le *Sinanthropus*. Aujourd'hui, on révélerait que le voyage a été payé par je ne sais qui et que cela pose un grave problème de conflit d'intérêts. Mais le pape ne pige pas.

Choukou… quoi ? C'est le moment de mettre les points sur les i : « Breuil, surtout ne mettez pas les Chinois sur le coup ! » Mais non ! Les voilà qui se félicitent de connaître le père Schmidt, que Breuil a failli croiser en Chine. Il ne plaisante pas, Wilhelm Schmidt, le directeur du Musée missionnaire ethnologique du Latran ! Il a tiré à boulets rouges sur Freud et Marx, les saligauds ! *Totem et Tabou*, quelle horreur ! Le meurtre du père primitif par la tribu des fils pour se taper les sœurs. Abominable ! Mais c'est bientôt l'anarchie entre les frères, alors ils posent l'interdit de l'inceste. Ouf !

– Quel cirque !

– J'ai lu *Totem et Tabou*, pendant notre séparation. L'histoire fonctionne comme les grands westerns. Donc le pape pourrait exploiter l'avantage Schmidt, aiguiller Breuil sur des voies plus saintes. Au contraire, il conclut : « Eh bien je vous bénis, et tout ce que vous pouvez désirer. » Il sait que l'abbé n'est pas vicieux.

– Heureusement qu'il ne lui a pas parlé du dolmen de la Pitchounette.

Ils adorent observer les mantes religieuses. Ils cherchent une femelle libre alentour du jardin du naturaliste, qui leur indique un buisson échevelé, vert cru, une petite jungle piquante et fleurie au sein de la sécheresse. Ils guettent. Les sortilèges mimétiques de la mante la dérobent au regard. Elle se fond dans la ligne des tiges et dans l'ovale des feuilles. C'est Marine, la première, qui détecte la prédatrice embusquée. La tête haute immobile, lisse, brillante, comme synthétique, de robot mortel. Ils s'émerveillent de la regarder. Mais rien ne se passe. Aucune attaque. Ils vont se promener, reviennent, la retrouvent à son poste. Ils avouent au naturaliste qu'ils aimeraient bien assister au fameux coït cannibale.

L'expérience de la mante religieuse prisonnière de la verrine a cessé. L'insecte a été libéré et les mâles se sont éparpillés dans la nature à sa poursuite.

Le lendemain, la mante religieuse n'a bougé que d'un mètre et ils la discernent à l'affût, élégante, effilée… Dans l'entrelacs du vert. Subtile, tenace. Yeux fixes. Billes minuscules.

Un mâle finit par s'approcher, plus petit. Sur une ramure fine. Il n'est pas du genre macho sûr de son rapt et de son fait. Marine plaisante :

– On ne peut pas dire qu'il se précipite sur l'amante convoitée. Prudent, le mec, patient… Pas Picasso du tout.

Il avance si lentement que cela en devient imperceptible. La femelle le scrute, en alerte. Le sexe, c'est la guerre. Ici, au ralenti extrême. Le mâle finit par passer sur une feuille surplombant la mante et lui saute sur le rab. Elle semble le laisser faire. Puis volte-face : la tête a pivoté à cent quatre-vingts degrés, la bête s'est retournée et tranche le chef de l'insolent, décapité.

– Tac ! murmure Marine. Une amante capricieuse, pour le moins.

Le plus dingue c'est que le sans-tête est toujours accroché au corps de la femelle et qu'il continue le coït comme si de rien n'était.

– Ah ! si Louis XVI avait pu coucher ainsi avec Marie-Antoinette au-delà de la décapitation, ç'eût été un signe si sacré que les sans-culottes auraient tout de suite chié par terre.

– Oui, mais, corrige Milos, Capet n'était pas d'un héroïsme de cape et d'épée. Seul Picasso picador acéphale eût continué de piocher sa proie. Comme dans une hallucination de Georges Bataille. Pablo horrible, raccourci, tronçon phallique, tout convulsé de muscles, cou éructant du sang, torse souillé, pattes crochues, poilues, chevauchant sans visage et sans ses fameux yeux perçants le corps de l'amante. L'amour vorace, aveugle, hors la mort. Je me demande si dans ses milliers de figurations du coït il n'aurait pas ainsi représenté quelque mâle acéphale, Minotaure décapité, s'acharnant sur une Marie-Thérèse plongée dans le plus profond ravissement. Quelle corrida inédite ?

Seule Samantha pourrait répondre, songe-t-il.

Le mâle acéphale sur sa branche provençale continue de baiser dans la mort. Le coït est programmé, enregistré dans chaque cellule nerveuse de l'insecte. Aveugle, décérébré, sorte de brindille sans queue ni tête, chenille, il baise longuement sa belle guillotineuse verte. Et cela dure si longtemps qu'ils préfèrent partir, troublés, écœurés, par cet excès de monstruosité naturelle. Le chant du Monde, chant du crime. Picasso à l'école de la vraie beauté.

Oui, qui peut douter qu'il n'ait observé longuement les mantes de Ménerbes et de son jardin de la Californie ? Ou les mantes de Mougins.

Marine scrute son portable, recherche et, mystérieuse, lui montre les deux images. Deux photos prises à Vallauris, en 1952, par Robert Doisneau. Picasso, dans l'une, tient une mante religieuse sur son poing. L'insecte semble le regarder tandis qu'il dirige sur lui ses yeux qui convergent à la limite du strabisme. Regard de ruse, de vigilance. Comme il sait ! Sur l'autre photo, la main offre l'intérieur de la paume dressée et, au sommet de l'index, la mante religieuse est postée, fait le guet. Prédatrice, *mantis* : étymologiquement prophétesse. Picasso regarde la sentinelle, visage plissé de profil, souriant, complice. Dans les deux cas émane de lui une espèce de délicatesse sacrée. Il trouve la mante merveilleuse d'être ainsi elle-même. L'incroyable douceur de Picasso contemplant la cruelle. Jamais le vit-on si doux ? D'une douceur métaphysique.

Qui a dit qu'une mante religieuse pouvait dévorer le cerveau d'un oiseau ?

Il l'aime, car elle mue comme lui, mime comme lui, se métamorphose, adopte tous les travestissements de la séduction, du ravissement et de la prédation. Poétique, mante orchidée, ou grotesque, feuille recroquevillée morte, fabuleuse, bariolée, danseuse. Apsara cubiste.

La mante de Ménerbes mangera complètement l'inséminateur quand il aura fini. Nourrie, plus forte pour s'occuper de sa progéniture. Mère magnifique ! Andromaque au centuple. « J'ai dévoré la tête de Pyrrhus pendant qu'il me violait. Déguste ce Grec de l'*Iliade*, mon petit Astyanax, c'était un salaud... » Olga aura beau résister, combattre, refuser le divorce jusqu'à sa mort, elle ne parviendra jamais à offrir ce cadeau de la tête de Picasso à son fiston. C'est Pic qui tuera, à petit feu, Paulo, le rejeton moqué, méprisé.

Qui raconte la fable réparatrice de la Mante et du Minotaure ? Le ridicule insecte affronté à la Brute du labyrinthe. La Mante qui se prendrait pour Thésée... Tel un ordinaire parasite, elle se loge sur l'arcade sourcilière du taureau mythologique. Elle descend doucement vers les paupières du monstre. Engouffre sa mâchoire et ses dents aiguës dans l'œil du grand patibulaire. Il saute sur place, agite sa tête. Furax ! Elle tient bon, mord et mange la pulpe, le jus de l'œil. Milos est rempli d'effroi. Elle recommencera sur l'autre œil siroté. Voilà le Minotaure aveugle. La Mante fait la sieste sur le monument de sa victime impotente. Les mâles se succèdent pour le coït entre les cornes de la Bête mutilée. Chacun en mange un petit morceau. Les petits de la Mante s'en nourrissent aussi. On peut imaginer Olga vengée. Paulo heureux. La morale sauve. Les saintes familles contentes et toutes les associations. La libération d'Olga est-elle la libération de la peinture ?

– Et Nicolas ? demande Milos.

Marine réfléchit puis répond :

– Il se dévore lui-même. La Mante est son âme.

Nice de Matisse et de Terra Amata, pour fuir Vivie, Samantha. Ils logent dans les hauts du quartier de Cimiez. Le matin, Milos part en bus pour les Balzi Rossi, au-dessus de Vintimille. Marine est prof d'anglais dans un collège. Une vraie vie de couple. Deux salaires. Milos pense que Marine est à mille lieues de croire que l'enchantement pourrait se rompre. Elle est tranquille, aimante, spontanée. Il ressent, en secret, sa vieille angoisse du bonheur. Il en a honte. Il voudrait oublier sa peur de vivre.

La longue falaise des Balzi exerce un pouvoir bénéfique. Il participe à des fouilles dans l'abri Mochi, au niveau de l'aurignacien, qui est devenu un peu sa spécialité. À cause de Breuil. De la fameuse bataille de l'aurignacien qui n'opposa pas, comme le crut Marine d'abord, les néandertaliens aux Cro-Magnon, dans une fresque de bande dessinée, mais Breuil à des adversaires de sa thèse. Laquelle consistait à mettre en relief une couche culturelle postérieure au moustérien (- 300 000 à - 45 000 ans) et antérieure au solutréen (- 22 000 à - 7 000 ans.) L'aurignacien, soit entre - 45 000 ans et - 25 000 ans. Chiffres que Milos déclinait sans être catégorique. Donc, Breuil, en 1906, livra sa bataille, grottes du Périgord et de Grimaldi à l'appui, et imposa peu à peu l'idée d'une culture étendue de Cro-Magnon dotée de ses caractéristiques propres, de son style : grandes lames étranglées, grattoirs carénés, pointes de sagaie à la base fendue… Les fresques, les chevaux de la grotte Chauvet dataient de l'aurignacien. Alors, les néandertaliens vivaient encore… Cette coexistence, c'était le plus mystérieux, le plus passionnant.

Marine l'écoutait, se mettait à rire soudain, se couchait sur lui et lui couvrait la bouche de baisers aurignaciens, disait-elle. Plus sérieuse, elle fixait la chronologie, établissait un schéma correspondant aux différents âges géologiques. Elle lui parlait, aussi, de sa propre spécialité, de littérature anglaise. Elle aimait Thomas Hardy, Virginia Woolf…

Un jour, Milos se promenait alentour de Vintimille et tomba par curiosité professionnelle sur un possible abri préhistorique. Dans l'anfractuosité, sous l'auvent de calcaire, il découvrit des hommes installés sur des sacs. Une femme mûre, une adolescente et un garçon d'une vingtaine d'années. Lequel se révéla assez agressif. Mais les deux femmes le calmèrent en mesurant à quel point Milos était perplexe. Ils lui firent comprendre qu'ils venaient de Somalie. L'adolescente dans des bribes d'anglais se plaignit des contrôles de police qui avaient lieu à Vintimille. On remmenait les migrants vers le sud, où étaient effectuées des identifications plus précises et des expulsions. Certains tentaient de franchir la montagne, d'autres de passer dans un train… D'autres encore croupissaient dans la rue, dans des camps. La famille était en rade, là, dans un coin de falaise, avec quelques vivres pour une trêve. Milos apprit que le père était mort noyé. Des milliers de noyés.

Milos avoua à Marine qu'il se sentait un peu coupable de s'occuper de l'aurignacien devant une pareille humanité perdue. Sous ses yeux, sous le balcon des cavernes, tandis qu'ils dataient les sols, les sables, les évolutions des climats, qu'ils pinaillaient sur des éclats de silex. La foule des exilés. Des centaines de milliers d'errants. Il avait donné à la famille un peu d'argent. C'est tout.

– Si tu crois que je suis plus innocente comme prof d'anglais dans un confortable collège bourgeois…

– Nous ne devons un semblant de bonheur qu'à notre égoïsme, une bonne dose de lâcheté.

– Les humanitaires sont-ils mieux dans leur peau ? Peut-être…

Une angoisse voilait leurs pensées. Quelque chose qui les dépassait. Une vague de misère immense. Un fond de détresse sans fin déferlait. Tous ces naufrages, ces scènes horribles, difficilement imaginables, bagarres en pleine mer causées par la surcharge, passagers terrifiés. Cadavres dont on se débarrasse. Convulsions de la noyade. Et Milos filtrait les sables, notait les échantillons. Marine corrigeait les copies des privilégiés de la vie. Dans la même région, à quelques kilomètres les uns des autres. Des hommes. Nulle fraternité.

– Tu crois qu'un jour nos descendants nous accuseront de crime contre l'humanité ? interrogea Marine.

– C'est possible. Ou bien le monde aura tellement empiré que la lutte pour la vie aura eu raison de toutes les solidarités. Un monde en guerre, chacun retranché dans son pays, derrière sa muraille, ses barbelés, ses mitrailleuses, haïssant les autres. Quelque chose comme une terrifiante régression. La civilisation morte.

Mais leur vie reprit, diluant ces bouffées de ténèbres. Sur les chaînes d'information en continu, en bas de l'écran, ou sur leurs portables, ils lisaient, parfois, l'enfilade des messages, le nombre des derniers morts dans la traversée de la Méditerranée, auxquels s'ajoutaient d'autres centaines de victimes causées par les attentats d'Irak, de Syrie… De telle sorte que les morts dont ils auraient pu se sentir proches et responsables se confondaient avec tous les autres. La masse devenait telle qu'ils n'étaient plus coupables de rien mais subissaient une espèce de fatalité aveugle de l'espèce. Et si un attentat frappait à Londres, à Berlin, à Paris, à Nice aussi, et de la façon la plus horrible, alors ils avaient le sentiment d'avoir, eux aussi, leurs morts, leur lot de désespoir, de terreur. Et ils sentaient moins le poids de leur lâcheté. Ils flânaient, le soir, dans le lacis des vieilles rues et buvaient un verre à côté des fontaines dont le ruissellement les berçait.

Un matin, Milos reçut un message sibyllin de Samantha : « Pourquoi se sauver ? » Il n'en dit rien à Marine. Il se demanda ce que signifiait la phrase. Samantha l'accusait-elle de s'être sauvé, de ne pas être revenu la voir ? C'était d'autant plus étrange qu'elle n'avait jamais manifesté la moindre possessivité. Leurs rencontres n'avaient toujours été dues qu'au hasard, aux aléas des retours de Milos à Antibes. Rien de prémédité, de calculé. Des improvisations, des fulgurations du désir.

Deux jours après, Myriam l'appela pour lui annoncer, d'une voix catastrophée, le suicide de Samantha. Elle s'était noyée à la pointe d'Antibes, à côté de la tour de guet… Marine et Milos se regardèrent dans l'effroi. Milos frappé de plein fouet. Il n'avait pas répondu au message de Samantha, de peur de retourner la voir, de recommencer. Elle s'était suicidée là, auprès de l'enceinte où Nicolas de Staël avait laissé *Le Concert*.

L'intimité que Milos avait partagée avec Samantha, leurs rituels intenses et intermittents ne revinrent pas, par flashes, l'obséder. Une nébuleuse glacée enveloppait les images, une stupeur, l'impossibilité de fixer un épisode. C'était une zone aveugle à laquelle il n'avait plus accès. Un paradis enseveli sous la mort.

Il ne se rendit pas à l'enterrement avec ses parents. Participer à cette cérémonie n'eût pas été pour lui une marque de sympathie, de compassion, d'affinité pathétique.

Il laissa passer une dizaine de jours et alla voir Jeanne dans la maison de Mougins. Il ne lui téléphona pas, il ne voulait pas s'annoncer, parler. Il sonna. Rien ne bougeait dans le jardin. Il sonna encore, attendit. Jeanne vint lui ouvrir. Elle l'emmena dans son atelier. Une salle vaste et claire où les mêmes sculptures noires et massives se succédaient, gravées de signes.

Il ne parlait pas. Elle lui dit :

– Je sais pour vous deux. Elle vous aimait bien.

C'était une grande femme assez belle et grave, aux cheveux drus et blancs. Sans fard. Ses yeux de lavande éteints par le deuil.

– Je la laissais faire ce qu'elle voulait. Je lui fournissais seulement une présence, une protection, mes sentiments, j'espérais une stabilité.

Jeanne était affreusement triste. Milos ne disait toujours rien.

– J'aurais tant aimé qu'elle arrive à finir ses travaux sur Picasso… du moins à avancer. Même si j'ai toujours senti le péril. Je n'aime pas Picasso.

Milos tenta de prononcer quelques mots :

– Elle était envahie par lui. C'était presque incompréhensible… À ce point, tout le temps.

– C'est le maître de l'emprise… Elle est tombée dedans. En son pouvoir. Une obsession. Elle aurait voulu être quelqu'un comme Picasso.

Jeanne, avec une expression navrée, reprit :

– Moi, je veillais à travailler chaque jour dans mon atelier, où elle venait souvent parler un moment. Peut-être que ça lui faisait mal, mais que pouvais-je faire d'autre que sculpter ? Quand elle voulait sortir avec moi, aller quelque part, j'y consentais volontiers.

– Se disputait-elle avec vous qui n'aimiez pas Picasso ?

– Elle pensait que j'étais jalouse. Non pas que j'enviais son art, sa création, sa vie. Elle croyait que j'étais jalouse de l'admiration qu'elle lui portait.

– Mais qu'est-ce qui la fascinait, exactement ?

– Sa force, son déchaînement de force. Et le fait qu'il n'était pas dévoré par le doute. Elle le voyait comme un élément de la nature. Volcan, Niagara. Ou un être mythologique, au pied de la lettre, une bête mythique. Elle était entrée dans son œuvre et il ne l'avait plus lâchée de son œil. Médusée par sa maîtrise, sa magie. Le mystère de ce qu'elle appelait son génie. L'« injustice fabuleuse », comme elle me disait.

– Vous n'arriviez pas à relativiser ?…

– Non. Bientôt ce fut total. Il aurait fallu qu'elle écrive un grand livre sur lui pour s'en défaire, pour l'épuiser. Voire, à l'inverse, un pamphlet documenté, fondé sur une critique argumentée, cinglante. Le tuer. Mieux qu'avec les éternels poncifs sur la misogynie de Picasso. Trouver la faille picturale, la faiblesse, et porter l'arme là où ça blesse. L'estoquer… Mais elle hésitait sans cesse entre les genres : fiction, thèse, essai… Elle était fragile sous ses airs de liberté. Elle avait mal commencé dans sa jeunesse. Vous savez bien ! Nos blessures…

Ils sortirent et s'assirent sur le banc où Samantha et lui s'étaient assis.

– En apparence, je suis là, dans ma maison, mon atelier. Je travaille un peu. Mais je fais comme si. Je ne suis plus dedans.

Elle se tut. Yeux gris, battus. Visage tout buriné, soudain, ruiné.

– La mort de Samantha, c'est impensable pour moi.

Milos se disait que Samantha était morte. Et c'était monstrueux. Un vide le happait. Il la voyait, la nuit tombée, une ombre qui entrait dans la mer. Son désespoir, sa solitude. Les clients de l'Eden-Roc jouissaient de la douceur nocturne, d'autres baisaient tout leur saoul, les vieux déjà somnolaient. D'autres regardaient la télé. Certains buvaient tard, au bar, pour affronter une vieille angoisse des ténèbres. On entendait des cliquetis, un tendre brouhaha de vie luxueuse. Un rire fusait. Des tintements, des appels légers. Les plus contemplatifs restaient sur leur terrasse, désirant profiter de ces heures noires et belles à l'infini. Personne ne la vit, cachée par les rochers, glisser dans la chape profonde, sa rumeur, son éclat long et blême. Elle se laissa couler, étouffée par les eaux.

Il pensait au *Sauvetage* de Picasso. Un tableau peint en 1932 qui représentait Marie-Thérèse sauvant de la noyade une jeune fille qu'une autre, dans la mer, lui tendait. Picasso s'était inspiré du témoignage que lui avait fait Marie-Thérèse, la nageuse, la sportive. Elle avait sauvé une jeune fille sur la plage d'Étretat. Il y avait plusieurs versions. La moins connue, un dessin, mettait en scène les deux femmes avec emphase. Deux baigneuses nues enlacées, la rescapée, de face, aux seins gorgés, dilatés à l'excès, au sexe précis, se pâmant dans les bras de celle qui l'avait arrachée à la mort. La facture avait quelque chose de michelangelesque et de l'art de Rodin, encore, par la puissance de la chair, des pieds énormes, la redondance des formes. Les corps à la fois de face et de profil, sexe et fesses emboîtés. Un pathos panoramique, une extase dans le frôlement de la mort, une sorte d'éros de la crucifixion et de la résurrection qui dédoublait la magnifique Marie-Thérèse. Jeanne n'avait pu sauver Samantha au moment où elle sombrait.

Milos doit participer à des fouilles, à Monaco, dans la grotte de l'Observatoire. Marine et lui vont se promener sur le site spectaculaire. Le Jardin exotique perché sur la falaise. Luxuriance des plantes succulentes, ou grasses, ce qui est moins beau. Un festival de cactus. Tout un western de rocaille, de candélabres mexicains. Allée de Cereus géants, dits cierges du Pérou.

– On ne peut pas les allumer, ceux-là !

Figuiers, euphorbes, aloès… en veux-tu en voilà. Soudain, un Beaucarnea, pied d'éléphant, au tronc largement évasé, boucané de rides, cuir fissuré, craquelé, de pachyderme. À l'inverse, à la cime : toute une ébullition de feuillée libre, échevelée. Comme s'il fallait échapper à la lourdeur, la pesanteur du pied énorme.

Et ce Chorisia au tronc de jarre ventrue, dit arbre-bouteille. Telle une fantaisie de Picasso à motif de grosse jambe armée d'épines énormes, solidement plantées, et partout réparties le long de l'écorce. Là-haut, l'enflure d'œdème est contredite par l'extraordinaire bouquet de fleurs roses. Comme si le sacrifice d'épines s'épanchait en déluge de corolles. Arbre aztèque ou quoi ? Couteau d'obsidienne planté dans les corps immolés au dieu Soleil. Tueries de conquistadors à la recherche de l'Eldorado que Milos et Marine admirent au sommet du Chorisia dionysiaque. Fleurs jaillies telle une effusion de nymphes. Extase. Comme si toutes les blessures de la terre, crimes collectifs et suicides individuels, fleurissaient en louange rose, en hymne d'idylle, d'éros.

Oh Samantha !

Ils se taisent, pris dans les tenailles de la vie et de la mort. Au cœur du jardin paradisiaque. De ses fantastiques arborescences. Une légende d'Argentine raconte l'origine du Chorisia, qu'on nomme, dans ce pays, l'Arbre ivre. Un guerrier et une belle jeune fille vivent dans la forêt profonde. Le guerrier disparaît dans une guerre tribale. La jeune fille s'abandonne à la mort. Bientôt, un tronc sort de sa tête, de ses bras surgissent des branches, de ses doigts un bouillonnement de fleurs blanches qui s'empourprent en souvenir du sang de l'amant.

Samantha.

Sous le jardin, au pied de la falaise : la grotte de l'Observatoire. C'est reparti pour la surprise, la stupeur d'une descente en vrille au sein de la terre. Les escaliers plongent dans le dédale des stalactites et stalagmites, autres cactus et Cereus de calcite. Des fontaines de fanons gigantesques. Des salles, des goulets, des sanctuaires hérissés ou bosselés d'une espèce de givre rosi, de mamelons ocrés. Des troncs éléphantesques, de grands personnages filiformes ou trapus, statues de spectres et de chamans pétrifiés. Ils sont guidés dans le royaume des Enfers. Les féeries de la mort à la rencontre d'un Minotaure fossile, enfoui sous les sédiments.

Quand Milos participe aux recherches, il traverse trois niveaux, celui de l'*Homo sapiens* – l'aurignacien de Breuil –, celui de Neandertal et, tout au fond, celui de l'*Homo erectus*.

Les hominidés défilent, ils mutent, ils montent vers le sommet de l'échelle. Des premiers outils aux fresques d'animaux. Tout cela scanné, photographié.

Les hommes des origines grimpaient donc au long de l'abrupt pour s'y réfugier. Plein sud. Prendre le soleil. Sous le porche. Tailler le silex en famille, peindre avec l'ocre. Vie domestique des chasseurs-cueilleurs au repos.

Les opérations sont délicates dans les laboratoires qui datent les reliques, par l'uranium-thorium ou grâce aux recherches cosmogénétiques sur des quartz rapportés par les hommes préhistoriques. Ils ne se doutaient pas que leurs descendants allaient chercher, retrouver leurs traces, leur cheminement. 100 000 ans plus tard. Quelles idées avaient-ils du temps, de son écoulement, de la descente de chacun vers sa mort ? Certes, ils pratiquèrent très tôt des rites funéraires. Dès Neandertal. Le propre de l'homme, c'est d'enterrer ses frères et de croire à un passage vers la vie éternelle. Mais qu'auraient-ils pu deviner de l'avenir de l'espèce ? Le gouffre du temps, le défilé des millénaires. Y avait-il des intellectuels plus tracassés d'idées abstraites que les autres chasseurs, pour humer le devenir ? Troubler déjà la vie quotidienne par des questions hors de portée. « Ta gueule ! Ta gueule ! » s'écrie-t-on, sous le porche ensoleillé, quand l'autre la ramène et répand l'anxiété. Et on chasse les mouches à grands coups d'os de mammouth pour faire rire la compagnie, parce qu'il n'est nul besoin d'une arme si énorme pour expulser les insectes. L'humour des cavernes ! Le rire, c'est aussi le propre de l'homme, bien sûr. Et, quelques jours après, l'intello remet ça et lance ce pavé dans la mare : « L'homme est un animal, le plus faible de la nature, mais il le sait. »

– Tu vois vraiment l'homme de Neandertal dégoiser comme Pascal ?

– Ou l'*Homo sapiens*, si tu veux, effleuré par cette idée que les animaux ne pensent pas, eux, à la mort. Car ces hommes originels sont plus métaphysiciens que nous, avec leur penchant à s'enfoncer dans les ténèbres des cavernes et à peindre des figures sur les parois les plus inaccessibles.

– Oui, le propre de l'homme est de penser, et surtout de penser à sa mort. Et de rire – d'accord pour le chasse-mouches en os de mammouth qui les fait rigoler. D'accord. Mais le propre du propre de l'homme, Milos, est-ce que tu y as songé ? Je te pose la vraie devinette du Sphinx.

– « Le propre du propre de l'homme » ? Tu exagères, Marine.

– Alors je vais te dire. Le propre du propre, ce n'est pas seulement la conscience de la mort et le rire, car, aux dernières nouvelles, il paraît que le singe et le chien rient. Non, le propre du propre, c'est quand un quidam préhistorique rit de sa propre mort, comme on le fait tous dans nos plaisanteries sur le temps qu'il nous reste, la vieillesse qui nous guette, et comme quoi on mangera bientôt le pissenlit par la racine… Et de rire de la bonne blague ! Quand est-ce que ce rire-là est né, Milos ?

– Oui, tu as raison, ça c'est le propre du propre, les singes n'y arrivent pas ! Je pense que c'est difficile pour un chasseur-cueilleur du paléolithique, préoccupé tout le temps de sa pitance et de ses peintures dans les grottes, de rigoler sur sa mort. Je vois plutôt ce rire débouler au néolithique.

– Pourquoi, mon Milos, l'homme du paléolithique qui grave ses murailles métaphysiques serait encore privé de ce rire-là ?

– C'est une hypothèse que je fais. Au néolithique, l'homme a un peu plus de temps. Il élève son troupeau de chèvres, de vaches. À côté de son chien, un loup domestiqué. Il songe… donc il se prend le chou ! Un jour, il dit à un comparse : « Je pense au temps qu'il me reste ! J'ai mangé plus de la moitié de ma farine ! Ah ! Ah ! » L'autre lui répond : « Mais non ! Tu vivras mille ans ! » Et d'éclater de rire : « Ah ! Ah ! » Tu vois, ils plaisantent sur leur mort. C'est là qu'on devient vraiment homme, tu as raison, Marine ! Si des extraterrestres éternels nous voyaient rire de notre propre mort, ils seraient épatés par ce cas, la condition humaine, peut-être la seule de l'Univers. Des types que la perspective de leur disparition totale fait plaisanter !

– Et tu as remarqué que les croyants comme les athées rient des mêmes blagues sur leur mort. Paradis ou pas. Au fond, ils ont compris eux aussi qu'ils sont refaits ! Et de rire.

Milos et Marine reviennent dans le jardin des cactus. À cache-cache dans la rocaille. Un jour, Milos est frappé d'un effroi. Il voit, là-bas, au détour du Chorisia paré de rose, une silhouette, un profil furtif qui s'évanouissent. Il a cru voir, sans doute. Il se tait. Le voilà tourmenté par le fantôme. Non, ce n'est pas l'ombre de Samantha. Marine surprend sa mine défaite, la mascarade de mimiques pour planquer son émoi. Elle regarde autour d'elle : rien que la forêt des épineux.

– Que se passe-t-il, Milos ? Tu es tout chose.

– Rien, un petit malaise, un vertige, rien.

Elle lui caresse le visage.

La nuit, il fait un cauchemar, pousse un cri. Marine allume la lampe de chevet. Le rassure :

– Tu viens de faire un mauvais rêve.

Il dit que c'était vague, une peur subite, sans cause reconnaissable. C'est vrai qu'il n'a rien vu dans le cauchemar. Seulement un grand coup de terreur nocturne.

Il a envie de partir avec Marine quelques jours. S'ils allaient à Londres ?

C'est ainsi qu'ils traversent, un matin, le pont de Westminster où a eu lieu cette tuerie perpétrée par un terroriste écrasant les passants au volant de sa voiture. On voit encore les bouquets de fleurs accrochés aux parapets. Ils passent, ils vont vers le Parlement, celui que Monet a peint merveilleusement, grand vaisseau de *Mille et Une Nuits*.

Ils entrent dans le National History Museum. Milos s'enthousiasme pour Darwin, ses travaux, les vitrines. Et la galerie de l'évolution. Encore la sacrée colonne d'ancêtres, l'escalade des hominidés qui montent à l'assaut de l'intelligence et de la maîtrise sur le monde. On commence avec un gourdin de bande dessinée, ou plutôt quelques galets taillés, et ça finit par une visite des fils d'Einstein sur la Lune et sur Mars. On ne sait toujours pas le pourquoi. Voir Breuil… qui ne se mouille pas !

Dans la grotte de Gough on pratiquait le cannibalisme. C'était fatal. Ils lisent les notices. L'affaire remonte à 15 000 ans. On a repéré des traces de « mâchouillements des os spongieux », d'os brisés pour déguster la moelle. Le commentaire savant insiste sur le « grand savoir-faire en termes de boucherie ». Peut-être que ce cannibalisme participe d'un rite funéraire.

Ils contemplent enfin un bel épieu, vieux de 400 000 ans. L'*Homo erectus* chassait ainsi l'éléphant antique !

– Il avait des couilles !

Et de rire.

Et de flâner dans la fantaisie de Londres, le ruban des maisons de Notting Hill. Rose indien, bleu Picasso ou de Staël. Vert pomme. Rouge Matisse. Bars, pubs, boutiques, l'enjouement de la foule. Les galeries. Portobello, étalages, déluges de couleurs. Braderie, les mains véloces fouillent partout, troussent l'étoffe. Le jeu de la vie. On carambole, le nez en l'air. Marine gaie comme on ne l'est plus.

– Je suis heureuse, Milos ! Heureuse !

Et le voilà encore frôlé par l'aile de l'angoisse en plein soleil.

La nuit, ils baisent à Londres à la folie.

Le lendemain, à la Tate Britain, Marine lui découvre *Femme nue dans un fauteuil rouge*. La sensuelle Marie-Thérèse nue, ovale, exquise, cuisses épanouies, sexe charmant, fente d'impudeur, seins gonflés, un peu rapprochés de travers. Amour bonheur. Il était là, le chef-d'œuvre de la douce extase. Le blason de l'amour assouvi. Picasso à Boisgeloup. Marie-Thérèse pour lui tout seul, dans l'écurie changée en atelier secret. Il n'y avait pas d'électricité. Marie-Thérèse éclairée à la bougie. Façon Georges de La Tour : *La Madeleine à la veilleuse*, mais sans crâne de vanité. Sans repentir. Sans ascèse. La profusion des courbes de Marie-Thérèse en gourmandise pour les mandibules de l'Andalou ithyphallique. *Mirada fuerte*. Bougie. Halo. Convoitise mieux cernée, captée. Darder son œil fou sur le vif paradis. Dans le fauteuil rouge désir. La cerise sur le gâteau.

Dans la Tate, soudain : Nicolas de Staël. *Composition 1950*, 1950, haute construction de blocs bleus encastrés, fracture bleu nuit. Cette lézarde presque noire dans la beauté calme et pervenche. 1952 : *Étude de paysage*, compartiments, cubes colorés. Rouges et verts, petit carré bleu radieux, nuances de gris, de beige, de blanc. On croirait retrouver la guirlande les maisons de Portobello Road. Presque la fête…

Mais ils poussent un « oh ! » de stupeur. Voilà le ravissement. Une enfilade de salles entières consacrées à William Turner. Ils plongent dans l'éblouissement. Des ciels d'or en fusion reflétés dans l'effervescence des lacs et des mers. Des intérieurs de château incandescents comme pour l'apparition de l'ange de l'Annonciation ou de Satan trismégiste. Des transparences de Venise, des glacis où la cité émerge à peine dans l'atmosphère nimbée qui distille l'essence de ses trésors. Un incendie rouge sang ravage le Parlement, dans un Vésuve de flammes. Le couchant resplendit de jaunes inouïs. Des flavescences émerveillées enveloppent les objets dissous. Ailleurs éclatent des cyclones de neige sur des naufrages noirs, des foudres rebondissent dans les nuées. Soudain un train à tête ronde charbonne et rougeoie, lancé à toute vitesse dans la spirale fuligineuse de l'air. Le moindre motif est volatilisé. Les grands mythes, les héros et les dieux méconnaissables sont rendus à la pure peinture visionnaire, à des flux d'atomes, des tourbillons de feu.

Peinture d'histoire, reine des peintures de l'époque : Louis-Philippe débarque à Portsmouth, en 1844. Il vient voir la reine Victoria. Nous sommes en plein mouvement réaliste. Turner sait que le réalisme est toujours court, toujours bête. Flaubert maudissait sa petitesse bourgeoise. Alors que fait Turner ? À la différence de tous les peintres classiques et pompiers de ce temps, il désintègre, il volatilise les silhouettes en des cortèges de spectres dorés, de séraphins impalpables, de fantômes filiformes noyés dans la vapeur d'or. Un lac de lumière surnaturelle engloutit les princes et consorts en vanité. Ah ! si David y avait pensé au lieu de couronner chaque pantin, chaque fantoche huppé, les courges de son *Sacre de Napoléon* ! Himalaya de bêtise et de propagande picturale.

Au lieu de ces nains chamarrés, montés sur les échasses du *Sacre*, le génial Turner peint des typhons, des tempêtes, des avalanches. D'énormes pales de phosphorescence tournoient, jaillissent, éploient d'éclatantes fusées en tous sens. Quelle hélice d'apocalypse propage ses illuminations afin de transfigurer le monde ? Le sacre de la peinture éclipse celui des tyrans.

Avec cette jeunesse qui les transporte, Marine et Milos sont prêts à renier leurs idoles, Picasso, voire de Staël, devant les paysages hallucinatoires de l'Anglais suprême, le roi des peintres modernes. L'abstrait métaphysique.

Ils voudraient que l'amour ainsi les foudroie et fusionne. Leur chair ruissellerait d'or fluide. Un naufrage de volupté. Le Grand Incendie de Londres des corps érotiques : 1666. Le triple Six du Sexe. Le chiffre de la Bête de l'Apocalypse. C'est son échine fantastique qui serpente dans leurs reins. Ils vont cracher le feu sacré.

Ils se promènent sur le pont de Londres, où a eu lieu un autre attentat féroce. Les villes du monde commémorent les meurtres qu'elles ont subis. Des plaies partout, entre leurs plus beaux monuments. Des supplices brusques et sidérants. De nouveaux rites ont surgi. D'immenses bouquets de fleurs, des poèmes, des épitaphes, des textes naissent dans la ville, à la mémoire des morts. Sur fond de guerre expiatrice, exterminatrice. Des autels fleurissent sur le pavé. La ville occidentale est devenue la cible. La foule libérale et nomade mitraillée. Ils longent la rive de la Tamise au milieu d'une cohue ludique, cosmopolite, oublieuse, pulsée par l'instinct de vie au soleil. Ils contemplent la fresque de la puissante City. Les tours, le Gherkin fuselé, bleu. Ce hérissement triomphant de Shanghai en plein Londres. Pourtant il a suffi d'un trio de tueurs pour assassiner les passants, au bout du pont. Partout, le couteau fruste, la régression sauvage attaquent les concepts les plus sophistiqués de la civilisation. Retour de quel refoulé noir, de quelle nuit de l'Homme ? De quelle terreur fanatique au nom du divin obscur ? De quel instinct innommable ? L'âge religieux de l'horreur quand plus personne n'imaginait ce recul foudroyant au sein des capitales modernes. La Grande Peste sainte. Cités universelles, bourrées de trésors, de musées, de jardins, de belles places historiques, de statues d'humanistes, de savants, d'écrivains, d'hommes libérés des vieux interdits, des vieux carcans obsolètes, des préjugés immémoriaux. La Menace est revenue dans la ville neuve. L'Attaque éclate dans les rues riches et belles. Le Meurtre de masse saigne. Ce qu'il y a de plus archaïque dans la guerre sévit au centre de ce qu'il y a de plus parfait dans la ville. Quelle pulsion remonte qui serait plus profonde que la vie ? D'où sort la vague de ténèbres ?

Milos et Marine ont suivi toutes les analyses, écouté tous les débats sur les causes du drame collectif. Ils ont lu beaucoup d'articles, d'essais, sur le vieux colonialisme, la mainmise sur le pétrole, les mensonges et les crimes de Bush, les méfaits du capitalisme financier illimité, la chape du voile sur les femmes, la loi islamiste, la politique de la terreur. Quand le sujet jaillit entre eux, ils tournent en rond dans leurs têtes. Leurs hypothèses divaguent. Leurs solutions errent entre guerre défensive nécessaire, transformations sociales profondes. Croisade en faveur d'un sens, d'une liberté de conscience, d'une laïcité lucide supérieure à l'envoûtement dévot et à ses alibis. Ils s'épuisent en théories vaines. Jusqu'au prochain attentat qui stupéfie la raison.

Au début, ils ne quittaient pas les chaînes d'information télévisées, matraqués par les mêmes images, les mêmes témoignages pathétiques. Hébétés. Parfois, ils somatisaient, sciatiques du lendemain, affres, maux de tête, vertiges. Phobies. Un jour ils ont connu une famille touchée. Celle de leur dermato. Assassinat d'une jeune fille. D'une belle étudiante littéraire de la Sorbonne, au Bataclan.

Ou bien, dans les périodes de rémission, c'était rampant, par en dessous. Les attentats de Kaboul, de Bagdad, de chaque jour, quarante, cinquante, cent morts. Chaque jour. Il n'y avait même plus de reportage. On apprenait les nouvelles en déchiffrant, sur le bandeau en bas de l'écran, le défilement des dépêches. Entre deux éclaircies, la contagion, la peur, les cauchemars par procuration jusqu'au jour où ce serait notre tour.

Il fait beau, à Londres, où ils flânent. Entre deux ponts, deux massacres. Amants toujours désirants. Épris d'art, de peinture, de jeux érotiques. Amour.

Picasso, lui, a connu deux guerres terribles, à dizaines de millions de morts. Ce fut l'Absolu du Mal. S'il était encore vivant, retranché dans sa grande maison de Mougins, que dirait, aujourd'hui, le railleur cruel ? Rien. Il peindrait. Comme Monet *Les Nymphéas* pendant les quatre ans de la Grande Guerre. Que peut l'artiste ? Créer contre la destruction. Affirmer l'autonomie de son Soi, de son geste solaire. Épancher, chanter la création libre. « C'est un soleil dans le ventre aux mille rayons. » Voici la haute mission et le combat vivant.

Ils aiment passer une heure de paresse à St James's Park, dans le silence des arbres majestueux. Ils se nichent au fond d'un petit coin herbu, fleuri, au bord de l'eau, devant des îlots et des cabanons pour canards exotiques, orange et rouge. Bigarrés comme des toucans. Un jardin anglais est mille fois plus charmant, plus sinueux, plus effusif, intempestif, qu'une plate-bande tondue et rectiligne à la française. Comble d'ennuyeuse clarté. Damiers de gazon emmerdatoire. Le gazon, c'est la mort de la France. Heureux sont les talus d'herbes folles, criblés de coquelicots et de marguerites jaune et blanc, mouchetés d'insectes et de papillons. Dans leur square vagabond et folâtre, ils se cachent et flirtent entre les iris et les cous de hérons en vrac. Un cocasse cortège remonte une allée. Des couples qui paraissent revenir d'un raout princier du côté de Buckingham Palace ou de la Horse Guard. Une flopée de chapeaux indicibles et burlesques. Mieux que les coiffes de Nusch ou de Dora. Des dames montées sur des talons aiguilles qui les font tanguer, boitiller. Incroyable noce de Fellini. Falbalas fantasques, tulle et satin ballonnés aux hanches. Longues robes de Cendrillon titubantes, évacuées du bal.

Marine pouffe :

– Ils sont fringués que ce n'est pas possible !

Et les ribambelles de la cérémonie se succèdent. Grandes libellules efflanquées. Débandade de girafes bancales. Matrones aristocratiques et bourgeoises au bras de leurs barbons poussifs, goitreux, dégingandés, raides comme des parapluies ou ventrus Falstaff. Marine et Milos les voient s'égrener entre les roseaux du lac. Sous les vols de canards. La mascarade de cour. Une revue folklorique d'un autre âge. Une parade de Derby d'Epsom jouée par des comédiens de Ken Loach. Une savoureuse, une involontaire satire. Comme si les dockers de Liverpool s'étaient déguisés en lords et leurs copines en comtesses pour pasticher le rallye royal.

– Mais qu'est-ce qu'elle fait là ? s'exclame Marine.

Car, tout à coup, c'est sérieux, l'authentique sortilège apparaît. Une jeune Japonaise parée d'un kimono somptueux avance à pas menus au bras d'un Anglais diplomatique. L'exquis teint blanc, la grâce. La coiffure savante de Kyoto, barrette dans les cheveux de jais. Ils auraient envie de la dévoiler pan après pan de soie. Comme dans quel film d'Oshima ou d'Ozu ? Bruissement. Trésor de peau blanche. Arum. Pinceau du pubis noir entre les éclatantes cuisses d'ivoire. Milos bande et Marine lui avoue que l'envie lui prend, à elle aussi, d'ouvrir les coulisses de cette soie fastueusement croisée pour faire miauler, couiner, la geisha crucifiée de plaisir de St James's Park.

Le clou de leur escapade, non moins anthropologique, c'est le colossal British Museum. De l'avantage d'avoir colonisé et quelque peu pillé l'Asie, l'Égypte… Ils slaloment entre les têtes gigantesques des pharaons, des sphinx, des statues barbues d'Ur, de Ninive, dressées jusqu'au plafond. Une salle farcie de momies, de corps emmaillotés de bandelettes, les stupéfie. Ils ont donc vécu, couru le long du Nil, à Thèbes ou Karnak. Des seigneurs, des potentats, des princesses, des prêtres, des importants. Et les voilà, quelques milliers d'années plus tard, réduits en fagots ficelés pour des hordes de touristes ébahis, intarissables. Ainsi finissent nos grandeurs, dans des vitrines pour des badauds de l'avenir. Ah ! si ces spectres soudain sortaient de leurs linges, se dressaient et nous découvraient ! Quelle terreur ! L'impossible dialogue des très vieux ressuscités du Nil et des vivants modernes éphémères.

Le British Museum. Des millénaires d'imaginaire. L'avalanche de la création humaine.

On leur a parlé de l'originelle statue d'un dieu polynésien de l'île de Rurutu, conservée au British. Le dieu A'a, le créateur, dont la double voyelle rimbaldienne les subjugue, d'autant plus que l'inévitable Picasso en posséda une réplique que Duncan photographia dans la villa La Californie. La statue est criblée d'une myriade de petites figurines divines représentant les yeux, la bouche, le nombril… Son corps est creux et peuplé d'autres figurines. C'est pour Marine et pour Milos une statue allégorique du romancier, bourrée de personnages. Ils demandent à tous les plantons :

– *Where is A'a ?*

Marine avec l'accent anglais est pourtant convaincante. Les gardiens sont perplexes, haussent les épaules, répètent ahuris :

– *A'a ?*

La plupart, comme c'est l'usage avec les emmerdeurs, affirment que la salle est fermée. Ils leur ont fait déjà le coup avec *Les Grandes Baigneuses* de Cézanne, pas fermées du tout, à la National Gallery…

Ils pourraient appeler, s'écrier : « A'a ! Où es-tu ? A'a ! » Mais avec les attentats ce n'est pas le moment. Le cri de ce « A'a ! » retentissant pourrait être confondu avec celui d'un autre dieu à la mode.

En fait, fin du suspense, ce qu'ils cherchent à tout prix – car le British Museum contient tous les rêves de l'homme – est beaucoup plus petit que A'a. Devinette : une chose mythique de dix centimètres ?

Là encore l'abbé Breuil a sévi. En 1933, lors d'un voyage en Palestine, en Terre sacrée, il rencontre l'archéologue et vice-consul René Neuville, très catholique. Ils débarquent dans un musée de poche où des prêtres de Bethléem ont recueilli différentes pièces dont l'objet découvert par un Bédouin dans la grotte de Ain Sakhri. C'est une statuette qui ne représente pas un énième phallus. Mieux : un couple à deux têtes gravées dans un galet de calcite. Deux humains accolés, assis, embrassés, les cuisses de l'un au-dessus de celles de l'autre. Enchevêtrés. Ils baisent. Leurs crânes ont une forme galbée de gland. Ce sont les premiers baiseurs sculptés de l'humanité. Mais, pour peu qu'on observe la statuette sous différents angles, on voit tantôt deux phallus enlacés, tantôt une vulve, des testicules, tout un choix de facettes cubistes. Le plus émouvant et troublant, c'est que la tête gauche semble tournée vers nous et nous regarder de son ovale vide… On s'attendrait à une création de l'Inde érotique mais c'est une créature de la Terre sainte de Breuil. Neuville retrouve le Bédouin qui a découvert la statuette dans la grotte de Ain Sakhri, à côté de Nazareth, cité connue pour d'autres événements fabuleux… Les amants ont 11 000 ans. Période natoufienne. Picasso lui-même a inventé moult bites personnifiées. Plus frappant, en 1930 (donc, en principe, juste avant la découverte de Breuil et de Neuville) il a taillé dans du tilleul – à Boisgeloup, oui… période Marie-Thérèse – un *Couple* assis, embrassé, cuisses enchevêtrées, quasi le double des amants natoufiens. Il en existe une version en bronze photographiée par Brassaï, son ami, fasciné comme lui d'archéologie. Neuville, le vice-consul de Palestine, achète l'« étreinte » de la caverne, qui sera revendue au British Museum.

Marine et Milos, en contemplant les amants, se répètent à l'envi le nom de « natoufien », qui devient quasi talismanique. Mon natoufien, ma natoufienne ! Nos ancêtres palestiniens étaient des chasseurs de gazelles. Comme ceux de Namibie. D'oryx, peut-être ! Des agriculteurs originaires. La notice savante évoque un rite de fertilité. On s'en serait douté. C'est aujourd'hui discuté. L'archéologie et la paléontologie n'en finissent pas d'ergoter. Ainsi la vérité progresse. Et on se porte mieux…

Le soir, à l'hôtel, Marine et Milos se caressent et ont envie de natoufiennes étreintes dans les grottes sacrées. Elle s'assoit sur les cuisses de son amant, l'enserre avec les siennes. L'enlace de ses bras tendres. Le tresse. Lui roucoule des « A'a, A'a » en vocalises voluptueuses. Elle s'enfonce sur l'archaïque phallus anthropomorphe. Mais leur agrippement vacille. Ils s'empêtrent, maladroits. La cuisse de l'une, celle de l'un, au-dessus, en dessous. Mal noués. Dix mille ans les contemplent. C'est du yoga tantrique mal arrimé, du natoufien tardif. Elle a le temps de murmurer au bord du rire :

– Nous accomplissons un rituel de fertilité, Milos ! Concentre-toi, mon chéri…

Assez vite dévissés, ils renoncent à jouer le coït de calcite des baiseurs de Judée. Ils finissent à la missionnaire, ce qui respecte toujours la spiritualité. Et le résultat est religieux.

Un jour, il lui révèle comme ça :

– Tu sais, Nicolas de Staël a vécu à Nice… Pendant l'Occupation. Une foule d'exilés, de Juifs, d'hommes traqués s'est réfugiée à Nice.

– Comme nous, lui répond Marine.

Ils se promènent. Elle contemple la mer des hauteurs de Cimiez. Entre les grandes villas, les châteaux, les demeures princières, des échappées qui butent sur le bleu pur. Devant cet excès de luxe, de beauté, elle lui dit :

– Pourquoi Nicolas fait-il le saut en mars 1955 ?

C'est elle qui revient là-dessus. Les éventuelles explications, ils les ont évoquées plusieurs fois. Mais c'est comme si la question la frappait de plein fouet. Devant la beauté.

Milos comprend et consent à égrener son chapelet de redites. La fuite de ses parents hors de la forteresse Pierre-et-Paul, lors de la révolution bolchevique de 1917. Mais ils restent encore un long moment à Moscou, se préparent à partir, c'est graduel… Cependant, ses parents meurent bientôt de cette historique catastrophe. Voilà le traumatisme, quelque chose de ce type : une rupture totale. Il est recueilli en Belgique, protégé, entouré par une seconde famille. C'est un adolescent aventureux, hardi, bâti pour la vie. Alors ? La cause est-elle à chercher à l'autre bout de son existence, avec le surgissement de sa nouvelle manière fluide, incomprise par ses collectionneurs ? Ou sa passion déçue, blessée ? Jeanne Mathieu n'est pas venue au rendez-vous qu'il lui a donné, l'ultimatum d'Antibes. Elle a un mari, des enfants. L'aventure a fini par lui peser. Elle a réfléchi, calculé… Lui, c'est un excessif, en proie à la déprime ou à l'exaltation. *Le Concert* l'écrase et l'aliène. La Méditerranée qui scintille, à deux pas, plein la vue, ne le sauve pas. L'infini le tue. « Je n'ai pas la force de parachever mes tableaux. »

Marine regarde Milos avec effroi. Elle se tait. La Méditerranée perce de ses pans de bleu la ligne des palais, des pins noirs. Il reprend :

– Je viens de lire qu'un jour, dans les années 60, Picasso est en visite, chez nous, à Antibes, invité par des amis. La fenêtre est ouverte. On voit le bleu pur de la limite du ciel et de la mer. Picasso dit : « Vivre ici serait idéal, un trait bleu et la toile est finie. » C'est Nicolas de Staël qui a accompli ce type de chef-d'œuvre essentiel. Un an avant sa mort, *Ciel et Mer*. Sans parler des ciels et de la mer du Havre, de Honfleur, de Villerville. Pourquoi ce bleu – que n'atteignit jamais Picasso – ne l'a pas sauvé ? À quel moment exact Samantha se noie dans le bleu nuit méditerranéen, et pourquoi ce jour-là ? Même Picasso aurait pensé au suicide, lors de ses années parisiennes de misère. Mais de Staël rafle la mise, le fait.

Van Gogh se fusille dans une mer d'épis. Le bec de la pieuvre attaque au cœur Nicolas. Oui, il peint *Le Concert*, dans l'enceinte de la tour de guet. C'est tout près de la Garoupe picassienne. C'est tout autre. Pourtant le bleu est là, celui qu'il a peint, auquel rêva Picasso. Mais la grande solitude terrasse Nicolas : « Pas facile de se refaire une vie, seul face à la mer. » Jeanne a fui le feu, la fureur. Il a congédié femme, enfants. Le petit Gustave qui vient de naître. Tel est le destin cruel. Il est broyé par le piano noir monumental, la barrique sans ivresse de la contrebasse. Le vide l'avale. C'est le faisceau de causes bien connues, arpentées par les biographes. Mais de là ? Pourquoi cette accélération, cet engrenage en quelques jours, quelques heures ? Le geste fatal ? Le saut ?

Marine se serre contre Milos. Une rafale de sirocco envahit le bleu. Dans cette poussière rouge, il y aurait des atomes d'oryx et de chasseurs des origines.

En 1955, quand de Staël meurt, Picasso est entré dans une nouvelle époque. Il peint à partir des chefs-d'œuvre des grands maîtres qu'il pastiche, dévie, culbute… Inlassable, intarissable. Vivant à faire peur. Nicolas mort, Picasso remanie les dieux.

Au début de l'année, il peint *Femmes d'Alger* d'après Delacroix. Souvenir des odalisques de Matisse, disparu un an plus tôt. Il dénude, il hypertrophie le harem en bordel. Il sexualise le tableau, plus intimiste et plus discret, de Delacroix en un cubisme exotique, érotique. Un grand nu couché de Jacqueline désarticule et recombine la mémoire de ses formes. Jacqueline toujours, assise et plus classique, en costume turc et seins nus, odalisque. Rien que pour lui ! Belle et solide sur un socle. Alentour, fesses belles, culs pleins, seins des femmes d'Alger, captés, découpés dans tous les coins et dans le lointain, arrondis au vol et à l'envi. Il n'est jamais allé en Afrique du Nord. Horreur du voyage. Hantise du harem depuis *Les Demoiselles*. Il reste dans son dernier château avec sa dernière femme. Et son imaginaire s'embarque vers le royaume des formes et des belles captives. Picasso est notre Gérôme moderne mais génial. Des clichés de peintre pompier dans la tête, mais un art révolutionnaire qui transgresse les vieux cons !

Nicolas de Staël voyage volontiers, lui. Tout jeune, en 36-37, il est parti visiter l'Afrique du Nord, justement, le Maroc, sur les traces de Delacroix, bien sûr. Mais il n'a pu aller à Alger. Le géant russe aux yeux bleus, aux grands pieds nus de nomade. Aux mains immenses projetant leur ombre sur le sable… Il va à Fès, Marrakech, Essaouira, Taroudant… Quinze mois de dérive dans l'Atlas, le désert, les souks, les oasis. Il médite intensément à son destin de peintre, à ses vœux. Il fait des dessins d'enfants. Il croit rater un modèle gracile dans sa djellaba ample. Le sentiment d'échec le harcèle, et ce n'est pas fini… Une revue lui a confié un reportage. Il regarde, note : « La Sodome chleuhe offre des monuments les plus expressifs du temps des Almohades. » Dans ce « chleuhe » résonne comme un secret écho, un sable de lui-même. Berbère russe de l'Atlas et de la Neva. Berbère bleu. Barbare précieux des forteresses de tsars et des kasbahs.

Il critique le colonialisme : « Le Pacha de Fès est gros, très désagréable, cupide… » Les colons : « Snobisme vainqueur, argent vainqueur, sorte d'empire de l'imbécilité avide et inassouvie. » On dirait Flaubert en Orient. Cependant : « Le soleil pardonne tout. »

Marine remarque avec tristesse :

– Le soleil a été sans pardon…

Nicolas ne peint pas les bayadères de Matisse, les petites jeunes filles nues des photos clandestines de l'époque. Nul harem. Il ne se lance pas encore. Il se sonde. Il affirme qu'il lui a fallu six mois d'Afrique pour comprendre la peinture exactement. La pureté des grands pans de couleur. « Burnous blancs, burnous bleus… » Il n'est pas près de les oublier. Il croise une femme qui revient du Grand Sud. Jeannine, mariée à Olek, accompagnée de son fils Antek. Tannée de soleil panique. Et ce qui arrive bat en beauté la rencontre de Picasso et de Marie-Thérèse devant les Galeries Lafayette, ou celle de Dora au Quartier latin. C'est plus andalou, plus audacieux, plus brut. Inouï. En quelques jours, de Staël et Jeannine sont amoureux fous. Soudain, Jeannine rompt avec les siens pour vivre avec lui. Ils partent voyager, seuls, à travers le Maroc. Du Rimbaud. Ils campent au bord des oueds, sous les palmiers, au pied des ergs. Dans la nuit sans voile, criblée de feux. Deux voyageurs solitaires sont des dieux. Cette grande bouffée de liberté ardente, c'est de Staël. Ce sirocco, c'est lui. Car l'aventure a lieu l'été de Mougins, de Dora, Nusch… L'été de *Guernica*. La Garoupe pour Picasso en son harem sédentaire. La vastitude blonde et chleuhe pour de Staël et son amazone des dunes. La guerre d'Espagne pour Capa et Gerda. Le monde, sa multiplicité terrifiante et fabuleuse. La planète cubiste. Au même moment, mille facettes. Le désert ou la guerre ou la plage. C'est ainsi que la vie respire…

Milos s'interroge. Ce rapt de sa mère Myriam en Crète, ce rapt d'Europe qui l'hypnotise, ces rapts de Picasso, que sont-ils ? À côté du ravissement de De Staël et de sa fée imprévisible, surgie du Grand Sud, née du désert pourpre.

– Ils ont fait comme nous en Afrique du Sud, dans le Brandberg, dit Marine.

Milos ne répond pas. Elle le scrute.

– Comme nous !

Il sourit. Elle s'indigne soudain :

– Oui, je sais ! Nous n'aurions pas droit à la vie, à la légende ! Depuis ta mère, son enlèvement érotique. L'Amant ! Comme l'autre, l'écrivaine… Un mythe, une menterie. Que Staël ait vécu la belle aventure avec Jeannine, tant mieux ! Mais nous avons vécu, Milos, nous vivons. Nous sommes en train de vivre notre vie, mon petit Milos ! Regarde-moi, prends-moi. Respire-moi. Touche-moi partout. Je suis là. Ici, maintenant. À jamais. Nous voulons notre vie, sans Eux !

Plus tard, la crise passée, toute la transe qui les bouleverse, après les larmes et les serments, ils évoquent la mort de Jeannine – la nomade – d'un avortement thérapeutique. Il se remariera avec Françoise, aimera Jeanne Mathieu, à la fin, jusqu'à sa perte. En 1955, on l'enterre dans la tombe de Jeannine… Il revient au soleil de leur rencontre.

L'été qui suit *Femmes d'Alger*, Clouzot tourne *Le Mystère Picasso*. Nicolas n'aura pas vécu cet été torride. Canicule belle et fixe. Le geste a lieu à Nice, dans les studios de la Victorine. Picasso lance différents assauts sur une toile filmée en transparence par le cinéaste. La fabuleuse facilité, sûreté, virtuosité de la main du prince-muleta. Picasso, 74 ans, coriace, pendant des heures. L'âge où Monet commença ses *Nymphéas*. Le visage sombre et intense du Malaguène en acte. L'image installe le culte du créateur danseur et sacré, de sa haute manigance céleste. Chamanique voltige *de visu*. Même si le film édicte ses lois, ses séquences, ses pauses, ses artifices, son minutage. Picasso obéit au doigt et à l'œil de Clouzot. Il peint au quart de tour : moteur ! Une mise en scène sur le fil du rasoir. Le voilà, torse nu, Stakhanov de son image. Batelier de la Volga de visions. Mais la fable de Picasso fera mouche. Le mythe au vif, sur l'à-pic du pinceau. L'Olympie de son geste.

Il va peindre aussi *La Plage de la Garoupe*. Comme par hasard, la plage d'Antibes, de l'été 37, oui, celle des idylles libertines, de Pablo, d'Ady, de Man Ray, de Nusch, d'Eluard, de Dora et de Lee. De Milos, de Samantha, de Marine. Une mer très bleue, très crue. Un type dore son cul nu. Une femme couchée. Des skis nautiques, des tables. Une roue… La plage des étés anciens, des années 20, d'Olga, de Sara et de Murphy. Un couple d'amants athlétiques en maillot de bain. Mec à biceps. Barbe de rayons. Belle femme, aux généreux seins nus, puis parés d'un soutien-gorge. Au centre, un grand visage rond d'enfant regarde. Triste ? Et cette femme assise telle Jacqueline, à l'autre bout de la scène. Géométrique et pointue, campée tout net, sous un chapeau conique. C'est juxtaposé, comme une bande dessinée, comme *La Joie de vivre* de 1946 du musée d'Antibes. Mais sans faunes, sans bacchantes, sans chimères. Nul centaure. Sans dépassement mythique. La Garoupe sagement remplie, peuplée, linéaire, narrative, plus photographique et documentaire. Il recycle les formes de son catalogue. Peu de peinture. Le bleu, pas celui de Nicolas. Du bleu d'azur, de publicité presque. Pour un peu il y ajouterait des dauphins ! Bleu Dufy, si on veut le hausser. Ce sont des figures et des objets de bonheur. Un exorcisme. La fresque alignée des étés de Pablo. Un éternel Jadis recommencerait.

Nicolas de Staël a lutté, plus tôt, en mars, devant *Le Concert*, au bout du cap, tout près de la plage des amours divines, dans la fameuse tour du guet de la batterie. Ils furent là. Pour la vie et pour la mort. Antibes. Piano noir. « J'ai perdu mon univers et mon silence. Je deviens aveugle. » Et dans le prologue du *Mystère Picasso*, la voix désigne Picasso comme « l'aveugle de génie ». Car il peint sans savoir où il va, quasiment sans voir, d'instinct. Le mythe veut la voyance, pas la vision humaine. Une indicible dictée du dedans.

Les héros flambent à midi ou meurent le soir. Le vieux Picasso reste jeune et fort. Bon pied, bon œil. Il peint plusieurs versions de *La Garoupe*. Il trime, efface tout, recommence. Ils en auront pour leur argent. En sueur. L'Œil, en gros plan, noir comme jamais. Le vieux corps robuste, dardant son astre de jais. Une colère concentrée. Voilà que sa tension artérielle monte et fuse ! En direct, il va avaler sa pipe ? Hercule à craquer.

Clouzot filme la plage des origines, des rapts, d'Europe et du taureau. Sait-il le tout de l'affaire, connaît-il sa profondeur ? A-t-il seulement pensé à Nicolas, aux années 20, à 1937, à *Guernica* ? Nusch est morte. Il filme le monstre, le Minotaure. Le Négrier de son art. Face voyante et charbonnée de feu. La Bête humaine sous pression. Sans soupape. Les gestes suprêmes. Est-ce ainsi que l'on crée au chronomètre ? Le peuple va voir ce que c'est ! Le démiurge en personne. Dieu Picasso en transe lucide. Tournez ! Arrivée de Picasso à La Ciotat. Sortie de l'usine du frère Clouzot.

Période Jacqueline. Le très beau *La Coiffure*, chant des galbes fermes et nus, hymne des sphères, de face et de fesses. La plénitude plastique, sans repentir. D'une seule calligraphie prégnante. Matisse, oui, mais en plus charnel et géant. Exorciser par le cul, c'est sa manie, son vieux lyrisme. Jacqueline ne le lâchera pas. Il n'a jamais joué en amour à « Qui perd gagne ». Sauf quand Françoise prend les devants, le quitte. Téméraire en peinture, risque-tout, mais grigou en amour, il additionne, ne quitte que pour jouir d'un nouvel amour. Nicolas franchit tous les Rubicon, brûle les ponts. Pulsion de mort, furie. Mur d'Antibes. Le verbe de la mer qui se fige.

Le lyrisme de Nicolas est mort, Jeanne a fui.

L'abbé Breuil, en 1955, comme par hasard, est confronté, lui aussi, à la question, à l'obsession sexuelle. Enfin une amante ? Non, c'est trop tard. Il s'agit d'un conflit de spécialistes avec un grand paléontologue, Leroi-Gourhan. La « sexomania » de Leroi-Gourhan ! accuse l'abbé offensif, sarcastique. Son adversaire voit du sexe même dans les chevaux, les bisons des cavernes. Pire ! jusque dans les signes abstraits, tectiformes, claviformes. Du sexe ! Breuil déplore que les marottes freudiennes de l'époque déteignent sur l'interprétation des fresques préhistoriques, qui n'ont rien à voir avec elles. Leroi-Gourhan réplique. En gros, Breuil est ringard, suranné. Sa conception des rituels magiques incantatoires liés à la chasse est courte ! Breuil peut aller se rhabiller. Un compilateur d'observations sans analyse interne. Il faut dégager des lignes de force, des structures, des corrélations, un système. Penser ! « La plupart des hypothèses classiques [Breuil] demandent à être reprises, et il apparaît que l'agencement systématique des figures, leur répartition en deux groupes d'essence animale et de signes ouvrent des hypothèses sur un système beaucoup plus élaboré que ne le laissait entrevoir une simple magie de chasse fondée sur l'envoûtement… » Il balaie le vieux Breuil et ses explications, ses superstitions primaires. C'est le propre et la dynamique d'une nouvelle génération que de ravaler la précédente au rang de rogatons.

Quand, en 1970, la grande exposition Picasso a lieu au Palais des Papes d'Avignon, on enterre le vieux gitan, le titan. Il est gâteux, il voit des culs partout. Il bigarre à gros traits. Il rocambole ses mascarades de cirque et de corrida. Que peint-il ? Quoi de neuf, d'inédit ? Des mousquetaires ! Des hommes au chapeau ! Il régresse, le voilà Alexandre Dumas bavard de l'art figuratif. Alors que les découvertes sont celles de l'abstraction géométrique, du pop art. Ah ! les Américains ! Un regard critique, enfin, une ironie. L'intelligence moderne ! Quand le vieux peinturlure ses caricatures épaisses et ses calembredaines d'un autre temps.

Marine n'est pas une spécialiste du vieux Picasso. Elle suspend volontiers son jugement mais reconnaît qu'elle aime beaucoup l'abstraction lyrique, les excès de Georges Mathieu, *La Bataille de Bouvines*. On en a plein les mirettes. Et, à l'inverse, elle est troublée par le pop art, le minimalisme sensuel d'un Wesselmann.

Milos renchérit :

– Oui, Wesselmann n'a pas son égal pour galber à outrance le bouton d'un téton. Brioché. Rouge cerise. On a envie de sucer. J'aime aussi ses pubis noirs détachés sur le petit pan de peau claire qui persiste quand les femmes enlèvent leur deux-pièces.

– Je vais enlever le mien… si tu suces.

Le sexe que Breuil tente de neutraliser rentre donc par toutes les portes. Georges Bataille (oui, l'ex de Dora Maar) a lu Breuil. Profaner l'abbé, c'est du Bataille pur jus. Il publie *L'Érotisme*, puis *Les Larmes d'Éros*. Une de ses obsessions centrales tourne autour de la fameuse scène du puits de Lascaux. Au plus ténébreux de la caverne. La scène primitive. Le gisant à tête d'oiseau en érection, tué par un bison qui lui-même perd ses entrailles. Un oiseau sur un piquet est planté à côté des protagonistes. Georges Bataille exalté érige le tableau en icône de l'énigme humaine, de notre condition chevillée au rapport intrinsèque de l'Éros et la Mort. Flonflons !

Milos et Marine en grande discussion sur Breuil et Bataille, l'antithèse incroyable, le curé des cavernes et l'adepte des cures d'ondinisme.

Marine reconnaît que la thèse de Bataille l'a toujours fascinée, même si elle n'est pas très sûre d'avoir compris à fond ou d'avoir adhéré. Milos se tient un peu à distance. Oui, bien sûr, il a lu *Les Larmes*… Et il en a parlé dans sa thèse sur l'hybridité.

Milos révèle à Marine que Breuil a fourni son explication de la scène de Lascaux. Une interprétation très réaliste. Au fond, il s'agirait d'un accident de chasse. Le bison a tué le chasseur mais ce dernier a eu le temps de le blesser, d'où ses entrailles qui pendent comme dans *Femme torero* de Picasso. À la différence que chez Pablo ce sont les tripes du cheval qui dégobillent.

Mais Milos se demande pourquoi, alors, les cavernes ne montrent pas plus de *scenarii* réalistes et illustratifs du même genre. Le rival de Breuil, Leroi-Gourhan, y va de sa version sexuelle.

– Sexomania ! lance Marine.

– En fait d'entrailles sortant du bison, il s'agirait plutôt d'une belle vulve.

– Alors là !

– Breuil est pantois ! L'analyse structurale des récurrences par Leroi-Gourhan a détecté cet idéogramme de la vulve dans différents cas.

Donc, conclut le vaillant Milos, la scène représenterait une femelle bison en chaleur s'apprêtant à chevaucher un chasseur mort en érection.

– Pas mal ! C'est presque mieux que Bataille parce que c'est plus précis, dit Marine. Se pâmer comme Bataille sur l'érotisme et la mort, c'est bien, mais Gourhan, lui, se paie moins de généralité pathétique, et vise en vulve.

Milos poursuit :

– D'autres expliquent que l'homme-oiseau couché rêve, plongé en plein sommeil paradoxal, propice à l'érection. Il rêve à une scène de chasse ! D'autres suggèrent qu'il s'agit d'un chaman portant un masque d'oiseau propice à l'envol chamanique.

– Le plus chaud, c'est quand même Leroi-Gourhan et sa femelle bison impatiente d'enfourcher le chasseur en érection. Tu vois, Milos, c'est vrai qu'il y a des récits et des scènes qui restent gravés au fond de nous. À Londres, quand j'enseignais à mes adolescents, il m'arrivait de leur parler de Sophocle et de leur raconter le mythe d'Œdipe, par le menu. Le roi et la reine, l'enfant abandonné, les pieds percés, l'ascension vertigineuse d'Œdipe, l'énigme du Sphinx, le mariage d'Œdipe avec Jocaste dont il semble ignorer que c'est sa mère. La révélation de la vérité… qui crève les yeux.

Milos encaisse. Il faut bien raconter les mythes aux enfants. Nul n'est censé les ignorer. C'est devenu de la culture. On peut en parler sans blesser personne…

– Alors, vois-tu, Milos, jamais ! je te dis bien jamais ! les ados n'ont fait preuve d'une telle attention, d'une telle intensité de silence, que lorsqu'ils écoutaient le mythe d'Œdipe. J'ai renouvelé l'expérience dans différentes classes ! À Nice. Même silence absolu. Dense à couper. Sacré. Sidéral. C'est en ce sens que Bataille voit juste. Il y a des scènes qu'on n'oublie pas. L'interdit, le sexe, la mort cruelle.

De Cannes, Milos et Marine prennent le bateau pour pique-niquer à Sainte-Marguerite, sur une des îles de Lérins. C'est en semaine, et avant les grandes vacances. Moins de foule. À leur arrivée, le fort Royal domine sur sa falaise, oui, celui du Masque de fer… Ils traversent l'île dans l'enfilade des grands eucalyptus dont la peau dépenaillée détache ses fines et longues lamelles. On dirait un cortège de rois mendiants. Marine frotte les feuilles dont ils inhalent le parfum d'onguent. Ils passent devant le Grand Jardin, retranché, invisible derrière sa muraille. C'est la propriété privée d'un milliardaire indien. On dit que cet éden est bourré de cèdres, de pins sublimes, de citronniers, d'orangers. Tout est planqué jalousement, gardé au pied de la maison du gouverneur et d'une belle tour primitive.

– Un mur pareil, ça réveille une pulsion de siège et d'assaut ! lance Marine. Virer le mec, l'enfermer à la place du Masque de fer et s'installer au bord de sa piscine.

– Ce serait plus malin de te faire inviter…

– Je ne suis pas une séductrice, une intrigante ! comme dit ma grand-mère. J'adore quand elle qualifie une femme d'intrigante ! C'est romanesque comme le harem du palais Topkapı !

Ils vont s'embusquer dans une crique, auprès de la batterie de la Convention, qui leur rappelle celle d'Antibes, le Graillon et sa tour de guet. Oui, Nicolas de Staël aurait pu traverser et venir peindre ici *Le Concert*, face à la mer. Son destin en eût-il été changé ? La chance d'une nouvelle vision ? d'une rédemption ?

Ils évoquent encore la fameuse photo de l'été 1937, à Sainte-Marguerite, où on voit pique-niquer Picasso, Dora Maar, Ady Fidelin, Man Ray, Eluard et Nusch. Les jolies femmes aux seins nus. Les baisers, les caresses. Les jeux… Les jours heureux. Là, sur cette île. L'été radieux. Perdu. Juste entre *Guernica* et l'invasion nazie. L'été dans l'étau.

– Le bonheur… dit Marine, c'est trop fragile, si on a le malheur d'y penser !

Elle se serre contre Milos, qu'elle embrasse mille fois sur la bouche en poussant des petits coups de langue avide entre ses lèvres et en mordant plus fort dans la pulpe.

Ils ont envie de se baigner nus comme Nusch et Ady. Entre les rochers, furtifs. Les voilà qui se glissent dans la transparence qui danse. L'odeur citronnée des pins les effleure.

Ils reviennent sur la plage et Milos raconte à Marine ce qu'il a lu sur l'île. Un vrai secret. Non pas celui du Masque de fer, éculé.

– Quand la smala d'Abd el-Kader a été prise en 1843, en Algérie, l'armée française a raflé les familles, les soldats proches de l'émir et les a amenés sur l'île Sainte-Marguerite, dans les cellules du fort Royal. Plus de trois cents personnes, chefs, serviteurs, beaucoup de femmes et d'enfants… La smala ! là !

– Tu crois que Picasso parlait de ça ?

– Il s'en foutait, il se baignait, et Man Ray s'en foutait encore plus, préoccupé par les photos qu'il prenait de Nusch et d'Ady, enlacées, la main d'Ady libertine…

– La smala d'Abd el-Kader, à Sainte-Marguerite, les rebelles, les burnous, les prières… Eluard y aurait été sensible, quand même.

– Quand leur régime pénitentiaire a été allégé, il paraît que les fiers guerriers vaincus se baignaient tout nus, comme Ady et Nusch ! Mais un siècle avant elles. Une plainte a été portée contre les nudistes, qui choquaient certains résidents. Alors les officiels ont envoyé des caleçons pour cacher les sexes belliqueux de la smala.

Ils rejoignent pour y pique-niquer la pointe du Vengeur, dont le nom les attire. Un saillant pas comme les autres, avec sa vue sur le bleu, l'absolu.

– Il y a un vertige devant une telle beauté, dit Milos.

Marine lui répond :

– Il faudrait rester là, vivre là, toute la vie, jouir de chaque instant. Ne rien laisser s'échapper, pas une goutte, sucer chaque pépin du fruit, épuiser le bonheur sans se lasser.

– À la longue, ce serait de la folie, ce bleu. Il faut quelque chose de moins parfait, de plus varié. C'est trop. Mes cavernes sont finalement plus rassurantes.

Oui, ce bleu… pense Marine. Car Milos a enlevé, un moment, ses lunettes noires pour évaluer la vraie couleur des vagues, sans le filtre assombri de ses verres. Et elle a vu, dans la lumière de la mer, le bleu percer, plus étrange que celui familier de la Méditerranée, certains chats ont des yeux de ce bleu, le sacré de Birmanie, ou quel autre animal ou ange, ou monstre, d'une beauté inconnue, concentrée, inhumaine. Elle répond :

– Moi, il me semble que je pourrais vivre là, à l'infini. Robinsonne et toi Vendredi, soumis à tous mes caprices. Car, mon petit Milos, je t'aime comme la prunelle de mes yeux.

Elle sort les sandwichs et les grosses grappes de raisin. Ils se régalent de jus doré.

Alors ils retournent se baigner nus dans la smala des vagues.

Le vieux Picasso continue d'inventer au miroir de ses maîtres. *Le Déjeuner sur l'herbe* sous tous les angles. Il ne s'agit pas de pastiches, de citations ironiques comme c'est devenu la mode. Mais il travaille ses pères. Il ne les tue plus. Il n'est plus le bravache usurpateur juvénile. Il interroge la référence, la creuse, l'approfondit. À la veille de son grand sommeil, il s'allonge dans la durée de l'art. Milos montre les variations Manet à Marine. Une Amazonie de Manet trouée de clairières de chair fantasmagorique. Des ogresses, des bacchantes nues s'érigent et se courbent comme des fleurs immenses vers l'Ombre, le mec habillé ou dévêtu, le causeur, le penseur à la pipe… Milos déclare presque gravement :

– C'est mystérieux, la forêt, les femmes nues, l'Observateur. Picasso caché. La présence du loup se répand sous le vert-noir des branches.

Marine et Milos vont, un soir, errer dans la forêt des collines. Au creux d'un val intime comme une alcôve, ils découvrent Berthe Morisot et Manet, nus, dans les bras l'un de l'autre, endormis. Un suave sourire peint sur leurs visages. Soudain, deux acrobates dégringolent d'un pin parasol. Le trapu Picasso poilu et Nusch, éternellement fine et rieuse, au joli triangle pubien. Ils sautillent légers et traversent sans réveiller Berthe et Eugène en érection. Milos et Marine se déshabillent et s'étreignent dans les fougères. Tout à coup, un grand gaillard bleu marche à larges enjambées et porte, avec majesté, sa Jeanne de Provence. Il vient d'enlever sa bien-aimée. Sa voix caverneuse se change en un murmure ardent : « Joie ! Joie ! » Plus loin, un autre tandem saugrenu, mi-humain, mi-simiesque, dessine deux bosselures cadencées, orgiaques.

L'abbé Breuil et Miss Boyle les épient, nus aussi. Lui a gardé, par pudeur, son béret basque et elle, par souci d'élégance, son chapeau de Namibie. Fébriles, ils s'épongent en prenant des notes : « Je vous dis que ce sont des pithécanthropes, Boyle ! 300 000 ans, au moins. – Si ce n'est 400 000 ! Il ne faudra rien dire au Vatican de notre escapade sylvestre. – Hélas, on ne peut pas faire un décalque… »

1962. *L'Enlèvement des Sabines*. On mesure l'effraction. Ce grand Poussin orchestré, giratoire, giclant bleu vif. Chef-d'œuvre. Picasso accélère encore la valse, la pulvérise en une épidémie de tourbillons, de corps culbutés, éventrés. Mille atrocités détaillées. Cris, seins, fesses, culs écartelés. Bras tendus de *Guernica*, grands pieds de gisants formidables. Cheval central et charivari de *L'Enlèvement*. Une autre version encore plus gestuelle, exaspérée, grands bras de désespoir fantastiquement étirés, torsions, cheval fou, sabre, seins à la régalade. Gigantesque méli-mélo féroce, mélange d'*Enlèvement* et de *Massacre des Innocents*. Le *Guernica* iconique de 1937, si abstrait, entre en chaos et transe de viols et de tueries collectives. Le cheval écrabouille la mère et l'enfant dans un magma de chairs broyées, de rut. Picasso dénonce et se repaît. *Guernica*, c'est lui. Il a fallu attendre près de trente ans pour que *Guernica* devienne *Guernica*, accouche de ses vérités carnassières dans *L'Enlèvement des Sabines*.

Le temps vole. Picasso : *Raphaël et la Fornarina*, 1968. Technique à l'eau-forte. Cuivre mordu à l'acide, à l'envi. En virtuose acéré, bouillonnant. Obsession pour le peintre de la Renaissance et son modèle, sa maîtresse. La Fornarina de Raphaël est concrète, individuelle, d'une beauté sans idéalisation, différente de ses madones épurées. Seins nus, regard en biais, joues pommées, coquine. Ingres a donné déjà des versions du couple du maître et de son amante. Sensuelles mais assez sages, évoluant vers une transfiguration du désir. Picasso, terre à terre, fantassin, attaque le festin, lève le voile qui recouvre à peine la courbe d'un sein. Il débusque les secrets obscènes. Tout un pastiche d'estampes japonaises, indiennes, et d'acrobaties de vases grecs et plus ! Mai 68 à Mougins sans Mao. Dans la maison-forteresse, la maison close des fantasmagories. De Gaulle ne viendra jamais là, ni manif, pour interrompre la chienlit. Ni Malraux. Picasso communiste décoratif n'est pas vraiment gaulliste. Mais si un insolent s'amusait à scruter ses « Déjeuners sur l'herbe », et la multitude de ses représentations du « Peintre et son modèle », il pourrait aussi bien voir dans le Causeur géant, le peintre, le sage, le prophète, l'Ombre, un visage pastiché, piriforme ou éléphantesque du Général. Entre mille autres.

Malraux (thuriféraire de Braque) et Picasso ont des piquants d'orgueil réciproques. Long est l'emphatique, l'inénarrable bla-bla malrucien, agité de gestes et tics, enflé d'horizons et de spasmes obscurs, pour Picasso, dont la théorie se résume à l'admirable « La peinture […] me fait faire ce qu'elle veut ». De Gaulle, qu'aimait-il en peinture ? Michel-Ange ? Poussin ? David ? Ingres ? Delacroix ? Géricault ? Le Général a quand même élevé Picasso au grade d'officier de la Légion d'honneur par un décret spécial et signé. À la bonne heure ! Picasso, dans son for intérieur iconoclaste, trouvait-il de Gaulle plus rigolo, plus vaste, plus varié, plus baroque, plus intempestif, plus dissymétrique, plus mousquetaire, plus château de Vauvenargues, plus lévrier afghan, plus matador, plus picassien que la boule au chapeau noir, le féroce et rondouillard Jacques Duclos (« Ducroc ») de l'Appareil communiste ? Lequel venait, après Thorez, fêter les ultimes anniversaires du maître à Vallauris. La ville était un long fleuve communiste tranquille. Hélène Parmelin, communiste et picassienne exubérante, écrit que Picasso, qu'elle adore, n'est pas marxiste. Un communiste d'opéra-comique. « Je suis venu au communisme comme on va à la fontaine ! » On sait à quelle claire fontaine il préfère s'abreuver. Cabotin facétieux, il lui arrive de distribuer les cartes du Parti à de nouveaux adhérents de Vallauris, lors de petites célébrations festives… Pour l'anecdote, Duclos, qui participait à la sarabande, approuva l'invasion de la Hongrie par les troupes soviétiques, ainsi que celle de la Tchécoslovaquie. Dans les années 50, il fut inculpé dans l'ubuesque affaire du « complot des pigeons ». On avait découvert deux pigeons tués dans sa voiture qui auraient servi à transmettre des messages aux Russes ! Mais Duclos communique avec Moscou, sans le détour d'un pigeonnier.

– L'époque était encore très poétique, observe Marine, versée en informatique et en tweets. Des pigeons messagers !

– Si l'on veut ! coupe Milos, réservé.

Légion d'honneur. Signé de Gaulle. Au grade d'officier. Picasso répond : Fornarina ! Foutre. Vulves à l'envi. Légion d'honneur. Boucles, arabesques, calligraphie des fesses, des hanches, des cuisses. Focalisation sur les sexes virils du peintre Raphaël pénétrant les belles fentes noires et velues. Bites décalottées, vrillées, spiralées, nœuds torsadés comme des ceps enfouis entre les cuisses. Entourloupes et trous vus à la loupe.

– J'aimerais tant dessiner avec une telle virtuosité ! remarque Marine, gourmande, en faisant tourner les pages où se déploient les variations sur *La Fornarina*. Il est complètement excité, le père Picasso !

– Un hybride d'homme et de bouc, comme dans ma thèse rupestre. Il y a une photographie de lui, sur une plage, où il cache sa tête avec celle d'un taureau cornu. L'homme-oiseau de Lascaux, l'homme-taureau de Picasso. L'homme-bouc des bordels de Barcelone.

Dans *Raphaël et la Fornarina*, voyeur soulevant un rideau, à l'affût, tiaré comme un pape, Michel-Ange, roi, Sardanapale et prince ottoman, roi de pantalonnade, roi de jeu de cartes, des *Mille et Une Nuits* fourrées, ou Dagobert la culotte à l'envers, Général, Roi se meurt, Lear, tous regardent la copulation fantastique. Sarabandes de lignes fluides, folles, toutes les poses enroulées, déroulées, en bobines lubriques. Les nus : « il faut que ça sente sous les bras », disait le macho andalou.

– Il a raison ! J'aime bien, Milos, sentir la repousse des petits poils en sueur de ton aisselle. Discrètement, mon nez fouine. Et lorsque nous jouons à 69, j'aspire longuement les effluves de tes couilles. Toi aussi tu furètes.

– J'aime flairer partout comme un renard dans la Fornarina. Tu sais, son nom vient de ce qu'elle était boulangère. Four et pâte roulée, levée, croustille.

– Et ta baguette durcit au brasier des miches.

L'imbroglio des corps, de la retape dure et du coït. Incroyable grouillis porno. Bain turc qui pullule, pêle-mêle lesbien de grenouilles de Degas. La trique du Vieux forcené, quand la Fornarina fornique pour le peintre des madones. « À 12 ans, je dessinais comme Raphaël ! » L'adolescent éternel, devenu un vieillard, épie la scène où Raphaël, le père toujours jeune de la peinture qu'il défia et qu'il décida de dépasser, baise l'Amante béante, le modèle, la femme libertine et prodigue à jamais.

– Il hallucine, le Vieux, l'Ivrogne magnifique de la chair. Quelle cuite !

– Il va mourir saoul dans son rêve.

Picasso n'arrête plus de peindre. Les visiteurs qui affluaient, jadis, aux Grands-Augustins, dès le lendemain de la guerre, étaient déjà refoulés, triés par Sabartés. Quand il achète la Californie, à Cannes, mêmes meutes, mêmes journalistes, curieux, amis, photographes… L'assaut général. On rapporte que deux Suédoises blondes déboulent un matin pour voir Picasso. Elles ont gagné un concours dont le lot est de pouvoir exaucer un vœu : c'est de rencontrer le divin Picasso ! On a payé sans doute leur voyage mais le rendez-vous n'est pas garanti. Elles sont chassées par la garde rapprochée du Vieux, qui ne veut plus d'intrus ! Le beau temps de Françoise, de Geneviève, la lycéenne de Fénelon, est mort, ainsi que celui de Sylvette. Les sbires au garde-à-vous pour laisser entrer les princesses. Jamais plus : l'éternel printemps hugolien et fluide. Bannir deux Suédoises ferventes, c'est un signe de déclin dur. Un reniement. Le pavillon Picasso est en berne. Deuil ! Deuil ! *Ma seule étoile est morte.* C'est que désormais Reine Roque règne sur son macho médusé.

Coup de foudre pour une nouvelle demeure ! Il va se retrancher avec Jacqueline au château de Vauvenargues. Mais bientôt c'est pire et c'est elle qui cale. Quatre tours froides, austères. Claustrales. Comme les pièces d'une partie d'échecs terminale. La Trappe lugubre. Loin de la mer et de la Suède au soleil. Mais il proclame qu'il adore ! Il aime les défis. Il peuple les augustes salles vides et sonores de toutes ses œuvres rameutées. De toute sa collection de maîtres. Chardin, Courbet, *Tête de chamois*, deux Le Nain, des Matisse, Modigliani, trois Cézanne dont *Les Baigneuses*, des Braque évidemment, Degas, les monotypes des bordels obscènes… À l'étage, dans leur chambre, ils cachent le masque baga de la femme au grand nez en bec et aux seins durs et penchés. Un pêle-mêle d'art nègre et océanien est resté planqué dans une salle secrète de la Californie. On découvrira le trésor après sa mort. Il est le conservateur d'incroyables bas de laine, fourrés dans ses différentes demeures… Il enfouit ses os rares dans tous les coins, comme ses chiens bien-aimés. Il est un écureuil flamboyant qui thésaurise pour l'hiver de sa mort.

À Vauvenargues, il fait un faste mégalo d'Escorial au pied de sa montagne Sainte-Victoire. L'empereur Pablo, au flanc de son immense buffet Henri II, noir, qu'il peint en majesté tarabiscotée. Son tombeau rococo ? Une armoire où cacher une ultime femme de chambre espagnole ou suédoise ? On découvre sur ces tableaux un nouveau chien, Perro, un dalmatien, très long, tacheté, fantasque… Merveille dans tout ce laid. On commence par les Scalpeuses d'Avignon, on finit par un buffet Henri II. Il est vrai qu'on taxait son père de peintre de salle à manger.

Marine abhorre le buffet. Adore le chien. Elle semble rêveuse, soudain. Lui aussi sent son cerveau carburer.

Elle lance :

– On prend d'assaut Vauvenargues, de nuit, on se glisse… On neutralise les vigiles, les laquais à sa botte. On coupe l'électricité. Thriller chez Pic.

– On s'empare du Vioque et de Roque. On leur tombe sur le rab !

– Ils font dans leur froc. Ils imaginent un remake de Truman Capote.

– On n'a pas pourtant des trognes patibulaires ! dit Milos.

– On a des têtes d'anges de l'Apocalypse, c'est pire ! Il n'a pas encore osé peindre *Le Jugement dernier*. C'est nous !

– On les fourgue dans le cachot de Vauvenargues. Perro, le dalmatien, reste avec nous, il nous fait fête, il aime la jeunesse de tous nos parfums, il nous lèche, on aime sa langue allègre. Il nous attendait ! Il les renie, il fait ses crottes au pied de leurs barreaux. Il nous adore.

– On sent le foutre d'un Vésuve de vie.

– Roque fait la gueule, outrée, la noble reine maquée par le Rastaquouère monumental !

– Et lui ne rigole pas du tout. Fatigué soudain, trop vieux ! Cramé, recroquevillé, pleureur, avec sa petite marinière à rayures bleues. Grotesque, rabougri. Il a froid, il veut une bouillotte. Roque le prend dans ses bras, le dorlote en nous fusillant des yeux. Lui, il clignote, ahuri, blême. Période bleue : la pire !

– On leur montre notre cul ! Période Marie-Thérèse, Madone Roque détourne son regard. Lui, hagard, l'œil protubérant, glauque, ne reconnaît plus un cul ! Et pourtant on lui donne un spectacle qui lui ressemble, de la veine des satires de *Verve* et de *La Fornarina*. On déchaîne notre énorme facétie Picasso !

– Il se rencogne, il geint, il grogne, il nous maudit, vieux clebs soudain.

– On leur sert un morceau de pain et un verre d'eau parce qu'on est des humanistes ! Et un seau pour leurs besoins. La vie est belle !

– Il gronde, ses yeux roulent dans tous les sens, billes de loto de *cartoons*. Il a peur de mourir, lui l'immortel ! Soudain, il se rue, Monseigneur nous crache dessus !

– Alors, froidement, on lui pisse sur le crâne à travers les barreaux, en s'écriant : « Georges Bataille ou rien ! » Le pipi crépite sur son caillou.

Perro aboie aux échos de Bataille répercutés par le château !

– Ils se méfient de cette culture dévoyée dans la bouche des deux jeunes effrénés. Des anarchistes pervers ! Des Zoulous, des mabouls meurtriers, des Sarrazins, des Tartares à la razzia ! Des Sade en vrai !

– On fait flamber le buffet le soir du solstice d'été. La papillote du dalmatien drôle, étoilé d'oreilles, de queue, de taches noires et blanches, sautille autour des flammes. La nuit, on les entend ululer dans leurs chaînes. Le Malaguène et la Souveraine. La lune éclaire le grand tableau de Le Nain pas très gai ! La fureur et la peur renforcent l'accent andalou de Pablo : « Zé meurs ! Zé meurs ! Zauvez-moi. Zé vous laisse Roque. »

Marine décide de vendre très cher le château.

Ils partent aux îles Gauguin sur leur yacht blanc. Picasso et Roque sont toujours saucissonnés dans la soute, à jeter peut-être aux requins. Si on entrouvre la porte basse, on ne perçoit, en fond de cale, que du noir, puis, dans un coin, deux billes très brillantes qui ne cessent de rouler sur elles-mêmes : les Yeux. Les Yeux de Picasso. Balancés sur l'océan.

– Que c'est bon d'imaginer ! s'exclame Marine en s'étirant de volupté.

– Un récit privé du pouvoir de l'imagination ne peut scruter la profondeur et la diversité du réel. L'Œil, c'est l'imagination.

Picasso et Jacqueline en reviennent (on ne sait comment). Ils s'installent définitivement dans la grande maison de Mougins (pas loin de l'hôtel Vaste Horizon mythique) d'où il peut encore contempler l'Esterel, la baie de Cannes. Le bleu. Ce rêve de céruléennes sirènes.

Il s'est enfermé dans la demeure de Mougins. Jacqueline chasse toujours les importuns, voire les petits-enfants de Monseigneur. Marina et Pablito mal aimés, démolis d'exil, mendiants de l'amour (bon sujet naturaliste). Paulo, leur père alcoolique, volage, mère insuffisante, intermittente, sautant d'un amant à l'autre, obsédée par l'ogre d'or Picasso. Jacqueline exclura aussi Claude et Paloma, les enfants de Françoise Gilot. Deux lévriers afghans plus mordants que le défunt et maigre Kazbek dissuadent d'entrer. Mais le joli dalmatien ? Un interphone filtre les rares visiteurs. Une clôture électrique. La nouvelle gardienne s'appelle Lucette. La jolie Inès Odorisi eut ses portraits, son mythe, mais Lucette ? Et le nouveau chauffeur, Jeannot, sans historiette, alors que Marcel, jadis, fut un complice de Pablo, fusant vers la Côte d'Azur de 36-37, ou Royan, en 40, bientôt occupé par les nazis. L'épique Marcel conduisit Dora, Marie-Thérèse. Et toutes les secrètes qui intéressaient tant Samantha. Marcel, un Mercure titanesque. Le secrétaire Miguel a remplacé l'illustrissime Sabartés des Grands-Augustins, auteur de ses souvenirs de l'idole, grand maître des portes officielles ou secrètes, du verbe crypté, des escaliers, des balzaciens greniers. Des levers et des couchers. Picasso fit de lui plusieurs portraits cocasses dont, comme on sait, le burlesque *Portrait de Jaime Sabartés en grand d'Espagne*. La seule proximité de Picasso auréolait les humbles comme des Las Casas, des chroniqueurs d'empereur. Désormais, il n'y a plus de place ni de légende pour les seconds rôles. Barricadé, solitaire, Picasso bunkerisé va travailler sans relâche. Avaler ses pilules, ses tisanes contre la décrépitude ? Jacqueline lui a fait installer un ascenseur pour qu'il se hisse dans son atelier. Vieilli, raviné, plus maigre. Les yeux anxieux brillent, trouent le masque racorni. Une grosse tache de vieillesse trône sur la joue gauche. Une fleur de cimetière. Écarquillée. Pavillon noir.

– Lucette et Jeannot, ça pourrait faire un conte… dit Marine.

– Tu veux que je te trousse le récit de leurs aventures dans l'ascenseur de Mougins ? répond Milos.

– Chut ! Trousse dans l'oreille, ça m'excitera plus. Et pour marquer la ponctuation, tu mets un petit coup de langue. Comme en morse !

Les dernières années, quand il sort dans le jardin, il admire des fleurs qui le lendemain se fanent. Les nids se vident. Les mimosas meurent. Passe l'odeur des jasmins. Il a le sentiment qu'il n'a pas eu le temps de voir, de respirer. Le soir tombe toujours vite. Il faudra un an pour que reviennent les floraisons qui se résorberont à leur tour. Son cœur se serre. Il a toujours redouté la maladie, la vieillesse et la mort. Sciatique tenace, fameuse scène chamanique de la cautérisation du nerf. Ulcère. Opération de la vésicule biliaire à 85 ans. Il enrage, se désespère de ses maux, malgré sa santé formidable. Il n'est pas question d'oser lui parler de sa fin. Dans le jardin, il voit la lumière d'avril si pure, la fraîcheur des arbres. Puis le temps tourne, le soleil plus aride, les arbres plus dorés. La chute des feuilles, le vent de décembre. Les nuages gris. Rafales sur les cyprès noirs.

Alors il travaille. Le temps cesse de s'écouler, de le ronger de nostalgie. Il mord le cuivre. Avec des voltes de virtuosité. II peint Poussin, Delacroix, Vélasquez, Manet, Degas. Les maîtres immortels. Cent variations où il s'engouffre et vit d'une autre vie. Sa dernière manière épaisse, spontanée, libre, dite « sale », lacunaire, torchonnée, bloque le temps dans sa pâte picturale. Il ne le sent plus couler, vider le monde. Il peint, le temps est toujours plein. Le sablier rempli. La durée de peindre homogène, éternelle. Picasso fait bloc dans la peinture. Corps de peinture. Corps des femmes nues. Éros. La mort ne passera pas.

Que font-ils, pendant ce temps, ceux de l'époque ? De l'avant-garde : anti-peinture, Nouveau Roman. De la critique, de la distance, du roman du roman, de la pensée de la pensée. Les plus doués s'en sortent. Les plus personnels, qui gardent un minimum d'instinct, d'intuition, dans la crise des formes. Les autres s'agrippent à la crécelle du concept. Sans rien sentir. Surtout, il ne faut plus que la peinture sente sous les bras ! Ni les personnages ni l'intrigue. Le sujet est mort. L'Homme est mort. Son bla-bla-bla. Il joue encore quelques rôles stéréotypés dans la figuration narrative et ses séries filmées. Mais interrogeons plutôt la condition de possibilité de la peinture ou du roman ! Que le structuralisme remplace la vieille dialectique existentielle, les archaïques salades feuilletonnesques du père Sartre ! C'est ainsi qu'on nourrit le discours sur le discours, le commentaire pour les profs. Théories, mouvements.

Dogmes et interdits du jour. Bon pour les zélés naïfs de la dernière mode, croyants de la dernière cause, culs-bénits du joujou dernier cri, essoufflés gogos de la glose se hâtant d'une exposition à l'autre, d'une conférence à la prochaine, avalant tout, revues, manifestes, au fur et à mesure. Esbaudis bourgeois, parvenus des oukases de l'esthétique en vogue, rengorgés cuistres ignares, roucoulant les couplets, radotant le dernier bréviaire, toujours ravis, toujours refaits. Éternels ratés de la beauté. Bon pour les dindons de la farce et pour les spéculateurs de l'art qui font des coups. La peinture est décrétée régressive. Anachronique. Ce très vieux Jadis qui sent la suie, le suint, la putain. La Célestine borgne. Les bordels du grand-père Pablo, Barcelone, Avignon. Avant les guerres. Le Chabanais de la peinture, c'est fini. La corrida encore, quelle horreur ! Il paraît qu'à la télé Picasso adore le catch. Ah ! Ah ! L'Ange blanc et le Bourreau de Béthune, ses Minotaures minables. Tu pues, Pablo ! La représentation est morte. Le référentiel, comme on dit. L'antique, l'homérique narration des Cro-Magnon. L'imagerie Breuil, bisons, mammouths, bouquetins, lions des cavernes. Mains au pochoir. Mortes ! La figure s'est absentée. Les carottes sont cuites. Ton cirque cramé.

À Mougins, le Vivant interminable grave le cuivre. Picasso peint sans frein.

Dans une rue d'Antibes. Le flottement rythmé de la foule d'été. Milos et Marine tournent dans une ruelle plus calme. Une silhouette s'échappe, juste captée par l'œil bleu de Milos. Ce short, ces fesses, ces jambes ? C'est elle, c'est Vivie. Il regarde Marine qui sourit au soleil, n'a rien vu. Il se tait. Il se sent traqué. Fantasmes ? Culpabilité. Peur se reliant à quelle vieille peur ? Zoé ? Quelle vision le crible ?

Un matin, Marine écoute en boucle « La Javanaise » de Gainsbourg, elle adore. Elle prend son amant dans ses bras et amorce des pas de danse. Milos n'est pas un grand danseur, mais elle le serre contre lui, le cambre, jouit de le sentir bien là, calé.

Milos pense de nouveau à la Javanaise de Gauguin : Annah et son petit singe qui aurait tant plu à Picasso. À Concarneau, des marins se moquèrent de la jeune métisse au bras de Gauguin. Bagarre. Gauguin eut la jambe brisée. Des mois à s'en remettre.

Milos lit des documents sur Eugène Dubois, qui a découvert, en 1891-1892, l'Homme de Java, qu'il croyait être le maillon manquant entre le chimpanzé et l'Homme. Le long de la rivière Solo, à Trinil, dans les dépôts fluviatiles, il déloge un grand fémur, une calotte crânienne assez petite (1 000 cm^3). Il nomme l'hominidé : *Pithécanthropus erectus*. Homme-singe debout qui date de 500 000 ans. On rejette sa découverte, on décrète qu'il ne s'agit que d'un gibbon géant. Le chaînon manquant serait européen et troglodyte. Mais Dubois a vu juste. La tarte à la crème du chaînon manquant, du scoop paléontologique, n'a pas fini de secouer la communauté scientifique et l'opinion alléchée.

En 2007, à Java, à Trinil, toujours, plus de cent ans après la découverte de Dubois, on révèle qu'une moule d'eau douce est gravée de zigzags. Elle faisait partie des collections d'Eugène Dubois, du produit de ses fouilles recueillies dans le musée de Trinil. Ainsi, un *Homo erectus* datant de 500 000 ans aurait été capable de graver des dessins réguliers sur un coquillage ! Certes, ils utilisaient des bifaces, et à Terra Amata ils ont inventé le feu. Comme d'habitude, les sceptiques imaginent qu'il s'agit d'un faux, car le coquillage a pu être travaillé après coup, depuis cent ans. La preuve de son authenticité sera administrée après un examen serré. Picasso gravait aussi les os de mouton ou de chèvre découverts sur la plage de la Garoupe, les coquillages, les bois flottés et les galets gardés par Dora jusqu'à sa mort. *Homo erectus* Picasso.

Coppens, en 1974, découvre le squelette de l'australopithèque Lucy, qui devient une véritable star… Une héroïne de bande dessinée. La pauvre est censée s'être noyée. Thèse du Rift : changement de climat. L'hominidé passe des arbres à la savane, contraint à se redresser pour voir les prédateurs de loin, à se regrouper pour les chasser. Coppens règne. Roi du maillon. Même si Lucy n'est pas notre ancêtre.

– L'histoire de Lucy m'a autant fascinée que celle de Blanche-Neige ou de Cendrillon, avoue Marine.

Puis la thèse du Rift est battue en brèche, en 2001, quand on trouve le crâne d'un *Homo* forestier, *Sahelanthropus tchadensis*, dit Toumaï, qui se tenait debout bien avant Lucy. La conformation de son trou occipital l'attesterait. Debout il y a 7 millions d'années, donc autour de la séparation du chimpanzé et de l'homme… À deux mille cinq cents kilomètres à l'ouest du Rift. Dans un paysage humide et luxuriant. La savane de Coppens n'est plus nécessaire à l'apparition de la station debout. Coppens aménage sa théorie, l'homme grimpé tantôt dans les arbres, tantôt debout dans la savane… Mariole ambivalent. Acrobate de Picasso. Trapéziste, façon Nusch Eluard.

Prolifération des chaînons, des genres, des espèces, des arborescences picassiennes. Le créationnisme biblique et monolithique est un dogme simpliste. Adam et Ève, c'est un imbroglio inextricable. Un feuilleton de maillons qui n'en finissent pas de refleurir en bouquets. Dieu – Breuil le sait – a commis un nombre invraisemblable de brouillons, d'ébauches, de mélanges tordus, de greffes approximatives, de ratures, de repentirs, de torchons, de tergiversations. Un grand velléitaire fantasque et peu sûr de son fait. Un dangereux démiurge aveugle qu'on aurait tort de prier pour obtenir le salut. Un incapable ne peut pas nous garantir l'immortalité. Un gros gaffeur de la genèse. Un Picasso raté, mal assumé. Il s'est pris les pieds dans le tapis de la création.

– C'était mal barré ! lance Marine, pourtant optimiste.

Marine consulte des prospectus sur Java et ça lui plaît bien. Un désir d'Asie.

Milos rêve plutôt à la rivière Solo de Java, à l'*Homo erectus* gravant une coquille de moule tranquillement sous les palmes, au bord des eaux vives où son visage se reflète. « Tiens, c'est moi ! » Mieux que le miroir de Lacan où le bambin prendrait conscience de son image propre.

Le long voyage hors de l'espace et du temps. Le vacarme sourd des réacteurs. Marine a le sentiment de traverser une durée surnaturelle. Milos endormi contre son épaule, main dans sa main. Elle voudrait que s'étire à l'infini leur vie suspendue, parallèle. Deux fantômes, deux âmes dans l'absence douillette de toute chose, de toute référence, de tout souvenir. Dans un cocon bourdonnant. Échapper à la mémoire tenace, à l'usure, à la menace, flotter, vivre cette demi-mort heureuse, amortie. Les autres n'aspirent qu'à arriver, recommencer la corrida. Elle voudrait rester ainsi avec lui dans l'Ailleurs. Ne pas le réveiller surtout. Ou juste noter qu'il ouvre les yeux un instant, la regarde avec un beau sourire noyé d'amour, puis les referme. Ses prunelles sans couleur dans la luminosité affaiblie de l'avion nocturne. Diamant enfoui de toutes les parousies, de toutes les guerres et de la beauté meurtrie. Sentir la main abandonnée. Cette petite éternité sauvée.

En débarquant à Yogyakarta, ils mesurent à quel point Java est différente du désert du Namib. Une chaleur profonde, massive mais humide. Une odeur délicieuse et lourde de vase, de fleurs et de fruits pourris. Du vert partout. Tapant, ruisselant, en giclées, coulées, toutes les nuances vert cru, dardées, dorées. Entre les maisons plates aux toits de tuile ou tôle. Luxuriance, arborescences, lianes et fleurs. Ils photographient un grand banian effervescent, une Brocéliande de câbles, de troncs foisonnants. Un toton cosmique du genre de celui sous lequel Bouddha aurait accédé au nirvana.

– Une sorte d'orgasme sublimé ? demande Milos.

– Non, l'orgasme est le nirvana du pauvre. En fait le nirvana c'est l'anéantissement serein, dit Marine, qui a fait du yoga à Londres.

La rue brasse les bruits, les klaxons, les voitures bariolées, les rickshaws à vélo, les étals, les corps fluides dans la poussière criblée de soleil. Ils imaginent Eugène Dubois en 1891, les femmes au torse nu dans les marchés d'épices fourmillants de légumes, de fruits gonflés, gorgés, inconnus.

Le Solo est un fleuve sale et brun. Déçus ! Le site de Trinil : tranchées, trous, hangar, passerelle. Fin de western dans la boue. Il ne reste plus rien de l'aventure de Dubois sur l'île. Ils entrent dans un petit musée précédé d'un éléphant de pacotille. Ils considèrent la défense de trois mètres d'un stegodon. La molaire mastoc. Des fossiles. Il paraît que Dubois entassait tout sur sa véranda, un amoncellement formidable d'ossements que les coolies déballaient. La calotte crânienne et le grand fémur de l'*Erectus* sont exposés dans un musée hollandais, pays d'origine de Dubois, le musée de Leyde. Sous verre, clairs, étiquetés, proprets. Pourquoi Java ne réclame pas son ancêtre ?

Ils fuient dans la forêt du mont Lawu. Damiers de rizières, toute la gamme des verts et des nuances fines. Rigoles, petits bourrelets de lave, légers cabanons de paille. Marqueterie de miroirs laqués, pousse et repousse des tiges tendres sur tous les versants.

Le guide les amène vers un temple hindouiste. En gradins, genre aztèque et Tintin. Dans la touffeur.

Marine respire l'effluve soufré de la forêt. Écoute les cris d'oiseaux étranges.

– On est drôlement bien ! Milos, je suis si heureuse d'être là.

Elle rayonne, elle est belle, elle s'étire, s'épanouit dans un bain de chaleur divine. Ils regardent des figures de monstres, de tortues, un oiseau Garuda aux yeux exorbités de Picasso. Ils grimpent un escalier quand surgit, gravé dans la pierre, un linga, un grand phallus pointé vers un yoni, une vulve épanouie.

– Je me disais bien… qu'on n'était pas venus pour des prunes.

Et en redescendant, derrière un mur, soudain se dresse un grand bonhomme acéphale, comme l'eût aimé Georges Bataille, ventru, serrant d'une main un gourdin et de l'autre tenant, avec une fermeté rare, un phallus énorme, étiré vers les sommets.

Un grand frisson remue la forêt profonde. Dans les tigrures du soleil, un petit singe jaillit, saute sur l'épaule de Milos qui lui fait des grimaces. Deux femmes sortent de la forêt, gravissent l'escalier. Paysannes en long pagne, tannées, ascétiques et gracieuses, qui déposent une brassée de fleurs aux pieds du colosse bandant. Ainsi, des cavernes préhistoriques au temple de Java, c'est la même figure qui nous happe. Le nœud de l'affaire. Qui a dit que la religion est l'opium du peuple ? Pas ici !

Ils n'ont pas manqué de faire le pèlerinage de Borobudur. Le temple compact et géant. Taillé dans l'andésite volcanique. Neuf terrasses, les trois dernières circulaires, aériennes. L'ascension vers le nirvana, si on veut… Les stupas en forme de cloche. Les bas-reliefs racontant la vie de Bouddha. Tout eût été parfait s'ils avaient été… seuls !

Hélas, des meutes de touristes, des colonies, des cortèges de scarabées, cloportes, des troupeaux, des hordes de fourmis magnans, des nuages de sauterelles envahissaient la braderie du nirvana. Impossible d'avancer, de regarder, de respirer, de rester. En rangs serrés, à flux tendu, on les voyait s'accumuler, par bataillons ethniques, loin dans la plaine, de très loin, pullulant, préparant l'assaut. Parqués par leurs colonels et généraux donnant les ordres ultimes. Les carrés s'ébranlaient, dans toutes les langues, dirigés à la baguette : une, deux ! Une, deux ! Tandis que d'autres dégoulinaient, se déversaient de l'autre côté, débandés, défaits. Borobudur fonctionnait comme une gigantesque essoreuse de chemisiers, de T-shirts, de bermudas, de tous les oripeaux des usines des pays pauvres trimant pour les plus riches. Les appareils photo braqués, portables brandis comme des sabres ou des lances, pointant comme des canons, l'artillerie des régiments, des corps d'armée. Tambours, fifres ! La foule avide, vicieuse, violeuse de lieux, bientôt distraite, lasse, râleuse, « mes pieds gonflés ! ». Épuisée comme à Lourdes, à la Bérézina. Les photos de famille en vrac, à la va-vite devant Bouddha. Tous tétanisés par l'envie de pisser, la turista. La foule, en chenille anale, ira faire la queue, bientôt, par milliers, devant les chiottes. Déculottés à l'avance, comme au bordel jadis. À côté de leurs cars rutilants, leurs colonnes alignées, des centaines. Dernier cri, aérodynamiques. Le Salon international du car. Il aurait fallu une nouvelle éruption du Merapi pour ramener la colline au silence. Des mètres et des mètres de cendres volcaniques recouvrant tout, amalgamant touristes réduits en poussière et pierres sous un manteau coriace. Mais Pompéi suffit.

Ce qui les fascine est l'histoire du gouverneur anglais, Thomas Stamford Raffles, qui envoie, en 1811, H.C. Cornelius, un ingénieur hollandais, explorer le site enfoui. Car Borobudur dort ! Sous la forêt, son formidable périmètre, sa montagne de gradins, ses bouddhas… Sous des tonnes de roc, de lave, d'arborescences sauvages, souches, racines, végétation touffue. Inextricable, inaccessible. La béatitude de Bouddha dans le fourreau de la jungle. Un millénaire de paix. Tandis que les hommes s'entre-tuent ailleurs, comme d'habitude, sur la planète. Partout. Milos et Marine rêveraient d'avoir vécu alors, d'avoir assisté à l'apparition du temple.

Plus de deux cents villageois coupent les arbres, dépouillent les pierres de leur gangue, les nettoient de leurs garrots de lianes, de leurs serpents, de leurs mygales. En 1835, le temple est entièrement dégagé. C'est le moment d'arriver. C'est l'heure inouïe. Sous Victor Hugo. Dans la mosaïque verte des rizières, le sombre joyau hérissé de calme.

Arthur Rimbaud, engagé à Java, en 1876, dans la légion coloniale néerlandaise, aurait-il vu le temple ? Sa caserne de Salatiga était sise au flanc du volcan Merbabu, le voisin du Merapi. Près de Borobudur. En tout cas, le fils du Soleil a bien vite déserté l'armée, parcouru des kilomètres, pendant des semaines, dans les arborescences, les rizières, le charivari de singes et d'oiseaux, pour rejoindre, loin des tigres, le port de Semarang. Il l'avait annoncé, qu'il fuirait l'Europe ! « Ma journée est faite […]. Nager, broyer l'herbe, chasser, fumer surtout », « Je reviendrai, avec des membres de fer, la peau sombre, l'œil furieux : sur mon masque, on me jugera d'une race forte. J'aurai de l'or : je serai oisif et brutal ».

L'apaisement vient sur la véranda d'une petite auberge, à l'écart des cohues, où Rimbaud aurait pu trouver refuge dans sa fugue javanaise. « Broyer l'herbe, fumer. » Milos et Marine échangent un joint pour se fondre aux volutes du poète. Auprès d'eux, un varan est couché sur la branche basse d'un banian. Un singe apprivoisé vient jouer. Fasciné par les cheveux blonds de Marine, il se met à les tirailler avec conviction. Elle se dégage en riant. Et cet envol de chevelure dorée fascine encore plus le singe, qui darde son œil brillant de Picasso.

Dans le moutonnement forestier, au pied des enfilades de rizières précieuses, se dressent le mont Merbabu de la caserne d'Arthur et le parfait Merapi, élancé, tout à trac, à trois mille mètres de haut. Sainte-Victoire d'un genre inédit, volcanique. Versants tapissés de gris bleuâtres. Un beau gris tourterelle de la mort. Fuji-Yama cendré, fait pour Nicolas de Staël qu'on aime imaginer là, peignant la cime altière et cruelle. Ses nuées ardentes peuvent, en quelques heures, comme en 2010, blanchir routes, hommes et bêtes, maisons écroulées, métamorphosés en décor farineux, lunaire, spectral. Mais, ce soir, le seigneur des volcans reste calme, au loin, pointu contre le ciel. Promettant la fécondité des sols et la destruction. Les bouddhas sur leur terrasse de Borobudur le contemplent sans peur. Mille ans de ravissement.

En 1969, quatre ans avant sa mort, Picasso peint *L'Étreinte*. Cette figure de Java ou de Khajurâho, si l'on veut. Un coït littéral. L'orgasme du siècle. Le tableau s'intitule aussi : *Le Couple*. Le rut. Une bite plantée dans une touffe. C'est peint à Mougins, à Notre-Dame-de-Vie, pas loin de la petite chapelle. Il enfonce le clou de son lupanar. Il peint son propre trou du cul entre ses deux fesses comme il l'avait fait de celui de Marie-Thérèse dans un jardin. Les deux amants s'embrassent, frénétiques. Il a déjà donné *Le Baiser* si glouton. Beaucoup de *Baisers*, en fait, au cours du temps. Des baisers cannibales, en général, de mante religieuse et d'étrangleur. Là, c'est un baiser radieux.

On dirait que les yeux fous riment avec les deux seins de l'amante, ovoïdes, blancs, aréole noire et pupille claire du téton. Et si on descend vers le nœud de l'étreinte, les couilles de papy Pablo brillent comme des yeux noirs, cornée blanche. Le sexe de l'œil. Le tableau offre sa cascade d'yeux. Khajurâho de l'œil. En graffiti torché.

Milos remet ses lunettes noires devant la flambée folle des regards voraces.

À 88 ans, il exhibe le matériel des cavernes. Sa signature. *Yo, Picasso*, voici mon portrait tout cru. Marine rit.

Et d'entraîner Milos. Lui, gêné, pense aux deux forcenés du tableau. Leurs yeux fourrés partout. Il lui faut se réadapter, retrouver sa configuration. Enfin, ils s'emboîtent sans en faire un gros plan.

– Je t'aime. Oh ! Milos.

– Oui, je t'aime. Oh ! Oh !

Fréjus, 1970. Picasso assiste à sa dernière corrida. Voit, pour la dernière fois, la grande figure de son imaginaire : le taureau, le cheval, le matador. Leur triangle. Masculin-animal, féminin-animal, humain précieux, torero : long coléoptère rare, paré d'or. Sexe, blessure, étreinte et meurtre.

Bataille, l'ex-amant de Dora, dans *Histoire de l'œil*, évoque, comme on sait, un délire d'œufs blancs épluchés, d'yeux et de couilles coupées de taureau enfoncées dans le sexe de Simone. Ce rituel érotique se déroule au moment de la mort de Granero, dans les arènes de Madrid, le 7 mai 1922. La corne du taureau Pocapena s'enfonce dans l'œil du matador. Son crâne éclate. Une chanson espagnole célèbre cette mort : « Quand mourut Granero, les orangers se couvrirent de sang. »

– Oh, Milos, ce crâne éclaté me fait mal.

Picasso adore l'odeur musquée du toril, de l'angoisse et de la colère du Minotaure. Le parfum du crottin frais des chevaux, l'effroi des yeux blancs écarquillés avant qu'on les habille d'œillères. Picasso s'éblouit de cette fricassée d'or, d'œil effaré, de soleil et de sang. De musique de cuivre, solennelle et piaffante. Ce cosmos sur un gril. Le bluff héroïque, gratuit, ce gaspillage de bouquets, de « olé ! », le ravissement des femmes, l'excitation, le paseo, le feu, le rouge muleta. La fresque de la couleur portée au paroxysme de la fête, du désir et de la mort. On pare Monseigneur d'une grande cape noire aux liserons d'or quand il regarde.

Son chef-d'œuvre en la matière, c'est peut-être *Femme torero. Dernier baiser ?* de 1934, comme prémonition du devenir et de la chute. L'incroyable luxuriance de la femme torero, du taureau et du cheval. La belle Marie-Thérèse originaire – nue en torsade aux seins gonflés – exhibe les touffes de ses aisselles et de son pubis. Le taureau arqué, sa croupe, sa queue foisonnante de poils noirs, son échine qui se perd sous l'habit de lumière de la femme torero, aux motifs de bigarrures, de rosaces, des myriades de fleurs. Oreilles et cornes en vrille de la bête ressortent à l'autre extrémité. L'incroyable tête de cheval torturée de muscles, de mandibules convulsées, son grand œil cilié de femme. La tête se redresse déjà comme dans *Guernica*. Au cœur de la roue monstrueuse : le Baiser. Le mufle du Minotaure, cette grande bouche humaine qu'il pose sur les lèvres de Marie-Thérèse pâmée qui le regarde. Mieux que le baiser rodé de Rodin. Un baiser brut de la genèse, d'avant la séparation des espèces. Un beau baiser rupestre et jailli du chaos.

– Un doux baiser, c'est mieux, Milos, un doux baiser de femme. Viens d'abord sur la pointe de ma langue. Je l'enroule doucement, je l'enlace et te lèche tout le fouet tendre de la muqueuse. Et nous versons, langue à langue, dans la profonde écume de l'amour. Et tu viens dans ma grotte, dans mon puits de Lascaux, sans carnage, sans fantasmagories mortelles de Bataille. Tu glisses dans mes entrailles, mes délicates arcanes. Je suis ta bisonne mouillée. Tu es ma bête joyeuse. On fait Breuil ! Breuil ! Breuil ! Et Brandberg ardent. Tous les oryx ouvrent leurs cuisses. Leurs beaux yeux d'or se pâment.

Alors Milos lui sourit dans un rayon de lumière chantante.

« Si je n'avais pas été peintre, j'aurais aimé être picador. » Carrément ! Bloc à bloc. Acculer le taureau, le coincer, le presser contre la barrière, se sentir vaciller sur son cheval ferré, forcer. La pesante muraille caparaçonnée d'or charge, perce la voussure noire du taureau qui bave et souffle. Le lourd, le trivial picador s'arc-boute, enfonce et tord la pique dans le cratère de chair, fait gicler le trop-plein de sang. Le taureau ruisselant, noir, se nappe de sang rouge, il mugit.

Picasso, picador. Travaille l'encolure de la bête gonflée de stress et de sang. Hypnotisé par la résistance colossale qu'il voudrait capter, confisquer. Avaler le flot d'énergies. Le cou du Minotaure basculé, comme drainé jusqu'au sol, contorsionné. On voit, de côté, le grand œil blanc, effaré. L'Œil de Picasso aspiré par l'Œil du taureau. Englué au fond. Au point que le taureau coincé par la pique écarquille son Œil de Picasso tandis que sur les gradins les plus proches Cocteau, Clergue, Hélène Parmelin et Pignon, Jacqueline voient que Monseigneur a, dans l'orbite, l'Œil greffé du taureau. Il est horrible. Hagard de son fantasme. Hybride pour la collection préhistorique de Milos. Minotaure hérissé. Le taureau se débat encore, saute, rue. On voit l'Œil de Picasso rebondir au-dessus du sol, tournoyer, caramboler dans la barrière. Météorite de la mort.

– Quel pataquès de sang, Milos, quel imbroglio de forces ! C'est beau, oui, sur une scène absolue, monstrueuse. La beauté ne répond pas du monde banal et des bons sentiments. Je sais… Je comprends tout. Mais moi, ici-bas, ça me fait peur, je tremble, je frissonne, je crains ce gros Œil de leur folie roulant dans la poussière d'arène.

Elle se tait, puis ajoute :

– Comme tout cela doit faire mal, Milos… Je me sens fragile, aujourd'hui.

Alors ils vont, main dans la main, au bord de la mer, sous la fraîcheur du vent.

Picasso peint des scènes datant de sa jeunesse, d'avant 1928, où le cheval n'était pas protégé par le caparaçon. Alors il arrive que le cheval offert prenne la corne du Minotaure en plein flanc, flot d'entrailles blanches et roses. Picasso lorgne les tire-bouchons des viscères nacrés comme l'habit de lumière. Il les peint avec insistance dans ses plus forts tableaux tauromachiques. Le corps de la femme torero nue semble déferler, morte et pâmée, sur ce Gange de tripes. « Le cheval, les ailes brisées et le ventre grand ouvert, montrant la salle de bal de ses entrailles. » C'est du Picasso écrivain ! Salle de bal : Cendrillon revue par le peintre espagnol. L'habit de lumière jusqu'à minuit. Le torero, vêtu en princesse, danse devant les cornes de Barbe-Bleue. « Et s'échappe volant comme un papillon du ventre déchiré de la jument un chevalet blanc. » La peinture sort de la blessure du cheval éventré.

Du nanan encore pour Bataille, du nanan d'époque, du surréalisme sadien. Et l'insoutenable est atteint avec *Femme à la bougie, combat entre le taureau et le cheval*. Marie-Thérèse, comme dans *La Minotauromachie*, tient la bougie mais cache sa face devant l'horreur. On a glosé que c'était la pire époque de la guerre d'Olga et de Picasso. Le taureau aux grosses couilles sombres, pendantes, déploie sa masse géométrique et trapue. L'épée de mort est plantée dans la voussure de son dos. Il a une tête d'hippopotame hétéroclite avec deux grandes cornes dissymétriques dont l'une, élancée, rejoint l'épée de mort. Le cheval n'est plus qu'un corps flasque, méconnaissable, efflanqué, vidé, dont le grand cou prémonitoire se redresse encore, dans un cri de terreur, une transe de douleur frénétique. Du ventre du cheval ne reste qu'une grande grappe d'entrailles que le taureau dévore. C'est vraiment *Guernica*, trois ans avant. Ce Picasso-là est frère d'Otto Dix (*La Guerre*) et des goules béantes de Francis Bacon. On mesure, à plusieurs reprises, au fil du temps, avec le recul de la totalité de l'œuvre, à quel point *Guernica* fut un compromis plastique, une rhétorique symbolique, l'icône universelle, l'allégorie désincarnée, qui purge le trop-plein du réel atroce pour l'ériger en signes. On est loin du grouillement de carnage de *L'Enlèvement des Sabines* ou de la monstruosité de *Femme à la bougie. Combat entre le taureau et le cheval*. Il ne faut montrer à la société et à la Cause humaine qu'un insoutenable traduit, simplifié. D'une lisible singularité.

Picador ! *Yo, Picasso !* Peintre. *Pictor.* Perforer le mur de la peinture. Immoler la bête. Faire rendre toutes ses entrailles à la peinture. Éventrer Matisse.

Effroi des ligues de la tendresse universelle, de toutes les protections assises, eaux et forêts. Lavoirs. Dames patronnesses. Tout est permis en art mais pas ça ! C'est trop sincère, trop vrai, trop cru, trop cruel, trop solaire, trop Picasso, trop nécessaire, trop fatal, trop méditerranéen, trop basané, trop Rimbaud, trop « je suis un nègre », trop Bataille, trop Artaud, trop Van Gogh, trop Bacon, trop fou, trop régressif, trop mythologique, trop macho, trop surdéterminé, trop archaïque. Sauvage !

Tout désormais doit être minimal et ironique. Certes, Jeff Koons, *Red Butt*, peut sodomiser la Cicciolina, esclave exquise et fatiguée, Damien Hirst nous régaler d'un requin froid dans du formol. Mais pas la corrida espagnole, c'est trop ! trop ! trop ! Trop ! Arrière, satyre ! Loup andalou ! Tyran catalan ! *Retro*, Belzébuth d'Arles ! Marabout de Mougins ! Gitan gigolo ! Mieux vaut foncer en meutes sur l'autoroute et s'entre-tuer par milliers. C'est plus sain, plus naturel. En famille, en chansons ! Fonce, papa ! Nous on aime la vie ! C'est connu… N'est-ce pas ?

Mais Picasso rameute tout l'imaginaire des taureaux et des cavernes. De Cnossos, du curé Breuil, de Leroi-Gourhan, de Leiris, de Goya, de Manet, de Masson. On condamnera, certes, on interdira, on fermera les arènes. Tous à vos portables, à vos guerres, à vos carnages de vidéos ! Mais le scoop, c'est encore, en 1970, de photographier, dans l'arène, le visage de Picasso, happé par la scène primitive, son regard vrillé, surpris, stupéfait, excité. Fascination figée. Extraordinaire concentration de sa face burinée, focalisée. L'affût du prédateur. Les fauves ont cet aspect, fantastiquement suspendu, de sphinx fossile, allongeant le museau… juste avant de fondre sur leur proie. Protégez l'animal Picasso, le dernier des fauves ! Il a peint sa première corrida en 1890, et même peut-être avant, à l'âge de 8 ou 9 ans. Oui, un picador orange enveloppé de spectateurs bien croqués. C'est singulier, vif, drôle. Et la corrida de 1896. Il a 15 ans, il trace le collier de la grande arène bigarrée, coupée d'ombre et de soleil, les deux faces de sa vie. En 1970, il peint d'extravagants matadors, à collerette de marquis ou de mousquetaires, espagnols et baroques à outrance de couleurs, dont un géant, au visage coupé d'une ombre noire (comme la première arène), armé d'un sabre énorme et dérisoire contre la mort. Il place l'œuvre, dans la maison, à côté de la *Nature morte aux oranges* de Matisse. Se souvient-il de son premier picador orange, peint il y a quatre-vingts ans ? À nous deux la mort, maintenant !

La mort est noire comme une orange qui se couvre de sang.

– J'aime bien quand tu te déchaînes, mon Milos, même si je n'adore pas la corrida, qui me donne la nausée. Ni toujours le charabia mystico-sanglant qui la célèbre. J'aime surtout que tu aimes, quand même, l'artiste Picasso, tu sais, à travers tant de toreros, de taureaux, de peintres et d'écrivains. Ava Gardner et Cocteau étaient-ils plus cruels que nous ? Et Jacqueline l'épouse majuscule ? Que pensait Nicolas de Staël de la corrida ? Donne-moi le dernier, le premier baiser. Sur mes aisselles que j'ai renoncé à raser, sur les poils de mon sexe. Ta corne tient dans ma main chaude et je la dirige vers mon Vésuve.

1971. On se rapproche du bouquet final. On brûle. Il le sait. Degas vient à la rescousse, à partir de ses monotypes à l'encre, ses fameuses scènes de bordel dont Picasso achète quelques-unes. Il invente la *Série 156. La Fête de la patronne*. Farce ! Carnaval. Cherchez le petit chien embusqué entre ces dames et la patronne, Castafiore, corset ouvert, seins tendus. Les profils de Degas plus ou moins en coulisse. Et ce délicieux chérubin ithyphallique niché au milieu du tapin. Maison Tellier débridée. Picasso y convoque toutes les femmes de sa vie, dans un bilan dionysiaque et grotesque. Marie-Thérèse, Françoise, Geneviève, même

Jacqueline en panoplie turque. La Vénus de Lespugue. Ou d'autres, les fameuses inconnues de la thèse de Samantha. C'est le cancan ultime. Salut la compagnie ! Bander un dernier coup. À votre santé ! C'est ça ou les cierges de Dora confite en dévotion. Degas, furtif voyeur de chattes charbonnées copieusement montrées, il paie et s'en va… Picasso a plus de 90 ans. Le roi s'amuse.

On le raille, on déplore son rabâchage obscène, sa lourde peinture qui dégouline. On clame que, depuis 1950, il est mort, perdu pour l'invention. Dès Françoise Gilot, ornée de son cou de cigogne de vitrail éthéré. Qu'est-ce qu'il lui prend ? Qu'il compare avec les fresques et les sculptures de Marie-Thérèse conçues à Boisgeloup, vingt ans plus tôt ! Avec les représentations de cette gale d'Olga vengeresse et dentue. Mais surtout avec toutes les Dora au visage de travers, savamment tarabiscotés. Il en avait recouvert la totalité du mur des Grands-Augustins – oui, celui de *Guernica* – en une marqueterie bigarrée. La muraille palpitait, vivait. Papillonnait. Les têtes de Dora s'envolaient. Filaient en essaim par la fenêtre. Elles survolaient la Seine et allaient recouvrir les toits de plomb de Notre-Dame de Paris qui éclataient de tuiles bariolées. C'était l'âge de la Providence, des miracles intarissables. Canaan.

– Dora ! Dora ! Dora, je t'adore… chante Marine, avec soudain un air triste.

Il ne voit pas. Milos ne s'en rend pas compte tout de suite, puisque c'est lui le tapé, le frappé, le névrosé central. Il occupe son territoire en tyran. Et il ne devine pas la mélancolie diffuse de Marine. Comme si elle n'avait pas le droit à sa crise, elle aussi. C'est adjugé, vendu :

elle est harmonieuse, radieuse et thérapeute de son errant hypersensible.

C'est le silence de Marine qui l'alerte enfin. Il lui fait remarquer qu'elle semble parfois plonger dans une rêverie, avoir la tête ailleurs.

– Mais non ! Mais non ! proteste-t-elle avec douceur.

Il se le tient pour dit. Quel soulagement ! Et se remet à ressasser les corridas du Vieux, à comparer Pic et Nic. La vieillesse de Pic, sa mort impossible, sa création intarissable. Quand Nicolas s'est tué sur le roc de la rue. Elle sent bien qu'il remue son équation personnelle, son propre sillon, enfance et tout le barda. À la lumière des deux phares d'Antibes. Longue auto-analyse qu'il lui inflige et dans laquelle elle se coule parce que c'est sa ville à elle aussi et que ces deux peintres la passionnent. Mais elle n'y projette pas cette somme de hantises qui tourmente Milos.

De nouveau, il perçoit le petit décalage, sa distraction, ses stupeurs. Et il s'en étonne, s'en inquiète. Elle répète :

– Mais non ! Mais non !

Lui laissant le monopole des affres.

Et il lui faut du temps pour mesurer qu'elle ne le suit plus avec la même spontanéité sur toutes ses pentes, ses obsessions.

Un beau jour, elle avoue, sans être sûre du fait :

– C'est peut-être depuis Java, notre voyage. Un petit sentiment de perte…

Il ne comprend pas encore. L'interroge sur ce bizarre sentiment. Elle lui dit que c'est une sorte de sevrage. Elle adorait la belle chaleur, la luisance des fleurs et du feuillage, ce miroitement persistait partout, flottait, doré, jusque dans l'âme. Les coloris, les fruits, la sensualité des formes, les cris des oiseaux, les temples tarabiscotés, leurs figures animales et divines. Le retour au réel, à la vie ordinaire, a été presque brutal.

Il comprend. Lui aussi aimait la luxuriance de l'île. Mais ce qu'elle lui cache, c'est une sorte de crainte. Une peur irrationnelle. Comme si le paradis entrevu se refermait sur des menaces. Elle a peur que Milos ne s'ennuie, ne bascule dans quelque nouvel excès. À retardement, la figure de Samantha est revenue la hanter. Elle aurait envie qu'il lui explique tout, l'effervescence de son désir. Qu'a-t-elle donc représenté ? incarné ? donné ? qu'elle n'a pu lui offrir elle-même ? Jusqu'à être obligée de fuir en Angleterre, de le quitter, tant elle souffrait de perplexité et de jalousie. Toute l'histoire la persécute secrètement, après coup, alors qu'un tel ressassement, à contretemps, n'est pas dans sa nature. Samantha est morte. Mais de quoi ? À la place de qui ? Toutefois, elle n'est pas certaine de cette analyse, ce sont des hypothèses pour élucider son récent malaise. De plus, les belles élucubrations de Milos sur les dernières corridas de Picasso ne sont pas sans l'angoisser un peu. Ces rituels de la mort. La crise de la corrida. Soleil et sang. Le vieux Picasso condamné par le temps. C'était lui le taureau à la mort.

Milos se fait plus tendre, plus amoureux, plus attentif. Elle aime qu'il la regarde autrement, comme s'il l'interrogeait discrètement sur ses sentiments, sa mélancolie, sa nostalgie. Et ils parlent ensemble de Java, de Rimbaud à Java, de cette escapade si mystérieuse. Du singe fasciné par les cheveux blonds de Marine, de la foule idiote de Borobudur. Et ils éclatent de rire en évoquant les files de touristes qui attendaient devant les toilettes. Les chiottes de Borobudur. Bouddha ne chiait plus. Le nirvana expliquait ça. Ils rient.

Alors il reprend l'histoire de Picasso. Il faut achever le Vieux Pic. On ne peut pas le laisser ainsi suspendu, à l'article de la mort prochaine.

Après les expositions d'Avignon de 1970 et de 1973, on se déchaîne : « deux ans de silence auraient mieux conclu cette vie singulière que ces calamiteux barbouillages ». C'est la débâcle. « Il peint comme on vomit un repas qui ne passe pas. » La génération nouvelle de la figuration narrative et du pop art ne voit qu'un héritage, qu'un maître : Marcel Duchamp. On reproche à Pablo de confondre son plaisir de peindre avec la création, qui n'est plus de son côté. Il faut tuer le Vieux, l'envahissante star proliférante. Ce chiendent de légendes boursouflées.

La Pisseuse de Picasso reste de tradition classique, naturaliste. Picasso, hélas, est le dernier Grec ! *La Fontaine* moderne de Duchamp, cet urinoir, a tué *La Pisseuse* archaïque. L'urinoir questionne. *La Pisseuse* ne lance aucune question critique. Son jet dru s'abolit dans son fait et son rire de Rabelais. *La Pisseuse* est une gauloiserie assez misogyne. Elle est substantielle. L'urinoir est plus symbolique, donc paré de la noblesse du signe. Mais l'argument est facile à retourner, car l'urinoir, exclusivement masculin, arbore son interdiction aux femmes, ce qui est misogyne et discriminatoire ! En outre, c'est une domestication, une idéalisation du pisseur. Nul n'est plus libre, plus heureux, que le pisseur en plein air.

Mais on n'en a pas fini avec les anti-Picasso. Un psychanalyste marxiste plutôt brillant, John Berger, monte sur ses grands chevaux et fait quand même la leçon au riche peintre châtelain d'après-guerre. Trop narcissique, comme Bacon ! Pas de vision collective ! Rien que ses amantes. Ses névroses bourgeoises. Des formes inventives, certes, mais toujours des vulves et des couilles de taureaux autobiographiques et autoproclamées, c'est court ! Et le vrai vaste monde ?

On voudrait quoi ? Qu'il ait une conscience plus aiguë de l'Histoire, plus d'empathie pour l'humanité, qu'il dénonce le mal politique universel. Mais dès *Guernica* les prolétaires de France et d'Espagne trouvèrent que le tableau était une insulte à la révolution prolétarienne et au réalisme de la guerre. On veut moins d'anarchie destructrice, de sexe sénile, de perversité pitoyable, de caricature acerbe, de sarcasme trouduculier, de sacrilège suranné. Qu'il nous épargne cette pénible dégénérescence dans la gaminerie et le gâtisme scatologiques. Picasso leur réplique : « Ce qu'on fait, c'est comme un thermomètre. On se le met et on voit le temps qu'on a. »

Picasso prend ses températures multiples. Son œuvre est le feuilleton de ses fièvres. Au jour le jour, c'est le carnet de sa grande santé picturale (malgré l'opération secrète de l'ulcère à l'estomac…). Pinceau : thermomètre, sismographe et cardiogramme en alerte continue. Cent « Le peintre et son modèle ». Toutes les métamorphoses, toutes les permutations possibles. Réchauffement climatique à Mougins. On n'arrête pas la crue aveugle. Une incroyable légion de brebis pieuses s'indigne de la sortie du livre de Françoise Gilot : *Vivre avec Picasso*. Un livre assez passionnant qui pousse le respectable Pierre Daix, fan de Pic, à perdre les pédales, à lancer des anathèmes. Les pieux ne sont jamais preux. Ils sont les éternels offensés si on attente au Totem. Ils sont religieux, asservis à la Cause, comme toujours. Ils immolent celui qui s'est rendu coupable de sacrilège.

Françoise Gilot n'a assené que quelques persifflages bien sentis, assortis d'analyses pointues du travail de son amant. Non pas athée en Picasso, ni agnostique, mais critique, parfois satirique. Tant Mieux. Cavalière ! À plus d'un titre.

Sois autre, Picasso ! disent quand même les zélés de l'époque. Les plus jeunes. Ah ! Arman, Raysse, Klein ! Sors enfin de ton bordel égoïste et simiesque, de tes coïts de babouins sordides. Tes danses de Saint-Guy redondantes du « Peintre et son modèle ». Regarde le réel, la société moderne. La publicité, les objets de consommation, les machines. Peins la rue. La foule. Les pancartes, les slogans. Les enjeux neufs. Mais il a inventé le collage, la peinture au Ripolin, l'insertion de l'objet, du journal, du tissu, de la publicité Suze, dès avant la Première Guerre mondiale ! Bien avant les nouvelles idoles du pop art.

Quitte tes grosses baraques closes de la Côte d'Azur et du Luberon. Elles sont gorgées de ton moi tentaculaire et circulaire. De tes répugnantes masturbations, de tes sécrétions. Élève-toi, Picasso ! Débarrasse-toi, enfin, de ta vieille carcasse de macho espagnol, de ce folklore de scènes primitives, plus ou moins œdipiennes et carnavalesques, dans lesquelles tu tournes en rond depuis que tu es né, précoce et génial (ta légende flonflon), pressant le sein de ta mère comme un tube de peinture plein de cadmium blanc. Tandis que ton papa castré te regarde, baba ! Comment veux-tu avancer avec une histoire pareille ? À côté de Francis Bacon, tu es rocambolesque et pittoresque ! Giacometti t'enfonce dans la comédie de tes déguisements.

Épure ! Transcende ! Donne-nous une envolée métaphysique avant le dernier hoquet. Un dernier message, s'il te plaît ! Un concept ! Un concept ! Une problématique !

Mieux que ta mièvre Colombe de patronage. Pense à nos enfants ! Pas *La Pisseuse* ! Pas que *La Pisseuse* ! Et encore moins ta Bite de *L'Étreinte* ! Que va-t-on leur dire sur toi de définitif, de roboratif, de mystérieux, de poétique, qui leur ouvrirait le monde, avec ces borborygmes qui souillent la dernière période du plus grand peintre du siècle, hélas ? Il fallait finir comme Matisse et ses papiers de couleur pure, comme Braque et ses grands « Ateliers », ses *Oiseaux* célestes, comme les Grands Humains Universels : Titien ! Michel-Ange ! Pense à la Sixtine. Pense aux *Nymphéas* du dernier Monet ! Pense à la mort de De Gaulle, ton seul égal en gloire. Géant terrassé à son faîte. Sans bavardage incontinent. La belle prose nette de ses *Mémoires*. C'est autre chose que ton relâchement sénile, les navrants graffitis de ta braderie de fessiers. Tu es le « Géant gênant », a dit magnifiquement un de tes confrères. On ne pourra jamais consacrer à l'encyclopédie de tes passes un sanctuaire universel comme on l'a fait de l'Orangerie. Quelle croix de Lorraine pour tes dernières calembredaines ? Il faudra donc, un jour, te construire, au bois de Boulogne, un grand bordel de Barcelone en guise de cathédrale ! Qui oserait ? La Femme ! Picasso ! La Femme ! Qu'en as-tu fait ? Écoute ce qu'elles disent de toi !

Imagine les papes se réunissant pour voter dans la Sixtine de tes putains.

Tiens ! Nicolas de Staël, ton voisin d'Antibes, est plus grand, par sa mort, que toi par ta trop longue vie déliquescente ! Quels doutes vertigineux le tourmentaient ! Que c'est moderne ! Quel silence le frappe ! Ah ! *Le Concert*, cette lacune en son centre, ce chef-d'œuvre suspendu ! Son échec – qui est l'essence de la modernité atomique et génocidaire – a plus d'âme et de profondeur que tes ultimes pantalonnades qui nous affligent.

Personne n'épuisera le sens du suicide de Nicolas. À côté de ton épuisée logorrhée finale, de cette pâteuse diarrhée du naufrage de tes grosses naïades aux panards hypertrophiés. Tu barattes lamentablement ta mayonnaise malaguène. Tu ne nous auras rien épargné. Vieille carne sudiste ! Sur ton *Titanic* pornographique. Dans la macabre prison du Mas Mougins, où tu n'as cessé de vampiriser cette pauvre Jacqueline, vestale vouée à ton épave, donc à sa perte. Le suicide de Nicolas fut vaste, infini comme celui de Van Gogh. Bacon, face au suicide de son amant George Dyer, conçoit un triptyque vertigineux. Toi, tu as fait, de tes plus proches, des coquilles désertes, poussées à un suicide saturé de néant, vidé de toute stature, de tout volume. De toute identité. Sur lequel nous ne pourrons même pas disserter, gloser à l'envi, nous disputer, radoter cuistres, spéculer ! Tu les as condamnés au rien. Tu nous as privés de leur mort !

Marine lut cette longue algarade que Milos venait d'écrire.

– Tu ne parles pas sérieusement ?

– Tu vois bien que c'est, quand même, ironique, non ? Il me fascine, donc je le taquine. Je ne serai jamais un idolâtre. Je venge Samantha.

– Est-ce que tu ne pourrais pas m'idolâtrer un peu ?

– Tu es ma seule croyance.

Marine rit et lance avec une pointe d'ironie :

– C'est beau comme du Eluard ! La colombe de la poésie…

– Rien à voir ! C'est plus précis. C'est beau comme toi et moi tout de suite. Nous sommes des oiseaux plus exotiques que la colombe.

L'Étreinte de 1972, la dernière. Car il nous faut tous mourir, prolétaires et milliardaires. Amoureux. Névrosés ou pas. Pfft ! La dimension métaphysique des chefs-d'œuvre est la plus essentielle. *L'Étreinte*, effacée, désespérée, chaos, dont seuls les grands pieds, les grands bras surnagent du naufrage. Le sexe de la femme noyé, perdu. Seule figure dessinée, précise, la queue, mais les couilles sont déjà floues. Une bite encore comme dans les cavernes préhistoriques, il y a 20 000 ans et plus, des Combarelles, du Périgord, de Grimaldi, comme les lingas des temples de Java et de l'Inde…

Une bite de Picasso, comme sur la porte des chiottes de la mort.

Le singe revient. Le signe du singe. Singe, Sexe. C'est signé ! Comme jadis dans les périodes bleue, rose, ces « Saltimbanques » que les gens préfèrent. Maniérisme de la misère. Élégance morbide. Ou les babouins des dessins de *Verve*, confrontés à la femme, l'épiant. Supplantant le peintre. Jadis, oui, il a acheté un singe qui lui a mordu le doigt ou la fesse de Dora. Le dernier autoportrait simiesque de juin 1972. Que d'autoportraits jalonnent sa longue vie ! La même année 1901, *Yo, Picasso* orange et glorieux et l'autoportrait lugubre, bleu et glacé. L'as des as : l'autoportrait de 1907, cubiste. Période masque nègre. Façon *Demoiselles d'Avignon*. Grands yeux de garçon juvénile. Un torero beau et franc.

Juin 1972, donc. Dernière vision de soi. Non pas l'ultime autoportrait de Rembrandt, de 1669, regard angoissé, corps encore droit, beau visage défait. Au maximum de l'humanité tragique. Picasso arbore un masque frontal de singe fripé. Le miroir simiesque. École Breuil des origines. Les hommes et les singes. Ancêtre commun, avant de diverger ou de le feindre ou de se singer. Mêmes mimiques risibles, féroces. Canines. Yeux. Grimaldi.

Désormais : effroi de la bête humaine. Angoisse étranglée, bleue. Les yeux en billes de loto, déboussolés, perdus dans une blancheur spectrale. Il meurt en singe. En humain singe. On tient le maillon manquant de Malaga. Fin d'un Singe géant. L'Abominable Homme de Mougins est mort.

Ils vivent la vie de leur amour. Milos traverse des périodes de mélancolie qu'il camoufle. Parfois une fringale folle le saisit à la vue d'une femme au bord de l'eau. Baigneuse… L'incroyable relief d'un corps dans la lumière, devant la mer. La force de son contour, de son galbe, la fantastique présence de sa chair. Mais, plus encore, la puissance de sa singularité, la marque de son caractère, de sa manière inédite, de son caprice vital. Déplacements le long des vagues. Pauses. Corps suspendu, relâché sur une hanche, la joue de la fesse déjetée de côté, calée en chignon lubrique. Ou la silhouette plus tendue, à l'affût. Mouvement d'avancer, de reculer. Pas de danseuse, entrechats gracieux comme si la mer était un ballon. Les inflexions du dos mince, échelonné de menues vertèbres, long et bronzé. Les fesses nonchalantes de Fornarina. Leur stupre fourré. Comme il comprend Picasso peignant sans fin ses baigneuses, Cézanne, Manet, Renoir, Degas, Matisse, toute la bande obsédée de la beauté. De Staël, son délire de Jeanne Mathieu ! Il s'en veut de déshonorer son amour de Marine. Qui, elle aussi, a encore des sautes secrètes de tristesse. Mais il ignore, au fond, quels désirs, quels troubles, elle-même, la traversent depuis Java. Même si, de nouveau, elle paraît si adéquate à la vie. En remplissant exactement les bords, sans contrainte, sans difficulté. Fluide dans son espace, sa nature. Lui, dévoré toujours par l'aspiration de l'illimité. Depuis le ravissement de Myriam. Un rivage qu'on ne rattrape jamais, dont jamais il ne pourra naître. Il y a cette coupure. Le Bleu. Le temps des dieux, celui des hommes, des errants.

Ils sont tous les deux sur la plage de la Garoupe, au printemps. Marine s'est endormie sur le sable, dans l'effluve de la mer. Milos se dresse. Avance vers l'eau. Contemple la masse molle et souple dont les reflets varient, toutes les nuances des bleus de De Staël. Quelqu'un touche son dos. Il croit que c'est Marine. Il se retourne, souriant. La voit. Un éclair, une brûlure féroce… Sa main se presse contre son œil qui ruisselle de sang vermeil. Il se met à courir le long du rivage. Le bleu cru et sanglant de la mer. Il fuit pour préserver Marine. Il s'agenouille sur le sable de Zoé, il gémit, il sanglote comme la première fois. Les gens l'entourent, appellent des secours. Marine arrive, hébétée :

– Milos, oh, Milos !

Vivie, avec une lame de rasoir, d'une balafre, a crevé l'œil de Milos.

« Et les orangers se couvrirent de sang. »

L'avocat de Vivie a plaidé la démence de l'amour aveugle.

Trois années passent d'obsession, de douleur, de questions. L'opération, le pansement, les affres. L'œil noir, l'œil vide. L'œil qui se cherche et ne reflète rien. Le trou, la caverne de l'œil. Ne pas la regarder avec l'œil survivant.

Milos ne parvient pas à se remémorer clairement la scène. Le moment où Vivie a surgi. La mer, la plage. La Garoupe de Picasso, de De Staël. L'éclair, le cri, le feu, le sang. C'est surtout le visage de Vivie qu'il ne retrouve pas. Expression de folie vengeresse ou froide détermination schizophrène. Pendant des jours, il se croit complètement aveugle. Niant l'œil qui lui reste. Sa prunelle d'Horus borgne et bleu. Mille symptômes l'assaillent. Troubles de cette vison unique et précaire. Vertiges de la blessure. Insupportable œil de résine qu'il faut enlever, replacer. Voir sans voir le trou rose et cru, l'horreur, le cri, le feu, le sang.

Il a honte. Il se sent laid, répugnant. Il a peur de perdre Marine. D'errer seul jusqu'à la mort, celle de Nicolas de Staël. Il évite de passer devant la terrasse fatale de la corniche d'où le peintre s'est jeté. Il se sent une fraternité profonde avec cette proie du destin. Il croit aux Enfers, à la géhenne, aux affres des suppliciés du sort. Il relit les grands mythes du crime. Shakespeare, Sophocle. Un jour, il ose aller revoir, à Londres, les œuvres de Bacon, ses « Crucifixions ». Dans les viandes écrabouillées du peintre il reconnaît son œil atrocement meurtri, décharné, anéanti. Il voit le bistouri extirper les guenilles ensanglantées de sa vision.

Il s'enfonce dans la profondeur du Mal absolu.

Évoquer les borgnes célèbres n'est pas plus rassurant. Les borgnes ont mauvaise presse au cinéma ou en littérature. Comme les balafrés. Sinistres. Il se sent maudit comme la Célestine borgne, cette maquerelle de la période bleue de Picasso. Pourtant, Odin n'avait qu'un œil et tenait son pouvoir de devin de sa mutilation. Tirésias, l'augure, était aveugle… On lui raconte l'histoire du peintre Brauner qui provoque une rixe. Son adversaire lui balance un verre et crève l'œil du peintre. Picasso, lui, n'aurait peint que d'un œil. Pablo a fait l'expérience de se bander les yeux et de peindre pour voir. C'était concluant. L'œil de la peinture est intérieur. « Je voudrais peindre comme un aveugle qui ferait une fesse à tâtons », disait-il à Boisgeloup. Ou encore : « On devrait crever les yeux aux peintres, comme l'on fait aux chardonnerets pour qu'ils chantent mieux. »

L'horreur picassienne, la fascination de l'horreur, de l'impossible, de ce qui peut à peine entrer dans le langage. Le non-vu de *Guernica* qui jaillit dans certaines corridas ou dans certains détails de *L'Enlèvement des Sabines*. Pourtant, ce chardonneret aux yeux crevés, d'un trait, aurait dessiné une femme dans la nuit. Sans tâtonner. Il croyait à l'instinct, à l'inné, à l'art sauvage. Depuis qu'enfant il avait peint sans l'apprendre. Depuis que son père peintre s'était éclipsé, de lui-même, aveuglé devant le pouvoir de son fils. Son fameux œil noir était le troisième œil de son désir inextinguible.

On voyait Marine et Milos se promener à Nice... Elle le convainquit de venir se baigner aux Salins de Saint-Tropez, qui devinrent, dans ses chimères passagères, un lieu propice. En rejoignant la mer, elle ne lui tenait pas la main comme Antigone celle d'Œdipe. Ou comme Marie-Thérèse celle du Minotaure aveugle. La vie continuait. Les tourments, les cauchemars. Les maux de tête fulgurants. Les flashes. Les ruminations, les perplexités. Il se repassait tout le film de sa relation avec Vivie. Une telle crise de folie était-elle prévisible ? Un principe essentiel et caché de son amante lui avait échappé. Derrière l'apparence souple, experte, mobile... sous ce miroitement, la pointe acérée d'un récif.

Un jour, un sentiment fantôme de mieux, une lueur de bien-être, perce l'armure du malheur. C'est vague. La nappe profonde de la douleur sourd au tréfonds mais une éclaircie timide traverse l'âme, un instant. Quand eurent lieu la première dérive, la première rêverie ? Il est des moments de stupeur de la douleur, de distraction fugace. Telle perception soudaine, bruit, parole imprévue, parfum, événement, vision..., vous détourne, vous troue d'un oubli. La vie revient ainsi.

Il faisait l'amour avec Marine et il dut s'avouer, peu à peu, qu'il pouvait tout regarder, sentir. Il utilisa des miroirs pour mieux jouir de leurs corps ainsi reflétés dans le plaisir. Il reprit son travail d'archéologue. À Nice et à Monaco. Les fresques apparaissaient dans une aura à peine plus restreinte, comme bordée de la taie d'un deuil.

Le souvenir de sa vue complète cessa d'être une continuelle persécution. Il connut des répits.

Marine fut enceinte. Il caressait son ventre et sentait les mouvements de l'enfant secret qui ne voyait rien encore.

Vivie était sortie de prison, au bout de deux ans. Il n'avait plus dans le cœur ni haine ni pardon. Une zone neutre et douloureuse. Un trou de perplexité que le temps gommait.

Un jour, Marine et Milos étaient à la plage des Salins. Lui s'était approché de l'eau et scrutait machinalement le foisonnement des silhouettes de baigneurs. La foule d'été qui barbote au bord de la mer, la contemple, y entre, en sort, musarde et flâne le long du rivage. Et dans cette vue mouvante et globale il crut saisir un détail. Il observa, le cœur battant, mais c'était la même cohue gaie, sinueuse, le brouhaha si particulier de l'été marin. Une clameur de vagues et d'enfants. Le détail se glissa de nouveau, disparut, réapparut. Il prit le parti de regarder longuement la mer. Puis il jeta un coup d'œil de côté. Et il reconnut cette silhouette, à une trentaine de mètres de lui. Cette femme, grande, élancée, élégante, en mini deux-pièces, aux cheveux noirs et courts. Elle tenait par la main une petite fille qui marchait à peine mais portait un petit seau bleu vif. Vivie était tournée vers lui et, de loin, le regardait. Il n'arrivait pas à saisir l'expression de son visage. Elle se rapprocha en tenant toujours la petite fille qui trottinait, vacillait sur ses pattes potelées. Lui-même fit quelques pas, happé par l'étrangeté de Vivie et de son enfant. Alors ils furent à une dizaine de mètres l'un de l'autre, dans la lumière ciselée de la mer. De derrière ses lunettes noires, il la scrutait. Elle eut une sorte de sourire timide. Elle était comme lointaine, interdite. De l'autre côté du Léthé. Un sourire lui vint qu'il adressa à la petite fille dont Vivie tenait la main avec tant d'amour. Puis elle rejoignit la foule des baigneurs, se retourna une dernière fois et se perdit dans le bleu.

À son retour, il ne dit rien à Marine. Elle lisait un roman. Il se coucha sur le sable, l'œil avalé par l'azur.

Quelques semaines passent. Milos a fait un long rêve insolite.

– Raconte-moi ça, mon petit Milos.

– La première image est celle de la blonde Sylvette David – tu sais, la jeune fille de Vallauris, à la queue-de-cheval, que Picasso peignit. Elle avance dans un crépuscule d'été en tenant une chandelle. Elle guide la grosse Hispano-Suiza ténébreuse du maître qui – on le devine dans le rêve – contient les dépouilles de Kazbek, le lévrier afghan, et d'Esmeralda, la chèvre de Picasso.

C'est l'Enterrement du chien et de la chèvre de Pablo.

Juste derrière le convoi, Inès Odorisi, la jolie femme de chambre brune, habillée en gitane, flanquée d'un mouton. Jaime Sabartés, le secrétaire, vêtu d'une panoplie de grand d'Espagne, Marcel, le chauffeur, en livrée… Eugenio Arias, le coiffeur communiste de Picasso, comparse des corridas et mascarades de Vallauris. Viennent ensuite Olga, la danseuse russe, les milliardaires hédonistes d'Antibes, Sara et Gerald Murphy, Marie-Thérèse, la nageuse et la joueuse de ballon, Dora Maar, la photographe surréaliste au visage dense et grave, Françoise Gilot, yeux verts, en femme torero, à cheval, Jacqueline à turban, déguisée en femme d'Alger, Fernande, Eva, Rosita, Nusch en maillot mignon de trapéziste, Lee

Miller, Cybèle rayonnante et nue, tient son objectif de reporter en bandoulière, Gerda, la vaillante de la guerre d'Espagne, l'adorable Ady rieuse de l'idylle et de l'été en bikini. Rosemarie aux seins mythiques. La Dame blanche : la Crétoise de Namibie… Les School Girls stéatopyges du ravin de Tsisab.

Samantha, short et sandales légères, guide une magnifique Oryx masquée de noir, fauve et cendrée, armée de cornes verticales. Haute, impudiquement fessue.

(Vivie et sa petite fille, mais Milos n'en dit rien.)

Georges Bataille et Eluard suivent les femmes, en aube de communiants, coiffés de bonnets rastas, portant chacun un grand cierge. Bataille n'a d'yeux que pour la Pisseuse de Picasso, tout sourires, en grande forme, égrenant, le long du parcours, ses paillettes dorées.

Man Ray ondule à dos de mammouth. La Vénus de Lespugue au ventre cosmique, la Dame de Cavillon aux cheveux criblés de coquillages et de canines de cerfs de la Garoupe. L'Homme de Grimaldi, l'*Homo erectus* de Terra Amata, les néandertaliens de Sacco Pastore, le *Sinanthropus*… Lucy, l'australopithèque, déguisée en Maya de Picasso, même si, par transparence, on devine les fines arêtes de son squelette. Tous les autres chic types des cavernes, tirés à quatre épingles, dans leurs peaux de cerf neuves.

Un pithécanthrope discret mange, en douce, la cervelle du matador Granero pour ravir sa force. Il en donne un morceau à Lucy : « Il faut que tu te remplumes, ma petite ! »

Marina et Pablito, les petits-enfants de Picasso, les orphelins bannis de la Californie et de Notre-Dame-de-Vie, les proies d'une tribu cannibale…, sont venus faire la nique à Jacqueline, la belle-mère des contes cruels. Ils s'émerveillent de voir Matisse lancer en l'air des cocottes de couleur fraîchement découpées par Lydia Delectorskaya, son modèle, sa tendre et fidèle amie, la blonde Sibérienne, en corsage bleu, yeux bleus. Matisse exhibe d'étranges grands pieds d'Homme de Picasso.

Marine, tu ramasses les cocottes et les donnes au fantôme de Pablito. Le petit-fils immolé, suicidé. Je crois que tu es nue, moi aussi. Tu as gardé une cocotte. Picasso y a dessiné un soleil aux mille rayons.

Poussin, Vélasquez, Delacroix, Manet, Courbet, Cézanne, le Douanier Rousseau, Van Gogh, Braque sont venus aussi, coiffés de chapeaux hétéroclites qu'on voit dans les autoportraits de Rembrandt et sur les têtes de Lee Miller en Arlésienne, de Dora, ou de Nusch. Cézanne, lui, a enfilé l'habituelle casquette de Jaime Sabartés avec ses côtés qui se prolongent, protègent les oreilles et s'agrafent sous le cou comme chez les enfants fragiles quand il neige.

Van Gogh a retrouvé son oreille. Belle, écarquillée, rose comme un sexe de fille. Il sourit au bras de Rachel, qui n'est pas une prostituée (comme on l'a dit) mais une servante du bordel d'Arles (comme on l'a prouvé).

Goya accompagne le grand torero Pepe Hillo, tous deux suivis par une escouade de taureaux élancés, au dos long, comme le peintre les grava dans *La Tauromaquia*.

La Célestine borgne juchée sur un âne fume un cigare tandis que le peintre Brauner, tel un cyclope, tire la bride du baudet rétif.

La Fornarina callipyge fait la roue et montre sa fourrure à Degas qui la suit en aveugle, guidé par sa petite Danseuse de cire.

Kahnweiler a extrait de son jardin une immense sculpture en tôle, de dix-huit mètres de haut, représentant une femme picassienne à la tête toute petite,

Rosenberg lui donne un coup de main pour la redresser et défiler avec elle.

Vollard (puzzle de tête cubiste) serre contre lui le bronze féminin de Maillol qui l'a tué dans un accident de voiture.

Breuil et Boyle ont échangé leurs vêtements, l'abbé en robe fleurie et Miss en soutane.

Deux bisons d'Altamira sont menés à la longe par le pape Pie XI, en chemisette haïtienne.

Brigitte Bardot, en maillot de bain blanc échancré, coiffée d'un bonnet phrygien, tient par la main deux célébrités pataudes, d'un côté André Malraux, de l'autre le général de Gaulle. Elle les a obligés à enfiler des bermudas fleuris, pour aller se baigner aux Salins après l'Enterrement. Parce que c'est plus pratique et plus synthétique, avec un petit air snob et feint, elle les appelle Charles-André. Bardot, rieuse, leur dit de sa voix chantante : « Charles-André, venez faire trempette. »

Justement, Perro, le joli dalmatien du château de Vauvenargues, porte pendu à son flanc comme une affiche de cirque : le décret spécial signé par le général de Gaulle élevant Picasso au grade d'officier de la Légion d'honneur. Le Grand Chaman saluait-il les arcanes d'un Sorcier aussi fort que lui ? Et plus délirant que Malraux.

Le matador Granero monte le taureau Pocapena acéphale, dont il tapote le garrot pour ne pas qu'il s'énerve. Mais on s'aperçoit que Granero a remplacé son crâne éclaté par la tête du taureau.

Le matador Dominguín est entouré d'Ava Gardner, de Rita Hayworth en short. Les cheveux d'or de Rita se mêlent dans le vent chaud à la noire toison d'Ava aux yeux verts. Devant elles, Miroslava Stern saute à la corde et rit aux éclats.

Myriam, ma mère, chevauche le Minotaure, un peu défraîchi, vieux beau, coiffé d'un canotier proustien.

Conchita, la petite sœur que perdit le jeune Pablo, gambade en tenant en laisse le basset Lump qui remue la queue. Tandis que Kaboul, le dernier lévrier afghan de Picasso, mordille la petite queue de Lump. Bob, l'énorme saint-bernard de Boisgeloup, exhibe, sur sa toison, trois miroirs où se reflète Marie-Thérèse blonde, nue, les yeux clos du sommeil de l'assouvissement.

Casagemas, en érection, fait sensation, au bras de Germaine belle et nue comme son amant qu'elle n'a plus de raison évidente de tromper. Même si elle glisse une œillade au fameux Manolo rocambolesque de leur jeunesse qui volait tout le monde et que tout le monde adorait, et qui fait encore le mariole.

Cocteau porte le béret basque de Breuil et, en col marin, fait rouler devant lui un cerceau.

Brassaï, réjoui, conduit un tracteur dont le plateau transporte toutes les sculptures de Marie-Thérèse, ses têtes d'idole de Boisgeloup. Une forêt de nez de cordillère andine. Nul bronze ou plâtre. Que des narines de Carrare immaculées, gonflées, recourbées en arches sublimement érotiques.

L'anus rond et noir du *Nu dans un jardin* roule tout seul, respirant le parfait bonheur.

La Guenon et son petit, la femme à la poussette, la sauteuse à la corde dansent comme au carnaval de Rio.

André Breton déploie son large front de psychiatre de la Salpêtrière et prépare un discours comminatoire et une nouvelle série d'excommunications. Par bonheur, sa femme Jacqueline serpente, dans sa peau de sirène comme dans *L'Amour fou*.

Apollinaire pousse, en riant, dans une brouette, les fameuses statuettes ibériques dérobées au Louvre par un de ses amis. La Jolie Rousse l'accompagne dans l'éternité, exhibant un masque Wobé-Grebo. Ils sont enveloppés d'une vapeur de soleil fou. Et les cigales trompettent à leur passage.

Dominant tout le monde, un géant darde son regard bleu de la Neva. C'est Nicolas de Staël souriant, apaisé. Le collectionneur russe Chtchoukine lève les yeux vers cette grandiose victime, comme lui, des bolcheviques. Nicolas est entouré de Berbères parés de burnous bleus, blancs. À l'avant de cette cavalerie du pur désert, des filles du Lavandou agitent un camaïeu de parasols de toutes les couleurs. Elles sont montées sur un grand piano noir, lui-même porté par la remorque d'un camion de pompiers, rouge écarlate. Tandis que musiciens de jazz et footballeurs bigarrés font ricocher le ballon du Parc des Princes contre un gros violoncelle orange à roulettes.

Courbet et Vélasquez, d'un balcon absolu, admirent de Staël, qui les vénère et les chante de sa voix d'orgue faisant résonner des cavernes de ciel bleu : « Joie ! »

Les graveurs, les frères Crommelynck (dont on adore le nom de drap et de beffroi flamand), arborent les *347 séries* ! Des épreuves de gravures de Picasso obsessionnelles. Mousquetaires, vulves et cuisses, sous toutes les tournures, vulves à foison, à la folie, vulves du Voyeur inouïes. L'ultime panorama déployé par Pablo. Je ne veux plus voir que le paradis.

On entend soudain l'accent célèbre : « Il en arrive ! Il en arrive encore ! »

Oui, des Fornarina, des Patronnes, des peintres, des modèles, des mousquetaires, des toreros, des acrobates, des clowns, des écuyères, des Degas, des voyeurs, des phallus anthropomorphes, des Vénus callipyges, et toutes sortes de putains exubérantes, des bacchanales, des sexes, des sexes, serpentent dans la plaine.

« Il en arrive encore ! » crie la voix de l'Andalou torride.

Nul ne vit jamais pareil spectacle dans la vallée au pied de Mougins. Les phallus marchent, les vulves rient. Les meutes remontent de la Garoupe et du cap d'Antibes, du golfe Juan, des Salins. De Barcelone… Descendent de Paris par Boisgeloup, enfilent le couloir rhodanien, *via* Ménerbes, Vauvenargues, convergent, n'est-ce pas !, le long de la route d'Uzès…

La voix se rapproche : « Il en arrive toujours ! »

Et c'est l'Ogresse bigarrée de Vanuatu offerte par Matisse à Picasso qui déboule, portée sur une chaise, comme une reine de Saba.

La voix éclate : « Touyours, tant et plouss ! Zé souis infini ! »

Et, dans sa jubilation, le voilà qui saute dans les immenses bras de Nicolas de Staël.

Apparaît le dieu A'a, de l'île Rurutu. Le vrai, celui qui restait inaccessible au fond du British Museum. Il s'est échappé pour assister à l'Enterrement. Toutes les figurines en relief le long de son corps ont un éclat extraordinaire.

Dans son sillage sacré, Picasso redescend des bras de De Staël, rit, déguisé en nain de Vélasquez, le cou orné d'une énorme fraise blanche. Il porte à son doigt la bague d'or que lui a offerte le photographe David Douglas Duncan, un coq picassien est figuré dans l'ovale de la coraline sertie. Il tient, sur le dos de la main gauche, Ubu, sa petite chouette chérie d'Antibes, et, de la main droite, voilà qu'il serre celle de Gertrude Stein, en jupette de tennis et visage cubiste d'avant-guerre. De temps en temps, Pablo lâche Gertrude qui fait une ou deux acrobaties de Medrano tandis qu'il joue furieusement du clairon. Ils sont suivis par une farandole de singes. Et une guirlande blanche de colombes survole leur couple malicieux.

Une camionnette Citroën surgit, cocasse, remplie de plâtre et de passagères farinées, rieuses, Jeannine, Françoise, Jeanne. Elle zigzague entre les groupes, s'envole, atterrit, vogue, lâche des bouffées blanches. On voit la tête de René Char, passée par la vitre, entonner : « L'été chantait sur son roc préféré. » Les passagères reprennent en chœur : « Midi, roi des étés ! »

Le géant bleu de la Neva fait maintenant du stop sur la route d'Uzès, sans limites, ardente. La camionnette s'arrête, les femmes l'invitent à monter. De Staël bondit dans la voiture avec un rire de complicité, comme si le rendez-vous était prévu de longue date. La voiture s'envole dans le soleil. On entend la voix profonde s'exalter : « Quelle cadence unique ! Quelle joie ! Quelle joie ! Quel ordre souverain ! » Et elles répondent en chœur : « Comme cela vient ! À larges sonorités ! »

Du sommet des nuages découpés en forme de cathédrales, de synagogues, de stupas, de pagodes, de pyramides, de minarets, de sanctuaires des cavernes, de tentes sacrées, de fleuve de l'Hadès, la ribambelle badaude des dieux et des esprits qui s'ennuient tant, là-haut, applaudit le cortège des mortels et s'écrie : « Hardi ! Hardi ! Olé ! A'a ! Sauvez-nous de l'inanité céleste ! »

– Comment fais-tu, mon chéri, pour avoir des rêves si farfelus et si détaillés ?

– Je me suis réveillé avec ce souvenir de mon rêve et je me le suis raconté en tentant de l'écrire pour le fixer. Avec toutes ses figurines comme sur et dans le corps d'A'a. Alors peut-être que j'ai un peu inventé.

– J'aime quand tu inventes. Inventer nous revêt de pourpre et d'or.

Bibliographie

Picasso

Pierre Cabanne, *Le Siècle de Picasso*, 4 tomes, Gallimard, coll. « Folio », 1992.

Pierre Daix, *Picasso*, Arthème Fayard, coll. « Pluriel », 2009.

Pierre Daix, *Le Nouveau Dictionnaire Picasso*, Laffont, coll. « Bouquins », 2012.

Françoise Gilot et Carlton Lake, *Vivre avec Picasso*, Calmann-Lévy, 1965 ; 10/18, 2006.

Hélène Parmelin, *Picasso dit*, suivi de *Picasso sur la place*, Les Belles Lettres, 2013.

Sabartés, *Picasso. Portraits et souvenirs*, L'École des lettres, 1996.

Marina Picasso, *Grand-Père*, Gallimard, coll. « Folio », 2003.

Anne Baldassari, *Picasso/Dora Maar. Il faisait tellement noir...*, Flammarion, 2006.

Brassaï, *Conversations avec Picasso*, Gallimard, 1964.

Geneviève Laporte, *Un amour secret de Picasso. Si tard le soir...*, Éditions du Rocher, 1989.

John Berger, *La Réussite et l'Échec de Picasso*, Denoël, coll. « Les Lettres nouvelles », 1968.

Nicolas de Staël

Laurent Greilsamer, *Le Prince foudroyé. La vie de Nicolas de Staël*, Fayard, 1998.

Nicolas de Staël, *Lettres 1926-1955*, Le Bruit du temps, 2014 ; édition augmentée, 2016.

Abbé Henri Breuil

The White Lady of the Brandberg, avec la collaboration de Mary Boyle et du Dr E.R. Scherz, Londres, Trianon Press, 1955.

Quatre cents siècles d'art pariétal. Les cavernes ornées de l'âge du renne, Centre d'études et de documentation préhistoriques, Montignac, 1952.

Jacques Arnould, *L'Abbé Breuil, le pape de la préhistoire*, CLD Éditions, 2011.

Arnaud Hurel, *L'Abbé Breuil. Un préhistorien dans le siècle*, CNRS Éditions, 2011.

Jean-Loïc Le Quellec, *La Dame Blanche et l'Atlantide. Enquête sur un mythe archéologique*, Éditions Errance, 2010.

Pour les citations au fil du texte

La phrase de Nicolas de Staël reproduite p. 89 et p. 322
a été publiée dans le livre de Laurent Greilsamer,
Le Prince foudroyé. La vie de Nicolas de Staël
(Fayard, 1998).
Avec l'aimable autorisation des éditions Fayard.

Les extraits des textes de Pablo Picasso
reproduits p. 258, 332 et 356
ont été publiés dans les *Écrits* (Gallimard/RMN, 1989).

Le récit de Geneviève Laporte p. 202
est extrait de son livre
Un amour secret de Picasso. Si tard le soir...

La citation de Brassaï p. 130
est extraite de ses *Conversations avec Picasso.*

DU MÊME AUTEUR

La Toison
Gallimard, 1972

La Lisière
Gallimard, 1973
et « Folio », n° 2124

L'Abîme
Gallimard, 1974

Les Flamboyants
prix Goncourt
Seuil, 1976
et « Points », n° P195

La Diane rousse
Seuil, 1978
et « Points », n° P838

Le Dernier Viking
Seuil, 1980
et « Points », n° P1210

Bertrand Louedin
Bibliothèque des arts, 1980

L'Ombre de la bête
Balland, 1981

Les Forteresses noires
Seuil, 1982
et « Points », n° P839

La Caverne céleste
Seuil, 1984
et « Points », n° P246

Le Paradis des orages
Seuil, 1986
et « Points », n° P24

L'Atelier du peintre
Seuil, 1988
et « Points », n° P420

L'Orgie, la neige
Seuil, 1990
et « Points », n° P421

Colère
Seuil, 1992
et « Points », n° P615

Georges Mathieu
(avec Gérard Xuriguera)
Nouvelles Éditions françaises, 1993

L'Arbre-Piège
Seuil, 1993

Les Anges et les Faucons
Seuil, 1994
et « Points », n° P203

Le Secret de la pierre noire
Nathan, 1995

Le Lien
Seuil, 1996
et « Points », n° P338

L'Ardent Désir : Egon Schiele
Flohic, 1996

Le Tyran éternel
Seuil, 1998
et « Points », n° P620

Richard Texier
La Différence, 1999

Le jour de la fin du monde, une femme me cache
Seuil, 2000
et « Points », n° P837

New York 11206
(avec Jean-Yves Le Dorlot et Tony Soulié)
Éditions du Garde-Temps, 2001

L'Atlantique et les amants
Seuil, 2002
et « Points », n° P1064

La Joie d'Aurélie
Seuil, 2004
et « Points », n° P1311

Le Nu foudroyé
(avec Gérard Simoën, photographies de Lucien Clergue)
Actes Sud, 2004

Les Princes de l'Atlantique
(photographies de François Rousseau)
Fitway (San Francisco), 2005

La Main blessée
Seuil, 2006
et « Points », n° P1847

Tony Soulié : l'anagramme du Monde
Art in progress, 2006

Lumière du rat
Seuil, 2008

Les Flamboyants
Le Paradis des orages
L'Orgie, la neige
Seuil, « Opus », 2010

Le Baiser de la pieuvre
Seuil, 2010
et « Points », n° P2685

Le Corps immense du Président Mao
Seuil, 2011

Claudie Laks
Le vouloir ivre de la couleur
(avec Thierry Dufrêne et Gérard Bras)
Somogy, 2013

Bison
Seuil, 2014
et « Points », n° P4026

Le Démon de la vie
Seuil, 2016
et « Points », n° P4485

Falaise des fous
Seuil, 2018
et « Points », n° P4935

RÉALISATION : NORD COMPO À VILLENEUVE-D'ASCQ
IMPRESSION : CPI FRANCE
DÉPÔT LÉGAL : JANVIER 2022. N° 149656 (3045870)
IMPRIMÉ EN FRANCE

Éditions Points

DERNIERS TITRES PARUS

P5134. Comment j'ai vidé la maison de mes parents. Une trilogie familiale, *Lydia Flem*
P5135. Le Grand Cahier. Une trilogie, *Agota Kristof*
P5136. Roland Furieux, tome 1, *L'Arioste*
P5137. Roland Furieux, tome 2, *L'Arioste*
P5138. Frères sorcières, *Antoine Volodine*
P5139. Mes biens chères soeurs, *Chloé Delaume*
P5140. Vivre ensemble, *Émilie Frèche*
P5141. Voyou, *Itamar Orlev*
P5142. L'Abattoir de verre, *John Maxwell Coetzee*
P5143. Kiosque, *Jean Rouaud*
P5144. État de nature, *Jean-Baptiste Froment*
P5145. Le Petit Paradis, *Joyce Carol Oates*
P5146. Trahison, *Joyce Carol Oates*
P5147. Marcher jusqu'au soir, *Lydie Salvayre*
P5148. Et j'abattrai l'arrogance des tyrans *Marie-Fleur Albecker*
P5149. Projet Starpoint, tome 1, La Fille aux cheveux rouges *Marie-Lorna Vaconsin*
P5150. Que le diable m'emporte, *Marie MacLane*
P5151. Ombres sur la Tamise, *Michael Ondaatje*
P5152. Pourquoi je déteste les enfants, *Robert Benchley*
P5153. Dans le faisceau des vivants, *Valérie Zenatti*
P5154. L'Oiseau Parker dans la nuit, *Yannick Lahens*
P5155. Formulaires, *Mohammed Dib*
P5156. La Faille du temps, *Jeanette Winterson*
P5157. Nous habitons la Terre, *Christiane Taubira*
P5158. Edgar Morin : l'indiscipliné, *Emmanuel Lemieux*
P5159. Set the Boy Free, *Johnny Marr*
P5160. Le Magot. Fourniret et le gang des Postiches : mortelle rencontre, *Patricia Tourancheau*
P5161. La Nuit du revolver, *David Carr*
P6162. Omar et Greg, *François Beaune*
P5163. Honorer la fureur, *Rodolphe Barry*
P5164. Les Minots, *Romain Capdepon*
P5165. Aux confins de l'Eldorado. La Boudeuse en Amazonie *Gérard Chaliand*
P5166. Vivre libre, *Henry de Monfreid*
P5167. Diskø, *Mo Malø*
P5168. Sombre avec moi, *Chris Brookmyre*

P5169. Les Infidèles, *Dominique Sylvain*
P5170. L'Agent du chaos, *Giancarlo De Cataldo*
P5171. Le Goût de la viande, *Gildas Guyot*
P5172. Les Effarés, *Hervé Le Corre*
P5173. J'ai vendu mon âme en bitcoins, *Jake Adelstein*
P5174. La Dame de Reykjavík, *Ragnar Jónasson*
P5175. La Mort du Khazar rouge, *Shlomo Sand*
P5176. Le Blues du chat, *Sophie Chabanel*
P5177. Les Mains vides, *Valerio Varesi*
P5178. La Cage, *Lilja Sigurðardóttir*
P5179. Éthique du samouraï moderne. Petit manuel de combat pour temps de désarroi, *Patrice Franceschi*
P5180. Maître du Oui, *Svâmi Prajñânpad*
P5181. Wabi Sabi. L'art d'accepter l'imperfection *Tomás Navarro*
P5182. Très chère Valentine, *Adriana Trigani*
P5183. La Partition, *Diane Brasseur*
P5184. Château de femmes, *Jessica Shattuck*
P5185. Les Âmes silencieuses, *Mélanie Guyard*
P5186. Le Cartographe des Indes boréales, *Olivier Truc*
P5187. Les Méandres du Nil, *Robert Solé*
P5188. Les Photos d'Anny, *Anny Duperey*
P5189. Chambre 128, *Cathy Bonidan*
P5190. East Village Blues, *Chantal Thomas*
P5191. La Revenue, *Donatella di Pietrantonio*
P5192. En tenue d'Eve. Histoire d'une partie d'échecs *Eve Babitz*
P5194. La Petite fille au tambour, *John Le Carré*
P5195. Floride, *Lauren Groff*
P5196. La Transparence du temps, *Leonardo Padura*
P5197. Pour l'amour des livres, *Michel Le Bris*
P5198. Le Chemin de la mer. Et autres nouvelles *Patrice Franceschi*
P5199. Transit, *Rachel Cusk*
P5200. Un petit coup de jeune, *Thierry Bizot*
P5201. L'Amour est aveugle. Le ravissement de Brodie Moncur *William Boyd*
P5202. Titayna : l'aventurière des années folles *Benoît Heimermann*
P5203. La Mer pour aventure, *Collectif*
P5204. Lawrence d'Arabie. Le désert et les étoiles *Flora Armitage*
P5205. Travelling. Un tour du monde sans avion *Tangy Viel, Christian Garcin*
P5206. Va où il est impossible d'aller. Mémoires, *Costa-Gavras*
P5207. Tous les films sont politiques. Pour Costa-Gavras *Edwy Plenel*

P5208. Marthe Richard ou les beaux mensonges
Nicolas D'Estienne d'Orves
P5209. Les Imprudents. Sur les traces des résistants du maquis Bir-Hakeim, *Olivier Bertrand*
P5210. Maudits mots. La fabrique des insultes racistes
Marie Treps
P5211. Les Mots du football, *Vincent Duluc*
P5212. En marge, *Silvia Baron Supervielle*
P5213. Le Cœur et la Chair, *Ambrose Parry*
P5214. Dernier Tacle, *Emmanuel Petit, Gilles Del Pappas*
P5215. Crime et Délice, *Jonathan Kellerman*
P5216. Le Sang noir des hommes, *Julien Suaudeau*
P5217. À l'ombre de l'eau, *Maïko Kato*
P5218. Vik, *Ragnar Jónasson*
P5219. Koba, *Robert Littell*
P5220. Le Dernier Thriller norvégien, *Luc Chomarat*
P5222. Steak machine, *Geoffrey Le Guilcher*
P5224. Petit Traité de bienveillance envers soi-même
Serge Marquis
P5225. Sex & Rage, *Eve Babitz*
P5226. Histoire de ma vie, *Henry Darger*
P5227. Hors-bord, *Renata Adler*
P5228. N'oublie pas de te souvenir, *Jean Contrucci*
P5229. Mur méditerranée, *Louis-Philippe Dalembert*
P5230. La Débâcle, *Romain Slocombe*
P5231. À crier dans les ruines, *Alexandra Koszelyk*
P5233. Nuit d'épine, *Christiane Taubira*
P5234. Les Fillettes, *Clarisse Gorokhoff*
P5235. Le Télégraphiste de Chopin, *Eric Faye*
P5236. La Terre invisible, *Hubert Mingarelli*
P5237. Une vue exceptionnelle, *Jean Mattern*
P5238. Louvre, *Josselin Guillois*
P5239. Les Petits de décembre, *Kaouther Adimi*
P5240. Les Yeux rouges, *Myriam Leroy*
P5241. Dévorer le ciel, *Paolo Giordano*
P5242. Amazonia, *Patrick Deville*
P5243. La Grande à bouche molle, *Philippe Jaenada*
P5244. L'Heure d'été, *Prune Antoine*
P5245. Pourquoi je déteste l'économie, *Robert Benchley*
P5246. Cora dans la spirale, *Vincent Message*
P5247. La Danse du roi, *Mohammed Dib*
P5248. Il était une fois dans l'Est, *Arpád Soltész*
P5249. La Tentation du pardon, *Donna Leon*
P5250. Ah, les braves gens !, *Franz Bartelt*
P5251. Crois-le !, *Patrice Guirao*
P5252. Lyao-Ly, *Patrice Guirao*

P5253. À sang perdu, *Rae DelBianco*
P5254. Mémoires vives, *Edward Snowden*
P5255. La Plus Belle Histoire de l'intelligence
Stanislas Dehaene, Yann Le Cun, Jacques Girardon
P5256. J'ai oublié, *Bulle Ogier, Anne Diatkine*
P5257. Endurance. L'incroyable voyage de Shackleton
Alfred Lansing
P5258. Le Cheval des Sforza, *Marco Malvaldi*
P5259. La Purge, *Arthur Nesnidal*
P5260. Eva, *Arturo Pérez-Reverte*
P5261. Alex Verus. Destinée, tome 1, *Benedict Jacka*
P5262. Alex Verus. Malediction, tome 2, *Benedict Jacka*
P5263. Alex Verus. Persécution, tome 3, *Benedict Jacka*
P5264. Neptune Avenue, *Bernard Comment*
P5265. Dernière Sommation, *David Dufresne*
P5266. Dans la maison de la liberté, *David Grossman*
P5267. Le Roman de Bolaño, *Gilles Marchand*, *Eric Bonnargent*
P5268. La Plus Précieuse des marchandises. Un conte
Jean-Claude Grumberg
P5269. L'avenir de la planète commence dans notre assiette
Jonathan Safran Foer
P5270. Le Maître des poupées, *Joyce Carol Oates*
P5271. Un livre de martyrs américains, *Joyce Carol Oates*
P5272. Passe-moi le champagne, j'ai un chat dans la gorge
Loïc Prigent
P5273. Invasion, *Luke Rhinehart*
P5274. L'Extase du selfie. Et autres gestes qui nous disent
Philippe Delerm
P5275. Archives des enfants perdus, *Valeria Luiselli*
P5276. Ida, *Hélène Bessette*
P5277. Une vie violente, *Pier Paolo Pasolini*
P5278. À cinq ans, je suis devenue terre-à-terre, *Jeanne Cherhal*
P5279. Encore plus de bonbons sur la langue. Le français
n'a jamais fini de vous surprendre !, *Muriel Gilbert*
P5280. L'Ivre de mots, *Stéphane de Groodt*
P5281. The Flame, *Leonard Cohen*
P5282. L'Artiste, *Antonin Varenne*
P5283. Les Roses de la nuit, *Arnaldur Indridason*
P5284. Le Diable et Sherlock Holmes, *David Grann*
P5285. Coups de vieux, *Dominique Forma*
P5286. L'Offrande grecque, *Philip Kerr*
P5287. Régression, *Fabrice Papillon*
P5288. Un autre jour, *Valentin Musso*
P5289. La Fabrique du crétin digital, *Michel Desmurget*
P5290. Le Grand Manipulateur. Les réseaux secrets de Macron
Marc Endeweld

P5291. Vieillir ensemble. Un tour du monde des solutions qui rapprochent les générations
Clément Boxefeld, Julia Chourri
P5292. La vie est une célébration, *Mata Amritanandamayi*
P5293. Les Plus Beaux Contes zen, *Henri Brunel*
P5295. L'Indomptée. La papesse Jeanne, *Donna Cross*
P5296. Au cœur de la violence, *Edouard Louis*
P5297. Querelle, *Kevin Lambert*
P5298. Ordesa, *Manuel Vilas*
P5299. Papa, *Régis Jauffret*
P5300. Un peu, beaucoup, passionnément, à la folie, pas du tout
Alice Munro
P5301. Ainsi parlait ma mère, *Rachid Benzine*
P5302. Lake Success, *Gary Shteyngart*
P5303. L'Ombre d'un père, *Christoph Hein*
P5304. Nino dans la nuit, *Simon Johannin, Capucine Johannin*
P5305. Zébu Boy, *Aurélie Champagne*
P5306. Monsieur le Commandant, *Romain Slocombe*
P5307. Le Bureau des jours perdus et Autres Récits étranges
Eric Faye
P5308. Habitant de nulle part, originaire de partout
Souleymane Diamanka
P5309. Ces îles de plein sel et autres poèmes
Louis-Philippe Dalembert
P5310. Hammett Détective, *Stéphanie Benson, Benjamin et Julien Guérif, Jérôme Leroy, Marcus Malte, Jean-Hugues Oppel, Benoît Séverac, Marc Villard, Tim Willocks*
P5311. L'Arbre aux fées, *B. Michael Radburn*
P5312. Le Coffre, *Jacky Schwartzmann, Lucian-Dragos Bogdan*
P5313. Le Manteau de neige, *Nicolas Leclerc*
P5314. L'Île au secret, *Ragnar Jónasson*
P5315. Sous les eaux noires, *Lori Roy*
P5316. La Chute du monstre. Marseille année zéro
Philippe Pujol
P5317. Lesbos, la honte de l'Europe, *Jean Ziegler*
P5318. Algérie. La nouvelle indépendance, *Jean-Pierre Filiu*
P5319. L'Effet maternel, *Virginie Linhart*
P5320. L'Amour, le rôle de notre vie. Rééduquer les cœurs
Sarah Serievic
P5321. Comme au cinéma, *Fiona Kidman*
P5322. La Déesse des mouches à feu, *Geneviève Pettersen*
P5323. Dé mem brer, *Joyce Carol Oates*
P5324. Conversations entre amis, *Sally Rooney*
P5325. Tous les hommes n'habitent pas le monde de la même façon, *Jean-Paul Dubois*
P5326. La Leçon de ténèbres, *Léonor de Récondo*

P5327. Disparaître, *Mathieu Menegaux*
P5328. Le Cercle des hommes, *Pascal Manoukian*
P5329. Il y a un seul amour, *Santiago H. Amigorena*
P5330. Solénoïde, *Mircea Cărtărescu*
P5331. « La vraie vie est absente ». Et autres fragments rimbaldiens. *Suivi du* Dictionnaire homo-érotique *Arthur Rimbaud, Frédéric Martel*
P5332. Un participe qui ne passe pas, *Bernard Cerquiglini*
P5333. La Monnaie des songes et autres recueils *Marie-Christine Gordien*
P5334. Une jupe trop courte. Récits de la cuisine, *Sofi Oksanen*
P5335. L'Homme aux murmures, *Alex North*
P5336. Jeux de dames, *André Buffard*
P5337. Les Fantômes de Reykjavik, *Arnaldur Indridason*
P5338. La Défaite des idoles, *Benjamin Dierstein*
P5339. Les Ombres de la toile, *Christopher Brookmyre*
P5340. Dry Bones, *Craig Johnson*
P5341. Une femme de rêve, *Dominique Sylvain*
P5342. Les Oubliés de Londres, *Eva Dolan*
P5343. Chinatown Beat, *Henry Chang*
P5344. Sang chaud, *Kim Un-Su*
P5345. Si tu nous regardes, *Patrice Guirao*
P5346. Tu vois !, *Patrice Guirao*
P5347. Du sang sur l'asphalte, *Sara Gran*
P5348. Cool Killer, *Sébastien Dourver*
P5349. City of Windows, *Robert Pobi*
P5350. L'Avenir des simples, *Jean Rouaud*
P5351. La Solitude de François, *Marco Politi*
P5352. Jenny Bel'Air, une créature, *François Jonquet*
P5353. Sororité, *Chloé Delaume, Collectif*
P5354. Le Regard féminin. Une révolution à l'écran, *Iris Brey*
P5355. Le Sexe selon Maïa. Au-delà des idées reçues *Maïa Mazaurette*
P5356. Testo Junkie. Sexe, drogue et biopolitique *Paul B. Preciado*
P5357. Heureux et Grincheux. 108 conseils d'un moine bouddhiste pour profiter de la vie, *Ajahn Brahm*
P5358. Voyage sans cartes, *Graham Greene*
P5359. La Folle Équipée, *Patrice Franceschi*
P5360. Là où chantent les écrevisses, *Delia Owens*
P5361. La Redoutable Veuve Mozart, *Isabelle Duquesnoy*
P5362. Les Trois Filles du Capitán, *Maria Duenas*
P5363. L'America, *Michel Moutot*
P5364. Cités à la dérive, I. Le cercle, *Stratís Tsírkas*
P5365. Cités à la dérive, II. Ariane, *Stratís Tsírkas*
P5366. Cités à la dérive, III. La chauve-souris, *Stratís Tsírkas*

P5367. Alta Rocca, *Philippe Pujol*
P5368. Café Vivre. Chroniques en passant, *Chantal Thomas*
P5369. Victor Kessler n'a pas tout dit, *Cathy Bonidan*
P5370. Projet Starpoint, tome 2, *Marie-Lorna Vaconsin*
P5372. Retour de service, *John le Carré*
P5373. Coupable de tout, *Herbert Huncke*
P5374. La Vie vagabonde, *Lawrence Ferlinghetti*
P5375. De l'urgent, du presque rien et du rien du tout
Olivier de Kersauson
P5376. Nous ne trahirons pas le poème. Et autres recueils
Rodney Saint-Éloi
P5377. Le Chant du collectionneur de pierres. Et autres recueils
Sjón
P5378. Angkar, *Christian Blanchard*
P5379. Que tombe le silence, *Christophe Guillaumot*
P5380. Nuuk, *Mo Malø*
P5381. Or, encens et poussière, *Valerio Varesi*
P5382. Le Goût du rouge à lèvres de ma mère, *Gabrielle Massat*
P5383. Richesse oblige, *Hannelore Cayre*
P5384. Breakdown, *Jonathan Kellerman*
P5385. Mauvaise graine, *Nicolas Jaillet*
P5386. Le Séminaire des assassins, *Petros Markaris*
P5387. Y. La Trilogie de K, *Serge Quadruppani*
P5388. Norlande, *Jérôme Leroy*
P5389. Trahison, *Lilja Sigurdardóttir*
P5390. Noire n'est pas mon métier, *Collectif*
P5391. Lady Lucille, *Gilles Lhote*
P5392. Le Journal de Frank Berton, *Elsa Vigoureux*
P5393. Harry et Meghan, libres
Caroline Durand, Omid Scobie
P5394. Chroniques de l'homme d'avant, *Philippe Lançon*
P5395. Tomber amoureux de ce qui est, *Jeff Foster*
P5396. Amelia. Le fascinant destin de la plus grande aviatrice du monde, *Bernard Marck*
P5397. Un art de parcourir le monde. Paris - Hong Kong à vélo. 11 155 km, 371 jours, 23 pays, *Florian Coupé*
P5398. Les Aventurières du ciel, *Katell Faria*
P5399. Un promeneur solitaire dans la foule
Antonio Muñoz Molina
P5400. Le Hêtre et le Bouleau, *Camille de Toledo*
P5401. Oublier, trahir puis disparaître, *Camille de Toledo*
P5402. Le Cœur synthétique, *Chloé Delaume*
P5403. Incident au fond de la galaxie, *Etgar Keret*
P5404. Par les écrans du monde, *Fanny Taillandier*
P5405. Un crime sans importance, *Irène Frain*
P5406. Retour à Ithaque, *Leonardo Padura*

P5407. Les Lionnes, *Lucy Ellemann*
P5408. Ce que nous avons perdu dans le feu, *Mariana Enriquez*
P5409. La Trajectoire des confettis, *Marie-Ève Thuot*
P5410. Le Temps gagné, *Raphaël Enthoven*
P5411. Personne ne sort les fusils, *Sandra Lucbert*
P5412. Saturne, *Sarah Chiche*
P5413. Des jours sauvages, *Xabi Molia*
P5414. Avant les diamants, *Dominique Maisons*
P5415. Je parle comme je suis. Ce que nos mots disent de nous *Julie Neveux*
P5416. Le Désir que j'ai, *Alain Veinstein*
P5417. Juste après la pluie, *Thomas Vinau*
P5418. Le Bal des porcs, *Arpád Soltész*
P5419. Après le jour, *Christophe Molmy*
P5420. Quand un fils nous est donné, *Donna Leon*
P5421. Sigló, *Ragnar Jónasson*
P5422. La Gestapo Sadorski, *Romain Slocombe*
P5423. Slow Démocratie. Comment maîtriser la mondialisation et reprendre notre destin en main, *David Djaiz*
P5424. Qui veut risquer sa vie la sauvera. Mémoires *Jean-Pierre Chevènement*
P5425. Un temps troublé, *Lionel Jospin*
P5426. Le Désastre de l'école numérique. Plaidoyer pour une école sans écrans, *Philippe Bihouix, Karine Mauvilly*
P5427. Rumeurs d'Amérique, *Alain Mabanckou*
P5428. 209 rue Saint-Maur, Paris X^{e}. Autobiographie d'un immeuble, *Ruth Zylberman*
P5429. Alpinistes de Staline, *Cédric Gras*
P5430. Le Massacre des Indiens, *Lucien Bodard*
P5431. Son Corps et Autres Célébrations *Carmen Maria Machado*
P5432. L'Autre Rimbaud, *David Le Bailly*
P5433. Dehors, la tempête. La vie dans les livres *Clémentine Mélois*
P5434. Rachel et les Siens, *Metin Arditi*
P5435. Mon Père et ma Mère, *Aharon Appelfeld*
P5436. Fun Home. Une tragicomédie familiale, *Alison Bechdel*
P5437. C'est toi ma Maman ? : un drame comique *Alison Bechdel*
P5438. Complicités animales : 70 histoires vraies, *Anny Duperey, Jean-Philippe Noël*
P5439. Sabotage, *Arturo Pérez-Reverte*
P5440. Chaud brûlant, *Bill Buford*
P5441. Une bête aux aguets, *Florence Seyvos*
P5442. La vie joue avec moi, *David Grossman*
P5443. Sous l'eau, *Deborah Levy*

P5444. Femme à la fenêtre, *Joyce Carol Oates*
P5445. Ma vie de cafard, *Joyce Carol Oates*
P5446. Les Calendriers, *Robert Cottard*
P5447. Et tournera la roue, *Selahattin Demirtas*
P5448. San Michele : récit, *Thierry Clermont*
P5449. Cet amour-là, *Yann Andréa*
P5450. Je voudrais vous parler de Duras. Entretien, *Yann Andréa, Michèle Manceaux*
P5451. À mains nues, *Amandine Dhée*
P5452. L'Esprit de la science-fiction *suivi de* Les Déboires du vrai policier, *Roberto Bolaño*
P5453. La Littérature nazie en Amérique, *Roberto Bolaño*
P5454. Étoile distante, *Roberto Bolaño*
P5470. Une saison dans la vie d'Emmanuel, *Marie-Claire Blais*
P5471. Anthologie de la répartie. Les 1 000 meilleures répliques *Julien Colliat*
P5472. Vous reprendrez bien... Un bonbon sur la langue ? Partageons le français et ses curiosités !, *Muriel Gilbert*
P5473. L'Emprise du chat, *Sophie Chabanel*
P5474. Somb, *Max Monnehay*
P5475. Le Village perdu, *Camilla Sten*
P5476. Miarka, *Antoine de Meaux*
P5477. Chaudun, la montagne blessée, *Luc Bronner*
P5478. Un art de vivre et d'aimer par temps de catastrophe *Jean-Yves Leloup*
P5479. Respire, tu es vivante. De Lhassa à l'Everest, une aventure écologique et spirituelle *Marion Chaygneaud-Dupuy*
P5480. Amma. Celle qu'on attendait, *Pierre Lunel*
P5481. Le Tour du monde en 80 livres, *Marc Wiltz*
P5482. Efface toute trace, *François Vallejo*
P5483. Black Manoo, *Gauz*
P5484. Requiem pour une Apache, *Gilles Marchand*
P5485. De parcourir le monde et d'y rôder, *Grégory Le Floch*
P5486. Un garçon comme vous et moi, *Ivan Jablonka*
P5487. Anomalie, *Julie Peyr*
P5488. Les Yeux de Milos, *Patrick Grainville*
P5489. Dans les yeux du ciel, *Rachid Benzine*
P5490. Histoire d'amour, *Stéphane Audeguy*
P5491. Sur tes cils fond la neige, *Vladimir Fédorovski*
P5492. Routes sans lois, *Graham Greene*
P5493. L'Expédition de La Pérouse, *Jules Verne*
P5494. Revanche des têtes à trous. Bien apprendre et tout retenir à tout âge, *Anne-Marie Gaignard*
P5495. Extraterrestre. Le premier signe d'une vie intelligente *Avi Loeb*

P5496. Les Lois du capital, *Gérard Mordillat, Bertrand Rothé*
P5497. Gulbahar, rescapée de l'enfer du goulag chinois
Gulbahar Haitiwaji, Rozenn Morgat
P5498. Les Guerriers sans nom, *Jean-Christophe Notin*
P5499. La Pensée blanche, *Lilian Thuram*
P5500. La Familia grande, *Camille Kouchner*
P5501. Primo Levi ou la Tragédie d'un optimiste
Myriam Anissimov
P5502. Notre grammaire est sexy. Déclaration d'amour
à la langue française, *Laure de Chantal, Xavier Mauduit*
P5503. De cendres et d'or. Une enquête du ranger Taylor Bridges
B. Michael Radburn
P5504. Un dernier ballon pour la route, *Benjamin Dierstein*
P5505. Laisse pas traîner ton fils, *Rachid Santaki*
P5506. La Dernière Tempête, *Ragnar Jónasson*
P5507. Un dîner chez Min, *Xiaolong Qiu*
P5508. Qui t'aime ainsi, *Edith Bruck*
P5509. Paris est une guerre, *Janet Flanner*
P5510. Le Fumoir, *Marius Jauffret*
P5511. Le Serment, *Thomas Lilti*
P5512. Petit Maître, *Natsumé Soseki*
P5513. Anne de Green Gables, *Lucy Maud Montgomery*
P5704. Le Corps des femmes. La bataille de l'intime
Camille Froidevaux-Metterie
P5705. Un appartement sur Uranus, *Paul B. Preciado*
P5706. Ces hommes qui m'expliquent la vie, *Rebecca Solnit*
P5707. Les Couilles sur la table, *Victoire Tuaillon*
P5708. La Crise de la masculinité. Autopsie d'un mythe tenace
P5709. Les Argonautes, *Deborah Levy*
P5800. Paris, *Émile Zola, Edwy Plenel*
P5801. Trois Contes, *Gustave Flaubert, Aurélia Michel*
P5802. Lettres persanes, *Montesquieu, Alain Supiot*
P5803. De l'Amour, *Stendhal, Geneviève Fraisse*
P5804. Historiettes romaines, *Stendhal, Patrick Boucheron*
P5805. Le Comte de Monte-Cristo – Tome 1
Alexandre Dumas, Vanessa Codaccioni
P5806. Le Comte de Monte-Cristo – Tome 2
Alexandre Dumas, Vanessa Codaccioni
P6000. Nu avec Picasso, *Enki Bilal*
P6002. New York, aller et retour, *Raymond Depardon,*
Philippe Séclier
P6500. Sa Majesté mène l'enquête – Tome 1 –
Bal tragique à Windsor, *S.J. Bennett*